HORROR-TASCHENBUCH

BAND 35

**Zuletzt erschienen in der Reihe HORROR TB:**

11 Jeffrey Thomas: *MonstroCity*
12 Dan Simmons: *Lovedeath – Liebe und Tod*
13 Brian Hodge: *Rune*
14 F. Paul Wilson: *Das Kastell*
15 Brian Hodge: *Totenstadt*
16 David J. Schow: *Der Schacht*
17 F. Paul Wilson: *Die Gruft*
18 Richard L. Tierney: *Im Haus der Kröte*
19 *Hot Blood 1: Bis dass der Tod euch vereint*
20 *Hot Blood 2: Fremder in der Nacht*
21 Frank Festa (Hg.): *Necrophobia 2 – Die graue Madonna*
22 F. Paul Wilson: *Die Gabe*
23 Frank Festa (Hg.): *Necrophobia 3 – Zart wie Babyhaut*
24 F. Paul Wilson: *Erweckung*
25 Howison/Gelb (Hg.): *Dark Delicacies*
26 Kim Paffenroth: *Dying to Live – Vom Überleben unter Zombies*
27 F. Paul Wilson: *Angriff*
28 Brett McBean: *Die Mutter*
29 F. Paul Wilson: *Nightworld*
30 Greg F. Gifune: *Blutiges Frühjahr*
31 Richard Laymon: *Vampirjäger*
32 Frank Festa (Hg.): *Kannibalen*
33 Kim Paffenroth: *Dying to Live – Die Traurigkeit der Zombies*
34 Jeffrey Thomas: *Tagebuch aus der Hölle*
35 Brett McBean: *Die Bestien*
36 Whitley Strieber: *Wolfen*
37 Tim Curran: *Zerfleischt*
38 Nate Southard: *Red Sky*
39 Bryan Smith: *Verkommen*

Brett McBean

# DIE BESTIEN

Aus dem Englischen von Doris Hummel

FESTA

Die australische Originalausgabe *Torment*
erschien 2011 im Verlag Severed Press.



Titelbild: iStockphoto.com


ISBN 978-3-86552-132-3

# PROLOG

Er konnte die Schmerzen nicht länger ertragen.

Die ständige Migräne. Das brennende Stechen, jedes Mal, wenn er seinen Kopf bewegte. Eingeweide wie Gelee. Die verrenkte Hüfte. Die Beine zwei verworrene Knoten aus glühendem Stahl – dies waren seine Andenken an den Unfall, und ein vielleicht niemals endender Fluch.

Trotzdem: So schmerzhaft diese Verletzungen auch sein mochten, keine von ihnen tat so weh, wie Rachels Stimme zu hören. Ihre Stimme, so erbarmungslos, als surre ein Moskito in seinem Ohr, klang dabei so klar, als stünde sie direkt neben ihm an diesem Straßenstand.

*»Du hast mein Leben zerstört!«*

*»Ich wünschte, ich hätte dich nie getroffen! Unser Sohn wäre nie gestorben, wenn ich dich nie getroffen hätte!«*

*»Hau ab und lass mich allein. Ich hasse dich!«*

Tag und Nacht quälte ihre geisterhafte Anwesenheit seine Seele.

Craig wusste, dass es nicht so sein musste. Wenn er seinen Stand, diese einsame Nebenstraße, einfach hinter sich lassen und überleben könnte, was immer auch in den Wäldern auf ihn wartete, wäre er endlich von Rachel befreit.

Mit ein wenig Glück würde er in einer Stadt landen und jemanden finden, der ihm seine Blechdose abkaufte. Es stand nirgends in den Regeln, dass er bis in alle Ewigkeit hinter diesem heruntergekommenen Straßenstand bleiben und darauf warten musste, dass irgendwann der oder die Richtige vorbeikam – nicht, wenn er mutig genug war, sich den Wäldern und den tobenden, seelenlosen Tieren zu stellen.

Auf dieser Nebenstraße herrschte nicht gerade viel Verkehr. Er konnte schon von Glück sagen, wenn alle paar Tage ein Auto vorbeifuhr, auch wenn die meisten von ihnen sowieso nicht stehen blieben. Diejenigen, die es doch taten – wie die

Frau, die vor ein paar Stunden neben dem Stand angehalten hatte, während ihn die beiden blonden Mädchen, die auf dem Rücksitz des Jeep Cherokee saßen, offen anstarrten –, blieben nur stehen, um nach dem Weg zu fragen: »Verflucht aber auch, wir müssen wohl irgendwie von der Hauptstraße abgekommen sein und uns verfahren haben.«

Es kam also äußerst selten vor, dass jemand anhielt, um tatsächlich eine Blechdose zu kaufen.

Die Frau heute Abend hatte sich noch nicht einmal die Mühe gemacht, aus ihrem Jeep auszusteigen. Sie hatte nur das Fenster heruntergekurbelt und nach dem Weg zur nächstgelegenen Stadt gefragt, da es bereits dämmerte und sie auf der Suche nach einer Unterkunft war.

Craig hatte sie gar nicht erst gefragt, ob sie eine Dose kaufen wollte – er konnte in ihren Augen erkennen, dass sie nicht zu den Menschen gehörte, die irgendeine alte Dose an einem schäbigen Straßenstand erstanden. Craig schüttelte daher nur den Kopf und erklärte ihr, er kenne hier in der Gegend keine Stadt, und damit war die Sache erledigt. Der Jeep setzte sich wieder in Bewegung, und Craig sah zu, wie sich der Wagen entfernte.

Dann fing er an, ernsthaft darüber nachzudenken, abzuhauen. Er hatte es satt, hinter dem Stand zu warten. Er hatte die Schmerzen satt. Als sich die Dämmerung in Nacht verwandelte, stand sein Entschluss fest.

Die Tiere wussten, dass er ging. Er konnte hören, wie sie kicherten und ihn dafür verspotteten, dass er versuchen wollte, zu fliehen. Sie wollten, dass er blieb, aber wenn er jetzt nicht abhaute, würden sie dafür sorgen, dass er leiden musste – dann würden sie endlich die Rache bekommen, nach der sie so verzweifelt gierten.

Craig sah zu der alten, verrosteten Dose hinunter, die um seinen Hals hing, das Blech blassgrau im Mondlicht.

*Sie werden mich nicht kriegen. Ich werde diese Dose mit meinem Leben beschützen, und ich werde es durch diese Wälder schaffen.*

Er ließ seinen Blick zu den dreißig Dollar hinüberwandern, die zusammengeknüllt auf dem Tisch neben dem Dutzend weiterer Blechdosen lagen, und überlegte, ob er das Geld an sich nehmen sollte. Dann entschied er sich jedoch, es mit den Tierskeletten und den fetten Fliegen zurückzulassen.

Er setzte seine *I ♥ Bush*-Kappe ab, wischte sich mit dem Unterarm über die Stirn und kicherte trocken – da war kein Schweiß, den er hätte wegwischen können. Er schüttelte den Kopf, nahm den Arm von der Stirn und setzte seine Mütze wieder auf.

*Die Macht der Gewohnheit.*

Angesichts der langen Tage und des stets taubenblauen Himmels, in dem die grelle Sonne brannte, hätte man meinen können, es sei Sommer, und ein verflucht heißer Sommer obendrein – solche Tage hatte er immer geliebt.

»Zeit zu gehen«, murmelte Craig.

Er trat hinter dem Tisch hervor auf die Straße, die mit dem Blut unzähliger toter Tiere – und nicht weniger Menschen – befleckt war, und machte sich in Richtung des dichten Waldes auf. Kurz, bevor er den Waldrand erreichte, drehte er sich noch einmal zu dem Stand um, an dem die Tiere wie aufgereihte Trophäen an einer Jahrmarkt-Schießbude hingen, zu der Blechdosensammlung und dem Schild mit der Aufschrift: *Überfahrene Tiere zu verkaufen. Gut und frisch.* Am längsten blieb sein Blick jedoch an den Worten hängen, die in verblassender roter Farbe daneben standen, dem Grund, weshalb er in diesem Kreis der Hölle gefangen war: *Seelen zu verkaufen.*

Die Blechdose fest gegen sein stummes Herz gepresst, sodass sich die Schnur in seinen Nacken grub, wandte Craig Becker sich endgültig von dem Stand ab, starrte in den Wald und zu den Augen, die darin leuchteten, und wagte sich hinein.

Das Mädchen saß aufrecht gegen den rauen Stamm einer Kiefer gelehnt und beobachtete alles.

Das Licht in der Hütte war eingeschaltet und sie konnte Gelächter hören, Schreie und Gebrüll. Die Geräusche schwebten, mal leiser, mal lauter, durch die warme Sommernacht. Sie erinnerten das Mädchen an das Heulen eines Kojoten oder an die Schreie eines Rotluchses und ließen das Blut in seinen Adern gefrieren. Das Mädchen wusste nur zu gut, was in der Hütte vor sich ging, aber es hatte nicht die Macht, es aufzuhalten.

Mit einem Seufzen zog Darlene ihre Knie ganz nah an ihre Brust und legte ihre linke Wange auf ihr nacktes Knie.

Sie war herumgelaufen, ohne bestimmtes Ziel durch die dichten Bergwälder gewandert, wie sie es bei wärmerem Wetter häufig tat – in ihrem Wohnwagen war es zu stickig, und sie war zu unruhig, um zu schlafen –, als sie das Dröhnen von Motoren hörte.

Ihr war beinahe das Herz stehen geblieben, und der Schweiß auf ihrer Stirn war zu Eis gefroren. Sie wusste, was Autos bedeuteten. Es gab nur einen Grund, warum jemand nachts, um diese Zeit, zur Hütte kommen sollte.

Sie schlich zu der Hütte hinüber, versteckte sich und beobachtete, wie ein schwarz-weißer Streifenwagen vor dem hohen Maschendrahtzaun stehen blieb und ihm bald darauf ein dunkler Jeep folgte. Das Schlusslicht bildete der vertraute schwarze Pick-up.

Sergeant White, der ein dunkelblaues Hemd und dunkelblaue Hosen trug, sprang aus dem Streifenwagen. Eine große, attraktive Blondine und zwei kleine Mädchen, ebenso hübsch wie ihre … *Mom?* … stiegen aus dem Jeep. Chief Bailey stieg aus dem Pick-up. Er war nicht im Dienst und trug daher ein weißes Poloshirt und Jeans.

Sie hörte sie sprechen, und auch wenn sie zu weit entfernt war, um etwas zu verstehen, konnte sie sich denken, was der Sergeant sagte: *Das hier ist eine besonders hübsche Hütte, Sie werden hier eine gemütliche Nacht verbringen. Ich weiß, sie sieht nicht nach besonders viel aus, aber sie ist sauber, und Sie werden hier sicher sein. Gut, dann werde ich mal das Tor öffnen, dann können Sie und Ihre Mädchen reingehen ...*

Sie sah dem Sergeant dabei zu, wie er das Tor aufschloss, den von Stacheldraht gekrönten Maschendrahtzaun zur Seite schob und die drei Fremden zu der Hütte hinaufführte, der Chief dicht hinter ihnen.

Sie hatte den verzweifelten Wunsch verspürt, den Fremden zuzurufen, wegzulaufen und verdammt noch mal von hier zu verschwinden, aber ihr Mund wollte einfach nicht funktionieren, und davon abgesehen wusste sie, dass es ohnehin keinen Sinn gehabt hätte.

Sie hatte schon einmal den Mund aufgemacht. Sie erinnerte sich nur allzu gut an die Folgen.

Manchmal konnte sie das Blut noch immer in ihrem Mund schmecken.

Sie hatte also, vollkommen hilflos, mit angesehen, wie sie im düsteren Maul der Hütte verschwanden, die Lichter im Inneren angingen und sich das Maul wieder schloss. Die Schreie ertönten schon kurze Zeit später.

Sie wusste, was als Nächstes passieren würde. Und tatsächlich: Zwanzig Minuten später tauchten weitere Autos auf, unter anderem auch ein zweiter Streifenwagen des Billings Police Departments. Dem neu eingetroffenen Wagen entstiegen die üblichen Verdächtigen, darunter auch Ethan – ein Mechaniker, der dafür sorgen würde, dass der Jeep am Montag nur noch eine Ansammlung von hundert Ersatzteilen war – und sein bester Freund Billy, Dr. Tingle sowie die Officers Buck und Bartlett. Sie alle waren nun seit beinahe einer Stunde dort drinnen. Sie hörte sie lachen, während die hübsche Frau und ihre beiden hübschen Mädchen schrien und weinten, auch wenn Letztere mittlerweile immer seltener zu hören waren.

Darlene legte eine Hand auf ihren Bauch.

Sie schloss die Augen und dachte: *Ich werde nicht zulassen, dass dir jemals jemand wehtut. Keine Angst, diese Schweine werden dir kein Haar krümmen.*

Als sie ihre Augen wieder öffnete, bemerkte sie, dass sich zu ihrer Rechten etwas bewegte. Zunächst hielt sie es für ein wildes Tier, einen Schwarzbären vielleicht, aber die finstere Gestalt war zu schmal und sie schien sich wie ein Mensch fortzubewegen.

Sie sah, wie der Mensch durch den Wald stolperte. Als er in den Lichtschein der Hütte schwankte, erkannte sie, dass er schlimm zerschnitten war und blutete. Irgendetwas hing um seinen Hals und schaukelte wie ein großes Pendel hin und her.

Es sah aus wie eine Blechdose. Der Mann trug eine Blechdose, die klappernd gegen seine Brust baumelte, an einer Schnur um den Hals.

Ein weiterer Fremder war in ihre Welt gestolpert.

Sämtliche Muskeln angespannt, beobachtete Darlene das Geschehen weiter.

Craig glaubte wirklich, das Glück sei auf seiner Seite, als er auf die Hütte stieß.

Obwohl er die brutalen Angriffe der Tiere überlebt hatte, war er verwundet, schwer verwundet. Und was die Sache noch schlimmer machte: Sie verfolgten ihn.

Er wusste, dass sie ihm nur so viel Angst einjagen und so große Schmerzen zufügen wollten, dass er es sich wieder anders überlegte und an seinen Straßenstand zurückkehrte. Trotzdem war er entsetzlich müde und verspürte bereits schreckliche Schmerzen. Er war sich ganz und gar nicht sicher, wie lange er noch durchhalten würde, wenn er sich noch länger durch diese Wälder schleppte, gegen Bäume prallte und über Büsche und Kletterpflanzen stolperte und sich ständig fragen musste, wann ihn wohl das nächste Tier angriff. Bislang hatte ihr Drohgebaren jedoch noch keinen Erfolg gehabt. Selbst als die Kojoten ihn zum zweiten Mal angegriffen und seine Brust, seine Knöchel und sein Gesicht zerkratzt hatten, hatte er sich gezwungen, weiterzugehen, wild entschlossen, die Zivilisation zu finden – ganz gleich, ob in Form einer Stadt, eines einsamen

Hauses oder von ein paar Campern – und mit ihr hoffentlich jemanden, der bereit war, seine Dose zu kaufen.

Darum lächelte er auch erleichtert und dankte einer höheren Macht, als er die Lichter aus der Ferne entdeckte. Als er sich ihnen näherte, sah er nicht nur die Hütte, sondern auch die Autos, die davor parkten, darunter auch ein Polizeiwagen und ein Jeep, der dem ähnelte, den die blonde Frau gefahren hatte.

Als er auf die Hütte zustolperte, erkannte er den Stacheldraht, der sich auf dem Maschendrahtzaun entlangzog, und sah dann das Schild, das am Tor des Zauns angebracht war: *Nur für Personal. Auf Unbefugte wird geschossen.*

Der Anblick weckte zwar Besorgnis und Argwohn in Craig, aber er schob seine Ängste beiseite – und ignorierte seine Intuition. Er brauchte einen Ort, an dem er sich verstecken, sich erholen konnte. Dies war das erste Anzeichen der Zivilisation, dem er begegnet war, und er hatte keine Ahnung, wie weit es noch bis zur nächsten Stadt oder Hütte war.

Davon abgesehen sah es so aus, als befänden sich auch Polizisten in der Hütte, und daher schrieb Craig den Stacheldraht und das Schild übervorsichtigen Bewohnern zu und rüttelte am Tor.

Verschlossen.

Irgendwo hinter ihm knackte ein Zweig. Er wirbelte herum und suchte mit zusammengekniffenen Augen die Dunkelheit und die schattigen Bäume und Büsche ab. Er konnte sie zwar nicht sehen, aber er spürte, dass die Tiere dort draußen waren, ihn beobachteten und darauf warteten, dass er sich bewegte.

*Scheiß drauf,* dachte Craig, drehte sich um und rief: »Hey, kann mich irgendjemand hören? Bitte, ich bin verletzt und brauche Hilfe!«

Er rüttelte erneut an dem Maschendrahtzaun. Das Geräusch von Metall auf Metall klang furchtbar laut und schrill.

Er wartete.

Die Tür der Hütte blieb verschlossen.

*Kommt schon, antwortet mir, verdammt noch mal!*

Er wusste, dass dort drinnen Leute waren – abgesehen von den davor parkenden Autos und dem Licht, das in der Hütte brannte, konnte er auch Gebrüll und Gelächter hören.

*Eine Party. Die feiern eine Party, während ich hier draußen mit dem Tod ringe.*

Er rüttelte noch einmal am Zaun, dieses Mal energischer.

Endlich öffnete sich die Tür der Hütte, Licht ergoss sich auf die Veranda und eine dunkle Gestalt erschien, die beinahe den gesamten Türrahmen ausfüllte. »Wer ist denn da draußen?«, fragte eine tiefe, knurrende Stimme.

Craig schluckte. »Mein Name ist Craig Becker. Bitte, ich bin verletzt und habe mich verirrt. Mein … mein Auto ist auf irgendeiner Nebenstraße liegen geblieben, und diese wilden Tiere … sie haben mich angegriffen, und ich habe die ganze Zeit nach irgendjemand gesucht, der mir helfen kann.«

Die große Gestalt stapfte die Verandastufen hinunter, ging über den Rasen und blieb nur wenige Schritte von Craig entfernt stehen.

Durch das Torgitter sah Craig einen großen, breitschultrigen Mann um die vierzig. Er hatte einen dicken Nacken, eckige Kiefer, kleine, durchdringende Augen und einen Bürstenhaarschnitt. Er sah aus wie ein Armeeausbilder – oder wie ein Polizist.

Was er, wie Craig schnell klar wurde, auch war.

Er trug ein dunkles Hemd mit drei glänzenden goldenen Sternen auf beiden Seiten des Kragens. Das Hemd hing über seiner dunklen Hose und war von Schweißflecken durchzogen. Über seiner rechten Hüfte war es stark ausgebeult. Craig vermutete dort die Pistole des Polizisten.

Trotz allem, was er in seinem früheren Leben vielleicht über Polizisten gedacht haben mochte, war Craig erleichtert, dass er sich nun in Anwesenheit eines Gesetzeshüters befand – er fühlte sich sicher. Schließlich hätte in der Hütte ebenso gut eine Familie inzestuöser Psychopathen hausen können.

»Was zur Hölle ist denn mit dir passiert?«, fragte der hochgewachsene Polizist. Er runzelte die Stirn, und seine ohnehin sehr harten Gesichtszüge verwandelten sich in Granit.

»Wie ich schon sagte, mein Wagen ist liegen geblieben, und diese Tiere haben mich angegriffen.«

»Was du nicht sagst«, schnaubte der Beamte.

»Hören Sie, kann ich vielleicht kurz reinkommen? Ich bin total fertig und könnte echt eine Pause gebrauchen, und vielleicht einen Schluck Wasser. Verbandszeug wäre auch nett. Ich mache Ihnen bestimmt nicht zu viele Umstände.«

Der Polizist leckte sich die Lippen. »Bist du allein?«

Craig nickte.

»Bis du bewaffnet?«

Craig schüttelte den Kopf.

Der Polizist schob seine rechte Hand in seine Hosentasche und zog einen Schlüsselbund heraus. Offensichtlich waren es aber die falschen Schlüssel, da er sie sofort wieder verschwinden ließ, in seine andere Tasche griff und einen weiteren Schlüsselbund hervorholte. Er hielt die Schlüssel ins Mondlicht, und als er den richtigen gefunden hatte, öffnete er das Vorhängeschloss und schob das Tor auf.

Craig stürzte förmlich auf das eingezäunte Grundstück. »Danke, oh, vielen Dank, Mister.«

Der Beamte schob das Tor zurück und verschloss es wieder.

Craig runzelte die Stirn, setzte jedoch ein Lächeln auf, als der große Mann sich zu ihm umdrehte.

»Sag mal, was hast du denn da um den Hals?«

Craig räusperte sich. »Das ist eine Blechdose.«

Der Polizist schnaubte.

Craig konnte Bier, Zigarrenrauch und irgendetwas anderes, etwas Süßes, Beißendes in seinem Atem riechen. »Ja, das sehe ich. Aber wozu ist das verdammte Ding gut?«

»Persönliche Sachen«, antwortete Craig. »Da sind persönliche Sachen drin, die ich nicht im Wagen lassen wollte.«

Der Polizist zuckte die Achseln. »Wie du meinst. Dann komm mal mit rein.«

Craig folgte ihm. »Also, äh, wie heißen Sie eigentlich? Ich wüsste gern den Namen des Mannes, der mir das Leben gerettet hat.«

Der Polizist stampfte die Verandatreppe hinauf.

Auf halber Höhe blieb er stehen und drehte sich um.

Craig wäre beinahe gegen den massigen Körper des Mannes geprallt.

»Bist du zimperlich, Craig?«

Craig runzelte erneut die Stirn. »Wie?«

Von drinnen drang das Lachen und Johlen mehrerer Männer an Craigs Ohr. Hin und wieder konnte er aber auch etwas hören, das wie ein Wimmern klang. Außerdem nahm er einen seltsamen Geruch wahr, eine Mischung aus Bier, Schweiß, Rauch und …

*Blut?*

Die Angst traf ihn mit voller Wucht.

»Äh, ihr Jungs feiert da drin wohl 'ne Party, wie?«, bemerkte Craig und suchte verzweifelt nach irgendetwas, das er hätte sagen können. Er wollte sich nur noch umdrehen und wegrennen, aber dann erinnerte er sich wieder daran, was in den Wäldern auf ihn wartete.

Der Polizist grinste. Es war kein schöner Anblick. »So was in der Art.«

Dann drehte er sich wieder um, stieg die restlichen Stufen zur Veranda hinauf und ging durch die offen stehende Tür der Hütte. »Komm rein«, rief er nach draußen, aber es klang eher nach einem Befehl als nach einer Einladung.

Zögernd folgte Craig ihm.

*Entspann dich. Was kann schlimmstenfalls schon passieren?*

Er trat durch die Tür in die Hütte. Das Licht tat ihm in den Augen weh, und es dauerte einen Moment, bis er richtig erkennen konnte, was er vor sich sah.

Als sich seine Augen an das Licht gewöhnt hatten und alle Einzelszenen zu einem Gesamtbild verschmolzen waren, drehte sich ihm der Magen um.

Auf dem Boden befanden sich vier Matratzen. Auf drei davon lagen die blonde Frau und ihre beiden Töchter. Sie waren nackt, Blut befleckte ihre blassen, glänzenden Körper. Die Laken der beiden Mädchen waren blutgetränkt. Eines der Mädchen, die Jüngere, lag in Embryostellung, den Daumen im Mund, zitternd und wimmernd da, die andere lag ausgestreckt auf ihrer Matratze und starrte mit aufgerissenen Augen an die Balken unter der Decke. An ihrer Kehle reihten sich dunkelblaue Flecken aneinander. Sie schien nicht zu atmen.

Die Frau, die noch vor wenigen Stunden angehalten und Craig nach dem Weg in die nächste Stadt gefragt hatte, lag auf dem Bauch, ihr Gesicht in das schmutzige Laken gepresst.

Ein kleiner, fetter alter Mann lag auf ihr und schob seinen Körper mit heftigen Bewegungen vor und zurück. Obwohl sie durch die Matratze gedämpft wurden, klangen die Schreie der Frau, als kratze jemand mit einem Stein über eine Glasscheibe.

Ein halbes Dutzend Männer saßen auf zwei Sofas verteilt drum herum. Die meisten hatten sich entspannt zurückgelehnt und masturbierten. Ein weiteres Dutzend stand im Zimmer und schaute zu, die Hälfte von ihnen mit dem Schwanz in der Hand, das Haar feucht vom Schweiß. Alle riefen durcheinander und feuerten den alten Mann an.

»Weiter so, Doc!«, brüllten sie. »Besorg's ihr richtig!«

Leere und halb leere Pizzakartons lagen offen auf dem Tisch und vor den Sofas verstreut, und der Rest des Tisches sowie der Boden rundherum waren mit zahlreichen Flaschen und Dosen verschiedener Biersorten zugemüllt. Dicke braune Zigarren ruhten in Aschenbechern. Gelegentlich griff einer der Männer, die auf den Sofas saßen, nach einer der Zigarren, zog daran, blies eine Rauchwolke aus, legte sie zurück und streichelte wieder seinen Ständer.

Craig nahm all das in sich auf, aber sein Gehirn war kaum dazu in der Lage, es zu verarbeiten.

Dann hörte er entfernte Stimmen:

»Wer ist das denn, verdammt noch mal?«

»Was zur Hölle ist denn mit dem passiert?«

»Was hat er da um den Hals?«

Aber die Stimme, die ihm den kältesten Schauer über den Rücken jagte, kam von hinten: »Willkommen in Billings, Fremder.« Dann, lauter: »Was sollen wir jetzt mit ihm machen, Chief?«

Einer der Männer, die hinter den Sofas standen – ein großer Kerl, der ein Poloshirt, Jeans und eine dunkelblaue Baseballkappe mit goldenem Polizeiabzeichen trug –, sagte: »Schafft ihn erst mal ins Hinterzimmer. Wenn wir die Leichen begraben haben, sperren wir ihn im Keller ein.«

*Im Keller?*

*Verdammt.*

Craig versuchte wegzurennen.

»Nein, das wirst du nicht«, sagte eine tiefe, raue Stimme.

Irgendetwas Schweres knallte gegen Craigs Hinterkopf, Lichter explodierten vor seinen Augen, und dann umhüllte ihn die Dunkelheit.

Darlene wartete noch eine Weile, aber es überraschte sie wenig, dass der Fremde mit der Dose um den Hals nicht wieder aus der Hütte auftauchte.

*Das war's dann wohl für ihn. Der Typ is' definitiv erledigt.*

Der Fremde hatte vielleicht noch Zeit bis morgen früh, bevor sie ihn umbringen würden – sie fragte sich, ob sie wohl vorher noch herausfinden konnte, was sich in der Dose befand.

Als sich die Tür der Hütte öffnete, dachte Darlene schon, die Party sei für diese Nacht vorbei, aber der Chief war der Einzige, der herauswankte. Die Blechdose des Fremden baumelte in seiner Hand.

Sie sah zu, wie der Chief auf der Veranda stehen blieb, einen Schluck aus der Bierdose nahm, die er in der anderen Hand hielt, sie dann auf dem Verandageländer abstellte, die Blechdose an seine Brust drückte und den Deckel öffnete. Er schaute hinein, zuckte jedoch sofort wieder zurück, so als habe jemand mit einer Schleuder auf ihn geschossen.

Sie konnte ihn rufen hören: »Hölle, verflucht!«, und dann knallte der Chief den Deckel wieder auf die Dose und trampelte die Verandastufen hinunter. Er schleuderte die Blechdose an der Hüttenwand entlang auf einen der zahlreichen Haufen aus Abfall und anderem Kleinkram, die rund um die Hütte verstreut lagen. »Müll«, murmelte er.

Mit einem Kopfschütteln marschierte Chief Bailey die Treppe wieder hinauf, schnappte sich sein Bier, nahm einen ausgiebigen Schluck, warf die Dose ins Gras hinunter, ging dann zurück in die Hütte und knallte die Tür hinter sich zu.

Darlene blickte zu der Blechdose hinüber, die er wie einen alten Spüllappen weggeworfen hatte.

Sie dachte daran, wie der Fremde sie um seinen Hals getragen hatte – was immer sich auch darin befinden mochte, es musste von Bedeutung für ihn gewesen sein, auch wenn das für den Chief ganz offensichtlich nicht galt.

Sie hatte Mitleid mit dem Fremden.

Sie wusste, wie es war, wenn man so gut wie nichts von Wert besaß und seine magere Habe trotzdem – oder vielleicht gerade deswegen – besonders schützen wollte.

Vielleicht könnte sie, wenn sie irgendwie an die Dose herankam, versuchen, sich in die Hütte zu schleichen und sie dem Fremden zurückzugeben.

Der Fremde wünschte sich seine Dose bestimmt zurück. Wenn ihr jemand irgendetwas weggenommen hätte, das ihr gehörte, dann hätte sie es auf jeden Fall gerne wieder zurück gehabt, so viel wusste sie.

Darlene fühlte sich müde und ihr war ein wenig flau, als sie schließlich aufstand und sich wieder nach Hause aufmachte, zurück zu ihrem Wohnwagen tief in den Bergen.

Kurze Zeit später schreckte Craig Becker aus dem Schlaf hoch.

Er wusste sofort, dass sie fort war. Er konnte ihre Abwesenheit spüren, fühlte sich schwächer ohne sie.

Man hatte ihm seinen wertvollsten Besitz genommen. Nun hatte er keine Chance mehr, seine Blechdose zu verkaufen, keine Chance mehr auf Freiheit von einem Leben in dieser Hölle.

*Werde ich sie je zurückbekommen?*

Er bezweifelte es.

Craig schüttelte den Kopf. Wer hatte sie ihm weggenommen? Der große Polizist, der so furchteinflößend aussah? Oder der eher kräftige Typ, den er Chief genannt hatte? Wer es auch gewesen war, er hatte keine Ahnung gehabt, was er in Händen hielt. Und wenn seine Neugier gesiegt hatte – und Craig wusste, dass dem so war –, dann stand ihm eine Welt der Schmerzen bevor. Er würde erfahren, wie es sich anfühlte, zu sterben.

Craig kroch rückwärts, bis er gegen eine Wand stieß, lehnte sich dagegen und grinste, trotz seiner trostlosen Lage und des Geruchs frisch umgegrabener Erde, der in seine Nase drang, in die Dunkelheit hinein.

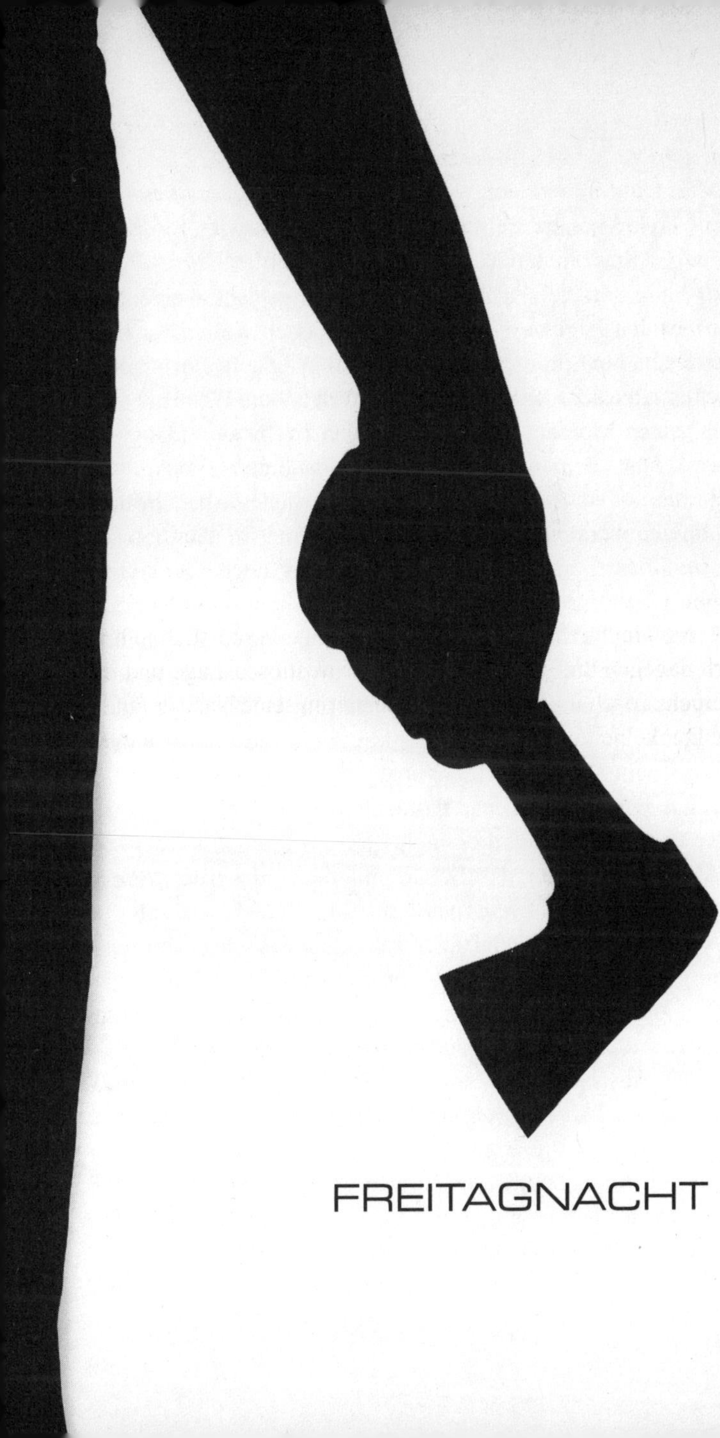

# FREITAGNACHT

# EINS

Jim Clayton konnte sich nicht daran erinnern, wie er in dieser winzigen Stadt in den Bergen gelandet war.

Er hatte dort keinen Zwischenstopp eingeplant – eigentlich hatte er den Highway 76 gar nicht verlassen wollen. Er hatte vorgehabt, bei Einbruch der Dunkelheit in Atlanta einzutreffen, aber es sah ganz so aus, als habe die Welt andere Pläne mit ihm.

Im einen Moment rollte er noch den Highway entlang, ein entspanntes Lächeln auf seinem roten, staubigen Gesicht, während die tief stehende Sonne den sommerlichen Abendhimmel in ein atemberaubendes Orange tauchte, und im nächsten war es stockfinster und er lenkte seine Harley über eine rissige, zugewachsene, schmale Nebenstraße.

Manchmal verlor er sich in Tagträumen, eine Angewohnheit, die er in Sing Sing entwickelt hatte: Obwohl seine Augen seine Umgebung wahrnahmen, verarbeitete sein Verstand die Bilder nicht, und so konnte sein Geist frei durch die Welt wandern, obwohl sein Körper in einer winzigen Zelle festsaß.

Jim nahm an, dass genau das auch hier passiert war – es war die einzige Erklärung, die Sinn ergab.

Aber als er dann das Schild mit der Aufschrift *Billings, Georgia: 1156 Einwohner* passierte, sagte er sich, was soll's, es ist vielleicht nicht Atlanta, aber was macht das schon? Er musste nirgendwo Besonderes hin, er war nicht in Eile – warum also nicht einen kleinen Zwischenstopp einlegen und die aufrichtige Gastfreundschaft einer Südstaatenkleinstadt genießen?

Allem Anschein nach konnte er hier jedoch keine allzu große Gastfreundschaft erwarten. Die Stadt sah tot aus. Er fuhr eine Straße hinunter, die er für die Hauptstraße hielt, und kam an mehreren dunklen Schaufenstern und düsteren Häusern vorbei, bis er in der Ferne schließlich ein von Neonlichtern erhelltes Gebäude sah, vor dem einige Fahrzeuge parkten.

Er nahm an, dass er die Nacht in Billings verbringen könnte, aber selbst wenn er hier keinen Platz zum Schlafen fand, konnte er zumindest fragen, wo sich die nächste Stadt befand, die eine Unterkunft zu bieten hatte. Oder sich zumindest den Weg zurück auf den Highway erklären lassen, je nachdem, was ihn am schnellsten zu einem Bett führen würde – er war todmüde und fühlte sich bleischwer.

Während er auf die Bar zufuhr, bemerkte er zu seiner Rechten eine Polizeiwache, ein kleines Ziegelgebäude, das allem Anschein nach geöffnet war. Beim Anblick der Wache, aus deren Fenstern Licht auf den Gehweg fiel, krampfte sich Jims Magen zusammen. Er hatte keinen Grund, nervös zu sein, aber das war nun einmal die automatische Reaktion eines Menschen, der die letzten achtzehn Jahre damit zugebracht hatte, sich mit besonders unerbittlichen Autoritätspersonen herumzuschlagen.

Als er die Kneipe erreichte, lenkte er die Harley neben einen schwarzen Pick-up, schaltete erst den Scheinwerfer aus, dann den Motor, und stieg von seinem Chopper.

Er nahm den Helm ab, atmete die dünne, frische Bergluft tief ein und legte den Helm dann auf den Motorradsitz. Er zog seine Lederhandschuhe aus und schob sie in die Gesäßtasche seiner Jeans.

Die abgeschabte grüne Tasche, die er hinten auf seinen Chopper geschnallt hatte, ließ er zurück – sie enthielt ein paar Klamotten, eine Zahnbürste und Zahncreme, Deo, einen elektrischen Rasierapparat und eine alte, zerfledderte Ausgabe von *Der Keller,* die er mindestens schon fünfmal gelesen hatte, also nichts, was irgendjemand hätte stehlen wollen – und ging auf die Eingangstür der Davey's Tavern zu.

In dem Moment, als er die Kneipe betrat, schlug ihm eine widerliche Mischung aus Schweiß, Alkohol und fader Countrymusik entgegen. Recht vertraute Gerüche und Klänge.

Und eine vertraute Umgebung. Die Wände waren von den üblichen Bierreklameschildern erleuchtet, und in dem Fernseher, der wie ein kaltes, wachsames Auge über der Theke thronte, lief ein Baseballspiel – wie die Geräte in den meisten Bars Amerikas schien auch dieses nur einen Kanal vernünftig empfangen zu können.

Diese Kneipe hatte jedoch ein wenig mehr Klasse als die meisten anderen: Sie war sauber, und ihre holzgetäfelten Wände, die Tische und der Tresen sahen aus, als seien sie erst kürzlich poliert worden.

Als Jim sich durch Schwaden aus Zigaretten- und Zigarrenrauch dem Tresen näherte, wurde er von den üblichen Seitenblicken und dem zu erwartenden Gemurmel begleitet. Jim war daran gewöhnt. Er wusste, dass er einen ungewöhnlichen Anblick bot: Er war 1,96 Meter groß, schlank, aber muskulös, trug sein dunkles Haar, das durch die vielen Motorradfahrten zwar nicht schmuddelig, aber immerhin ziemlich zerzaust war, schulterlang, und sein leichtes Hinken erwartete man für gewöhnlich nur bei jemandem, der mindestens 30 Jahre älter war als er mit seinen 38 Jahren.

Die Gästeschar bestand an diesem Freitagabend hauptsächlich aus älteren Männern, deren Bäuche über ihre Jeans quollen, aber hier und da sah er auch ein paar Frauen und jüngere Kerle – keiner der Gäste trug jedoch etwas Exotischeres als Jeans und T-Shirt.

Jim steuerte auf einen leeren Hocker an der Bar zu und zog seine Lederjacke aus. Nicht, dass er sich damit fehl am Platze gefühlt hätte – dieses Thema hatte er längst abgehakt –, aber durch die stickige Luft in der Kneipe brach ihm der Schweiß aus, und, bei Gott, danach stank der Laden schon genug. Er legte seine Jacke über den nächsten Hocker links von sich, setzte sich und nickte dem Kerl zu, der auf dem Hocker rechts von ihm saß, woraufhin der lediglich ein Schnauben ausstieß und sich wieder seiner Flasche Coors widmete. Dann machte Jim den Barkeeper auf sich aufmerksam und sagte: »Ein Gingerale.«

Der Barkeeper, ein kleiner Mann mittleren Alters, mit schmalem Gesicht und seltsam traurigen Augen, den eine ungeheure Schwere zu umgeben schien, so als laste die Verantwortung dafür, dass das Dach der Kneipe nicht einstürzte, allein auf seinen Schultern, runzelte die Stirn und erwiderte: »Wir haben kein Gingerale.«

Der Typ mit dem Coors kicherte, verstummte jedoch sofort wieder, als Jim ihm einen scharfen Blick zuwarf.

»Und wie ist es mit einer Coke?«, fragte Jim.

Der Barkeeper nickte, schnappte sich ein Glas aus dem Regal über ihm und sprudelte einen schwarzen Limonadenstrahl in das Glas. Er füllte es nur bis zur Hälfte und knallte es, ohne ein paar Eiswürfel hineinzuwerfen, heftiger als nötig auf den Tresen. »Zwei fünfzig.«

Jim spielte mit dem Gedanken, entweder um ein volles Glas oder einen Preisnachlass zu bitten, aber er spürte noch immer sämtliche Augen im Raum auf sich ruhen, deshalb holte er nur seine Brieftasche heraus und reichte dem Mann das Geld.

»Wo kommst du her?«, fragte der Barkeeper, während er das Geld in die Kasse warf.

»Nirgendwo Bestimmtes«, antwortete Jim und stürzte die halbwegs kühle Limonade hinunter. »Verdammt, das hab ich gebraucht«, sagte er und lächelte den Barkeeper an. Der Barkeeper erwiderte sein Lächeln nicht.

»Bist du 'n Biker? Falls du einer bist: Wir wollen hier keinen Ärger.«

Jim nahm noch einen Schluck von seiner Cola und bewegte die Flüssigkeit in seinem Mund hin und her, bevor er schluckte. »Ich bin den ganzen Tag durch diese Hitze gefahren. Verdammt, schmeckt das gut.«

Der Barkeeper legte den Kopf zur Seite und blickte Jim irritiert an.

»Ich glaube, Stan hat dich was gefragt«, sagte der Mann, der neben Jim saß. Dem Klang seiner Stimme nach zu urteilen war das heute Abend nicht sein erstes Bier.

Jim holte tief Luft. »Ich bin kein Biker. Ich fahre nur durch unser wunderbares Land und schaue mir die Sehenswürdigkeiten an.« Jim griff sich eine Handvoll Nüsse aus einer

Schüssel auf dem Tresen, warf sie sich in den Mund und spülte den salzigen Geschmack dann mit dem Rest seiner Coke runter.

»Du hast die andere Frage aber noch nicht beantwortet«, bohrte der Barkeeper nach.

»Die da war?«

»Du wirst uns doch wohl keinen Ärger machen, oder?«

Jim war versucht, den Barkeeper darauf hinzuweisen, dass er ja genau genommen nur festgestellt hatte, dass Jim hier keinen Ärger machen würde und ihm eigentlich gar keine Frage gestellt hatte, aber er beschloss, die Sache lieber auf sich beruhen zu lassen. »Ich hab hier nur angehalten, weil ich was trinken wollte, dann fahre ich weiter«, antwortete Jim. »Das ist alles.«

Der Barkeeper nickte, schenkte Jim ein seltsam schiefes Lächeln und entgegnete: »Gut. Es ist nur so, dass wir schon öfter Ärger mit Bikern und Leuten von außerhalb hatten, das verstehst du sicher. Noch eins?«

Jim nickte und reichte dem Barkeeper das leere Glas. Als er es gefüllt hatte – oder zumindest fast –, nahm ihm Jim das Glas wieder ab und leerte es in einem Zug.

»Das geht aufs Haus«, sagte der Barkeeper.

»Danke«, erwiderte Jim, während ihn das Gefühl beschlich, dass es auch sein Letztes sein sollte.

»Hier fahren nicht viele Fremde durch, schon gar nicht nach Einbruch der Dunkelheit. Wir sind hier schließlich ziemlich weit ab vom Schuss. Hast du dich verfahren?«

Jim dachte gut über seine Antwort nach. »Ich schätze, das könnte man so sagen. Ich war gerade ein paar Wochen in Knoxville, und jetzt bin ich auf dem Weg runter nach Atlanta. Ich wollte eigentlich bei Einbruch der Dunkelheit in Atlanta sein, aber ich schätze, ich bin wohl irgendwie vom Kurs abgekommen.«

*Um es vorsichtig auszudrücken.*

»Wie dem auch sei, ich hab noch eine stundenlange Fahrt vor

mir, bevor ich in Atlanta ankomme. Ich bin sowieso schon erledigt, deshalb fand ich, es wäre das Beste, wenn ich mir für heute Nacht ein Zimmer suche. Dann bin ich hier gelandet und dachte, ich versuch einfach mal mein Glück.«

»Willkommen in Billings, mein verirrter Freund«, sagte der Barkeeper mit flacher Stimme. »Außer uns Kleinstädtern gibt's hier nicht viel.«

Jim lächelte. »Immer noch besser als Großstädter.«

Der Barkeeper nickte langsam. »Kommst du aus 'ner Großstadt?«

»Der größten. Und, kann ich hier in Billings irgendwo übernachten?«

»Ich fürchte nicht«, antwortete der Barkeeper hastig. »Wir sehen hier nicht viele von auswärts. Da brauchen wir keine Hotels oder Motels. Es gab mal das Billings Motor Inn, aber das hat schon vor Jahren dicht gemacht. Keine Ahnung, wieso Clara das überhaupt gebaut hat.« Der Barkeeper zuckte mit den Schultern. »Jedenfalls gibt's in ganz Billings jetzt keine Unterkunft mehr.«

»Wie wär's denn mit der Hütte?«, warf der Mann neben Jim ein, der nun halb eingeschlafen und völlig betrunken klang. »In den Hinterzimmern stehen ein paar Betten.«

Der Barkeeper warf dem Mann einen ängstlichen *Halt-verdammt-noch-mal-die-Klappe*-Blick zu. »Die ist seit Jahren geschlossen, Sam, das weißt du doch. Die fällt schon halb auseinander.«

»Was erzählst du denn da? Also, erst letzte Nacht ...«

»Kümmer' dich gar nicht um Sam«, würgte der Barkeeper den alten Mann ab. Er drehte sich wieder zu Jim, und seine Lippen zitterten, als er versuchte zu lächeln. »Er ist betrunken und ...« Plötzlich erlosch sein fahles Lächeln, und seine Augen weiteten sich.

»Alles in Ordnung?«, fragte Jim, und dann spürte er, dass sich jemand von hinten an ihn herangeschlichen hatte.

Jim drehte sich um und sah einen stämmigen, breitschultrigen

Mann hinter dem zu Tode erschrockenen Sam stehen, der auf die große Hand starrte, die sich in seine Schulter krallte. Der Mann hatte einen kurzen Militärhaarschnitt und eine große, fleischige Nase, die ein paar Nuancen röter war als der Rest seines Gesichts. Jim bemerkte auch das Halfter, das auf seiner rechten Hüfte saß und aus dem der Griff einer kleinen Pistole hervorlugte.

Auf Jim wirkte er wie ein Polizist, der nicht im Dienst war.

»Äh, hi Dale«, stammelte der Barkeeper und verschwand dann schleunigst, um einen bärtigen Mann am anderen Ende der Bar zu bedienen.

Der Mann sah Jim mit festem Blick an. »Du bist ganz schön groß. Bist du Ringer?«

»Wohl kaum«, antwortete Jim mit einem vorsichtigen Lächeln. »Ich meine, ich hab in der High School eine Zeit lang gerungen, und ich war gar nicht mal schlecht, aber dann hab ich mich irgendwie ablenken lassen – von den Mädchen.«

»Hast du auch 'nen Namen?«

»Jim.«

»Klingt wie der Name eines Ringers. Ist das deine Maschine da draußen, Jim?«

Jim nickte.

»Also, die Dinger sind echt gefährlich.« Der Mann hob seine buschigen Augenbrauen und kräuselte seine dünnen Lippen. »Gut, ich wollte nur mal Hallo sagen. Ich wünsche dir einen angenehmen Aufenthalt in Billings. Oh, und bestell dir noch 'ne Limo. Auf mich.« Der Mann zwinkerte, drückte Sams Schulter so fest, dass der alte Mann zusammenzuckte, und ging.

Jim sah zu, wie der bullige Kerl mit den eiskalten Augen zu einem der Tische hinüberging. Er setzte sich und sagte irgendetwas zu dem Mann, der bereits an dem Tisch saß. Es brachte beide zum Lachen, und dann schaute der Typ zu Jim herüber.

Jim drehte sich wieder um.

*Was zur Hölle sollte das alles?,* fragte er sich.

Er nahm an, dass er soeben das Begrüßungskomitee des Präsidenten von Billings kennengelernt hatte.

Er fand, dass Sam aussah, als könne er noch ein Bier vertragen, und als er feststellte, dass die Cola scheinbar auf direktem Weg in seine Blase geflossen war –

*Bestell dir noch 'ne Limo. Auf mich ...*

– warf Jim vier Dollar auf den Tresen, stand auf und sagte: »Hier, alter Junge, gönn dir noch 'n Bier.«

Sam, aus dessen Augen nach der Begegnung mit Dale noch immer die nackte Angst sprach, schnappte sich das Geld und nahm noch einen großen Schluck von seinem Coors.

*Keine Ursache,* dachte Jim, als er sich umdrehte und die Kneipe nach der Tür zu den Toiletten absuchte. Er entdeckte ein Schild, das über zwei Türen hing, die sich ein wenig versteckt im spärlich beleuchteten hinteren Teil des Raumes befanden. Er steuerte darauf zu, vorbei an einem Billardtisch, an dem zwei dürre – und beinahe schon beleidigend hässliche – Männer eine Partie spielten. Sie hielten inne, als Jim an dem Tisch vorbeiging.

»Hey, Billy, meine Schwester hat kürzere Haare als der«, quäkte einer der rattengesichtigen Männer und stieß dem anderen seinen Ellbogen in die Seite. »Und außerdem ist sie, verdammt noch mal, um einiges hübscher.«

Es hatte einmal eine Zeit gegeben, da hätte Jim dem Typen den Queue aus der Hand gerissen und ihn ihm über den Kopf gezogen und dabei dem anderen mit dem Ellbogen einen Schlag ins Gesicht versetzt – alles innerhalb eines einzigen kurzen Atemzuges.

Aber diese Zeiten waren schon lange vorbei. Die Dinge hatten sich geändert. Er hatte sich geändert.

*Ganz ruhig, Jim. Ignorier sie einfach.*

Jim ging an den beiden Männern vorbei und auf die Tür mit der Aufschrift *Herren* zu.

Der beißende Geruch von Pisse und Reinigungsmitteln begrüßte ihn, als er die Herrentoilette betrat, und als die Tür wieder zuschwang und die Countrymusik nur noch in – nach Jims Ansicht – akzeptabler Lautstärke zu hören war, sah der Mann, der am Pissoir stand, Jim zunächst überrascht, dann argwöhnisch an.

Jim ging hinter dem Rücken des Mannes vorbei – ein großer Mann in einem roten Karohemd und Jeans – und trat vor das Becken am anderen Ende des Raumes, das der gegenüberliegenden Wand am nächsten war.

Jim öffnete seinen Reißverschluss, holte seinen Schwanz heraus und befreite seine Blase von dem mächtigen Druck. Während er sich in die Schüssel entleerte, wurde sich Jim nur allzu bewusst, dass die Augen des Mannes ihn fixierten.

Jim drehte sich um und lächelte. »Ich bin Jim. Nett, Sie kennenzulernen.« Er ließ seinen Penis los und streckte seine rechte Hand aus.

Der Mann grunzte und knallte seine Faust auf den Spülknopf, und als das Wasser in das Pissoir strömte, schloss er seinen Reißverschluss und verschwand eilig aus der Toilette.

*Verfluchte Kleinstädter,* lachte Jim innerlich.

Sobald er hier fertig war, würde er diese Stadt verlassen, den Weg zurück auf den Highway finden und sich ein nettes, billiges Motelzimmer suchen, in dem er sich heute Nacht aufs Ohr hauen konnte. In Billings gab es nichts …

Ein Schrei unterbrach seine Gedanken.

Jim drehte sich zu dem offenen Fenster hinter ihm um.

Als er die letzten Tropfen herauspresste, ertönte ein erneuter Aufschrei, dieses Mal lauter. Für Jim hörte es sich nach den Schreien eines Mädchens an. Sie klang, als erlitt sie Schmerzen.

»Wenn ich's dir doch sage, ich war nich' in der Hütte. Ich hab keine Ahnung, wovon du redest!«

»Lüg mich nicht an! Andrew hat gesehen, wie du rausgerannt bist. Ich frage dich also noch ein letztes Mal: Was hast du da drinnen gemacht? Antworte mir!«

Die zweite Stimme gehörte einem Mann. Er klang betrunken.

Jim packte seinen Schwanz wieder ein, schloss den Reißverschluss und spülte. Als er sich von dem Pissoir abwandte, hörte er einen Schlag, und dann drang erneut ein Schrei des Mädchens durch das Fenster, der direkt in Jims Eingeweide fuhr und heiße Wellen der Wut durch seinen Körper jagte.

Sein Instinkt befahl ihm, hinauszugehen, nachzusehen, was dort vor sich ging, und dem Mädchen zu helfen, falls es in Schwierigkeiten war.

Aber er zögerte.

Er wollte in nichts hineingezogen werden, das ihm Ärger einbringen konnte, nicht bei seiner Vergangenheit und schon gar nicht in irgendeinem schäbigen Cowboy-Nest.

Er wollte nicht wieder ins Gefängnis.

Jetzt weinte das Mädchen, der Mann lachte. Jim konnte nicht anders.

*Nur mal nachschauen ...*

Er trat ans Fenster hinüber, hielt sich am Rand der Fensterbank fest und zog sich hoch.

Das Licht aus der Toilette ergoss sich nach draußen und erhellte den Hinterhof, in dem einige Mülltonnen und leere Kisten standen. Er sah ein Mädchen, das auf dem Boden kniete. Ihr langes blondes Haar umrahmte völlig zerzaust ihr Gesicht und verbarg ihr Aussehen. Ihr Weinen ließ sich jedoch nicht verstecken. »Nix«, schluchzte das Mädchen und hob den Blick. »Ich hab gar nix gemacht, nur geguckt, das war alles.« Jim drehte den Kopf, um zu sehen, mit wem sie sprach. Ein Stück außerhalb des Lichtscheins erhob sich ein massiger Schatten. Mit einfältiger Stimme sagte der Mann: »Und was ist mit der Blechdose, die du gestohlen hast, hä? Wieso hast du die mitgenommen?«

Der Schatten schlug nun mit irgendetwas auf das Mädchen ein. Seine Bewegungen waren schnell und kraftvoll, und Jim erkannte, dass er irgendetwas Langes, Schwarzes in Händen hielt. Dann hörte er das Geräusch von Leder auf Fleisch. Das Mädchen schrie erneut auf und hob ihre Arme.

Das war zu viel.

Jim stürmte aus der Toilette und blickte umher, er suchte den düsteren hinteren Bereich der Kneipe nach einer Hintertür ab. Als er ein Ausgangsschild entdeckte, hastete er darauf zu und riss die Tür auf.

Die frische Bergluft rauschte über ihn hinweg, als er die Stufen hinunterrannte, nach rechts abbog und an der Außenseite des Gebäudes zum Hinterhof eilte – dann blieb er stehen.

Der Mann hatte aufgehört, die Kleine mit dem Gürtel zu schlagen und presste sie nun gegen die Mauer, eine Hand an ihrer Kehle. Sie wurden nun beide vom Licht aus der Herrentoilette beschienen, aber was Jim an dem Mädchen zuallererst auffiel, war weder ihre errötende Haut noch ihr zitternder Mund – es waren ihre Augen, voller Tränen, entsetzlichem Schmerz und furchtbarer Angst. Die Ähnlichkeit traf Jim wie ein Schlag und saugte ihm sämtliche Atemluft aus.

*Gott, sie sieht aus wie Suzie.*

Der entfernte Lärm aus Gelächter und Musik im Inneren der Kneipe verklang allmählich, bis er schließlich nur noch das Weinen des Mädchens wahrnahm – dieses Mädchen, das aussah wie seine vor langer Zeit verstorbene Schwester.

Die Wut brach wie Lava aus einem spuckenden Vulkan aus Jim heraus. »Lass sie in Ruhe, du verfluchtes Schwein!«

Der Mann fuhr erschreckt zusammen. »Wer zur Hölle bist du denn?«, knurrte er.

Jim hinkte ein paar Schritte auf ihn zu. Ein Hauch von Schweiß und Blut wehte ihm entgegen. »Lass sie gehen, oder ich reiß dir deinen verdammten Kopf ab.«

Der Mann zögerte, ließ das Mädchen dann aber los. Sie fiel zu Boden und japste nach Luft.

»Es ist schon gut, Kleines, du bist jetzt in Sicherheit. Komm hier rüber zu mir.«

Das Mädchen blickte auf und sah Jim durch ein paar feuchte Haarsträhnen mit großen Augen an.

»Wenn du auch nur einen Schritt machst, schlitze ich dir

deine Fotze auf«, warnte der Mann das Mädchen. Er wischte sich ein wenig Spucke vom Mund. »Und du, wer immer du auch bist, verschwindest jetzt besser und vergisst, was du gesehen hast.«

Jim ging noch ein paar Schritte nach vorne. Der Mann war zwar groß, aber er musste trotzdem zu Jim hochsehen.

Der stämmige Typ schien Mitte bis Ende vierzig zu sein, sein kurzes, sandfarbenes Haar war von der Anstrengung ganz feucht, und sein weißes T-Shirt war schweißgetränkt. »Du hast keine Ahnung, mit wem du dich anlegst, Kumpel. Verschwinde jetzt, bevor ich dir wehtun muss.«

»Ich weiß genau, mit wem ich es zu tun habe«, erwiderte Jim.

Der Mann holte zu einem Schlag gegen Jims Kopf aus.

Jim machte einen Schritt zur Seite, packte den Arm des Mannes und rammte ihm sein Knie in den Bauch. Der Mann grunzte und ließ schalen, fauligen Bier-Atem entweichen. Jim verdrehte den Arm des Mannes, bis er vor Schmerzen aufjaulte, und dann versetzte er ihm erneut einen Stoß mit dem Knie, dieses Mal mitten ins Gesicht. Der Hieb zerquetschte ihm die Nase.

Der Mann sackte zu Boden, und Blut strömte über sein Gesicht. »Du hast mir die Nase gebrochen!«, brüllte er.

Hinter Jim weinte das Mädchen noch immer, und auch wenn er sich verzweifelt wünschte, sie trösten zu können, wollte er diesem flennenden Wurm lieber noch nicht den Rücken zukehren.

Im nächsten Moment hob der flennende Wurm seinen Arm und zielte mit seinem Revolver, den er völlig verkrampft in der Hand hielt, auf Jim.

*Wo zur Hölle kommt der denn auf einmal her?*

Der Mann rappelte sich auf. Mit seiner freien Hand hielt er sich seine blutige Nase, so als habe er Angst, sie könne sonst abfallen.

Bevor Jim sich entscheiden konnte, ob er lieber versuchen

wollte, dem Mann auszureden, eine Dummheit zu begehen, oder ob er ihm die Waffe entreißen sollte, schreckte ihn ein plötzliches *Bumm!* auf, und dann fraß sich ein brennender Schmerz in seine linke Schulter. Das Mädchen schrie auf, Jim taumelte rückwärts, einen Augenblick lang völlig benommen.

Der Mann bewegte die Waffe und richtete sie auf Jims Kopf, aber bevor er einen weiteren Schuss abfeuern konnte, traten plötzlich seine Augen aus ihren Höhlen, und er beugte sich vornüber und spuckte etwas Blut aus.

Obwohl er große Schmerzen hatte und noch immer benommen war, ergriff Jim die günstige Gelegenheit. Er kickte die Waffe aus der Hand des Mannes und rammte ihm dann seinen rechten Ellbogen zwischen die Schulterblätter. Der Mann schlug hart auf dem Boden auf.

Jim zuckte vor Schmerz zusammen, beugte sich nach unten und nahm die Waffe an sich. Dann richtete er sich wieder auf und zielte mit dem Revolver auf den stöhnenden Haufen am Boden.

»Nimm die Waffe runter!«, schrie jemand.

Mit brennender Schulter und schwindeligem Kopf drehte Jim sich um und erkannte den großen, breitschultrigen Mann, Dale. Er stand an der Ecke des Gebäudes, seine Waffe auf Jim gerichtet. Neben ihm stand sein Trinkkumpan. Er hatte welliges Haar, und sein Gesicht sah ziemlich verlebt aus. Er schien nicht bewaffnet zu sein.

»Nimm die Waffe runter, du Hurensohn«, befahl Dale. »Sonst schieße ich.«

Jim ließ den Revolver sinken. »Das Mädchen«, keuchte er mit trockener Kehle. »Schafft das Mädchen rein.«

Dale wandte seinen Blick von Jim ab. »Darlene? Geht's dir gut, Schätzchen? Hat dieser Mann versucht, dir wehzutun?«

»Was? Nein!«, rief Jim aus. »Ich bin nur rausgekommen, weil ich gesehen habe, wie dieser Typ …«

»Halt verdammt noch mal die Fresse«, schnauzte Dale ihn an.

Jim drehte sich um und sah Darlene neben einer der Mülltonnen stehen. Ihr Kinn zitterte. Sie schaute Jim an, und er konnte den Schmerz und den Schrecken in ihren Augen erkennen. Dann rannte sie davon und tauchte ins Dickicht des Waldes ein.

Jim sah zu, wie das Mädchen in der Dunkelheit verschwand, dann wandte er sich wieder den beiden Männern zu. »Sollte ihr nicht einer von uns nachgehen? Gott, diese Berge sind doch gefährlich für so ein junges Mädchen. Schon gar nicht, nachdem ...«

Ein Schmerz schoss durch Jims Schädel. Er fiel auf die Knie, benommen, aber bei Bewusstsein.

»Du hast es einfach nicht lassen können, oder, du Held?«, sagte Dale.

Jim sah mit verschwommenem Blick zu ihm auf. »Was?«

»Du musstest in unsere nette kleine Stadt kommen und ein bisschen Ärger machen.«

Das ergab keinen Sinn. Jim wusste, dass die Leute in Kleinstädten zusammenhielten, aber das hier war einfach lächerlich. Er war derjenige, der angeschossen worden war – er war von einem Mann angeschossen worden, der ein junges Mädchen misshandelt hatte. Was war hier los? Wie hatte das Ganze nur so schnell so aus dem Ruder laufen können?

Aber als Dale sagte: »Bist du okay, Chief?«, wurde mit einem Mal alles ganz klar.

Jim blickte zu der Gestalt hinauf, die sich über ihm auftürmte, das Gesicht blutverschmiert, einen Stein in der Hand. »Chief?«, krächzte Jim.

Der Chief ließ den Stein fallen, beugte sich nach unten und hob seinen Revolver auf. Er klemmte die Waffe zwischen den Bund seiner Jeans und seine beachtliche Wampe. Dann grinste er, seine weißen Zähne rot befleckt. »Ganz recht. Billings' Polizeichef Hal Bailey, ganz zu Ihren Diensten.«

Er ging in die Hocke und spuckte Jim ins Gesicht. »Du hast dich mit dem falschen Mann angelegt. Und jetzt wirst du dafür bezahlen.«

# ZWEI

»Steh auf«, knurrte der Chief und packte Jim an seinem verwundeten Arm.

Jim unterdrückte einen Schrei und rappelte sich auf.

»Wir sollten den Wichser gleich hier und jetzt abknallen«, sagte Dale. »Er hat schon zu viel gesehen. Gott, er weiß sogar von der Hütte.«

»Was? Woher?«, fragte der Chief. Seine Stimme klang nun irgendwie nasaler, denn er biss die Zähne zusammen, als er sprach.

Jim wusste aus Erfahrung, wie schmerzhaft eine gebrochene Nase war.

»Dieser dumme alte Narr, Sam, hat es ausgeplaudert. Wir können nicht zulassen, dass er jedem dahergelaufenen Penner davon erzählt, Hal. Was sollen wir mit ihm machen?«

Der Chief schnaubte. Jim spürte den Hauch seines heißen Atems im Nacken. »Um Sam kümmern wir uns später. Zuerst müssen wir überlegen, was wir mit diesem Typen hier anstellen sollen.«

Der Chief drehte Jim um.

»Sieht aus, als hätten wir da ein kleines Problemchen, wie?«, sagte er und funkelte Jim an. »Erst beobachtest du etwas, das du nicht hättest sehen sollen, und dann greifst du auch noch einen Polizeibeamten an. Was, meinst du, sollten wir jetzt mit dir machen?«

Jim spielte mit dem Gedanken, ebenfalls in den Wald zu fliehen. Er wusste, dass er sich trotz seiner verwundeten Schulter aus dem Griff des Chiefs würde befreien können, aber da die Männer beide bewaffnet waren, wäre er sicher bereits tot gewesen, bevor er den ersten Baum erreicht hätte.

*Ich bin doch sowieso schon tot,* dachte Jim, und dann durchfuhr ihn ein Schauer und sein Magen krampfte sich zusammen.

Er kam zu dem Schluss, dass er am besten blieb, wo er war,

und auf eine bessere Gelegenheit zur Flucht wartete – eine, bei der die Chancen schlechter standen, dass er als Spielzeug irgendeines wilden Tieres endete.

»Willst du ihn ins Gefängnis stecken?«, fragte Dale. »Und ihn wegen Angriffs auf einen Polizeibeamten und Widerstands gegen die Festnahme einbuchten?«

»Ja, sperr ihn ein und lass ihn so lange schmoren, bis er uns sagt, ob seine Mama ausspuckt oder runterschluckt«, fügte der andere Mann mit einem fetten Grinsen hinzu.

Der Chief beugte sich so nahe an Jim heran, dass sein Blut auf dessen T-Shirt tropfte. »Willst du ins Gefängnis, Junge? Wenn ich dich so anschaue, dann würde ich sagen, du bist daran gewöhnt, hinter Gittern zu sitzen, hab ich recht?«

Jim erstarrte.

*Gefängnis.*

*Verdammt.*

»Ich glaube, er fängt gleich an zu weinen«, sagte Dale und baute sich vor Jim auf. Er starrte ihn mit kalten Augen an und platzierte dann einen kurzen, harten Roundhouse-Kick auf Jims Kiefer. Der Tritt schleuderte seinen Kopf zurück und erschütterte sein Gehirn, aber er blieb standhaft.

»Harter Scheißkerl«, würdigte Dale und ließ dem Roundhouse einen Aufwärtshaken gegen Jims Rippen folgen.

Jim fiel zu Boden. Das Gelächter hallte in seinem Schädel wider. Er rang nach Luft und es gelang ihm, ein wenig Atem zu holen, bevor ihn ein Tritt gegen seinen Kopf zurückschleuderte und ihm ein Schmerzensschrei entwich, als er auf seiner verletzten Schulter landete.

Er blieb bei Bewusstsein, war aber nicht mehr in der Lage, sich zu bewegen.

»Dale, Luke, schafft ihn in den Truck.«

»Hal, das Gefängnis ist doch nur ein paar Häuser weiter«, erwiderte Dale. »Wir können ihn doch hintragen.«

Die Stimmen waren leise, und das Klingeln in Jims Schädel übertönte sie fast völlig.

»Wir bringen ihn aber nicht ins Gefängnis«, verkündete der Chief. »Wir bringen ihn rauf zur Hütte.«

Die beiden anderen tauschten zustimmendes Gemurmel aus.

»Wir werden uns ein schönes Jagdwochenende machen«, sagte Luke. »Zwei Fänge in zwei Tagen. Ich glaube fast, Weihnachten ist dieses Jahr schon im Juli.«

»Der andere ist vielleicht nicht fit genug für eine Jagd dieses Wochenende«, warf der Chief ein. »Wir müssen einfach abwarten, dann werden wir schon sehen.«

»Der hier ist auf jeden Fall fit genug«, sagte Dale, und die drei Männer gluckten.

Jim spürte, wie Hände unsanft seine Handgelenke und Knöchel packten.

Er war zu benebelt, um sich zu wehren.

Er musste einstecken, was immer sie auch austeilen mochten – Jim hatte geglaubt, er habe diese Dinge hinter sich gelassen, nachdem er seine Zeit in Sing Sing abgesessen hatte.

»Sollen wir Randall noch holen?«, fragte Dale. »Vielleicht brauchen wir ja Hilfe.«

»Nein, wir brauchen ihn nicht«, antwortete der Chief. »Kein Grund, die Wache nur wegen dieses Stücks Scheiße dicht zu machen.«

»Wie du meinst, Hal.«

Die beiden Männer hoben Jim hoch und setzten sich in Bewegung.

»Der Hurensohn ist ganz schön schwer«, keuchte Luke angestrengt.

Sie hatten Jim erst ein paar Meter getragen, als eine vertraute Stimme fragte: »Wo bringt ihr ihn denn hin?«

Die beiden Männer blieben stehen, und durch seine halb geschlossenen Augen sah Jim, dass ihn von der Hintertür der Kneipe eine Reihe von Gesichtern anstarrte. Die neugierigen Beobachter verschwanden jedoch schon bald wieder in der Dunkelheit, als Jim seine Augen schloss und versuchte, den unerträglichen Schmerz auszublenden, der in seinem Kopf dröhnte und sich in seinem ganzen Körper auszubreiten schien.

»Wir bringen ihn zur Hütte rauf, Stan«, erklärte der Chief. »Ich fürchte, er hat zu viel getrunken und ist ein bisschen gewalttätig geworden.« Er sprach mit freundlicher, sanfter Stimme – im Vergleich zu noch vor ein paar Augenblicken eine komplette 180-Grad-Wende. Er klang fast wie ein anderer Mensch.

»Nichts Ernstes«, fügte Dale hinzu. »Nur ein Missverständnis zwischen diesem Typen und Hal.«

»Dann verhaftet ihr ihn also?«, fragte jemand.

»Nein, es ist das Beste, wenn wir ihn einfach seinen Rausch ausschlafen lassen«, entgegnete Hal. »Er ist ja kein Verbrecher, nur ein Typ, der ein bisschen zu viel Whiskey intus hat. Morgen früh ist er wieder ganz der Alte. Und er wird uns dankbar dafür sein – die Betten in der Hütte sind viel gemütlicher als die im Gefängnis.«

Ein Kichern spukte durch die Menge.

»Und ihr geht jetzt mal alle wieder rein, trinkt noch einen und amüsiert euch gut. Wir haben hier alles unter Kontrolle.«

Sie schleppten Jim an der Hauswand entlang, und die grellen Lichter der Neonreklame an der Kneipenmauer versuchten mit aller Gewalt, sich durch Jims Augenlider zu brennen.

»Werft ihn hinten rein«, befahl der Chief, jetzt wieder mit dem vertrauten Knurren. »Und seid nicht zu sanft. Der Typ hat mir meine verfluchte Nase gebrochen.«

Sie warfen Jim auf die Ladefläche eines Pick-ups. Sein Kopf knallte gegen Metall. Von unten bohrte sich allerlei Schrott in seinen Rücken. Der Truck schaukelte, als die beiden Männer zu ihm auf die Ladefläche hüpften.

In Davey's Tavern lief Johnny Cashs *Ring of Fire.*

Die Heckklappe des Pick-ups knallte zu, und schon bald darauf erwachte der Motor dröhnend zum Leben.

»Was ist mit meiner Harley?«, murmelte Jim und schmeckte dabei Blut.

»Das ist das kleinste deiner Probleme«, lachte eine Stimme.

»Wir werden uns gut um sie kümmern«, spottete eine andere.

Mit einem Ruck setzte der Pick-up ein Stück zurück, hüpfte dann nach vorne und ließ sowohl die Musik als auch Jims Motorrad und den Rest seiner Habe zurück.

Während er auf der Ladefläche des Pick-ups lag, verlor Jim immer wieder das Bewusstsein und hörte nur vereinzelte Konversationsfetzen der beiden Männer, die neben ihm auf der Pritsche saßen: »... schön fest ...«, »... der Arsch wird so richtig leiden ...«, »... freut Becky sich schon auf die High School?« In diesen benommenen Episoden, in denen er bei Bewusstsein war, sah Jim nichts als undurchdringliche Dunkelheit. Er fragte sich, ob seine Augen tatsächlich geöffnet und die Nacht nur noch finsterer geworden war, oder ob er sie in Wahrheit geschlossen hielt. Er war sich jedoch relativ sicher, dass sie geöffnet waren.

Schon bald begann der Pick-up zu schaukeln und zu hüpfen, und Jims Körper wurde schmerzhaft durchgeschüttelt. Sie fuhren nun nicht mehr auf einer Asphaltstraße.

*Muss wohl die Straße zur Hütte sein,* vermutete Jim.

Als der Schmerz und die Müdigkeit ihn schließlich übermannten, begann er zu träumen.

In seinem Traum weinte Suzie. Aber es waren keine Tränen, die über ihre blassen Wangen strömten, es war Blut. Und obwohl Suzie und er sehr schnell rannten, schienen die Männer hinter ihnen stets Schritt halten zu können. Dann verwandelte Suzie sich in das Mädchen, Darlene, nackt und zitternd, und rief: »Nein!«, bevor ihr Kopf in einer Fontäne aus Blut explodierte. Jim erwachte und musste feststellen, dass er sich noch immer auf der Ladefläche des Pick-ups befand und über eine unbeleuchtete Nebenstraße zu einer Hütte in den Bergen fuhr.

Schließlich blieb der Pick-up stehen. Jim hörte, wie sich eine Autotür öffnete und jemand aus dem Wagen sprang. Nun, da der Motor nicht mehr lief, war die Nacht so ruhig als schlafe die ganze Welt. Dann durchschnitt das Gurgeln eines nahen

Flusses die Stille und erfüllte Jims Ohren. Als er das fließende Wasser hörte, wünschte Jim sich nichts mehr als hineinzutauchen und all sein Leiden und seine Schmerzen wegzuwaschen.

Die Stille wurde vom Geräusch einer rasselnden Kette zerstört, dem das Klappern eines Metallzaunes folgte, so als würde ein Tor geöffnet. Irgendetwas bewegte sich auf der Ladefläche des Pick-ups, dann öffnete sich das Tor scheppernd, und Jim wurde von dem Pick-up gezerrt. Er knallte so hart auf den Boden, dass sämtliche Luft aus seinen Lungen wich und er das Gefühl hatte, zu ersticken.

»Hattest du 'ne schöne Fahrt?«, fragte Luke, und sein starker Südstaatenakzent war die reinste Parodie der Freundlichkeit, die Jim aus unzähligen Filmen und Fernsehserien kannte.

Jim füllte seine Lungen mit nach Dreck und Kiefern riechender Luft.

»Okay, steh auf.«

Jim wurde erneut von Händen gepackt, und dann hievten Dale und der Chief ihn auf die Füße.

Seine Beine fühlten sich wie Wackelpudding an. Die beiden schleppten ihn mit festem Griff eine leichte Anhöhe hinauf. Durch die schmalen Schlitze seiner Augen sah er hinter einem Maschendrahtzaun eine alte, einstöckige Blockhütte, die zwischen den hohen, grünen Bäumen irgendwie unheimlich aussah. Irgendwann war dies vermutlich mal eine ziemlich nette Hütte gewesen, aber durch die Vernachlässigung hatte sie all ihren Charme verloren – nun sah sie aus wie eine zahnlose alte Hexe, grinsend und wartend. Im Inneren brannte Licht, wodurch die Fenster aussahen wie zwei leuchtende Augen.

»Luke, du wartest draußen«, befahl der Chief. »Halt die Augen offen. Keine Angst, wir brauchen nicht lange.« Dann wandte er sich an Dale: »Komm, Dale, wir bringen dieses erbärmliche Stück Scheiße nach drinnen.« Als der Chief Jim hochriss, schoss ein brennender Schmerz durch seine verletzte Schulter. »Wir bringen ihn zu dem anderen in den Keller. Dann können sie einander bis morgen früh Gesellschaft leisten.«

Der Chief und Dale schleppten Jim durch das Tor, dann einen grob ausgetretenen Pfad hinunter und über die Holztreppe zur Hütte hinauf. Er hörte Schlüssel klimpern, und als sich die Eingangstür öffnete, schlug ihm eine übel riechende Mischung aus schalem Bier, Staub und geronnenem Blut entgegen.

Die plötzliche Helligkeit brannte in Jims Augen, aber als das Brennen nachließ, überblickte er das Innere der Hütte. Er sah zwei alte Sofas. Auf dem Sofa gegenüber der Tür saß ein Mann mit angegrautem Haar und einer dickrandigen Brille. Er hatte seine Füße auf einem Tisch abgelegt und sah fern. Ein Gewehr lag neben ihm auf dem Sofa. Auf dem Boden hinter der Couch, in der Nähe einer kleinen Küche, befand sich eine auffällige Falltür, die, wie Jim vermutete, in den Keller führte.

Die Matratzen, die auf dem Boden lagen, zogen Jims Aufmerksamkeit jedoch am stärksten auf sich. Es waren vier, und auf allen befanden sich Flecken, die verdächtig nach Blut aussahen.

»Was ist das hier für ein Ort?«, lallte Jim.

»Unser kleines Stückchen Himmel«, antwortete Dale. »Andrew, wir haben dir noch einen mitgebracht. Und bis morgen ist er wieder voll einsatzbereit.«

Der ältere Mann sah auf, runzelte die Stirn und sagte: »Wo ist der denn jetzt hergekommen?«

»Nur mal wieder so ein Unruhestifter«, erwiderte der Chief. »Los jetzt, Bewegung.«

Sie zerrten Jim über den harten Holzboden. Als sie die Falltür erreichten, spürte er, wie einer der Männer seinen Griff löste. Mit schweren Augen sah Jim, wie der Chief ein faustgroßes Vorhängeschloss öffnete und dann eine dicke Kette durch sechs Ringe zog. Er legte die Kette weg, schob einen großen, soliden Riegel zur Seite, klappte die Falltür auf, packte Jim wieder unsanft und trug ihn mit Dales Hilfe die Stufen hinunter in den Keller.

Durch das Licht, das aus dem Hauptraum herunterschien, konnte Jim das Ende der Treppe erkennen, und als sie den festgetrampelten Erdboden erreichten, glaubte er, auf einer Matratze an der Wand Schuhe zu erkennen.

Die Männer warfen Jim auf den Boden; er fraß einen Mundvoll Dreck, als er landete.

»Süße Träume«, wünschte Dale von oben, dann tauchte ein heftiger Tritt gegen den Kopf Jims Welt wieder in Dunkelheit.

Sie sah zu, wie die Männer zurück in den Pick-up stiegen, und als der Wagen hinter der Hügelkuppe verschwunden war, atmete Darlene erleichtert aus und lehnte sich gegen den Baumstamm.

Das war's. Sie konnte den Mann nicht befreien, der ihr geholfen hatte. Officer Bartlett war immer noch dort drinnen und hielt Wache. Nicht, dass das eine Rolle spielte. Selbst wenn er nicht in der Hütte gewesen wäre, hätte sie unmöglich auf die andere Seite des Zauns gelangen können – nicht, solange das Tor verschlossen war und sich der rasiermesserscharfe Stacheldraht auf dem Zaun nicht in Luft auflöste. Nein, der große Mann mit dem langen schwarzen Haar würde sterben. Er befand sich vermutlich zusammen mit dem anderen Mann, Craig, dessen Körper von schrecklichen Schnittwunden übersät war und der ihr noch am Morgen die Blechdose verkauft hatte, im Keller.

Sie hatte die Dose noch immer nicht geöffnet, obwohl Craig ihr gesagt hatte, dass sie etwas sehr Mächtiges enthielt. Sie wurde nervös, wenn sie darüber nachdachte, was sie wohl darin finden würde – besonders, wenn sie sich an Hals Reaktion letzte Nacht erinnerte. Vielleicht würde sie morgen den Mut finden, sie zu öffnen.

*Ich kann nich' glauben, dass Hal wusste, dass ich mich in die Hütte geschlichen hab. Andrew, das alte Plappermaul – wieso musste er dem Chief auch erzählen, dass er mich gesehen hat?*

Als Randall Buck heute Abend im Diner zu ihr gekommen war und ihr mitgeteilt hatte, dass der Chief sie sprechen wolle, dass er gerade im Davey's war und sie bitte, kurz vorbeizukommen – verflucht, sie war noch nicht mal mit ihrem Cheeseburger und ihrem Milchshake fertig gewesen –, da hatte sie ein ganz seltsames Gefühl im Magen gehabt und sofort gewusst, dass irgendetwas faul war, aber sie war trotzdem zu ihm gegangen.

*Ich wünschte, ich wär heut' Abend nich' ins Diner gegangen. Ich wünschte, ich wär in den Bergen geblieben, in der Höhle, wo mich niemand gefunden hätte.*

Aber woher hätte sie auch wissen sollen, dass sie dabei beobachtet worden war, wie sie von der Hütte floh – und dann auch noch mit der Blechdose – und dass Hal schon den ganzen Tag nach ihr gesucht hatte, um sie für ihr unartiges Benehmen auszuschimpfen?

*Warum hat der große Mann den Chief nich' einfach erschossen? Und warum mussten auch noch Dale und Luke auftauchen?*

Tränen strömten über ihre Wangen, als sie an den Mann dachte, der nun in der Hütte eingesperrt war. Er hatte ihr weitere Schmerzen erspart, und für sein Handeln würden sie ihn nun jagen und töten wie einen räudigen, tollwütigen Hund.

Die Jagd würde schon morgen beginnen. Sie hatte gehört, wie die Polizisten sich am Morgen vor der Hütte unterhielten, nachdem sie nach Craig geschaut hatten, und dann war Darlene mit Craigs Dose in den Keller geschlichen, als die Polizisten hinter der Hütte verschwanden, um Wasser aus dem Fluss zu holen. Offensichtlich waren sie der Ansicht, Craig sei zu schwer verletzt und nicht in der Lage, den ganzen Tag durch die Berge zu rennen. Sie wollten abwarten, bis er sich wieder erholt hatte, bevor sie ihn freiließen.

Immerhin sollte es ja eine faire Jagd werden.

Wenn es doch nur einen Weg gäbe, wie sie Jim helfen konnte.

Aber es war unmöglich, ihn aus der Hütte zu befreien.

*Wem mach ich was vor? Sie werden ihn morgen töten, und ich kann nich' das Geringste dagegen tun.*

Darlene wischte sich über die Augen, drehte sich um und tauchte wieder in die dichten, schattigen Wälder ein.

Wieder zurück hinter der Bar, ließ Stan Murdoch den Blick durch seine Kneipe schweifen, die nun um vier Gäste ärmer war.

Der gesamte Raum war vom Brummen der Unterhaltungen über den wilden, verrückten Fremden erfüllt, der – ganz offensichtlich auf der Suche nach Ärger – in ihre Stadt gerollt war.

Auf Stan hatte der Mann, Jim, allerdings einen recht anständigen Eindruck gemacht. Er war ihm eigentlich nicht wie ein Rowdy vorgekommen ... Himmel, der Typ hatte sich ja noch nicht mal einen Drink bestellt, sondern nur ein paar Gläser Limonade – auch wenn Chief Bailey seinen Gästen etwas ganz anderes erzählt hatte.

*Ein echter Unruhestifter, der nur den ganz harten Stoff trinkt – keinen läppischen Whiskey oder Rum, oh nein, der Kerl trinkt Cola!*

Stan schüttelte den Kopf.

Er wusste nicht, was draußen vorgefallen war. Er hatte angenommen, der große Typ gehe nur mal auf die Toilette, aber im nächsten Moment war ein Schuss gefallen und Dale hatte alle ermahnt, Ruhe zu bewahren und einfach zu bleiben, wo sie waren.

Stan konnte sich zwar nicht sicher sein, aber er vermutete, dass der Schuss etwas mit Hal und Darlene zu tun gehabt hatte. Er hatte zum ersten Mal das Gefühl gehabt, dass heute Abend irgendetwas Seltsames in der Luft lag, als Officer Buck in die Kneipe gestolpert war, den Raum nervös gescannt und, nachdem er ihn entdeckt hatte, sofort zu dem Tisch geeilt war, an dem der Chief mit Dale und Luke Ryder saß. Randall hatte Hal kurz etwas ins Ohr geflüstert und war dann wieder verschwunden, nur um ein paar Minuten später mit Darlene an seiner Seite wieder aufzutauchen. Das arme Mädchen hatte nervös gewirkt, und das hatte sich auch nicht geändert, als Hal sich erhoben und sie mit in den hinteren Bereich der Kneipe genommen hatte.

Als Stan bemerkt hatte, wie ängstlich Darlene aussah, hatte er mit dem Gedanken gespielt, ihnen zu folgen und nachzusehen, ob alles in Ordnung war. Aber wie üblich war er zu dem Schluss gekommen, dass es ihn nichts anging, und hinter seiner Bar geblieben.

Nur wenig später, als er Sam gerade seine fünfte Flasche Coors an diesem Abend reichte, hatte Jim die Kneipe betreten.

Das war der Moment gewesen, in dem Stans ohnehin schon nervöser Magen angefangen hatte, Purzelbäume zu schlagen. Auch wenn er nicht unbedingt der Ansicht gewesen war, dass der Fremde nach Ärger suchte, hatte er gespürt, dass der Ärger trotzdem nicht lange auf sich warten lassen würde. Es war, als habe Jim irgendetwas mit nach Billings gebracht, das Stan besonders nervös machte.

Stan wandte sich Sam zu, der nach seiner Begegnung mit Dale immer noch vollkommen durcheinander wirkte. »Wie sieht's mit Bier aus? Brauchst du noch eins?«

»Nee. Ich bin noch mit dem hier beschäftigt.«

Die Kneipentür öffnete sich, Dale und Luke kamen herein. Der große Sergeant sagte irgendetwas zu Luke, Luke nickte und trottete zu einem freien Tisch hinüber. Dale blieb an der Tür stehen. Als sein Blick Sam traf, steuerte er auf ihn zu.

*Oh Scheiße.*

Stan hatte befürchtet, dass so etwas passieren würde. Von dem Moment an, als Sam den Mund aufgemacht und dem Fremden gegenüber die Hütte erwähnt hatte, fürchtete Stan, dass sie Sam dafür zurechtweisen würden. Der alte Sam wusste es eigentlich besser, als mit irgendjemandem, der nicht eingeweiht war – was die meisten Einwohner der Stadt einschloss, da sie nichts von den schmutzigen Dingen ahnten, die sich da oben abspielten – über irgendetwas zu sprechen, das mit der Hütte zu tun hatte.

Stan wusste von diesen Dingen.

Auch wenn er noch nie bei einem dieser »Poker«-Abende dabei gewesen war, hatte er einmal, vor achtzehn Jahren, an einer Jagd teilgenommen. Die Erfahrung bescherte ihm heute noch gelegentlich Albträume, die ihn, von kaltem Schweiß überströmt, aus dem Schlaf rissen.

Das Ganze hatte sich zugetragen, als Hal und er noch gute Freunde gewesen waren, bevor sie sich zerstritten hatten. Ein alter Landstreicher war eines Tages im Frühling in die Stadt gekommen und beschuldigt worden, die sechzehnjährige Mary Lewis vergewaltigt zu haben. Angeblich war der Fremde, nachdem er die Tat begangen hatte, hinauf in die Berge geflohen, und Hal – gerade erst zum Chief ernannt – hatte einen Suchtrupp aufgestellt, um den Mann zu jagen. Als sie ihn gefragt hatten, ob er helfen wolle, hatte Stan zunächst gezögert. Er war kein Jäger, jagte nur gelegentlich Wild. Aber angesichts der Schwere des Verbrechens hatte er zugestimmt und war, gemeinsam mit etwa einem Dutzend weiterer Männer, in die Berge gezogen, um nach dem Landstreicher zu suchen.

Da sie zu jener Zeit so eng befreundet gewesen waren, hatten Hal und Stan bei der Suche ein Team gebildet, und sie waren auch diejenigen gewesen, die den Landstreicher gefasst hatten, und das bereits eine Stunde nach Beginn der Jagd. Es war Stan gewesen, der dem Mann eine Kugel in den Kopf gejagt hatte.

Erst später, als er neben Hal über die Leiche gebeugt stand, den säuerlichen Geschmack von Erbrochenem im Mund, hatte Stan die Wahrheit erfahren. Dieser Landstreicher mit den zerfetzten Klamotten und dem zerfurchten Gesicht, das er hinter einer dichten Mähne und einem Bart versteckte, hatte Mary entgegen aller Gerüchte gar nicht vergewaltigt. Diese Geschichte hatten Hal und seine Männer in Umlauf gebracht. Nein, in Wahrheit hatte der Mann der jungen Mary auf ihrem Nachhauseweg von der Schule nur Angst verursacht – offensichtlich war sie über seinen Anblick so erschrocken, dass sie sich eingebildet hatte, er wolle ihr etwas antun, und war weinend nach Hause gerannt.

Dann waren die Dinge außer Kontrolle geraten, und schon bald hatte sich ein nichtiger Vorfall – entfacht von Hal und von Mary und ihrer Familie weiter geschürt – in eine Vergewaltigung verwandelt.

Als Stan Hal zur Rede gestellt hatte, weil er ihn und den Rest der Stadt belogen hatte, hatte Hal nur gelacht und gesagt, es spiele doch keine Rolle – dieser Typ sei ja nur ein Landstreicher und irgendwo und irgendwann hätte er sicher einem Mädchen etwas angetan. So sei es doch besser, dass sie ihn geschnappt hatten, bevor er die Möglichkeit dazu bekam. Stan habe der Stadt also genau genommen einen Gefallen getan.

Das war das letzte Mal gewesen, dass Stan auf die Jagd gegangen war.

Er konnte Hal danach nicht mehr vertrauen. Es war der Anfang vom Ende ihrer Freundschaft gewesen. Außerdem hatte er damals zum ersten Mal den wahren Charakter von Hal erlebt, denn Hal hatte ihm anschließend befohlen, niemandem von der Lüge zu erzählen. Die Art, wie er vor Stan gestanden hatte, dieser finstere Ausdruck in seinen Augen … Das war eine Seite von Hal, die Stan nie zuvor gesehen hatte, und er wünschte sich, sie auch nie wieder sehen zu müssen.

Auch wenn Stan also an keiner ihrer schändlichen Aktivitäten teilnahm, kannte er dennoch die Regeln. Der alte Sam kannte sie ebenfalls, doch wenn er dem Alkohol zu sehr zusprach, glich sein Mundwerk einer billigen Hure in einer Samstagnacht: durchgehend geöffnet.

Stan schnappte sich ein sauberes Glas aus dem Regal, griff nach einem Geschirrtuch und begann, das Glas zu polieren und so zu tun, als sei er beschäftigt, aber er beobachtete nach wie vor alles wachsam aus dem Augenwinkel.

Als Dale Sam erreichte, schlug der Sergeant dem alten Mann kräftig mit der Hand auf die Schulter.

Sam fuhr hoch.

»Hallo Sam.«

Sam zitterte sichtlich und sagte: »Oh, äh, hey, Dale. Was gibt's?«

»Würde es dir was ausmachen, mich zu begleiten? Ich möchte mich gern mal mit dir unterhalten.«

Sam schluckte, dann erwiderte er: »Kann ich erst noch mein Bier austrinken? Ich bin noch nicht fertig.«

»Das kannst du mitnehmen.«

Obwohl Stan Sams Blick auf sich spürte, der ihn um Hilfe anflehte, konnte er nicht das Geringste tun. Der alte Trunkenbold hatte Mist gebaut, und nun musste er die Folgen tragen.

Sam umklammerte die Flasche Coors und erhob sich. Er schwankte, aber Stan war sich nicht sicher, ob das am Alkohol oder an seiner Angst lag.

»Hey, Stan«, sagte Dale.

Stan hörte auf, das Glas zu polieren, und wandte sich dem Sergeant zu. »Ja, Dale?«

Dale hob seinen anderen Arm. Er hielt ein Taschenbuch in seiner großen Hand, das er auf den Tresen knallte. »Das wurde, äh, von einem Typen von auswärts gespendet. Ich weiß doch, dass du gerne liest – willst du es?«

Stan schaute nach unten. Das Taschenbuch sah alt und ziemlich ramponiert aus, die Seiten zerknittert und vergilbt. Es war irgendein Horror-Schundroman von einem Autor, von dem er noch nie etwas gehört hatte. »Danke, Dale, aber das ist nicht wirklich mein …«

»Komm schon, nimm es«, forderte Dale ihn mit einem Lächeln auf, aber unter der Oberfläche dieses Grinsens lag etwas Düsteres. Stan wusste, dass dies kein Angebot, sondern ein Befehl war.

»Klar, danke«, erwiderte Stan, nahm das Buch und legte es zur Seite. Er würde es bei der nächsten Gelegenheit loswerden, vielleicht im Hinterhof in die große Mülltonne werfen.

Dale zwinkerte ihm zu und sagte dann: »Komm, Sam, lass uns gehen.«

Als die beiden die Kneipe verließen, sah Sam neben Sergeant White wie ein Zwerg aus. Unzählige Augen folgten dem Paar, aber die meisten Gäste wirkten eher neugierig oder sogar amüsiert. Nur eine Handvoll war sich des Ernstes der Situation bewusst.

*Verdammt,* dachte Stan, stellte das Glas weg und legte das Handtuch zur Seite. *Armer alter Narr. Diese Nacht wird er lange nicht mehr vergessen.*

Stan wusste zwar nicht, wohin Dale den alten Trunkenbold brachte, was er jedoch wusste, war, dass er mit Sam garantiert nicht nach Disneyland fuhr, das stand mit tödlicher Sicherheit fest.

»Ein Miller, und ein bisschen flott.«

Stan drehte sich um. Zum ersten Mal an diesem Abend lächelte er.

Amy Sinclair saß an der Bar. Amy, Sprechstundenhilfe in der einzigen Zahnarztpraxis in Billings, Sharpe's Dental Surgery, sah mit ihrem langen, kastanienbraunen Haar, das sich über ihre Schultern ergoss, genauso umwerfend aus wie immer. Sie hatte exakt die richtige Menge Make-up auf ihrem weichen, leicht sommersprossigen Gesicht aufgetragen und trug eine Jeansjacke über ihrem schwarzen T-Shirt.

Immer noch mit einem Lächeln erwiderte Stan: »Kommt sofort, gnädige Frau«, und griff nach einer Flasche Miller. Er entfernte den Kronkorken und schob die Flasche zu ihr hinüber.

»Danke«, sagte sie kokett, legte ihre dunkelroten Lippen an die Flaschenöffnung und trank einen Schluck Bier, ohne ihren Blick dabei von Stan abzuwenden.

Stan spürte, wie sich etwas in seinem Schritt regte. Er wollte jedoch nicht, dass es für jedermann offensichtlich wurde, deshalb beugte er sich vornüber und tat so, als würde er etwas vom Boden aufheben. Während er sich außerhalb ihres Blickfelds befand, brachte er seinen Schritt in Ordnung und richtete sich dann wieder auf.

»Viel los heute Abend, wie?«, bemerkte Amy.

Stan nickte. »Die üblichen Verdächtigen, aber seit einer Minute ist entschieden mehr Klasse im Raum.«

Amy, die gerade einen weiteren Schluck von ihrem Bier trank, verschluckte sich beinahe. Sie nahm die Flasche vom Mund und legte eine ihrer zarten Hände darauf, um zu verhindern, dass die schäumende Flüssigkeit herausquoll. Sie schluckte. Dann erwiderte sie: »Also, danke für die Blumen. Ich sollte öfter hierherkommen, wenn ich hier solche Komplimente kriege.«

Stan lachte.

Er und Amy waren gute Freunde, schon seit sehr langer Zeit. Aber Stan hatte so eine Ahnung, dass Amy ihre Freundschaft auf die nächste Ebene bringen wollte – genau wie er. Er war schon seit der achten Klasse in Amy Sinclair verliebt, aber es schien, als sei keiner von ihnen mutig genug, um den nächsten Schritt zu gehen, falls der jeweils andere doch nicht dasselbe empfinden sollte. Also hielten sie ihre Beziehung weiterhin platonisch, obwohl sie jede Chance für einen Flirt nutzten, die sich ihnen bot.

»Tja, du hast die ganze Aufregung leider verpasst.«

Amy hob die Augenbrauen. »Ach?«

»Ja, vorhin ist hier irgend so ein Typ reingeschneit, großer Kerl, sah aus wie ein Biker.«

»War Billings' erste Garde auch hier?«

»Nur Hal und Dale.«

»Oh-oh.«

»Das kannst du laut sagen. Anscheinend ist der Typ mit dem Chief in Streit geraten, es sind sogar Schüsse gefallen. Hal, Dale und Luke Ryder haben ihn zur Hütte raufgebracht.«

»Wow. Ich kann nicht fassen, dass ich die ganze Action verpasst habe. Aber wieso haben sie ihn zur Hütte gebracht? Wieso nicht ins Gefängnis? Das ist doch viel näher.«

Stan hasste es, Menschen anzulügen, besonders, wenn es sich um jemanden handelte, an dem ihm etwas lag, aber es musste sein. »Hal und Dale haben ihn nicht verhaftet. Sie dachten, der Typ bräuchte einfach mal eine ordentliche Mütze Schlaf – anscheinend war er betrunken.«

»Oh, na, das war doch nett von ihnen.« Ihr Blick fiel auf das

Taschenbuch, das auf dem Tresen lag. »Hey, wer hat das denn hier vergessen?« Sie griff danach, drehte es um und überflog den Buchrücken. »Horror. Igitt.«

»Das, äh, gehört niemandem«, erwiderte Stan. »Ich hab keine Ahnung, wo das herkommt – ich wollte es wegwerfen.«

»Ein Buch kannst du doch nicht wegwerfen«, protestierte Amy. »Bücher sind dazu da, gelesen zu werden. Sogar gruselige. Ich nehm' es mit, wenn dir das recht ist.«

Stan zögerte, den Mund leicht geöffnet. »Äh … also …«

Amy runzelte die Stirn. »Was? Wenn der Eigentümer zurückkommt und danach sucht, dann sagst du ihm einfach, dass ich es habe. Es wäre mir ein Vergnügen, das Buch wieder mit seinem rechtmäßigen Besitzer zur vereinen.«

*Die Chancen, dass das passiert, stehen eher schlecht.*

»Ich dachte, du hättest gesagt, dass du keine Horrorgeschichten magst.«

Amy zuckte die Achseln. »Wer weiß, vielleicht mag ich ja die hier?«

»Okay«, willigte Stan mit einem tiefen Seufzen ein.

»Danke.« Sie steckte das Buch in ihre Handtasche. »Nun, ich glaube, ich geh dann mal besser.«

Stan holte tief Luft. »Du willst gehen? Jetzt schon?« Er hatte nicht die Absicht gehabt, so theatralisch zu klingen, aber er konnte nichts dagegen tun.

Amy kicherte. Sie griff nach ihrem Miller und erhob sich. Ihr Körper war lang und geschmeidig, und Stan betete ihn an. »Nein, ich geh nur da rüber.« Sie deutete auf einen Tisch, an dem drei von Amys Freundinnen saßen. »Wir machen uns einen Mädelsabend.«

»Oh«, sagte Stan, ungefähr drei Stufen röter als ein Feuerwehrauto. »Verstehe.«

Er kam sich wie ein Idiot vor.

»Keine Sorge, ich komm rüber und verabschiede mich, bevor ich gehe.« Sie zwinkerte ihm zu, drehte sich um und entfernte sich von der Bar.

Stan fühlte sich wie ein geiler Teenager, als er zusah, wie sie sich durch die Gästeschar bewegte.

Sie musste sein Starren gespürt haben, denn sie drehte sich noch einmal um und lächelte ihn an.

Stan lächelte zurück, doch es war ein leeres Lächeln.

Er musste an das Buch in ihrer Tasche denken, das Dale Jim gestohlen hatte – Jim, der morgen gejagt und getötet werden würde.

*Ich hätte nicht zulassen dürfen, dass sie es mitnimmt.*

Dieses Gefühl der Verlogenheit, das sich in seinen nervösen Magen bohrte, war wieder da, und er hatte den Verdacht, dass es nicht so schnell wieder verschwinden würde.

Das Erste, was Hal tat, als er nach Hause kam, war, die Hintertür zu öffnen, um seine Hunde hereinzulassen. Ronnie und Cooper stürzten sich sofort auf ihn.

»Hallo, Jungs. Schön vorsichtig, Dad ist verletzt und total fertig.«

Die beiden drei Jahre alten Deutschen Schäferhunde sprangen jedoch weiter an Hal hoch und bliesen ihm ihren heißen Hundeatem ins Gesicht. »Runter«, befahl Hal, und die Schäferhunde gehorchten pflichtschuldig. »Nicht heute Abend, Jungs, tut mir leid.«

Normalerweise erlaubte Hal seinen Hunden, sich auf ihn zu stürzen und an ihm hochzuspringen, wenn er wieder nach Hause kam, und nachdem er gepinkelt und sich einen Drink genehmigt hatte, raufte er entweder mit ihnen oder nahm sie zu einem abendlichen Spaziergang mit.

Aber heute Abend fühlte er sich erschöpft und fiebrig, und seine Nase – die dank Dr. Lloyd Tingle, bei dem er vorbeigeschaut hatte, nachdem er Dale und Luke wieder im Davey's abgeliefert hatte, wieder gerade an Ort und Stelle saß, hinter mehreren Schichten Verbandsmaterial versteckt – pochte noch immer, auch wenn der schlimmste Schmerz bereits verflogen war.

Seine Hunde waren seine besten Freunde, die Einzigen auf dieser Welt, denen er wirklich vertraute. Dale und die anderen Officers waren zwar gute Männer, aber sie waren impulsiv, meist ziemlich töricht und blind für alles außer Alkohol, Gewalt und Sex. Nicht, dass an diesen Dingen irgendetwas verkehrt gewesen wäre … Es war nur so, dass Hal wusste, wie und wann er seine Triebe kontrollieren musste. Es gab für alles eine Zeit und einen Ort. Diese Jungs aber kapierten einfach nicht, wann es Zeit zum Arbeiten und wann es Zeit zum Spielen war.

Aber trotzdem: Ihren Job erledigten sie gut.

Es war harten Kerlen wie Sergeant Dale White und der Tatsache zu verdanken, dass Hal auf kompromissloser Polizeiarbeit bestand, dass Billings eine so ruhige Stadt ohne Verbrechen war. Während viele andere Kleinstädte Patrouillen rund um die Uhr abschafften, hielt Hal seine Wache sieben Tage die Woche 24 Stunden lang geöffnet. Auch damit zeigte er allen, dass das Billings Police Department es ernst meinte. Es half allerdings auch, dass das Büro des County Sheriffs und die State Patrol sie größtenteils in Ruhe ließen, sodass Hal und seine Jungs, was die Polizeiarbeit in ihrer Stadt anging, fast völlig freie Hand hatten. Der Erfolg gab ihnen recht: Die Einwohner waren ebenso zufrieden wie Hal selbst. Und wenn doch irgendjemand durch ihr friedliches Städtchen polterte, dann kümmerten sie sich eben entsprechend um ihn. Hal ließ nicht zu, dass irgend so eine Bazille den reinen Körper seiner Stadt verseuchte.

Nicht, dass die Leute in der Stadt von den extremen Maßnahmen gewusst hätten, die er ergriff, um Billings von unerwünschten Besuchern zu befreien. Ungefähr ein Dutzend Zivilisten wussten Bescheid, etwa Ethan und Billy, Doc Tingle und Stan Murdoch, aber der Großteil der Einwohner war vollkommen ahnungslos. Sie vertrauten ihrem kleinen Polizeirevier. Die meisten von ihnen waren gesetzestreue Bürger und glaubten, Hal und seine Untergebenen seien aus demselben

Holz geschnitzt. Sie glaubten jede Lüge und Halbwahrheit, die Hal und seine Männer ihnen auftischten. Hal gefiel es so. Und was die geheimen Partys anging, die sie in der Hütte feierten, so hielten sie sie sogar noch besser verborgen als die Jagden – die Leute in der Stadt glaubten, sie würden dort nur Poker spielen.

Die meisten Bewohner waren ruhig und friedlich – und hielten Billings für einen schönen Ort zum Leben. Und das war es auch – sofern man zu den Einheimischen gehörte.

Hal schlurfte ins Schlafzimmer, Ronnie und Cooper im Schlepptau. Er zog sein T-Shirt aus, schnallte sein Halfter von seinem Gürtel ab, legte es auf die Kommode neben seinem Bett und beugte sich dann nach unten, um die Hunde hinter den Ohren zu kraulen. Cooper ließ ein einzelnes Bellen vernehmen, laut und tief. »Ich weiß, ich weiß, ihr habt beide Hunger.«

Hal richtete sich wieder auf und führte die sie in die Küche. Für die Hunde nahm er den Teller mit dem halb gegessenen Grillhähnchen aus dem Kühlschrank, für sich selbst ein Miller Lite. Er verteilte das Fleisch zu gleichen Teilen auf die Fressnäpfe der beiden und warf die Knochen in den Mülleimer. Gierig schlangen die Hunde ihr Fressen mit lauten Schmatzern hinunter.

Hal stellte den fettigen Teller ins Spülbecken, nahm einen langen Schluck von seinem Bier und schaute aus dem Küchenfenster in die undurchdringliche Dunkelheit.

Er hatte mit dem Gedanken gespielt, Darlene einen Besuch abzustatten, als Lloyd mit ihm fertig gewesen war, aber die Vorstellung, zurück in die Berge zu fahren und dann durch die dichten Wälder zu wandern, war auch jetzt noch nicht sonderlich einladend, nicht so, wie er sich im Moment fühlte.

Hal schloss die Augen. Er war völlig erschöpft, und ihm tat alles weh – er fühlte sich, als sei er von einem Zug überrollt worden.

Er öffnete die Augen wieder und wandte sich vom Fenster ab. Ein heftiger, brennender Schmerz schoss in seinen Nacken.

»Verdammt«, fluchte er und schnappte nach Luft.

Das Brennen klang zwar schnell wieder ab, wurde jedoch von einem dumpfen Schmerz abgelöst, und für einen kurzen, schockierenden Moment dachte er sogar, er habe sich das Genick gebrochen.

Vielleicht hätte er Lloyds Angebot einer umfassenden Untersuchung doch annehmen sollen. Aber allein bei dem Gedanken daran, auch nur noch eine Minute in diesem fürchterlichen weißen Raum zu verbringen, der nach Desinfektionsmittel roch, drehte sich ihm der Magen um.

Wer konnte schon sagen, was der Doc nicht vielleicht noch so alles gefunden hätte, das nicht mit ihm stimmte.

*Mir fehlt nichts, was ein kühles Bier und eine Nacht voll Schlaf nicht wieder in Ordnung bringen könnten.*

Wegen der Jagd wollte er am nächsten Morgen früh aufstehen, um sicherzugehen, dass Dale alles ordentlich erledigt hatte, etwa, wen sie als Wachposten in der Stadt aufstellen wollten und wer mit auf die eigentliche Jagd durfte. Außerdem musste er sicherstellen, dass alle Jäger die aktuelle Version der erfundenen Geschichte über Jim kannten. Auf der Rückfahrt von der Hütte hatten Hal und Dale sich auf die Version geeinigt, in der Jim durchdrehte, als sie ihn am Morgen aufsuchten, um zu sehen, ob er wieder nüchtern war, und in der er Randall verprügelte und dessen Waffe klaute, bevor er in den Wald floh – und all das nur, weil er seine Bewährungsauflagen verletzt hatte und fürchtete, dass man ihm auf die Schliche kam. Es war eine ebenso einfache wie plausible Geschichte – umso mehr, als Randall Buck der jüngste seiner Beamten und daher der Unerfahrenste war, sodass es am wahrscheinlichsten war, dass er sich seine Waffe klauen ließ.

Außerdem musste er vor der Jagd einen Zwischenstopp einlegen und Darlene einen Besuch abstatten, um ihr zu sagen, dass sie den Wohnwagen nicht verlassen durfte, bis man ihr sagte, dass die Gegend wieder sicher war. Normalerweise hätte er sich die Mühe erspart, aber in ihrem gegenwärtigen Zustand wollte er nicht, dass ihr etwas zustieß.

Er grinste, aber sein Grinsen wurde durch einen plötzlichen Hustenanfall gestört – es war ein tiefes, raues Husten, das seinen gesamten Schädel erschütterte und einen heftigen Schmerz seine Wirbelsäule hinabjagte. Als der Anfall wieder abklang, standen Tränen in seinen Augen und ein übler Geschmack verklebte seinen Mund.

Selbst die Hunde hatten aufgehört zu fressen und sahen ihr Herrchen fragend an.

Hal wischte sich über die Augen und sagte: »Es geht mir gut, Jungs. Widmet euch ruhig wieder eurem Abendessen.«

Zufrieden fraßen sie weiter.

*Ich schwöre, dass diese Hunde mich verstehen. Sie sind cleverer als die meisten Menschen, die ich kenne.*

Die Hunde waren jedoch nicht die Einzigen, die über seinen Hustenanfall erschrocken waren. Noch so ein Anfall, fürchtete Hal, und er hustete einen Lungenflügel aus.

Aber es war der Geschmack in seinem Mund, der ihm am meisten Sorgen bereitete: wie schimmeliger Käse oder eine Woche alter Abfall.

Er glich dem Geruch, der ihm aus der Blechdose entgegengestiegen war, als er sie letzte Nacht geöffnet hatte.

*Gott, ich hoffe bloß, dass nichts Giftiges in dieser Blechdose war.*

Er dachte an Darlene und daran, dass Andrew sie heute Morgen mit der Dose gesehen hatte.

*Nachdem sie in der Hütte gewesen ist. Nur mal gucken – von wegen. Was hat sie wirklich dort gewollt?*

Dale hatte den Fremden anschließend gefragt, was Darlene dort getrieben hatte, aber er hatte das Maul gehalten.

Selbst, als Dale die Rohrzange herausgeholt hatte.

*Der Typ ist härter als er aussieht.*

Hal erinnerte sich daran, wie der Mann die Dose ganz fest an seine Brust gepresst hielt, als er in die Hütte stolperte. Irgendwie unheimlich.

Und jetzt hatte Darlene die Dose.

Gott allein wusste, warum sie dieses Ding wollte. Abgesehen von dem fauligen Geruch war die Blechdose leer gewesen.

*Dummes Gör. Sie denkt wahrscheinlich, da sei ein Flaschengeist oder so was drin.*

Noch ein Grund, sie morgen aufzusuchen – wenn er die Dose hatte, würde er vielleicht herausfinden, was das für ein Gestank war, der womöglich schuld daran war, dass er sich so flau fühlte und diese Schmerzen verspürte.

Hal stürzte den Rest des Biers in dem Versuch hinunter, seinen Mund so von dem fauligen Geschmack zu befreien.

Es klappte nicht.

Als Hal zum Kühlschrank ging, weil er hoffte, ein zweites Bier würde die Fäule in seinem Mund endgültig abtöten, tastete er mit einer Hand seine bandagierte Nase ab.

*Gottverdammte Fremde.*

Hal verzog das Gesicht.

Es würde ihm immensen Spaß bereiten, morgen diesen großen Biker zu jagen.

Er konnte es kaum erwarten, diesen Hurensohn leiden zu sehen.

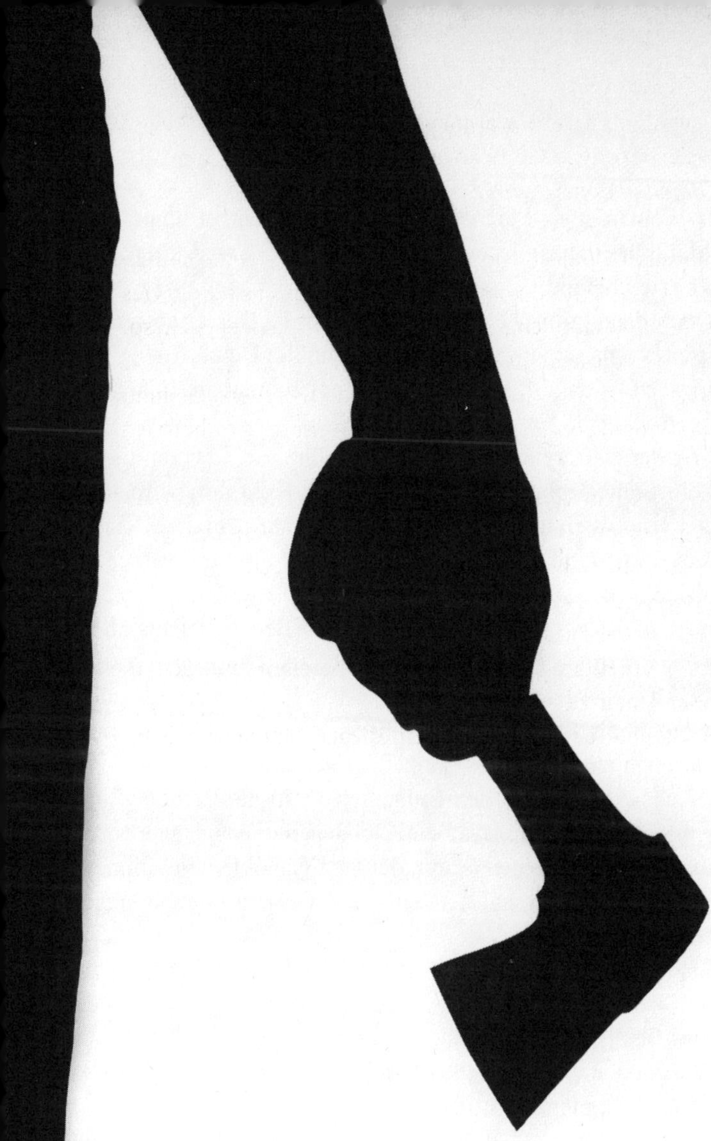

# SAMSTAGMORGEN

# DREI

Das Weinen eines Mannes weckte Jim aus einem traumlosen Schlaf. Für ein paar desorientierte Augenblicke wusste er nicht, wo er sich befand.

Doch dann erinnerte er sich wieder an die Geschehnisse der letzten Nacht, an jedes einzelne grauenhafte Detail.

Er setzte sich auf, sein steifer Körper schmerzte. In seinem ausgetrockneten Mund schmeckte er Blut.

Von der Decke hing eine einsame Glühbirne, in deren Lichtschein Staubflocken durch die trockene Kellerluft wirbelten. Jim schaute sich um. Er sah einen Tisch, auf dem zwei Kisten mit Schrott standen, kaputte Regale voller Spinnweben, einen Holzstuhl, der an einer Wand lehnte, und – und das verstörte ihn am meisten – mehrere Erdhaufen, von denen drei aussahen, als habe man sie ganz frisch aufgeschüttet. Die langen, rechteckigen Hügel erinnerten Jim an Gräber. Hinter den Erdhaufen lag nichts als Finsternis, und Jim fragte sich, was sich sonst wohl noch alles in dieser Dunkelheit verbarg.

Er wandte sich von den Erdhaufen ab in die Richtung, aus der das Weinen kam. Auf einer gegen die Wand gepressten Matratze sah Jim einen Mann, der sich ganz klein zusammengerollt hatte. Er lag auf der Seite, das Gesicht von Jim abgewandt.

»Hey«, krächzte Jim. Er hustete und versuchte, seine Kehle vom Staub zu befreien. »Hey, wie heißt du?«

Das Schluchzen des Mannes erstarb mit einem Röcheln. Er drehte sich um, setzte sich auf und sah Jim an.

Jim schnappte nach Luft.

Das Gesicht des Mannes war unter Bandagen verborgen, die um seine Stirn, seine Wangen und seinen Hals gewickelt waren. An den unverdeckten Stellen sah sein Gesicht fürchterlich blau und zerschrammt aus. Seine Klamotten waren zerfetzt und blutbefleckt.

Der Mann rieb sich die Augen, die ziemlich rot aussahen und ganz offensichtlich völlig ausgetrocknet waren, und setzte sich eine Mütze mit der Aufschrift *I ♥ Bush* auf.

Jim hätte über die plumpe und mittlerweile überholte Doppeldeutigkeit der Kappe gelacht, wenn er nicht gemeinsam mit einem Mann, der aussah, als habe er zehn Runden gegen Freddy Krueger gekämpft, im Keller eines heruntergekommenen Schuppens mitten in den Blue Ridge Mountains gefangen gewesen wäre.

»Du bist wach«, sagte der Mann. »Ich hab vorhin mal versucht, dich zu wecken, aber du warst total weggetreten.«

Jim rappelte sich auf. Sein ganzer Körper war ein einziger gigantischer Haufen Schmerz. Er humpelte zum Fuß der Treppe. Allerdings hegte er keine allzu große Hoffnung auf eine Flucht – er erinnerte sich an die dicke Kette und den massiven Riegel, mit denen die Falltür verschlossen war, und an die bewaffnete Wache.

»Hat keinen Sinn«, sagte der Mann. »Die sorgen dafür, dass sie immer fest verschlossen ist. Selbst wenn du es schaffen solltest, sie aufzubrechen, müsstest du trotzdem noch mit der Wache fertig werden – sie würden dich erschießen, bevor du die Vordertür überhaupt erreicht hast.«

Jim lauschte. Er konnte kein Geräusch von oben hören.

»Vielleicht schläft unser Wärter ja. Wir könnten versuchen auszubrechen.«

»Er würde aber sicher nicht mehr schlafen, wenn du versuchen würdest, die Falltür aufzubrechen.«

»Ich hab immer noch meine Harley. Wenn wir es hier raus schaffen …«

Jim wusste, wie lächerlich er klang.

Nie und nimmer würden sie aus dieser Hütte fliehen können. Und seine Harley hatten sie vermutlich längst auseinandergenommen, um sämtliche Beweise zu vernichten, dass er je hier gewesen war. Aber was war mit seinen Sachen? Hatten sie die auch vernichtet?

Jim seufzte. »Dann sollen wir also einfach hier warten, bis sie kommen, um uns zu töten, ist es das?«

»Im Großen und Ganzen, ja.«

Jim drehte sich um und humpelte wieder zu dem Mann auf der Matratze zurück. »Scheiße«, spuckte er aus und setzte sich auf den dreckigen Boden.

»Wir kommen hier nie raus. Wir können nur warten, bis die Polizei kommt und uns rettet.« Der Mann kicherte. »Ich bin übrigens Craig. Craig Becker.«

»Jim Clayton. Was ist das für ein Akzent? Kanadier?«

Craig schüttelte den Kopf. »Australier.«

Jim runzelte die Stirn. »Was zur Hölle hat dich denn bis nach hier draußen verschlagen? Haben diese Police-Academy-Cops dich ohne Visum aufgegriffen oder was?«

Craig schlug die Beine übereinander und stützte sich mit den Armen auf seinen Oberschenkeln ab. »Willst du gar nicht wissen, woher ich die ganzen Wunden habe?«

Jim zuckte mit den Schultern. »Was geht mich das an? Mich interessiert nur, wie ich hier lebend wieder rauskomme.«

»Schon klar. Es ist …« Craig schaute auf seine Uhr. »Fast neun Uhr morgens, es wird also nicht mehr lange dauern, bis die Bullen auftauchen.«

Craig schien nicht besonders interessiert an einem Fluchtversuch zu sein.

War ihm denn völlig egal, was der Chief und seine Kumpane mit ihnen anstellen würden? Hatte er denn keine Angst, zu sterben?

»Das Mädchen hat sich schon dafür interessiert, wie ich aussehe«, bemerkte Craig. »Sie konnte gar nicht anders, als mich die ganze Zeit anzustarren und mir Fragen zu stellen.«

»Welches Mädchen?«

»Wie hieß sie noch gleich? Irgendwas mit D …«

»Darlene?«

Craig nickte. »Das ist es. Hast du sie auch kennengelernt?«

»So was Ähnliches«, antwortete Jim. »Wieso?«

Craig machte ein ernstes Gesicht. »Ich hab was Schlimmes getan, Jim. Ich hab Angst.«

»Verdammt, ich hab auch Angst. Aber wenn wir zusammenhalten, können wir gegen diese Typen kämpfen. Wir werden sie vielleicht nicht besiegen, aber ich wette, wir könnten ihnen einen ziemlich ordentlichen …«

»Nein, das meine ich nicht. Ich bin nicht in der Lage zu kämpfen.« Craig schüttelte den Kopf. »Ich hab keine Angst um mein Leben. Ich habe kein Leben. Es ist das, was mich erwartet, wenn ich nicht mehr bin, das mir so schreckliche Angst macht.«

Jim suchte nach einem Anzeichen des Wahnsinns in Craigs Augen. Sie wirkten zwar vollkommen leblos, ansonsten aber absolut klar und rational.

»Dieses Mädchen, Darlene, sie dachte, ich sei krank und liege im Sterben. Sie hat mir auch meine Blechdose zurückgebracht, nachdem der Chief sie mir weggenommen hatte.« Düsternis legte sich auf Craigs Gesicht. »Gott, was hab ich nur getan?«, murmelte er. »Ich hätte dir helfen können«, fuhr er nach einer kurzen Pause fort. »Ich hätte dein Leben retten können. Wenn ich gewusst hätte, dass du kommst, hätte ich meine Dose nicht an dieses arme Mädchen verkauft.«

»Welche Dose? Wovon zur Hölle sprichst du?«

»Ich wollte einfach nur von diesem Schmerz befreit sein, von Rachels Stimme. Und dann kam sie und …« Craig seufzte. »Zehn Cent. Das ist alles, was sie dafür bezahlt hat. Zehn mickrige Cent. Na ja, wenigstens hat sie die Dose nicht geöffnet … noch nicht.«

»Warum? Was wird denn mit ihr passieren, wenn sie sie öffnet?«

Craig sah Jim mit starrem Blick an. »Zwischen euch besteht irgendeine Verbindung, oder?«

»Nicht wirklich. Ich hab letzte Nacht auf meinem Weg nach Atlanta in Billings angehalten. Ich bin in die Kneipe gegangen, um was zu trinken, und hab den Chief dabei gestört, wie er

Darlene misshandelt hat. Ich hab irgendwie die Beherrschung verloren und den Chief tierisch verprügelt, und dafür haben sie mich dann ziemlich übel zugerichtet und hier in den Keller geworfen. Ich weiß nicht, was mit dem Mädchen passiert ist – sie ist weggelaufen, als die anderen Männer kamen, um dem Chief zu helfen. Du denkst also, Darlene sei in Gefahr?«

»Ja. Nun, es kommt drauf an.«

»Worauf?«

»Sei mal leise. Hörst du das?«

Jim hielt den Atem an und horchte. Alles, was er hörte, war sein eigener Herzschlag. »Was?«, fragte Jim und atmete aus.

»Ich kann sie hören. Im Wind, der durch die Blätter rauscht, sogar in jedem Vogelzwitschern kann ich sie hören. Die Tiere kann ich zwar nicht mehr hören, aber ich wette, dass sie immer noch da draußen sind und warten.«

Jim war müde und hungrig, und ihm tat alles weh. Er wollte raus aus diesem Keller, raus aus dieser Stadt, weg von den Stimmen, die nicht da waren, weg von irgendwelchen Blechdosen und psychotischen Polizisten.

Er wusste nicht, ob dieser Typ verrückt war oder nicht, und es interessierte ihn auch nicht sonderlich. Alles, was ihn interessierte, war, zu überleben.

»Ich weiß, dass du Rachel nicht hören kannst, aber sie ist da. Ich frage mich, was Darlene wohl wird durchmachen müssen. Jim, versprichst du mir etwas?«

»Kumpel, ich erlebe vielleicht nicht mal mehr das Mittagessen. Wie soll ich dir da was versprechen?«

»Wenn du es schaffst, wenn du überlebst, kannst du dann Darlene suchen und ihr die Dose abkaufen? Du rettest ihr das Leben, wenn du das tust. Ich hoffe, sie macht die Dose nicht auf, bevor du sie findest, aber die Neugier eines Kindes ist groß.«

»Ja, klar, wenn du meinst«, seufzte Jim.

»Aber du musst sie unbedingt aufmachen, wenn du sie gekauft hast. Ich will endlich frei von diesem Schmerz sein.«

»Nur, wenn du mir sagst, was drin ist und warum Darlene in Gefahr ist. Das ist doch ein fairer Deal, findest du nicht?«

Craig nickte. »Okay.« Er spreizte seine Beine wieder, streckte sie aus und stützte sich mit den Ellbogen auf der Matratze ab. »Ich hab nicht immer so ausgesehen. Ich war mal ein ganz normaler Mensch, der ein ganz normales Leben in Australien führte. Ich hatte eine Frau, Rachel. Sie war der liebevollste Mensch, den man sich vorstellen kann. Ich hab sie geliebt. Aber irgendwann hat sie sich verändert. Sie hat angefangen, rumzuschreien und mich zu beschimpfen. Lächerliches Zeug, etwa, dass sie sich wünschte, ich wäre nie geboren worden. Ich hab keine Ahnung, warum sie sich so furchtbar verändert hat, aber ich vermute, dass es etwas mit dem Tod unseres Sohnes zu tun hatte. Er ist bei der Geburt gestorben … Auch wenn es uns beide völlig zerstört hat, schien die Verbindung zwischen Rachel und mir noch intakt zu sein. Wir halfen uns gegenseitig, über den Verlust hinwegzukommen. Erst ein paar Jahre später begann sie, sich zu verändern.« Craig hielt inne. Er fuhr sich mit dem Unterarm über die Stirn, und Jim fiel auf, dass er nicht schwitzte, obwohl es in dem Keller ziemlich stickig war.

»Wie dem auch sei, ich hab sie verlassen. Ich konnte es nicht mehr ertragen, sie so zu sehen, und als sie anfing, mir die Schuld am Tod unseres Sohnes zu geben … nun … damit konnte ich einfach nicht umgehen. Das war nicht mehr meine Frau. Also habe ich sie verlassen und bin nach Amerika geflogen, wo ich mir für ein paar Monate einen Jeep gemietet habe und durch das Land gereist bin. Ich fuhr hin, wohin ich wollte, ohne ein bestimmtes Reiseziel – ich bin morgens aufgewacht, und wenn ich Lust hatte, nach Süden zu fahren, dann bin ich eben nach Süden gefahren.

Eines Nachmittags im Sommer bin ich an einem Straßenstand vorbeigekommen. Er stand einfach da, an irgendeiner Nebenstraße hier ganz in der Nähe. Aber es war kein gewöhnlicher Straßenstand, der handgearbeiteten Schnickschnack oder frisches Obst und Gemüse verkaufte. Er verkaufte totgefahrene

Tiere. Ist das zu fassen? An dem Stand hingen tote Tiere aneinandergereiht, und der Typ an dem Stand, Almus, verkaufte sie wie normale Lebensmittel. Er erzählte mir, die Geschäfte liefen prima – das Fleisch kostete ihn nichts, sodass er immer Profit machte, ganz egal, für wie wenig Geld er die toten Tiere verkaufte. Gott, ich hatte noch nie etwas so Geschmackloses oder Groteskes gesehen.« Craig lächelte, aber sein Lächeln erstarb schon bald wieder.

»Aber das war nicht der wahre Grund, weshalb ich an diesem Stand angehalten habe, Jim. Sicher, das madige Fleisch der überfahrenen Tiere weckte meine morbide Neugier, aber es waren die anderen Waren, die er verkaufte, die mich wirklich interessierten.« Craig lehnte sich nach vorne.

Jim tat dasselbe.

Mit einem Flüstern sagte Craig: »Seelen.«

Jim runzelte die Stirn. »Was? Wie meinst du das, Seelen?«

Irgendetwas Dunkles huschte über Craigs ramponiertes Gesicht. So etwas wie ein Lächeln versuchte sich Bahn zu brechen, aber da war zu viel Traurigkeit, die es zurückhielt. »Nun, ich weiß ja nicht, ob du an sie glaubst, Jim, aber ich kann dir versichern: Sie existieren. Und ich habe eine gekauft. Ich hab mir die größte Dose ausgesucht, die der alte Almus zu bieten hatte. Der größte Fehler meines Lebens.«

Jims Stirn lag noch immer in Falten.

Er war mit einem Irren in einem Keller eingesperrt. Einem allem Anschein nach harmlosen Irren, der aber immerhin so durchgeknallt war, dass ein Raum voller nackter Männer auch nicht verrückter gewesen wäre.

Und dennoch hatte dieser Fremde eine Ernsthaftigkeit an sich, die Jim verunsicherte.

»Almus hat mich vor ihrer Kraft gewarnt«, erzählte Craig weiter. »Aber ich habe die Dose trotzdem geöffnet und muss nun unter den Folgen leiden. Ich habe den ultimativen Preis bezahlt. Von diesem Moment an war ich hinter diesem verdammten Straßenstand gefangen und musste darauf warten, dass jemand vorbeikommt und mir meine Dose abkauft. Und dabei hörte ich ständig die Schreie der Tiere, deren Seelen ebenfalls gefangen waren. Ich hörte Rachels hasserfüllte Flüche und Beschimpfungen. Und ich spürte andauernd diese Schmerzen. Ich hab immer noch Schmerzen. Größere Schmerzen, als du dir jemals vorstellen könntest. Deshalb hab ich die Dose an Darlene verkauft. Ich musste dem Schmerz ein Ende machen. Ich hab die Gelegenheit erkannt und sie ergriffen.« Er schüttelte den Kopf.

»Donnerstagnacht bin ich über diese Hütte gestolpert. Ich war die ganze Zeit durch die Berge geirrt, kaum noch in der Lage, zu gehen, mein Körper völlig zerstört. Die Tiere haben mich ziemlich zugerichtet. Sie wollten mich zwingen, wieder an den Stand zurückzukehren, und sie haben versucht, mir meine Dose wegzunehmen, aber sie haben beides nicht geschafft. Weißt du, die Tiere leiden genauso große Schmerzen wie ich. Sie wollen, dass jemand ihre Dose kauft, damit sie endlich von ihren ständigen Qualen erlöst werden. Wie dem auch sei, anstatt sich um mich zu kümmern oder mich in ein Krankenhaus zu bringen, haben die Männer in der Hütte mich bewusstlos geschlagen und hier unten abgeladen. Der Chief hat mir meine Dose weggenommen. Ich weiß nicht, was er damit gemacht hat, aber gestern Morgen, als die Bullen draußen einen Eimer frisches Wasser geholt haben, um meine Wunden zu säubern, hat sich das Mädchen hier reingeschlichen und mir meine Dose zurückgegeben. Ich hab ihr gesagt, dass sie sie haben kann, wenn sie will, dass sie sie mir nur abkaufen müsste. Sie hatte nicht viel Geld, nur ein Zehn-Cent-Stück, das sie vor ein paar Tagen in der Hütte gefunden hatte. Ich habe ihr die Dose verkauft, obwohl ich ganz genau wusste, was mit ihr passieren würde, falls sie sie öffnen sollte. Ich hab gebetet, dass sie es nicht tut – und trotzdem wünscht sich ein Teil von mir, dass sie es doch tut. Das schmerzt mich am meisten. Ich sehne mich danach, endlich von diesem Fluch befreit zu sein, von diesem Schmerz, aber ich fürchte, wenn es so weit ist, werde ich für das, was ich getan habe, noch schlimmer bestraft werden.«

Craig holte tief Luft.

»Du kannst dich selbst retten, Jim. Finde das Mädchen, kauf ihr die Dose ab und befrei meine Seele. Dann werden sie dich nicht mehr töten können. Wenn du Darlene retten möchtest, dann lass nicht zu, dass sie die Dose öffnet.«

Jim verstand den ganzen Unsinn nicht, den Craig da jammernd von sich gab. Er war sich sicher, dass es nur das verrückte Geschwätz eines Mannes war, der offensichtlich eine Menge durchgemacht hatte.

Deshalb war Jim auch überrascht über seine eigene Ernsthaftigkeit, als er Craig fragte: »Was wird mit ihr passieren, wenn sie sie öffnet?«

Craig wollte antworten, aber das Geräusch einer rasselnden Kette hielt ihn davon ab.

Bald darauf öffnete sich die Falltür. »Morgen«, rief Dale von oben, und dann stampfte er die Treppe hinunter. Unten angekommen blieb er stehen. In seinen Armen wiegte er ein Gewehr wie ein neugeborenes Baby hin und her. Er trug eine Polizeiuniform inklusive einer dunkelblauen Baseballmütze, grinste und kaute Kaugummi oder Kautabak. »Ein wunderschöner Tag für eine Jagd, findet ihr nicht auch?«

Sie war nicht zu Hause.

Es war gerade kurz nach halb zehn, daher hatte Hal erwartet, Darlene sei noch immer im Bett und schlafe. Am Wochenende schlief sie normalerweise recht lange.

*Verdammt,* dachte Hal. *Wo kann sie nur sein?*

Er durchsuchte ihren Schrotthaufen von einem Wohnwagen, konnte die Dose jedoch nirgendwo finden. Entweder hatte sie sie hier irgendwo sicher versteckt, oder sie hatte woanders ein gutes Versteck für sie gefunden.

*Wo ist sie, du kleine Diebin?*

Um dennoch zu Ende zu bringen, weswegen er gekommen

war, schnappte Hal sich einen Fetzen Papier und einen Stift und schrieb: *Jagen heute. Bleib im Wohnwagen, bis wir dir was anderes sagen.*

Er klemmte den Zettel zwischen die Metallleisten der teilweise kaputten Fliegengittertür und trat wieder hinaus.

Die Erholungspause hatte nichts genutzt – er fühlte sich heute noch schlechter als gestern.

Abgesehen von dem Pochen in seiner Nase, das ja zu erwarten gewesen war, fühlten sich seine Gelenke steif an und schmerzten, sein Kopf dröhnte, und auch sein Nacken tat die ganze Zeit weh.

Der verfaulte Geschmack in seinem Mund war noch schlimmer geworden. Er hatte sich heute Morgen zweimal die Zähne geputzt, sogar Mundspülung benutzt und war gerade mit seinem fünften Kaugummi zugange, aber der Geschmack wollte einfach nicht verschwinden.

*Ich muss rausfinden, was in dieser Dose war.*

Wenn dieser Fremde ihm schon nicht verraten wollte, was sich in der Dose befand, musste er eben zurückkommen, wenn Darlene zu Hause war. Und falls sie das Ding nicht bei sich hatte, würde er schon dafür sorgen, dass sie ihm sagte, wo es war. Dann würde er die Dose zu Lance Crenshaw bringen, dem Naturwissenschaftslehrer der High School. Lance würde mithilfe seiner Reagenzgläser, Bunsenbrenner und dergleichen hoffentlich feststellen können, was sich darin befunden hatte, und herausfinden, was zum Geier ein derart toxisches Gas absondern und so dazu führen konnte, dass Hal sich so fühlte, wie er sich nun eben fühlte. Er war sich zwar nicht ganz sicher, dass das widerliche Gas, das er eingeatmet hatte, tatsächlich die Ursache dafür war, dass er sich so krank fühlte, aber sein Unwohlsein hatte in der Nacht begonnen, in der er die Dose geöffnet hatte.

Mit seiner Flinte über der Schulter, einer Remington 870, verließ Hal Darlenes Wohnwagen und machte sich auf den Weg zur Hütte. »Zeit, dass ich mir ein bisschen Frischfleisch jage«, murmelte er.

Dale richtete sein Gewehr auf Jim. »Jetzt bist du dran, Superman.«

Jim sah auf das Gewehr und ließ seinen Blick dann zu Dales Gesicht hinaufwandern. »Was habt ihr vor? Wollt ihr mich jagen?«

Dale grinste. »Hast es gleich beim ersten Mal erraten, Superman.«

Jim biss die Zähne zusammen. Er verspürte den dringenden Wunsch, Dale das Gewehr so tief in seinen Arsch zu rammen, dass der Lauf aus seinem Mund wieder herauskam – dann wäre ihm sein dämliches Grinsen mit Sicherheit vergangen. Aber er musste cool bleiben, wenn er wenigstens noch eine kleine Chance haben wollte, diesen Tag zu überleben.

»Beeil dich und mach verdammt noch mal, dass du die Treppe raufkommst«, kläffte Dale.

»Und wenn ich es nicht tue?«

»Oh, das wirst du. Das garantiere ich dir.«

»Du kannst genauso gut mitgehen«, sagte Craig. »Du hast bessere Chancen, zu entkommen, wenn du es tust.«

Und Darlene und die Dose zu finden, hätte Craig, wie Jim annahm, wohl am liebsten hinzugefügt.

»Der Freak hat recht«, bekräftigte Dale. »Wenn du tust, was wir sagen, hast du vielleicht eine Chance zu überleben. Immerhin sind wir echte Sportsmänner und glauben an Fair Play. Aber wenn du dich weigerst mitzuspielen, wird es eine Menge angepisster Männer geben, die dich an den Eiern kriegen wollen. Und das meine ich ganz wörtlich.« Dale spuckte einen schwarzen Schleimklumpen auf den erdigen Boden. »Los jetzt, steh auf, Superman.«

Jim wog seine begrenzten Möglichkeiten gegeneinander ab und kam zu dem Schluss, dass es am klügsten war, sich diesen psychotischen Bergbewohnern zu fügen.

Er erhob sich.

Dale bedeutete Jim mit einem Kopfnicken, die Treppe hinaufzusteigen.

»Zeig's diesen Arschlöchern, Jim«, sagte Craig. »Lass dich nicht erwischen.«

»Wart's nur ab, Freak«, warnte Dale. »Du kommst noch früh genug an die Reihe.«

»Ich habe keine Angst vor dem Tod«, erwiderte Craig. »Du kannst mich nicht töten, du arschfickender Schimpanse. Ich bin schon …«

Dale stürmte auf Craig zu und rammte ihm den Kolben seines Gewehrs seitlich ins Gesicht.

Craig grunzte und wurde zurückgeworfen, aber sein Lächeln erstarb trotzdem nicht.

»Du beschissener Irrer«, sagte Dale. »Ich werde dich höchstpersönlich jagen und umbringen. Und ich werde dafür sorgen, dass es kein schneller Tod ist.« Er erhob sein Gewehr erneut, aber eine donnernde Stimme erfüllte den Raum und hielt ihn davon ab, Craig einen weiteren Schlag zu versetzen. »Dale! Lass ihn in Ruhe!«

Dale wirbelte herum. »Der Wichser ist frech geworden, Hal. Ich hab ihm nur ein paar Manieren beigebracht, bevor …«

»Ich möchte ihm erst ein paar Fragen stellen«, unterbrach ihn der Chief, während er die Treppe herunterkam.

Jim sah, dass die Nase des Chiefs verbunden war, und sein stark geschwollenes Gesicht wies zahlreiche blaue Flecken in den unterschiedlichsten Schattierungen auf. Auch er trug nun seine Polizeiuniform. Das dunkelblaue Hemd und die dunkelblaue Hose sahen sehr adrett aus, und die goldene Marke und die Sterne an seinem Kragen waren glänzend poliert.

Der Chief warf Jim einen bösen Blick zu, bevor er zu Craig hinüberging, der sich in seine Ecke kauerte.

Dale zuckte die Achseln, machte einen Schritt zur Seite und konzentrierte sich darauf, mit seinem Gewehr auf Jim zu zielen.

»Was war in der Dose, die du dabeihattest?«, fragte der Chief.

»Warum willst du das wissen?«

»Weil da irgendwas Verfaultes drin war, und ich will wissen, was das war.«

Ein düsteres Grinsen kroch über Craigs blutiges Gesicht.

»Sag mir, was da drin war!«, brüllte der Chief heiser.

Jim erkannte Angst in seiner Stimme.

»Du hättest sie nicht öffnen sollen«, sagte Craig. »Du hattest kein Recht, sie zu öffnen. Ich möchte dich was fragen – tut dir der Nacken weh? Oder hast du so richtig üble Kopfschmerzen?«

Dieses Mal war der Chief an der Reihe, Craig seinen Gewehrkolben ins Gesicht zu rammen.

Jim zuckte zusammen.

Dale lachte.

Unfassbarerweise tat das auch Craig.

»Sag's mir, du beschissener Freak!«, brüllte der Chief.

»Du wirst so fürchterliche Schmerzen leiden, dass du dir wünschen wirst, du wärst tot.« Craig klang, als sei seine Nase gebrochen. »Hölle noch mal, du tust mir beinahe leid.«

Der Chief verpasste Craig einen Tritt in die Magengegend und spuckte ihn an. »Um dich kümmere ich mich später«, knurrte er. Er drehte sich um und sah Dale an. Sein Gesicht war knallrot, und sein massiger Körper bebte. »Okay, fangen wir an.«

Dale packte Jim am Arm und vergrub seine Nägel tief in seinem Fleisch. »Lass uns gehen, Schätzchen. Deine Fans warten schon.«

»Viel Glück, Jim«, rief Craig ihm nach, als Jim die Treppe hinaufgeschoben wurde.

Dale zerrte ihn durch die Hütte, vorbei an den Matratzen im Hauptraum. Der Tisch vor dem schlummernden Fernseher war mit einem leeren Pizzakarton und Bierdosen zugemüllt.

Draußen tummelten sich etwa ein Dutzend Männer am Fuß der Verandatreppe. Jeder von ihnen wiegte entweder eine Flinte oder ein Gewehr auf dem Arm. Die meisten hatten eine Baseballmütze oder einen Stetson auf dem Kopf, und der Großteil trug Jeans und T-Shirt, ein paar wenige auch Karohemden. Jim schaute sich die Menge an und erkannte einige der Gesichter aus der Kneipe wieder, darunter auch die beiden

Bauerntölpel vom Billardtisch und den Typen, der letzte Nacht dabei geholfen hatte, Jim in die Hütte zu schaffen: Luke.

Hinter der Menge, auf der anderen Seite des Maschendrahtzauns, parkten ungefähr ein halbes Dutzend Autos, hauptsächlich Pick-ups.

Seitlich vor der Veranda standen der ältere Bulle von letzter Nacht sowie ein junger, knabenhaft aussehender Polizist Anfang zwanzig. Beide trugen Uniformen. Während Dale Jim nach wie vor fest gepackt hielt, trat der Chief an den Rand der Veranda und schaute auf die kleine Versammlung hinab, deren Mitglieder allesamt so blutrünstig und jagdlustig wie ein Rudel wilder Tiere aussahen.

»Die meisten von euch können sich von letzter Nacht noch an Jim erinnern«, begann er. »Er dachte, er könnte in unsere kleine Stadt platzen und einen Polizei-Chief verprügeln, ohne dafür bestraft zu werden.«

Ein tiefes Kichern schwappte durch die Gruppe.

Der Chief drehte sich zu Jim um. »Nun, hier regeln wir die Dinge ein wenig anders, Jim. Hier lassen wir Gott über dein Schicksal entscheiden. Kein Gericht, keine Anwälte nichts als die wunderschönen Blue Ridge Mountains und einige unserer besten Jäger, die Jagd auf dich machen. Es ist ziemlich einfach. Wir geben dir zehn Minuten Vorsprung. Du kannst in jede Richtung rennen, die dir gefällt. Richtung Stadt ist vielleicht die nächstliegende Option, aber du solltest dich fragen: Ist sie auch die klügste?«

Schallendes Gelächter aus der Menge.

»Wenn du es raus aus den Bergen oder raus aus Billings schaffst, bevor wir dich erwischen, bist du frei. Dann werden wir dich nicht weiterjagen. Niemand wird dir glauben, dass der Polizei-Chief einer Kleinstadt eine Jagd veranstaltet hat, bei der du getötet werden solltest, du kannst also so viel ausplaudern, wie du willst. Natürlich ist noch nie jemand entkommen, obwohl wir diese Jagden schon seit vielen Jahren veranstalten. Du fängst also am besten schon mal an, für ein Wunder zu beten.«

Dale beugte sich nach vorne und flüsterte Jim ins Ohr: »Du rennst besser schnell, Superman. Ich bin dir direkt auf den Fersen.« Er stieß Jim vorwärts. Jim stolperte die Stufen hinunter, landete hart auf dem Boden und blieb liegen, schmerzerfüllt und völlig erschöpft. Er konnte nicht aufstehen und dieses Spiel mitspielen. Er würde bei diesem Wahnsinn nicht mitmachen.

»Worauf wartest du noch?«, lachte der Chief von oben. »Du hast schon dreißig Sekunden vergeudet.«

Aber sein Instinkt, am Leben zu bleiben, war zu stark. Eine Stimme in seinem Kopf schrie: *Renn!,* und dann rappelte er sich auf, während das Gejohle und Gelächter der Jäger von den Bergen widerhallte. Er versuchte, sich zu erinnern, welche Strecke der Pick-up letzte Nacht gefahren war. Er starrte in den Wald aus Kiefern, Kastanien und Eichen und auf die leuchtenden Strahlen der Sonne und suchte nach irgendeinem Anzeichen für eine Straße oder einen Weg, das ihm verriet, in welche Richtung er rennen sollte.

»Eine Minute!«

*Scheiß drauf,* dachte er. *Jede Richtung ist besser, als weiter hierzubleiben.*

Und so stürzte er davon, durch das offene Tor des Maschendrahtzauns, und taumelte nach links, weg von der Hütte und den Jägern.

Jim hatte keine Ahnung, wohin er lief.

Wohin er sich auch wandte, er sah stets das Gleiche: ein endloses Meer aus Bäumen, Büschen und Kletterpflanzen.

Er versuchte, die Straße zu finden, über die der Pick-up letzte Nacht gekommen war, aber bislang hatte er kein Glück. Wahrscheinlich entfernte er sich immer weiter von der Straße oder drehte sich im Kreis.

*Es ist hoffnungslos. Wie soll ich entkommen, wenn ich noch nicht einmal weiß, wo ich bin?*

Erschwerend kam außerdem die Tatsache hinzu, dass er

wegen einer Gefängnisschlägerei vor zehn Jahren, bei der er sich einen Schienbeinbruch zugezogen hatte, auf einem Bein leicht humpelte, sodass er nicht dieselbe Distanz zurücklegen konnte wie ein gesunder Mann. Er hatte von Anfang an einen riesigen Nachteil gehabt.

Aber er war noch nie der Typ gewesen, der einfach aufgab, und so schleppte er sich weiter durch den Wald, duckte sich unter Kiefern hindurch und versuchte, nicht über die Kletterpflanzen zu stolpern, die alles überwucherten.

Er musste irgendeinen Ort finden, an dem er sich bis zum Einbruch der Dunkelheit verstecken konnte. Es war zwar kein perfekter Plan, aber es war immer noch besser, als wie ein wildes Tier durch die Gegend zu stolpern. Aber nicht einmal der Gedanke an ein Versteck löste allzu große Hoffnungen in ihm aus. Die Jäger würden nicht aufhören, ihn zu jagen, nur weil sie ihn bis zur Dämmerung noch nicht gefunden hatten. Er mochte zwar bessere Chancen haben, ihnen im Schutz der Nacht zu entwischen, aber das nutzte ihm wenig, wenn er auf einem Berg gefangen war, von dem er noch nicht einmal bei Tageslicht hinunterfand.

Seine Schulter brüllte förmlich vor Schmerzen, und seine Lungen klebten zusammen. Jim legte eine Verschnaufpause ein und setzte sich auf einen nahen Baumstamm.

Er brauchte dringend Wasser. Er wusste, dass der Fluss hinter der Hütte vorbeifloss, aber er hatte es nicht besonders eilig, dorthin zurückzukommen – nicht, dass er den Weg zurück gekannt hätte. Er hoffte einfach, dass sich irgendwo in der Nähe ein Bach befand und dass er bald auf ihn stoßen würde.

Jim wollte gerade weiterlaufen, als er Stimmen hörte.

Er hielt den Atem an und lauschte. Die Stimmen klangen ziemlich nahe und schienen noch näher zu kommen.

*Verdammt! Sie dürfen mich nicht fangen. Nicht so. Nicht schon so bald!*

Panisch schaute Jim sich nach irgendetwas um, das seine stattliche Größe verbergen würde. Er kam zu dem Schluss, dass der Stamm, auf dem er saß, am besten geeignet war. Er warf sich dahinter und presste seinen Körper ganz flach auf den Boden. Die Stimmen wurden lauter, und Jim, der einmal mehr den Atem anhielt, flehte einen Gott an, an den er nicht glaubte, er möge ihn heil aus dieser Sache herauskommen lassen.

Jim biss wegen der Schmerzen in seiner Schulter die Zähne zusammen und horchte.

»Mary-Ann, definitiv. Die war heiß, Mann.«

»Aber Ginger hatte die größeren Titten. Mary-Ann war süß, aber sie war zu nett, zu langweilig.«

»Deshalb war sie ja auch diejenige, die man am liebsten ficken würde. Sie war vermutlich noch Jungfrau. Stell dir nur mal vor, du würdest *die* entjungfern. Ihr alles über Blowjobs und Rimjobs und das ganze Zeug beibringen. Verdammt, auf dieser einsamen Insel gab's außer Ficken doch nichts anderes zu tun.«

»Aber Ginger hatte Erfahrung. Sie war 'ne Schlampe. Sie hätte es auch Mr. Howell besorgt, wenn Mrs. Howell nicht gewesen wäre. Scheiße, wenn ich recht darüber nachdenke, dann hatten die vermutlich einen Dreier am Laufen …«

Die Stimmen verklangen allmählich, und als Jim sich ganz sicher war, dass die beiden Männer verschwunden waren, atmete er vorsichtig aus, dankbar, dass sie ihn nicht entdeckt hatten.

*Glück gehabt. Nächstes Mal sieht es vielleicht ganz anders aus.*

Der Chief hatte recht gehabt: Jim brauchte schon ein Wunder, wenn er diese Tortur überleben wollte, und er hatte leider gerade keine Tüte voller Wunder übrig.

Am liebsten wäre er einfach neben dem Baumstamm liegen geblieben und hätte gewartet, bis die Nacht hereinbrach oder sie ihn schnappten – was immer eben zuerst passieren würde –, anstatt wie eine Ratte in einem Labyrinth durch diese Berge zu irren.

Der einzige Grund, weshalb er doch aufstand und weiter

durch die Wälder rannte, war seine Sturheit, die es ihm verbot, diese Dreckskerle so einfach gewinnen zu lassen. Er war ein Kämpfer, war es immer gewesen, und er gab niemals auf, ganz egal, wie beschissen seine Chancen auch standen.

Er bewegte sich vorsichtig, schaute sich nach den Jägern um und kam nebenbei zu dem Schluss, dass er lieber Ginger gevögelt hätte. Er schöpfte gerade ein wenig Hoffnung, dass er vielleicht doch lebend aus dieser Sache herauskommen würde, als er vor sich eine Gestalt erblickte.

Jim blieb wie angewurzelt stehen. Dies bedeutete sein Ende, da war er sich sicher.

Er wartete nur noch darauf, dass die Schüsse fielen.

Dann erst erkannte er, wer es war.

Sie stand etwa drei Meter von ihm entfernt in der Nähe eines alten Wohnwagens.

Es war das Mädchen von letzter Nacht.

»Mein Gott, was für ein wunderschöner Morgen«, sagte Dale und atmete tief ein. »Perfekt für eine Jagd.«

Hal stimmte ihm zu. Es war in der Tat ein herrlicher Sommermorgen.

Wie üblich hatte sich Hal heute Morgen auch für diese Jagd mit Dale zusammengetan. Sie jagten nun schon seit Jahren zusammen. Abgesehen davon, dass er sein Stellvertreter war, war Dale auch sein engster Freund. Sie waren schon eine ganze Weile befreundet, aber seit Dale ebenfalls bei der Polizei war, hatte Hal eine deutliche Veränderung an ihm bemerkt. Er war aggressiver geworden und hatte angefangen, sehr intensiv zu trainieren. Jetzt, nicht ganz zehn Jahre später, hatte er sich in einen grüblerischen, muskulösen, knallharten Hurensohn verwandelt, der oft davon sprach, in eine Großstadt ziehen zu wollen, wo er, nach eigener Aussage, »so richtig aufräumen würde«. Er war ein Mann, den man gerne an seiner Seite hatte – Hal fühlte sich sicher, wenn er wusste, dass Dale ihm den Rücken freihielt. Und auch wenn Hal bezweifelte, dass Dale

Billings jemals verlassen würde, wäre er doch sehr enttäuscht gewesen, wenn er ihn tatsächlich an die Hektik und den Dreck irgendeiner Großstadt verloren hätte.

»Und, ist alles glattgelaufen?«, fragte Hal. »Hat sich niemand über die Einteilung beschwert?«

»Sie wissen, dass sie sich besser nicht mit mir streiten sollten«, erwiderte Dale. »Ich hab drei Männer in der Stadt postiert, und zwei Zweierteams bewachen die Umgebung.«

Wache stehen und in der Stadt zu patrouillieren waren die unbeliebtesten Jobs, schließlich wollten alle draußen in den Bergen auf die Jagd gehen. Aber sie brauchten nun einmal Männer rund um den Berg, falls die Fremden es doch irgendwie so weit schaffen sollten. Obwohl es noch unwahrscheinlicher war, dass ihre Beute die Stadt erreichte, benötigten sie auch dort unten Wachen, um ihre Geschichten wie die vom gefährlichen entflohenen Verbrecher besser verkaufen zu können.

»Gut. Dann wissen die Männer, dass sie die Geschichte in Umlauf bringen sollen? Hast du dafür gesorgt, dass sie sie richtig draufhaben?«

Dale warf Hal einen Blick zu.

»Nur zur Sicherheit. Dann muss ich dich auch nicht nach Sam fragen?«

»Ich hab mich um ihn gekümmert. Er ruht sich bei mir im Keller aus. Der wird sobald nichts mehr über unsere Privatangelegenheiten ausplaudern.«

Hal nickte.

»Zwei Jagden in einer Woche«, sagte Dale. »Wir müssen wohl irgendwas richtig gemacht haben, oder was meinst du?«

»Wollen mal sehen, ob wir beide schnappen«, erwiderte Hal. »Ich schätze, es wäre ein neuer stadtinterner Rekord, wenn uns das wirklich gelingt.« Den widerlichen Geschmack noch immer im Mund, hustete Hal einen Schleimklumpen hoch und spuckte ihn auf den Waldboden. Er bemerkte, dass seine Spucke rot gesprenkelt war.

»Bist du okay, Hal? Du siehst nicht besonders gut aus.«

»Mir geht's gut. Nur Kopfschmerzen, das ist alles.«

In Wahrheit war Hal danach, nach Hause zu gehen und zu versuchen, seine Kopf-und Nackenschmerzen mit ein wenig Schlaf zu kurieren, aber er durfte keine Schwäche zeigen – er war der Chief, und er nahm immer an den Jagden teil.

»Na ja, lass es einfach ruhig angehen. Du wirst schon sehen, wir werden heute als Sieger nach Hause gehen. Und du wirst deine laufende Nase ganz sicher schnell vergessen, wenn wir den Ladys heute Abend einen Besuch abstatten.«

*Es ist verdammt noch mal mehr als nur eine laufende Nase,* dachte Hal, und er bezweifelte ernsthaft, dass er sich heute Abend zu einem Puffbesuch in der Lage fühlen würde. Trotzdem brachte er ein Lächeln zustande. »Wahrscheinlich hast du recht.«

»Ich hab immer recht«, erwiderte Dale.

Hal konnte nicht so jovial sein wie Dale – er wünschte sich vor allem, dass die Jagd ein schnelles Ende fand.

Er hoffte, dass sie Jim bald aufspürten.

Sie war größer, als er sie in Erinnerung hatte, und trotz ihres langen blonden Haares hatte sie dieses burschikose Aussehen, aus dem die meisten Mädchen mit der Pubertät herauswachsen. Sie war sehr hübsch, trotz ihres fettigen Haars und ihres ziemlich dreckigen Gesichts. Sie trug Shorts und ein weites T-Shirt, das ebenfalls voller Schmutzflecken war.

»Du gehst besser rein, bevor dich noch jemand sieht«, sagte Darlene.

Jim blickte zu dem Wohnwagen hinüber. Er war klein, und wirkte durch die mächtigen Kiefern, die über ihm aufragten, noch winziger, und er war über und über mit Dreck bedeckt. Die Kletterpflanzen, die den Wohnwagen umringten, sahen aus wie hundert ausgestreckte Arme, die das heruntergekommene mobile Zuhause mit sich unter die Erde zerren wollten. »Hier wohnst du?«

»Ja.« Darlene ging auf den Wohnwagen zu.

Jim zögerte.

Wenn er irgendjemandem in dieser Stadt trauen würde, dann ihr, aber er war von Natur aus ein misstrauischer Kerl, der einmal zu oft von lächelnden Gesichtern verraten worden war, die ihm ihre Freundschaft geschworen hatten. Aber er hatte keinen Grund, an Darlenes guten Absichten zu zweifeln.

Sich in ihrem Wohnwagen zu verstecken, war allemal besser als ziellos durch die Berge zu irren. Zumindest konnte er ein wenig durchatmen und versuchen, einen Weg aus diesem Schlamassel zu finden.

Er folgte Darlene, blieb jedoch an der kleinen Treppe stehen, die in ihr Zuhause führte. Aus der Nähe sah der alte Wohnwagen noch schlimmer aus und war noch heruntergekommener und schmutziger. Die drei Stufen schienen ziemlich klapprig zu sein, und die Fliegengittertür war zerrissen und hing nur noch mit Mühe in ihren Angeln, wie ein Betrunkener, der sich mit einer Hand an einer Straßenlaterne festhält.

»Und, kommst du nun rein oder nich'?«, drängte Darlene, die auf der obersten Stufe stand.

Das Innere sah düster und ziemlich beengt aus.

*Du musst ihr vertrauen. Du hast keine andere Wahl.*

Zögernd ging Jim die Stufen hinauf und betrat den Wohnwagen.

Darlene schloss die Tür und schob einen wenig Vertrauen erweckenden Riegel vor. Er hätte nicht einmal ein Baby davon abgehalten, sich Zutritt zu verschaffen, schon gar keinen ausgewachsenen Mann, aber ganz offensichtlich fühlte sich Darlene damit sicherer.

»Tut mir leid wegen der Unordnung«, entschuldigte sie sich.

Jim, der nun gebückt in ihrem Wohnwagen stand, ließ seinen Blick durch das provisorische Zuhause schweifen. Auf dem gesamten Boden und auf dem Bett, das sich in der einen Ecke des Wohnwagens befand, lagen Klamotten verstreut. Im Spülbecken stapelte sich Geschirr, und um die Essensreste auf einem mit Zeitschriften und halb leer gegessenen Müslischüsseln bedeckten Tisch schwirrten Fliegen.

»Lebst du ganz allein hier?«

»Ja«, antwortete Darlene. »Aber das macht mir nix aus. Es gefällt mir, weit weg von allen anderen zu sein.« Sie hatte einen starken Südstaatenakzent, aus ihrem Mund klang er jedoch ganz reizend. »Also, wie heißt du?«

»Jim Clayton.«

Darlene nickte. Sie lächelte. »Tut deine Schulter sehr weh?«

Jim sah auf sein zerrissenes, blutiges T-Shirt und schüttelte den Kopf. »Nur eine Fleischwunde.«

»Ich kann sie für dich säubern, wenn du willst, damit sie sich nich' infiziert. Ich hab Verbandszeug und all so was.« Darlene klang schüchtern, aber sehr besorgt, und Jim war aufrichtig gerührt.

Er hatte schon schlimmere Verletzungen gehabt, aber die Wunde fühlte sich tatsächlich unangenehm klebrig an. Es war sicher keine schlechte Idee, sie zu säubern. »Okay, aber nur, wenn es dir nichts ausmacht.«

»Es macht mir nix aus. Setz dich.« Während Darlene durch den Wohnwagen huschte und die Dinge zusammensammelte, die sie benötigte, um seine Wunde zu säubern und zu verbinden, setzte Jim sich auf das Bett und machte sich daran, sein T-Shirt auszuziehen. Seine linke Schulter protestierte heftig, aber er biss die Zähne zusammen, und als er das T-Shirt abgestreift hatte, warf er einen Blick auf die Wunde. Es schien, als sei die Kugel am oberen Rand seiner Schulter eingedrungen, dann ein Stück durch sein Fleisch gewandert, an einem Knochen abgeprallt und etwa zwei Zentimeter neben der Eintrittswunde wieder ausgetreten. Er konnte von Glück sagen, dass der Chief so ein schlechter Schütze war – es hätte entschieden schlimmer kommen können.

Darlene tauchte wieder auf, den Arm voller Handtücher und Verbandsmull. Sie blieb stehen, als sie Jim sah, und schnappte deutlich hörbar nach Luft. »Wo hast 'n du die ganzen Narben her?«, fragte sie.

Die Narben, die seinen Körper wie eine Marmorierung durchzogen, waren recht zahlreich und sahen ziemlich übel aus. Sie hätten jeden schockiert, der nicht darauf vorbereitet war. Inzwischen waren sie jedoch so sehr ein Teil von ihm, dass Jim die meiste Zeit vergaß, dass sie überhaupt da waren. Sie stammten von alten Wunden, und er hatte sie oft genug gesehen, um zu wissen, wo jede einzelne von ihnen begann und endete, wo er gewesen war, als er sich die Kampfnarbe zugezogen und wer sie ihm beigebracht hatte.

»Von verschiedenen Leuten zu verschiedenen Zeiten«, antwortete er ihr. Er deutete auf eine rote, striemenartige Narbe an der linken Seite seines straffen Bauches. »Da hat Wally, der Kampfhahn, mich mit seinem selbst gebastelten Messer niedergestochen.«

Darlene verzog das Gesicht. »Wer is' Wally, der Kampfhahn?«

»Er war mein Zellenkumpel im Gefängnis. Wir waren gute Freunde, bis er mich niedergestochen hat. Er hätte es mir besser in den Rücken rammen sollen, dann hätte ich ihn nicht sehen können … Aber er hatte eben noch nie alle Tassen im Schrank.«

»Wieso hat er dich denn niedergestochen, wenn ihr Freunde wart?«, fragte Darlene, während sie die zusammengesammelten Sachen auf dem Tisch ablud.

Jim zuckte die Achseln. »Das hab ich nie erfahren. Er wurde getötet, bevor ich die Chance hatte, ihn zu fragen.«

»Was is' mit der da?«, fragte sie und deutete auf die drei Zentimeter lange Narbe an seiner rechten Wange.

»Motorradunfall«, log Jim und wich vor Darlenes Finger zurück.

An diese spezielle Narbe hatte er keine Erinnerung, weder daran, wie er sie bekommen, noch wer sie ihm zugefügt hatte. Genau wie die Nacht, in der seine Schwester gestorben war, war auch diese Narbe ein Rätsel für ihn, ein fehlendes Puzzleteil in seinem Gehirn.

»Oh. Sieht eher aus wie 'ne Messerwunde.« Darlene hob ein kleines Handtuch auf, das aussah, als könne es eine Runde in der Waschmaschine vertragen, und tauchte es in einen Eimer mit Wasser, der in der Nähe des Kühlschranks stand.

Als er das tropfende Handtuch sah, fiel Jim wieder ein, wie ausgetrocknet er eigentlich war. »Ich könnte wirklich einen Schluck Wasser vertragen«, sagte er. »Hast du vielleicht welches da?«

Darlene nickte. Sie ging zum Kühlschrank hinüber und holte einen Krug heraus. Während sie nach einem Glas griff und es füllte, sagte sie: »Das is' Wasser aus dem Fluss. Ich hol da immer mein Wasser.«

Jim war egal, woher es kam. Solange es kalt und nass war, konnte es seinetwegen auch aus China kommen.

Darlene reichte ihm das Glas. »Es is' nicht besonders kalt, tut mir leid. Der Kühlschrank funktioniert nich'. Ich stell's nur immer da rein, damit es nich' im Weg rumsteht oder ich was verschütte.«

»Schon okay«, versicherte Jim. Er stürzte das lauwarme Wasser mit lauten Schlucken hinunter und genoss das wohltuende Gefühl, als es seine Kehle hinabrann. »Danke, das hab ich gebraucht«, seufzte er.

Darlene lächelte flüchtig, griff dann nach dem feuchten Handtuch und tupfte Jims blutige Schulter damit ab. »Weißt du, normalerweise helf' ich den Fremden nich'. Das is' das erste Mal. Aber nach allem, was du letzte Nacht gemacht hast und so … ich mein', so wie du Hal verprügelt hast … Himmel, ich dachte echt, du bringst ihn um. Ich wette, da hast du die ganzen Narben her, was? Von Kämpfen?«

»Warte, willst du damit sagen, dass es schon andere gegeben hat? Ich bin also nicht der Erste, den diese Irren entführt haben, um ihn zu jagen?«

Darlene stieß ein Lachen aus, das jedoch abrupt wieder abbrach. »Tut mir leid. Nein, du bist nich' der Erste.«

»Mein Gott«, murmelte Jim.

»Was is' mit dem Tattoo?«, wollte sie wissen. »Hast du das im Gefängnis machen lassen?«

Sie sprach von dem Stacheldraht, der sich um seinen linken Bizeps schlang – ein dünnes schwarzes Band, das aus achtzehn schmerzhaften Stacheln bestand. »Ja. Das soll mich immer daran erinnern, nie mehr dorthin zurückzukehren.«

»Was hast du denn angestellt, dass sie dich in den Knast gesteckt haben?«

Das fragten sie immer. Er erzählte es ihnen nie. »Hör mal, gibt's irgendeine Möglichkeit, wie ich hier rauskommen kann?«

Darlene, die noch immer die Wunde abtupfte, hatte entweder nicht bemerkt, dass Jim ihre Frage nicht beantwortet hatte, oder es war ihr egal, denn sie erwiderte: »Raus aus den Bergen? Nee, das is' fast unmöglich. Das is' ein ziemlich großes Gebirge, und wenn man sich hier nich' auskennt, läuft man den ganzen Tag nur im Kreis. Außerdem stehen deine Chancen zu entkommen, ohne einem von den Jägern in die Arme zu laufen, ziemlich schlecht.«

»Spitze«, seufzte Jim.

»Wenn du's bis zur Nebenstraße schaffst, kannst du ihr folgen, aber da hinzukommen is' verflixt schwierig. Hal und die anderen Jäger kennen die Berge hier besser als jeder andere … jeder andere außer mir. Die werden sich überall verteilt haben, und wahrscheinlich überwachen auch ein paar von ihnen die Nebenstraße.«

»Was ist mit der Stadt? Wenn ich es runter bis …«

»Vergiss es«, schnaubte Darlene. »Selbst wenn du's da runterschaffst, ohne erschossen zu werden, haben sie ganz sicher Patrouillen in den Straßen. Du würdest es nie lebend aus Billings rausschaffen.«

»Dann steckt die ganze Stadt da mit drin?«

»Nein. Nur 'ne kleine Gruppe. Die meisten Leute in der Stadt haben keine Ahnung, was hier wirklich los is'. Ich meine, ein paar schon, Doc Tingle zum Beispiel und Stan, aber die meisten haben keinen Schimmer. Die glauben alle, du wärst ein gefährlicher Verbrecher, der einen der Bullen verprügelt und seine Waffe gestohlen hat und jetzt in den Bergen rumrennt. Sie würden sofort Alarm schlagen, sobald sie dich sehen.«

»Ich muss ja nicht selbst da runtergehen«, sagte Jim. »Du könntest doch in die Stadt gehen und das Büro des Sheriffs oder die State Patrol anrufen.«

Darlene schüttelte den Kopf. »Ich würd's auch nich' bis runterschaffen. Ich darf meinen Wohnwagen während einer Jagd nich' verlassen. Wenn sie mich erwischen, bringen sie mich sofort wieder zurück. Außerdem hab ich's schon mal versucht, aber es hat nix gebracht.«

»Wie meinst du das?«

»Vor ein paar Jahren bin ich eines Morgens, bevor sie mit der Jagd angefangen hatten, in die Stadt gerannt und hab jedem, den ich finden konnte, erzählt, was los war. Ich war grade erst alt genug, um zu kapieren, was der Chief und die anderen da eigentlich machten, dass sie gar keine entflohenen Verbrecher jagten, sondern Unschuldige. Wie auch immer, ich wollte es den Leuten erzählen. Und das hab ich auch. Aber die haben alle nur den Kopf geschüttelt und mir gesagt, dass ich keine Lügengeschichten erzählen soll. Die wollten nich' zuhören. Die dachten alle, ich wär nur so ein dummes Gör. Die wollten nich' glauben, dass die Polizei so was macht. Ich wollte sogar den Notruf wählen, aber Dale hat mich aufgehalten, noch bevor ich die Nummer eintippen konnte. Tja, und dann haben sie mich eine Woche lang im Keller in der Hütte eingesperrt und mir kaum Wasser und fast nix zu essen gegeben.«

Darlene sah auf den Boden. In ihren Augen bildeten sich Tränen. »Danach hab ich's nie wieder versucht.«

*Verdammte Dreckschweine, alle miteinander,* dachte Jim.

»Tut mir leid«, sagte er. »Ich hätte dich nicht bitten dürfen, dein Leben für mich zu riskieren.«

»Schon okay. Ich wollte nur, dass du weißt, wie gefährlich es is', zu versuchen, es bis in die Stadt zu schaffen. Du hättest bessere Chancen, wenn du es zur Nebenstraße versuchen würdest.«

Jim verzog das Gesicht. »Aber was du mir eigentlich sagen willst: So oder so bin ich total gef…« Er räusperte sich. »Geliefert.«

Darlene lächelte. Ihre Zähne waren weder sehr gerade noch strahlend weiß, aber es war trotzdem ein hübsches Lächeln. »Schon okay, du kannst ruhig vor mir fluchen. Ich hab schon schlimmere Wörter gehört als ›gefickt‹.«

Jim glaubte ihr gern. Er wäre außerdem jede Wette eingegangen, dass sie auch schon eine ganze Menge üble Dinge gesehen hatte, besonders für jemanden in ihrem Alter. Ihr Gesicht mochte vielleicht weich aussehen, beinahe wie das eines Kindes, aber ihre Augen waren hart – sie hatte den Blick einer Erwachsenen. »Ich hoffe, es macht dir nichts aus, wenn ich dich das frage, aber wie alt bist du?«

Darlene war mit dem Säubern der Wunde fertig, warf das blutige Handtuch auf den Boden und tupfte etwas antiseptische Salbe auf die Einschusswunde. Dann begann sie, Verbandsmull um Jims Schulter zu wickeln. Sie machte es sehr gewissenhaft und geübt – sie schien eine Menge über das Verbinden von Wunden zu wissen. »Dreizehn. Ich sehe jünger aus, ich weiß, obwohl ich für mein Alter ziemlich groß bin.«

Jim lächelte, aber Darlene tat ihm leid. In ihren Augen lag zu viel Schmerz für jemanden, der noch so jung war.

»Fertig«, verkündete sie.

Jim betrachtete ihr Werk. »Ich bin beeindruckt«, sagte er. »Danke.«

Sie strahlte ihn an. Dann errötete sie. Wie sie ihn nun ansah, ganz schüchtern, erinnerte sie ihn wieder an Suzie.

»Weißt du, du erinnerst mich irgendwie an jemanden«, sagte Jim, als er sich sein T-Shirt wieder überstreifte.

»An wen?«

»An ein Mädchen, das ich mal kannte. Sie war auch sehr hübsch.«

Darlenes Gesicht strahlte noch mehr. »Wer war sie?«

Jim lächelte, streckte eine Hand aus und wuschelte ihr durchs Haar. »Das erzähle ich dir ein anderes Mal. Erst mal muss ich hier weg.«

»Ich hab dir doch gesagt, dass das nich' so leicht is'.«

»Na ja, zeig mir einfach den Weg zur Nebenstraße, dann werde ich mein Bestes versuchen.«

»Du wirst meine Hilfe brauchen, wenn du entkommen willst.«

»Du hast mir schon genug geholfen. Ich will dich nicht noch weiter in Gefahr bringen. Nein, du bleibst am besten, wo du bist.«

»Ohne mich kannst du nich' entkommen«, bekräftigte Darlene. »Ich weiß nich' nur, wie man von diesem Berg runterkommt, ich kenn auch die besten Verstecke. Ohne meine Hilfe bist du tot.«

Jim wollte die Wahrheit nicht sehen, aber dieses dürre dreizehnjährige Mädchen hatte recht. Ohne ihr Wissen über die Berge würde er vermutlich nicht überleben. Und trotz ihrer anfänglichen Schüchternheit konnte er in ihren Augen sehen, dass sie ein willensstarkes Mädchen war, das tat, was sie für richtig hielt, egal, ob man es ihr gesagt hatte oder nicht.

»Was ist mit deinen Eltern?«, fragte Jim.

»Was soll mit ihnen sein?«

Er wusste nicht, wie er es vorsichtig ausdrücken sollte. »Hast du denn keine?«

Darlene sah zu Boden. »Eltern? Scheiße, meine Mom ist schon vor Ewigkeiten gestorben, und mein Dad …« Sie schnappte nach Luft, als sie jemanden husten hörte.

Das Husten klang zwar, als sei es relativ weit entfernt, aber das hinderte Jims Magen nicht daran, sich bei dem Geräusch zu verkrampfen.

»Scheiße«, spuckte Jim aus. »Denkst du, sie kommen hierher?«

»Schon möglich.«

»Verdammt«, fluchte er. »Okay, wenn du mir wirklich helfen willst, jetzt wäre ein guter Zeitpunkt. Wie komm ich am schnellsten von diesem Berg runter?«

Darlene schüttelte den Kopf. »Keine gute Idee. Wie ich schon gesagt hab, die haben Männer, die den ganzen Berg absuchen.«

»Was schlägst du dann vor?«, fragte Jim, dem der Schweiß aus den Achseln und den Rücken hinunterrann. Der Tag heizte sich allmählich auf, und im Inneren des Wohnwagens wurde es immer stickiger.

»Drüben bei den Klippen ist eine Höhle.«

Jim runzelte die Stirn. »Eine Höhle?«

Darlene nickte. »Der Eingang befindet sich über dem Fluss. Er is' vergittert, aber man kann trotzdem rein und raus. Die Höhle erstreckt sich ewig weit unter der Erde und kommt dann an einem Hügel wieder raus, gar nich' weit von der Hütte. Is' aber echt 'ne seltsame Höhle.«

»Was meinst du damit?«

»Na ja, sie is' ganz lang und schmal, und dann sind da überall diese Holzbalken unter der Decke und an den Wänden, so als hätten sie Angst gehabt, dass die Höhle einstürzt oder so.« Darlene schnaubte. »Idioten.«

»Klingt wie eine Mine, nicht wie eine Höhle«, sagte Jim.

»Was?«

»Vergiss es. Erzähl weiter.«

»Na ja, es gibt jedenfalls ein paar von diesen Höhlen in den Bergen. Die meisten haben nur einen Eingang, aber ein paar, wie die in den Klippen, haben zwei. Tief in den Bergen is' dieses Loch, wie ein riesiger Kaninchenbau oder so.« Darlene kicherte. »Ich nenn sie immer das Maul und den Arsch. Wie auch immer, früher haben sie die Leichen der Fremden da reingeworfen, nachdem sie sie erschossen hatten, damit sie da drin verrotten, aber jetzt nich' mehr … Ich glaub, sie hatten Angst, dass jemand sie finden könnte, deshalb begraben sie sie jetzt ganz normal.«

Jim drehte sich der Magen um. Sie hatten die Leichen zum Verrotten irgendwo weggeworfen?

*Mein Gott ...*

»Das Loch haben sie jetzt zugedeckt, damit keiner reinfällt. Die denken alle, die Abdeckung sei sicher, und dass da niemand reinkommt. Aber ich hab's geschafft, sie zu öffnen. Hat ein paar Nächte gedauert, aber ich hab die Bolzen freibekommen, und jetzt kann ich in die Höhle gehen, wann immer ich will. In die Wand ist 'ne alte Leiter eingebaut, so kommt man ganz leicht runter. Und wenn man will, kann man durch die ganze Höhle laufen, bis man den Fluss erreicht. Ich schätze also, wenn wir dich bis zu der Höhle kriegen, kannst du dich dort verstecken, bis es dunkel wird, und dann komme ich dich holen und wir können versuchen, die Nebenstraße zu erreichen.«

»Was ist mit den Jägern? Werden sie nicht auch die Minen absuchen?«

»Die suchen nie in den Höhlen. Die glauben doch alle, die wären sicher zugenagelt. Und die meisten Eingänge sind gut versteckt. Man muss schon hier in der Stadt leben, um zu wissen, dass sie da sind. Kein Fremder hat je auch nur eine von ihnen gefunden. Ich hab sogar 'ne Tasche mit ein paar Sachen von mir in der Höhle deponiert, ganz in der Nähe von dem kleineren Ausgang – Kerzen, Streichhölzer, Essen, so 'n Zeug eben, sogar 'n Seil.« Sie zuckte die Achseln. »Man weiß nie, wann man mal ein Seil braucht. Also, was meinst du?«

*Wieso nicht?,* dachte Jim. Die Mine klang nach dem sichersten Ort für ihn, allemal sicherer, als wie ein verwundetes Reh durch den Wald zu stolpern. Zumindest hatte er im Schutz der Nacht bessere Chancen, zu entkommen.

Jim lächelte. Am liebsten hätte er seine Arme ganz weit ausgebreitet und Darlene großväterlich umarmt, so fest, dass das arme Kind beinahe erstickt wäre. Aber er hielt sich zurück. »Klingt gut. Du bist ein kluges Mädchen.«

Darlene errötete erneut.

»Also, wie weit ist es bis zu diesem Loch?«

»Zum Arsch? Ungefähr zwanzig Minuten zu Fuß. Aber in deinem Zustand würd ich eher sagen, 'ne halbe Stunde.«

»Okay. Aber bist du sicher, dass du mitkommen willst? Du könntest mir auch den Weg zeigen, ich finde es dann hoffentlich selbst. Ich will nicht, dass sie dich dabei erwischen, wie du mir hilfst.«

»Mach dir deswegen keine Sorgen. Allein wirst du's nich' finden. Verdammt, die meisten Leute aus der Stadt würden es nich' finden. Die haben doch fast alle vergessen, dass es überhaupt existiert.« Darlene ging zur Tür, schob den Riegel zurück und öffnete sie einen Spalt.

Sie streckte den Kopf hinaus, und nachdem sie sich kurz umgeschaut hatte, zog sie ihn wieder herein. »Alles klar. Nur noch eine Sache.«

»Und zwar?«

»Wir müssen unterwegs einen Zwischenstopp machen und meine Blechdose holen. Ich hab sie zuerst in meinem Wohnwagen versteckt, aber nach letzter Nacht dachte ich, es wär das Beste, sie woanders hinzubringen. Deshalb hab ich sie ganz früh heute Morgen in einem Busch versteckt, nich' weit von hier – nur, bis die Jagd …« Ein flüchtiges, melancholisches Lächeln blitzte in ihrem Gesicht auf. »Na ja, ich hatte vor, sie später in die Höhle zu bringen, aber wenn wir jetzt sowieso hingehen, kann ich sie ja genauso gut unterwegs mitnehmen.«

Jim erinnerte sich daran, was Craig zu ihm gesagt hatte. *Finde das Mädchen, kauf ihr die Dose ab ... wenn du Darlene retten möchtest, dann lass nicht zu, dass sie sie öffnet.* »Ich soll dir diese Dose abkaufen«, sagte er, und er kam sich albern dabei vor, es jetzt zu erwähnen.

Darlene runzelte die Stirn. »Warum?«

Sie musste die Einzelheiten dessen, was Craig ihm erzählt hatte, ja nicht erfahren, deshalb antwortete Jim einfach: »Ich weiß nicht. Aber der Typ, dem du sie abgekauft hast, hat mir gesagt, dass ich es tun soll.«

»Wieso sollte er denn so was sagen? Da is' doch gar nix drin.«

»Du hast sie aufgemacht?«

»Ja. Aber es war nix drin, nur dieser faulige Gestank.«

Craig war definitiv irre, befand Jim. Die verdammte Dose war leer.

Und Darlene hatte sie bereits geöffnet und schien trotzdem völlig in Ordnung zu sein.

»Das verstehe ich nicht. Wieso willst du sie holen, wenn gar nichts drin ist?«

»Weil sie mir gehört«, antwortete Darlene zögernd. »Ich hab dafür bezahlt. Komm, wir verschwinden jetzt besser.« Darlene nahm Jim bei der Hand.

Jim sah zu ihr hinunter, und für einen Moment sah er Suzie dort stehen, die ihn mit ihren großen, blauen Augen ansah. Er schüttelte das Bild ab und trat gemeinsam mit Darlene aus dem Wohnwagen.

»Ich bin mir sicher, dass sie den Zettel gefunden hat, Hal«, sagte Dale und klang, als sei er etwas genervt über diesen spontanen Umweg.

»Wir sind doch ganz in der Nähe, ich will einfach nur sichergehen«, erwiderte Hal. »Ich konnte es ihr heute Morgen nicht persönlich sagen. Ich will nicht, dass sie heute ihren Wohnwagen verlässt.«

»Seit wann machst du dir solche Sorgen um Darlene?«, fragte Dale lachend.

Hal sah Dale mit versteinerter Miene an.

»Tut mir leid. Aber können wir's kurz machen?«

Hal nickte.

Normalerweise waren diese Streifzüge durch die Wildnis kein Problem für Hal. Er hätte zwar durchaus ein paar Pfunde weniger auf den Rippen haben können, aber er war immer noch fit genug, um auch schwere Arbeit erledigen zu können.

Aber nicht heute.

Heute spürte er die Anstrengung wirklich. Die Krankheit schwächte ihn zusehends.

Er dachte ernsthaft darüber nach, nach Hause zu gehen, nachdem sie beim Wohnwagen vorbeigeschaut hatten. Er wollte natürlich nicht, aber er war sich auch nicht sicher, wie lange er noch so durch die Berge wanken konnte, ohne zu kollabieren.

Endlich sahen sie den dreckigen alten Wohnwagen zwischen den Bäumen.

Hal schob sich vor Dale, und sie steuerten Darlenes Zuhause an. Er ging die Stufen hinauf, drückte den Türgriff und betrat den Wohnwagen.

Ein kurzer, suchender Blick sagte ihm, dass Darlene nicht da war, und Gleiches galt vermutlich auch für die Dose. Sie musste allerdings in der Zwischenzeit zu Hause gewesen sein – der Zettel, den er ihr dagelassen hatte, lag nun auf dem Tisch.

Er seufzte.

»Wie kann sie bloß so leben?«, sagte Dale und schnitt eine angewiderte Grimasse. »Das ist einfach ekelhaft.«

»Was soll ich sagen? Sie ist eine dreckige Hure.« Hal bahnte sich einen Weg durch den unordentlichen Wohnwagen und kickte bei jedem Schritt Müll zur Seite. Als er das blutige Handtuch auf dem Boden sah, hielt er inne. Es war noch feucht. »Was zur Hölle?«, murmelte er.

»Vielleicht hat sie ja nur ihre Tage und ihr sind die Binden ausgegangen«, sagte Dale.

Hal schüttelte den Kopf. »Hat sie nicht.« Dann sah er die Mullbinden und die Tube mit der antiseptischen Salbe auf dem Tisch. »Sie hilft dem Fremden. Sieht aus, als hätte das kleine Herzchen seine Wunde verarztet. Wie lieb von ihr.«

»Scheiße, Hal, sie kennt jede Ecke hier in den Bergen, jedes Versteck. Was, wenn der Typ es schafft, zu entkommen?«

»Das wird er nicht. An meinen Männern kommt er nicht vorbei.« Hal kickte das Handtuch zur Seite.

Er grinste höhnisch. Dieses kleine Flittchen hatte ihn verraten.

Schlimmer noch, sie hatte die Stadt verraten, und das war inakzeptabel. Einem Fremden zu helfen war schlichtweg unverzeihlich. »Ich kümmere mich um sie, wenn wir die beiden geschnappt haben. Ich werde dafür sorgen, dass sie für ihren Verrat an uns bezahlt.«

Dale nickte, und ein Grinsen durchschnitt sein breites Gesicht. »Verdammt richtig.«

Plötzlich schoss ein heftiger Schmerz wie ein Pfeil durch Hals Kopf, wanderte seinen Nacken hinunter, ballte sich wie ein enger Knoten in seiner Schulter zusammen und ließ ihn dann völlig benommen und mit dröhnendem Schädel zurück.

Hal presste seine Hände ganz fest gegen seine Schläfen.

*Du hättest sie nicht öffnen sollen,* hörte Hal den verrückten Australier sagen. *Du hattest kein Recht, sie zu öffnen. Ich möchte dich was fragen – tut dir der Nacken weh? Oder hast du richtig üble Kopfschmerzen?*

*Ich muss diese verdammte Dose finden. Ich muss wissen, was da drin ist,* dachte Hal.

»Alles okay, Hal?«

»Fiese Kopfschmerzen, das ist alles. Schau mal nach, ob du ein Aspirin findest, ja?«

»Hier?«

»Tu's einfach!«

»Okay.«

Mit dem Kolben seines Gewehrs schob Hal einen Haufen Müll von einem der Stühle und entspannte seine schmerzenden Muskeln.

*Ich kann nicht glauben, dass sie ihm hilft. Dumme Kuh.*

Dann kam ihm plötzlich ein Gedanke, bei dem ihm noch übler wurde: *Dieser schmierige Affe sollte seine Banane lieber nicht in Darlene reinstecken. Ich reiß ihm die Eier ab, wenn er es tut.*

Hal legte seinen Kopf in die Hände und betete, dass er sich bald besser fühlen würde.

# VIER

»Lass uns 'ne Pause machen«, schlug Ethan Griner vor. »Es wird langsam heiß, und mir tun die Füße weh.«

Billy schaute Ethan fragend an. Der hagere Hausmeister der High School blieb stehen, stellte den Kolben seines Gewehrs auf den Waldboden und hielt die Waffe senkrecht wie einen Wanderstab.

»Wir haben noch jede Menge Zeit, um dieses Weichei zu finden«, sagte Ethan, als er sich auf den Boden setzte und gegen den Stamm einer Eiche lehnte. »Er dürfte nicht schwer zu erkennen sein. Wir halten einfach nach der Person Ausschau, die am meisten wie eine Frau aussieht, und das muss er dann sein.« Ethan lachte und grunzte dabei durch seine großen Nasenlöcher wie ein sehr lautes Schwein. Er setzte sein breites Grinsen auf, das sein Zahnfleisch und die gelben Zähne voll zur Geltung brachte. Er hatte schon als Kind ein sehr breites, fast höhlenartiges Lächeln gehabt. Damals hatte es lächerlich ausgesehen, aber je größer er und sein Kopf wurden, desto besser schien sein Lächeln zu ihm zu passen – auch wenn er noch immer das größte Maul in ganz Billings hatte.

»Setz dich, Billy-Boy. Gönn diesen dünnen Beinchen mal 'ne Pause.«

Ethans langjähriger Freund und Billard-Kumpel Billy Warrall hob die Augenbrauen und sagte: »Ich steh ganz gern.«

»Wie du meinst. Könnte aber noch ein langer Tag werden.« Ethan zog eine Pall Mall aus der Packung, zündete sie mit seinem Zippo an, saugte an dem Krebsstängel, als handele es sich dabei um die Schamlippen eines Mädchens und blickte in den Himmel. Das dichte Dach der Baumkronen hielt den Großteil des starken Sonnenlichts ab. Ethan lehnte seinen Kopf an den Stamm und blies eine Wolke Zigarettenrauch aus. »Verdammt, ist das ein Spaß. Es geht doch nichts über eine Jagd an einem faulen Samstag. Findest du nicht auch, Billy-Boy?«

Ethan wusste, wie sehr Billy es hasste, ›Billy-Boy‹ genannt zu werden. Der Mann war fast dreißig. Trotzdem, Ethan nannte ihn schließlich schon seit der High School bei seinem Spitznamen, und abgesehen davon hatte er einen Hintergedanken: Billy war nicht gerade eine Plaudertasche, und ihn zu nerven war für gewöhnlich die einzige Möglichkeit für Ethan, mehr als nur ein paar Worte am Stück von Billy zu hören.

»Fick dich, Wichser«, erwiderte Billy. »Es wird kein besonders fauler Samstag für dich werden, wenn du dir Sorgen darüber machen musst, dass ich dich durch das ganze verdammte Gebirge jage.«

Ethan lachte und schlug sich aufs Knie. Er liebte es, Billy reden zu hören. Die meisten Leute in der Stadt wären glatt umgefallen, wenn sie gehört hätten, was Billy eben gesagt hatte – es war vermutlich mehr, als jeder von ihnen Billy in einem ganzen Jahr sagen hörte.

Es war aber nicht so, dass Billy langsam wäre. Er war nicht komisch im Kopf oder irgendetwas in der Art. Er sprach einfach nicht viel, das hatte er nie. Nicht in der Schule und auch nicht, als er und Ethan die ersten fünf Jahre nach der Junior High zusammen in Larrys Eisenwarenladen gearbeitet hatten. Selbst wenn sie nach der Arbeit noch einen trinken gingen – Ethan arbeitete bei Hank's Motorworks, der einzigen Autowerkstatt in Billings –, saß Billy nur da, trank und sagte kaum ein Wort.

Das war vermutlich der Grund, weshalb Billy und Ethan sich so gut verstanden, und das schon immer. Ethan redete gern, mehr als die meisten Menschen ertragen konnten. Er ging den Leuten auf die Nerven, ließ sie kaum zu Wort kommen und eigentlich nie ausreden. Ethan wusste, wie sehr er die Leute damit nervte, aber er konnte einfach nicht anders. Die Worte flossen einfach aus seinem Mund wie die Scheiße aus einem Arschloch nach einem verdorbenen Taco. Billy war so ziemlich der einzige Mensch, der sich nicht über seinen Sprechdurchfall beschwerte.

»Entspann dich, mein Freund. Ich wollte dich doch nur nerven. Sag mal, was glaubst du, woher dieses mädchenhafte Weichei gekommen ist? Ich glaube, irgendwoher, wo's ziemlich dreckig ist und 'ne Menge Irre rumlaufen, vielleicht New York oder Chicago? Der Typ sieht aus wie 'n Großstadt-Freak. Aber ganz schön groß, der Hurensohn, was? Ich dachte letzte Nacht echt, er zieht mir den Billardqueue über den Schädel. Aber ich war drauf vorbereitet, mach dir da mal keine Sorgen. Ich hätte seinen langhaarigen Arsch durch das ganze Davey's geprügelt, wenn er irgendwas versucht hätte.«

Billy schnaubte, und ein Grinsen breitete sich auf seinem skelettartig dünnen Gesicht aus.

Ethan blies Rauch in die Luft und sagte: »Was? Glaubst du etwa nicht, dass ich ihn hätte verprügeln können?«

Billy zuckte die Achseln.

»Komm schon, Billy-Boy. Ich will's wissen. Sag mir deine ehrliche Meinung. Du kennst mich gut genug und hast mich schon oft kämpfen sehen. Du weißt, dass ich austeilen kann. Ich kann mit den Besten mithalten. Und trotzdem glaubst du nicht, ich hätte dieses Weichei mit der Mädchenfrisur verprügeln können?«

»Sah aus wie 'n Ex-Knacki. Und die Typen wissen, wie man kämpft.«

»Scheiß auf ihn und sein Ex-Knacki …-sein«, spuckte Ethan aus. Er tippte an seine Browning BAR, die quer auf seinem Schoß lag. »Ich schieß ihm 'ne Kugel in den Arsch, und dann wollen wir mal sehen, wer hier der harte Kerl ist. Und ich werd' ihm ganz sicher keinen sauberen Kopfschuss verpassen, wie einem Reh oder so. Oh nein, ich werde ihn leiden lassen – ihm in die Kniescheiben schießen und zusehen, wie er sich windet. Ihm in die Fresse pissen und ihm vielleicht noch ins Maul scheißen, und dann werd' ich ihm in die Schulter schießen, in dieselbe, in die der Chief geschossen hat, und zusehen, wie er heult und sich in die Hosen pinkelt, die kleine Schwuchtel, und dann schieß ich ihm die Eingeweide raus – wenn man sich da eine Kugel einfängt, tut das nämlich mehr weh als irgendwo sonst, weißt du? Dauert ewig, bis man stirbt – und dann setz ich mich ganz gemütlich hin, rauch eine und schau zu, wie der harte Ex-Knacki ganz langsam und qualvoll verendet. Das wird das reinste Vergnügen, yes, Sir.« Ethan holte tief Luft und zog dann an seiner Zigarette.

»Erst müssen wir ihn mal finden.«

»Wir finden ihn schon, Billy-Boy. Dieses Mal holen wir uns den Preis. Komm, wir gehen besser weiter. Ein Großteil der Jagd besteht schließlich aus der Suche nach der Beute.« Mit einem langen Stöhnen erhob Ethan sich, und dann setzten er und Billy ihren Weg durch den Wald fort.

Jim saß zusammengekauert hinter einem Busch und betete, dass die Männer bald wieder verschwinden würden.

Ihre Pause dauerte nun schon ewig. Konnten sie seine und Darlenes Anwesenheit etwa spüren? Hatten sie sie vielleicht gehört und wussten, dass sie ganz in der Nähe sein mussten? Wenn das der Fall war, dann würden sie sie ganz sicher finden. Dann wäre es nur noch eine Frage der Zeit, bis die beiden Männer das Gebüsch absuchten.

*Wir hätten nicht wegen dieser verdammten Dose anhalten dürfen. Wir wären schon meilenweit von den Jägern weg, wenn wir einfach weitergegangen wären.*

Als er die Stimmen und das Gelächter gehört hatte, hatte Jim Darlene hastig in ein Gebüsch gezogen. Zu ihrem Glück erwies es sich als gutes Versteck – groß genug für sie beide, nur leider auch ziemlich dornenreich. Die kratzenden, pikenden Zweige waren jedoch nicht sein größtes Problem – sie waren eher lästig als schmerzhaft –, aber er hatte Angst, dass Darlene entweder vor Schmerzen aufschreien oder wieder aus dem Busch krabbeln würde. Unglaublicherweise hatte sie sich jedoch ebenso ruhig und still verhalten wie Jim selbst. Er war sich sicher, dass sie Schmerzen hatte, aber sie kämpfte dagegen an, und wieder einmal dachte Jim, wie tough sie doch für ihr Alter war.

Die Stimmen der Jäger waren zwar immer noch sehr nahe, aber da sie gedämpft klangen, verstand Jim nicht, worüber sie sprachen. Er konnte sich daher nicht sicher sein, ob sie wussten, dass er und Darlene ganz in der Nähe waren oder ob die beiden tatsächlich keine Ahnung hatten, dass sie sich im Gebüsch versteckten, und sich einfach nur eine ausgedehnte Pause gönnten. Jim war darauf vorbereitet, entdeckt zu werden, und hatte sich bereits mental auf einen Kampf bis zum Tod eingestellt. Er war darauf vorbereitet, zu sterben, seit er erfahren hatte, wessen Nase er letzte Nacht gebrochen hatte. Es war Darlene, um die er sich Sorgen machte. Gott allein wusste, was diese Ungeheuer ihr antun würden, wenn sie sie dabei erwischten, dass sie ihm half.

*Ich hätte sie nicht mitnehmen dürfen. Ich hätte sie einfach nur nach dem Wichtigsten fragen und sie im Wohnwagen zurücklassen sollen, außerhalb der Gefahrenzone.*

Aber wäre sie wirklich außerhalb der Gefahrenzone gewesen, wenn er sie zurückgelassen hätte? Das Mädchen lebte in einem heruntergekommenen, uralten Wohnwagen, in einer Stadt, in der die Menschen zu blind waren, um die Morde und Folterungen zu sehen, die sich direkt vor ihren Augen abspielten.

Nein, es war völlig klar – er hatte sie mitnehmen müssen. Vermutlich würde er keinen weiteren Sonnenaufgang mehr erleben, aber er konnte Darlene nicht einfach hierlassen. Er könnte ihr vorschlagen, mit ihm zu kommen und bei ihm zu wohnen, wenn es ihnen gelingen sollte, aus diesem Albtraum zu entfliehen. Es sah nicht so aus, als hätte sie Familie, deshalb würde er sich um sie kümmern, irgendwie.

*Denk doch nur mal daran, was mit Suzie passiert ist. Um sie hast du dich wirklich sehr gut gekümmert.*

Sein Brustkorb krampfte sich zusammen.

Das war schon sehr lange her. Davon abgesehen konnte er sich kaum noch daran erinnern, was eigentlich genau passiert war – er hatte den Großteil dieser Nacht aus seinem Gedächtnis verdrängt. Alles, was noch übrig war, war ein schwarzer Fleck. Er erinnerte sich an den Überfall und daran, wie er von dem Schnapsladen weggerast und zurück nach Hause gegangen war, aber dort hörte seine Erinnerung auf. Irgendwann, während seiner Zeit im Gefängnis, hatte er den Rest der Nacht aus seinem Gedächtnis verdrängt. Ganz offensichtlich war es einfach mehr gewesen, als er ertragen konnte. Es war zu schmerzhaft. Besser, es einfach wegzuwischen und so zu tun, als sei es nie geschehen. Suzie war tot, er hatte einen Mann getötet, und das war letztlich alles, was er wissen wollte.

»… weg.«

Jim zuckte zusammen, als er Darlenes Stimme hörte. »Wie bitte?«

»Ich hab gesagt, die Jäger sind weg.«

Jim horchte, aber er konnte nur vereinzeltes Vogelgezwitscher hören. Kein Reden oder Lachen mehr. »Okay, warte hier. Ich schau mal nach, ob sie wirklich weg sind.«

Er kämpfte sich durch dornige Zweige, und wie ein Präriehund, der seine Schnauze aus einem Loch streckt, schob Jim seinen Kopf durch das Dickicht und schaute sich um. Er konnte keine Spur der beiden Männer erkennen, winkte Darlene zu: »Die Luft ist rein«, und kroch ganz aus dem Busch hervor. Er stand auf und schüttelte Zweige, Blätter und, wie er annahm, da er hin und wieder etwas Klebriges spürte, auch ein paar tote Insekten aus seinem Haar und von der Kleidung.

Auch Darlene kletterte aus dem Gebüsch, klopfte ihr Gesicht und ihre Arme ab und schüttelte die unerwünschten Besucher aus ihrem Haar. Dann hängte sie sich die große Blechdose mit der ausgefransten, aber fest verknoteten Schnur um den Hals.

»Also, wie lange noch bis zu diesem Minenschacht?«, fragte Jim.

»Vielleicht zehn, fünfzehn Minuten.«

Auch wenn dies an sich kein besonders langer Fußmarsch mehr war, wusste Jim, dass die Chancen für die Jäger trotzdem noch gut standen, sie zu schnappen. »Okay, lass uns gehen.«

Er wollte hinzufügen: »Und sei vorsichtig«, aber er nahm an, dass sich das von selbst verstand.

Er wurde das Gefühl noch immer nicht los, dass irgendetwas Schlimmes passieren würde. Er wollte so tun, als existiere dieses Gefühl nicht, aber er konnte es nicht ignorieren. Es war ein Gefühl der Anspannung, des Unwohlseins, so, als ob man mit der Hand unter die Matratze oder die Sofakissen fährt, weil man nach einem verlorenen Geldstück sucht, und genau weiß oder zumindest fürchtet, dass darunter irgendetwas nur darauf wartet, einen ins weiche Fleisch zu beißen.

Aber vor allem sagte ihm dieses Gefühl, dass irgendetwas nicht stimmte.

Er sagte Darlene nichts über seine Befürchtungen – hätte sie sie denn überhaupt verstanden? Falls ja, hätte sie sein unbehagliches Gefühl vermutlich nur mit einem Schulterzucken abgetan und ihm gesagt, dass schon alles gut werden würde.

Also schwieg Jim und nahm Darlene bei der Hand, und dann setzten sie ihren Weg zur Mine fort.

Hal war zuversichtlich, dass sie Jim und seine abtrünnige Begleiterin bald einholen würden. Hal und Dale hatten die drei letzten Jagden gewonnen, und er würde verdammt noch mal alles geben, um auch die vierte in Folge zu gewinnen. Dieser Ex-Häftling hatte irgendetwas an sich, das Hal extrem missfiel – und das lag nicht nur daran, dass er ihm eine gebrochene Nase beschert hatte. Vielleicht würde Hal, wenn er Jim erschossen hatte, seinen Kopf ausstopfen lassen und ihn bei sich zu Hause an die Wand hängen. Vielleicht würde er ihn aber auch dem Davey's als Dartscheibe spenden.

Hal grinste trotz seiner Übelkeit und seiner Schmerzen.

Das Krankheitsgefühl klang noch immer nicht ab. Wenn überhaupt, wurde es sogar noch schlimmer. Es fühlte sich an, als krieche es in jede Faser seines Körpers. Zur Krönung des Ganzen wurde sein Nacken nun allmählich steif, wodurch sich auch seine Kopfschmerzen verschlimmerten.

So gerne er Jim also tot sehen wollte – toter als eine Kuh bei einem Barbecue in Texas –, so sehr wünschte er sich auch, er wäre zu Hause und könnte mit einer Flasche Jack Daniel's entspannen.

»Ich glaube, wir holen sie allmählich ein«, sagte Dale. »Ich kann es fühlen.«

»Alles, was du fühlen kannst, ist das Freibier in deinem Bauch und deinen Schwanz in der Möse irgendeiner Schlampe«, erwiderte Hal in dem Versuch, sich Dale gegenüber so normal wie möglich zu verhalten.

»Ich gebe zu, dass mir die Vorzüge, die ein Sieg bei dieser Jagd mit sich bringt, heute schon mehr als einmal durch den Kopf gegangen sind.«

Hal selbst hatte noch nicht groß darüber nachgedacht. So, wie er sich fühlte, standen Freibier im Davey's und ein kostenloser Besuch im Puff in Dixon – der größten Stadt des gesamten Countys – auf seiner To-do-Liste nicht sonderlich weit oben.

Dale blieb stehen. »Schau mal«, sagte er und zeigte auf einen großen Busch ein paar Meter vor ihnen.

An einem der Zweige hatte sich ein Stofffetzen verfangen – er war mit frischem Blut befleckt.

Hal und Dale suchten das Gebüsch ab und steckten ihre Gewehrläufe so tief wie möglich hinein, aber in dem Busch versteckte sich niemand.

»Wir sind nahe dran«, sagte Hal.

Dale nickte. »Sieht nach dem vierten Sieg in Folge für uns aus, was, Hal?«

Hal spuckte einen faulig schmeckenden Schleimklumpen auf den Boden. »Komm, lass uns einen Zahn zulegen, bevor sie jemand anderes zuerst findet.«

Die viele Lauferei zerrte an Hals Muskeln und verursachte ihm zusätzliche Schmerzen, die wiederum zu noch größerer Übelkeit führten, aber er schwor sich, diese Übelkeit noch ein wenig länger auszuhalten, wenn sie denn bedeutete, dass der Sieg zum Greifen nah war.

Es würde ein himmlisches Gefühl sein, den Ausdruck auf Jims Gesicht zu sehen, wenn ihm klar wurde, dass er sterben würde. Was Darlene anging, so würde er sich noch eine passende Strafe für sie ausdenken müssen.

*Sie sollte besser die Dose dabeihaben,* dachte Hal.

Er musste herausfinden, was sich darin befand.

Was dieser Irre in der Hütte zu ihm gesagt hatte, verfolgte ihn in Gedanken noch immer: *Du hättest sie nicht öffnen sollen. Du hattest kein Recht, sie zu öffnen. Ich möchte dich was fragen – tut dir der Nacken weh? Oder hast du richtig üble Kopfschmerzen?*

Dieses Arschloch wusste etwas, und wenn Lance ihm nicht sagen konnte, was in der Dose gewesen war, dann würde er die Wahrheit eben aus dem Fremden herausholen müssen, selbst wenn das bedeutete, dass Hal seine Hand bis in dessen Magen hinunterschieben und sie ihm im wahrsten Sinne des Wortes entreißen musste.

»Alles okay, Hal?«

»Was?«

»Du siehst aus, als seist du auf Drogen oder so.«

»Mir geht's gut.«

»So siehst du aber nicht aus. Was ist los?«

Hal wollte nicht, dass Dale erfuhr, wie krank er sich fühlte, und sagte daher einfach das Erste, was ihm durch den Kopf schoss. »Es ist Darlene.«

*Scheiße!*

»Was ist mit ihr?«

»Äh … Ich bin nur wütend, dass sie diesem Fremden hilft, das ist alles.«

Dale sah Hal stirnrunzelnd an. »Das ist aber noch nicht alles, das seh' ich doch. Du hast dir ihretwegen vorher noch nie so viele Gedanken gemacht. Also, was ist los?«

Hal seufzte. *Scheiß drauf,* dachte er. Er konnte Dale ebenso gut die Wahrheit über Darlene erzählen. Er würde sie sowieso schon bald erfahren.

»Du hast recht. Das ist nicht alles. Darlene … sie ist schwanger.«

Dale schlug Hal auf den Rücken. »Hey, das sind doch tolle Neuigkeiten!«

»Ich hab's noch niemandem erzählt, und das hab ich auch nicht vor, ehe ich nicht weiß, was sie da austrägt. Also kein Wort zu irgendjemand, dass Darlene schwanger ist, klar?«

»Meine Lippen sind versiegelt. Wow, das sind echt großartige Neuigkeiten, Hal. Ganz ehrlich. Dann wollen wir mal hoffen, dass sie dir einen Jungen schenkt.«

Hal lächelte. Und obwohl er furchtbare Schmerzen hatte, war es ein aufrichtiges Lächeln. »Dieses Mal hab ich ein gutes Gefühl. Ich glaube, ich werde endlich doch noch ein stolzer Vater.«

»… und die Ente sagt: ›Hast du Nägel?‹ Der Barkeeper sagt: ›Nein.‹ Und dann fragt die Ente: ›Hast du dann Brot?‹« Ethan kicherte und stieß laut grunzend frische Bergluft durch seine großen Nasenlöcher aus. »Lustig, oder?«

Billy verzog die Mundwinkel. »Geht so.«

»Geht so? Gott, Billy-Boy, du bist echt 'n harter Brocken. Das ist mein bester Witz. Okay, ich überleg mir bis morgen noch einen für dich.«

»Kann's kaum erwarten.«

Ethan zupfte an dem Karohemd, das an seinem verschwitzten Körper klebte. Obwohl es erst später Vormittag war, war die Luft bereits sehr feucht. Ethan konnte sich gut vorstellen, wie es sich erst unten in der Stadt anfühlen musste, ohne den Schatten der Bäume. Er war froh, dass er nicht zu den armen Schweinen gehörte, die mit Wache schieben in der Stadt an der Reihe waren – dort gab es nur sehr wenig Schatten, und die Sonne verbrannte einem die Haut. »Ich trink erst mal hundert Bier, wenn wir mit der Jagd fertig sind«, verkündete Ethan. »Hoffentlich Freibier. Ich hab so 'nen Durst, ich könnte den Eiter aus einem Arschpickel saugen.«

Sie wanderten weiter durch den Bergwald und versuchten, dabei so leise wie möglich zu sein. Wie bei der Jagd auf Wild mussten sie sich auch hier so still wie möglich anpirschen, wenn sie zum tödlichen Schuss ansetzen wollten. Eine falsche Bewegung, und man scheuchte das Tier auf. Ethan hatte das Gefühl, dass sie dem tödlichen Schuss ganz nahe waren – er hatte dieses flaue Gefühl im Magen, das ihm sagte, dass bald etwas ganz Großes passieren würde.

*Dieses Mal sind wir dran,* dachte Ethan. *Wir werden dieses Weichei finden und endlich auch mal eine Jagd gewinnen. Scheiße, der Chief und Dale dürfen nicht schon wieder siegen, jetzt sind wir mal an der Reihe.*

Er bekam einen Ständer, als er an die Nutten dachte, denen er es besorgen würde. Er hoffte, dass ein paar richtig hübsche dabei waren. Und ein paar enge, die bluteten – die mochte er am liebsten.

Ethan bemerkte eine schnelle Bewegung zu seiner Rechten. Er blieb stehen.

Als er sah, dass sein Freund anhielt, blieb auch Billy stehen und drehte sich um. Ethan winkte Billy zu, näher zu kommen.

»Ich hab was gesehen«, flüsterte Ethan.

»Einen anderen Jäger?«

Ethan schüttelte den Kopf. »Hat sich zu schnell bewegt.« Er zeigte nach rechts. »Könnte ein Reh gewesen sein – aber ich glaube, es war unser Mann.«

Billys Augen weiteten sich.

Mit vorsichtigen Schritten näherten sich die beiden Männer der Stelle, an der Ethan etwas hatte vorbeihuschen sehen.

»Es is' nich' mehr weit«, versicherte Darlene. »Noch zwei Minuten, dann sind wir da.«

»Okay«, sagte Jim.

Er konnte kaum glauben, dass sie so dicht dran waren.

*Freu dich bloß nicht zu früh.*

Er würde sich erst ein wenig entspannen können, wenn sie

die relative Sicherheit der Mine erreicht hatten. Trotzdem würde seine Anspannung noch so lange anhalten, bis er diese Hölle endlich hinter sich gelassen hatte – zusammen mit Darlene.

*Fast da,* wiederholte Jim immer wieder stumm wie eine Schallplatte mit einem Sprung.

Seine Beine taten weh und die Wunde in seiner Schulter brannte, aber er ignorierte beides, so gut er konnte, während er und Darlene sich dem Minenschacht mit schnellen Schritten näherten.

Dann erregte irgendetwas zu seiner Linken seine Aufmerksamkeit – zwischen den Bäumen stand eine Gestalt und beobachtete sie.

Mit pochendem Herzen erwartete er, einen der Jäger zu erkennen.

Stattdessen sah er Craig.

Der Australier sah irreal aus, geisterhaft, wie eine Fata Morgana, und auf seinem Gesicht lag ein trauriger Ausdruck, der eiskalte Schauer durch Jims Körper jagte.

Jim wusste jedoch, dass das völlig unmöglich war – Craig stand nicht wirklich dort und beobachtete sie. Er war in der Hütte, noch immer im Keller eingesperrt. Jim vermutete, dass es sich um eine Sinnestäuschung handeln musste, und lief weiter.

*Fast da, fast da, fa…*

Irgendetwas fühlte sich anders an.

Dann machte es bei ihm *Klick!*

Darlenes kleine, verschwitzte Hand hielt seine große, verschwitzte Hand nicht mehr fest.

Jim blieb stehen, drehte sich um und sah durch die Lücken zwischen den Bäumen, dass Darlene mehrere Meter entfernt stehen geblieben war und wie versteinert irgendetwas anstarrte. Selbst aus dieser Entfernung konnte Jim ihren intensiven, aber irgendwie abwesenden Blick erkennen. Sie hatte ihre Stirn leicht in Falten gelegt, so als sehe sie etwas, von dem sie wusste, dass es eigentlich nicht da sein sollte.

Sie schaute in dieselbe Richtung, in der Jim die Vision von Craig gesehen hatte – der nun allerdings nicht mehr dort stand. Es war ganz sicher nur eine bizarre Halluzination gewesen, ausgelöst durch den Stress oder die Hitze.

Jim wollte nach Darlene rufen, aber irgendetwas hinderte die Worte daran, seinen Mund zu verlassen.

Im einen Moment stand Darlene noch dort, die Blechdose baumelte um ihren Hals, und im nächsten verwandelte sich ihr Körper plötzlich in Craig Becker – es war, als sei Craig in ihre Haut geschlüpft.

Jims Augen weiteten sich. Er blinzelte nicht mehr, und sein Atem gefror in seiner Kehle – er sah nun kein dreizehnjähriges Mädchen mehr vor sich, sondern einen Mann, aus dessen beinahe vollständig einbandagiertem Gesicht tiefer Kummer sprach.

*Ich halluziniere schon wieder,* dachte Jim, und sein Kopf drohte, vor Angst und Verwirrung zu platzen. *Das muss es sein ... weil das hier nämlich gar nicht passieren kann. Ich kann nicht sehen ...*

Plötzlich zerstörten Geräusche, die wie explodierende Feuerwerkskörper klangen, die Stille.

Sie folgten dicht aufeinander: *pop, pop-pop, pop-pop, pop, pop-pop-pop!*

Jim stand wie angewurzelt da und sah zu, wie sich das Blut auf Craigs – *Darlenes!* – T-Shirt ausbreitete wie eine dunkelrote, aufblühende Blume. Dann, so als sei es ihm erst jetzt eingefallen, taumelte Craig zurück, und sein gesamter Körper wurde von der Wucht der Einschüsse geschüttelt.

Ein paar Augenblicke später wurde die eine Hälfte von Craigs – *oder ist es Darlenes? Ich weiß es nicht! Gott, Allmächtiger, was zur Hölle ist hier bloß los?!* – Gesicht weggerissen. Jim sah eine entsetzliche Explosion in Rot, als Blut und kleine Gewebefetzen in die Luft geschleudert wurden, die dann auf sein T-Shirt hinunterregneten.

Jim erinnerte das Ganze an die körnigen alten Filmaufnahmen

des Attentats auf JFK – nur, dass das hier viel grauenhafter, viel realer war.

Tränen füllten Jims Augen und Galle stieg in seiner Kehle auf.

Dann bemerkte Jim plötzlich, dass er nun wieder Darlene anstarrte – Darlene, deren Brust und Bauch wie ein Sieb von Kugeln durchlöchert waren. Darlene, der man den halben Schädel weggeschossen hatte. Darlene, die zu Boden fiel.

Jim starrte noch immer auf die Stelle, an der Darlene zu Boden gegangen war, aber aufgrund des dichten Blattwerks konnte er ihren Körper nicht mehr sehen. Er war gezwungen, sich wieder zu bewegen, als er zwei Gestalten sah, die zwischen den Bäumen umherhuschten. Er sprang hinter eine Kiefer, presste seinen Rücken ganz flach gegen den Stamm und wartete.

»Oh, Mann. Oh, Scheiße, verdammt! Verfluchte Scheiße, Mann! Wir haben Darlene erschossen, Billy! Wir haben ihr verdammt noch mal das Hirn weggepustet!« Ethan atmete heftig. Ganze Schweißbäche strömten über seinen Körper. »Verdammt, ich hätte schwören können, dass es dieser Craig war, der dort stand. Ich war mir ganz sicher. Wieso zur Hölle ist Darlene auch nicht in ihrem Wohnwagen? Sie weiß doch, dass sie sich nicht draußen rumtreiben soll, wenn wir eine Jagd veranstalten.« Tränen mischten sich mit den Schweißperlen, die über Ethans Gesicht strömten – Tränen der Angst, keine Tränen der Reue.

»Das is' nich' gut, Billy. Der Chief wird total ausrasten!« Ethan blickte über seine Schulter und erwartete beinahe, Chief Bailey auf sich zustürmen zu sehen, das Gewehr direkt auf seinen Kopf gerichtet. Glücklicherweise war alles, was er sah, eine endlose Reihe von Bäumen.

Wenig überraschend sagte Billy nicht viel. Er stand einfach nur neben Ethan und schaute, den Kopf zur Seite geneigt, auf Darlenes sehr toten, sehr blutigen Körper hinunter.

»Sag was!«, brüllte Ethan.

»Ich hätte auch schwören können, dass es Craig war«, sagte Billy leise.

Und genau das war das Unglaubliche – sie waren sich beide sicher gewesen, dass dieser Craig dort gestanden und sie angestarrt hatte. Zwar verwirrt darüber, wie er es hatte schaffen können, zu fliehen, aber auch überaus glücklich, dass sie endlich den Siegerpreis würden beanspruchen können, hatten sie ihre Waffen mit großem Vergnügen auf den Körper des Typen gerichtet und ihre Magazine leer geschossen.

Erst, als sie näher kamen, stellten sie fest, dass sie einen Fehler gemacht hatten. Ethan wusste nicht, was ihm größere Angst machte: dass er die Tochter des Chiefs getötet hatte, oder dass zwei Männer etwas gesehen hatten, was unmöglich hatte da sein können.

»Wir sollten verschwinden«, sagte Ethan. »Er wird nie rausfinden, dass wir sie erschossen haben. Er darf es nie rausfinden.« Seine Panik erreichte ihren Höhepunkt – er war kurz davor zu explodieren. Wie Billy so verblüffend ruhig bleiben konnte, war Ethan ein Rätsel.

»Du hast recht«, sagte Billy.

»Da kannst du deinen rechten Arm drauf verwetten, dass ich recht habe. Komm schon, hauen wir ab.«

Und ohne noch einen weiteren Gedanken zu verschwenden, entfernten sich Ethan und Billy eilig von dem zerfetzten Ding, das einst Darlene Bailey gewesen war.

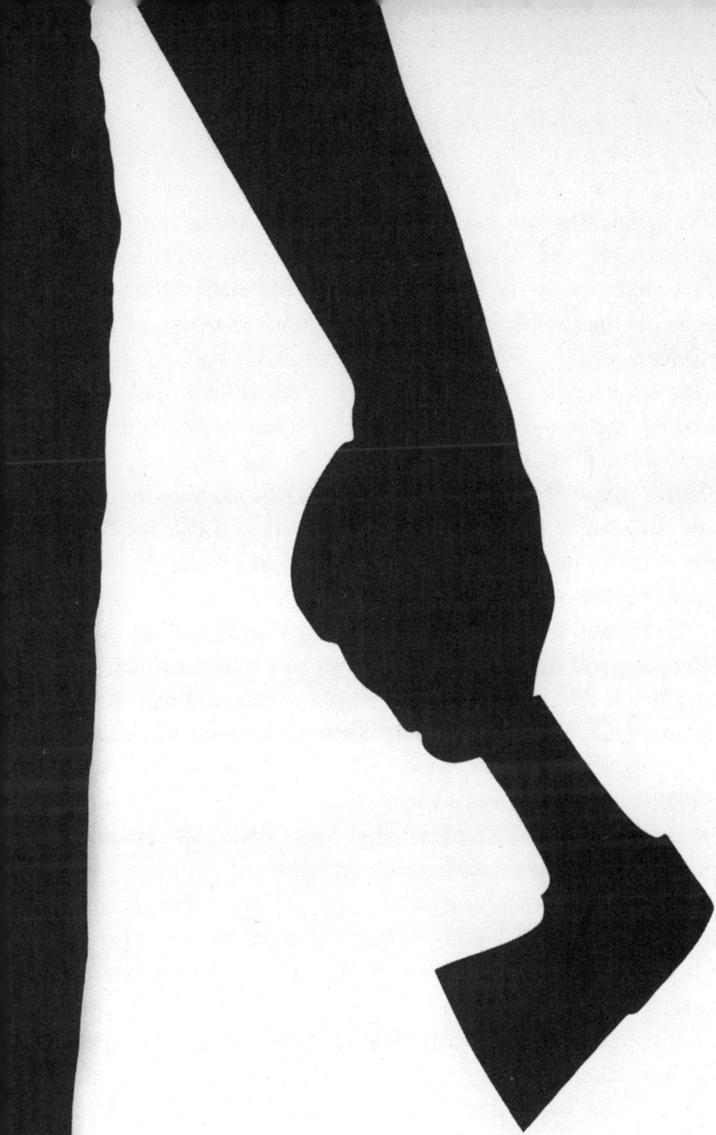

# SAMSTAGNACHMITTAG

# FÜNF

Stan trocknete gerade Schnapsgläser ab, als er aus der Ferne Schüsse hörte.

Er unterbrach seine Tätigkeit, legte seine Hände flach auf den Tresen und schickte ein freudloses Seufzen in die beinahe leere Kneipe.

»Ich schätze, sie haben ihn erwischt«, sagte Walt. »Ich frag mich, wer gewonnen hat. Wahrscheinlich wieder mal Hal und Dale. Was meinst du?«

Walter Spinner, der einzige Gast im Davey's, war mittlerweile zu alt und zu unvorsichtig, um noch auf die Jagd zu gehen – der Chief erlaubte es nicht und behauptete, die Chancen stünden genauso gut, dass der alte Knacker aus Versehen einen seiner eigenen Leute erschoss statt den Fremden. Walt war früher ein guter Schütze gewesen, aber inzwischen verbrachte er die meiste Zeit in der Kneipe. Seit seine Frau vor drei Jahren gestorben war, war er kaum noch zu Hause. Er trank noch nicht einmal Alkohol – nur Diät-Malzbier –, aber er mochte es, einen Platz zu haben, an den er gehen konnte, einen Ort, an dem er immer jemanden zum Reden hatte. Manchmal half er sogar Stan dabei, die Kneipe sauber zu machen, obwohl das eigentlich nur vorkam, wenn er gerade aus der Hütte zurückgekehrt und in guter Stimmung war.

»Ja, wahrscheinlich«, antwortete Stan und widmete sich wieder dem Abtrocknen der Gläser.

»Ich würde einiges geben, wenn ich mit da draußen auf der Jagd sein könnte«, sagte Walt. »Aber ich werde langsam alt und die Pumpe macht auch nicht mehr richtig mit. Diese ganze Lauferei würde mir vermutlich den Rest geben. Doc Tingle meint, es sei besser für mich, wenn ich nicht mehr so viel laufe.«

Stan wusste genau, dass Hal Lloyd darum gebeten hatte, sich irgendeinen Grund auszudenken, warum Walt nicht mehr auf die Jagd gehen sollte, um seine Gefühle nicht zu verletzen. Er war sich nicht sicher, ob Walt die Wahrheit kannte – auch wenn Stan das Gefühl hatte, dass er Bescheid wusste –, aber wenn dem so war, dann zeigte er es nie.

»Noch ein Malzbier, Walt?«

»Sicher, hier drin ist es heißer als in der Arschritze eines Kamels. Wieso schaltest du nicht mal die Klimaanlage an, Stan?«

»Weißt du, wie teuer diese Dinger im Unterhalt sind?«, fragte Stan und griff nach einer eiskalten Flasche Malzbier. Er schnippte den Kronkorken ab, der über den Tresen hüpfte und schließlich auf den Boden fiel. Stan trug das Malzbier zu Walt hinüber, der an einem Tisch gegen die Wand gelehnt saß. Er saß nicht gerne an der Bar, da er einen Halt für seinen Rücken brauchte.

»Danke, alter Freund«, sagte Walt, nahm die Flasche und trank ein wenig davon. Walts kahler Kopf glänzte vor Schweiß, der auch über die Seiten seines Gesichts triefte. Vor langer Zeit waren dort noch buschige Koteletten gewachsen.

Als Stan dabei zusah, wie Walt sein Malzbier leerte, wurde ihm bewusst, wie trocken sich sein eigener Mund anfühlte, und er dachte, wie herrlich es sein würde, etwas Kaltes, Nasses seine Kehle hinunterströmen zu lassen. »Außerdem lohnt es sich nicht, den Laden nur für uns beide zu kühlen. Ich warte lieber, bis die zahlenden Gäste kommen«, fuhr Stan fort.

»Na, das sollte nicht mehr allzu lange dauern«, sagte Walt mit einem Kichern.

Stan verzog das Gesicht – er fühlte einen Stich von Schuld in der Magengegend.

»Du hast dich mit dem Typen unterhalten, oder?«

»Mit wem?«

»Mit dem Typen, den sie jagen. Du hast ihn doch kennengelernt, oder? Wie war er denn so? Ich wette, er war ziemlich ungehobelt und hat Streit gesucht. Das tun diese Biker doch immer.«

»Nein, er war … er war okay. Er ist nur reingekommen, weil er was trinken wollte, das war alles.«

»Und Streit, darauf wette ich«, bekräftigte Walt mit einem Nicken und nahm einen weiteren Schluck von seinem Malzbier. »Hast du gehört, was man sich in der Stadt erzählt? Über das, was passiert ist? Was die Leute glauben?«

Stan nickte. Er hatte plötzlich einen bitteren Geschmack im Mund.

Die Geschichte des Polizisten verprügelnden, Waffen stehlenden Kriminellen war das Stadtgespräch. Die meisten Leute in der Stadt hatten die absolut plausible, zufriedenstellende Geschichte geschluckt, die man ihnen serviert hatte. Diejenigen, die die Wahrheit kannten, waren gezwungen zu lügen, zu nicken und zuzustimmen: Ja, es ist wirklich ein furchteinflößender Gedanke, dass so ein Typ jetzt irgendwo da draußen ist, bewaffnet und gefährlich. Und ja, ich hoffe auch, dass die Polizei ihn bald schnappt, bevor irgendjemand verletzt wird.

*Der Einzige, der heute verletzt werden wird, ist Jim,* dachte Stan. Und der Mann war weder bewaffnet noch schien er besonders gefährlich zu sein.

Aber da er Sam keine Gesellschaft leisten wollte, wo immer sie den alten Mann momentan auch festhielten, oder sich gar Jim oben in den Bergen anschließen wollte, wusste Stan, dass er besser den Mund hielt und bei dieser Scharade mitspielte – genauso, wie er es seit vielen Jahren tat.

Seine Aufgabe war es, einfach die Kneipe geöffnet zu lassen und die Jäger mit reichlich Bier und Nüsschen zu versorgen.

»Wenn du nicht so einen empfindlichen Magen hättest, könntest du ja derjenige sein, der diesem Biker die Siegerkugel in den Kopf schießt«, sagte Walt. »Yes, Sir.«

Es stimmte – Stan hatte einen empfindlichen Magen. Er konnte sich noch nicht mal Horrorfilme anschauen, ohne dass ihm flau wurde. Aber selbst mit einem eisernen Magen hätte er keine Menschen zum Spaß gejagt. Trotzdem tat er so, als wolle er jagen und als halte ihn einzig und allein sein Magen davon ab, nicht sein Rechtsbewusstsein. Er wollte jedoch nicht wie Doc Tingle sein, der sich in der Öffentlichkeit gegen das Jagen aussprach. Nein, dafür war Stan etwas zu clever – man könnte auch sagen: zu feige – und behielt seine wahren Gedanken für sich. Um gebrochene Knochen zu reparieren und Medikamente zu verschreiben, brauchte man entsprechende Kompetenzen und entsprechendes Wissen. Hinter einem Tresen stehen und Getränke servieren – das konnte nun wirklich jeder.

Stan ließ Walt mit seinem Diät-Malzbier allein, kehrte an seinen rechtmäßigen Platz hinter dem Tresen zurück, schenkte sich ein Glas Limonade ein und wartete auf die Rückkehr der siegreichen Jäger.

Als Jim sich ganz sicher war, dass die Jäger verschwunden waren, trat er hinter der Kiefer hervor. Er schaute sich im Wald um, und da er niemanden sah oder hörte, nur das Gezwitscher der Vögel, ging er zu der Stelle hinüber, an der Darlene auf den Boden gefallen war. Seine Beine fühlten sich wie Gummi an, und sein Magen verkrampfte sich heftiger. Er wollte Darlene nicht dort liegen sehen, tot, aber er musste es wissen. Er musste sichergehen.

Jim stieg die sanfte Anhöhe hinauf – und da lag sie. Er blieb stehen und schaute auf den zerstörten Körper hinunter. Sie war fast komplett mit Blut überströmt, rund um sie tiefe Pfützen und dunkelrote Spritzer. Sie lag auf ihrer rechten Seite, einen Arm über dem Kopf angewinkelt, den anderen ausgestreckt und unter ihrem kompletten Gewicht gefangen. Ihr Gesicht, das in den Himmel blickte, war nicht viel mehr als ein gähnendes, zerfetztes Loch. Jim bemerkte, dass ein Auge noch vollkommen intakt war – es starrte weit aufgerissen ins Leere –, während das andere aus seiner Höhle gerissen worden war und nun auf ihrer linken Wange ruhte.

Die Blechdose, die sie sich umgehängt hatte, lag neben ihrem Körper. Die Schnur hatte sich eng um ihren Hals gewickelt.

Jim fiel auf die Knie. Er senkte den Kopf und als Tränen in seinen Augen brannten, dachte er: *Gott, es tut mir so leid, Darlene. Das hätte niemals passieren dürfen.*

Das Geräusch von Stimmen und schweren Schritten auf dem trockenen Waldboden fühlte sich an wie Eiswasser, das seine Wirbelsäule hinunterschoss.

Wie erstarrt richtete er sich auf.

*Verdammt!*

Jim musste verschwinden. Er musste die Mine erreichen, bevor die Jäger ihn fanden.

Irgendwie brachte er den Willen auf, seinen Körper in Bewegung zu setzen. Er wischte sich die Tränen weg, stand auf, warf einen letzten Blick auf Darlene, drehte sich um und eilte davon.

Er hoffte, dass er das Loch finden würde, das in die Mine führte – Darlene hatte gesagt, dass sie bereits ganz nahe waren, deshalb war er zuversichtlich, dass es nicht allzu schwer zu finden sein würde.

Er lief, so schnell er konnte – sein halb lahmes Bein hinderte ihn daran, richtig schnell zu rennen –, wich Bäumen aus und stieg über Kletterpflanzen. Der Wald sah überall gleich aus, ganz egal, in welche Richtung er schaute. Jim kam es vor, als wolle er nie enden. Dennoch lief er immer weiter und suchte dabei den Boden nach einem Anzeichen für das vergitterte Einstiegsloch ab.

Gerade, als er die Hoffnung aufgeben wollte und glaubte, den Minenschacht ohne Darlene niemals zu finden, entdeckte er links im Gras irgendetwas Dunkles. Er hastete darauf zu und schrie beinahe vor Begeisterung auf, als er das Gitter sah. Es war teilweise von Gräsern verborgen, die rundherum wuchsen, und kleiner als er angenommen hatte. Das Metall war vom Rost ganz rot. Er beugte sich nach unten, schob die Gräser zur Seite, hakte seine Finger in das Gitter ein und zog daran. Es ließ sich ganz leicht entfernen. Jim atmete aus, legte das Gitter zur Seite und blickte in den schmalen Schacht hinunter.

Er sah Holzlatten, die als simple Leiter in der Wand befestigt waren und in die Dunkelheit hinunterführten. Jim hielt an der verzweifelten Hoffnung fest, dass das Holz inzwischen nicht verrottet war, kniete sich hin, drehte sich um, schluckte etwas Blut und Dreck hinunter und ließ einen Teil seines Körpers in das Loch hinab. Er tastete die Wand mit seinem rechten Fuß ab, bis er ihn auf einer der Holzlatten abstellen konnte. Er testete die Latte mit seinem ganzen Gewicht und stellte fest, dass, wer auch immer diese provisorische Leiter gebaut hatte, wirklich gute Arbeit geleistet hatte. Er schob seinen linken Fuß nach unten und stellte ihn auf derselben Latte ab. Dann ließ er auch den Rest seines Körpers ganz in das Loch hinunter, während er sich krampfhaft an der obersten Sprosse festhielt. In dieser Position blieb er stehen, Kopf und Hals noch immer über dem Rand des Lochs, streckte eine Hand aus, griff nach dem Gitter und zog es über seinen Kopf.

Mit vorsichtigen Bewegungen kletterte er eine weitere Sprosse nach unten und hielt sich mit der linken Hand an der zweiten Latte fest. Nun sah er nur noch Felsen vor sich und zog das Gitter ganz über das Loch. Als er es wieder an seinen Platz geschoben hatte, kletterte er die Leiter weiter hinab.

Bald darauf verschwand das Tageslicht völlig, Dunkelheit umgab ihn. Er nahm einen starken Geruch von Erde und Feuchtigkeit wahr, und seine Klaustrophobie, die er während seiner Zeit im Gefängnis weitgehend unter Kontrolle gehabt hatte – auch wenn er ein paar schweißnasse, schlaflose Nächte durchlebt hatte, in denen er überzeugt gewesen war, die Wände kämen langsam näher und würden ihn wie eine Tomate in einem Schraubstock zerquetschen –, drohte, ihn vollständig zu lähmen und zu einem abrupten Halt zu zwingen.

Er begann zu zittern.

*Hör auf damit! Dreh jetzt bloß nicht durch. Denk an was anderes. Vergiss einfach, dass du in einem abgeschlossenen Raum bist.*

*Woran soll ich denn sonst denken? An Darlene?*

Mit einem Mal schien die bedrohliche Klaustrophobie in den

Hintergrund zu rücken, und alles, woran er noch denken konnte, war Darlene.

*Das ist alles meine Schuld! Verdammte Scheiße, Darlene ist meinetwegen tot!*

Am liebsten hätte er sich zu einem Ball zusammengerollt und seine Erinnerungen mit einer Flasche Whiskey weggespült, hätte versucht, alles wegzuwischen, genauso, wie er weggewischt hatte, was in der Nacht von Suzies Tod geschehen war.

Er kletterte die Leiter weiter hinunter, ganz langsam, bis seine Füße endlich festen Boden berührten. Der Einstieg oben am Schacht war nun nur noch ein kleiner Lichtfleck. Er ließ die Leiter los, drehte sich um und blickte in schwarze Dunkelheit.

Er wusste, dass er versuchen sollte, die Tasche mit den Streichhölzern und Kerzen zu finden, von der Darlene gesprochen hatte, aber im Augenblick fühlte er sich dieser Aufgabe einfach noch nicht gewachsen. Stattdessen entfernte sich Jim ein Stück von dem Einstiegsschacht und setzte sich an die Wand, die sich angenehm kühl an seinem heißen, verschwitzten Rücken anfühlte. Er versuchte, das Zittern unter Kontrolle zu bringen. Er dachte daran, was geschehen war und was er gesehen hatte – oder was er dachte, gesehen zu haben –, aber er wusste trotzdem nur eins mit Sicherheit: Darlene war tot. Von Kugeln zerfetzt, nur weil sie ihm geholfen hatte.

*Nicht meine Schuld. Nicht meine Schuld. Nicht meine Schuld, nicht meine Schuld, nicht meine Schuld ...*

Jim wusste jedoch, dass es seine Schuld war.

Es dauerte eine Weile, bevor er aufhörte zu zittern.

Er holte tief Luft, atmete die modrigen, erdigen Düfte ein, stand auf und begann, nach Darlenes Tasche zu suchen.

Hal stand über Darlenes Leiche. Er blinzelte ein paar Tränen aus seinen blutunterlaufenen Augen.

Ihr halber Kopf war zerfetzt, und auf dem Boden rundum hatte sich ein großer Heiligenschein aus Blut gebildet. Auch auf ihrer Brust und ihrem Bauch befanden sich Blutflecken.

»Gott«, sagte Dale, der neben Hal stand. »Es tut mir so leid, Hal.«

»Finde die Schweine, die das getan haben«, schäumte Hal, in dessen Inneren ein Feuer loderte. Er umfasste den Griff seiner Remington so fest, dass ihm die Hand wehtat.

»Wie denn?«, fragte Dale. »Es könnte jeder von den Jungs gewesen sein. Und davon abgesehen bin ich mir sicher, dass es ein Unf…«

Hal ließ sein Gewehr fallen, packte Dale am Hemdkragen und unterbrach ihn, bevor er den Satz zu Ende bringen konnte. Ein Ausdruck der Überraschung und leichter Heiterkeit legte sich auf Dales Gesicht. Niemand außer Hal konnte Sergeant White so anfassen und ungeschoren davonkommen. »Darlene interessiert mich einen Scheißdreck. Sie hätte gar nicht geboren werden dürfen. Ich wollte einen Sohn, keine schwanzlutschende Tochter. Aber sie hat mein Baby in sich getragen. Möglicherweise einen Sohn. *Meinen* Sohn. Und jetzt ist er …« Hal ließ Dale los und starrte auf die blutige Schweinerei hinunter, die einst Darlenes Bauch gewesen war. »Ich habe darauf gezählt, dass sie mir einen Sohn schenkt. Jetzt muss ich mir ein neues Mädchen suchen. Hast du eine Ahnung, wie schwierig es ist, ein Mädchen zu finden und zu halten? Die meisten sterben noch, bevor sie schwanger werden, geschweige denn, dass sie die Geburt erleben. Darlene war stark. Sie kannte ihre Aufgabe. Sie hat mich vielleicht nicht geliebt, aber sie ist bei mir geblieben, weil ich ihr Vater war. Sie hätte mir einen Sohn geschenkt, und jetzt sind meine ganzen Pläne am Arsch!«

Hal versetzte der Leiche in der Körpermitte einen Tritt. Es war ein feuchter, dumpfer Schlag zu hören, und der Körper wackelte, so als habe er gegen einen Kartoffelsack getreten. Hals schwarzer Schuh war blutverschmiert. Etwas ruhiger – all diese Wut tat seinem kranken Körper ganz und gar nicht gut – sagte er: »Es ist mir egal, wie du es anstellst, aber finde denjenigen, der das getan hat.«

»Was ist mit Jim? Er könnte sich ganz in der Nähe verstecken.«

Hal blickte sich im Wald um und fragte sich, ob Jim sich vielleicht wirklich irgendwo hier versteckte und sie beobachtete. »Vermutlich ist er längst weg – hat sich verpisst, als Darlene erschossen wurde, der Feigling. Keine Sorge, wir finden ihn. Aber zuerst will ich, dass du Darlenes Mörder findest.«

Dale seufzte. »Okay.«

Er verschwand.

Allein mit seiner Tochter dachte Hal an den Tag zurück, an dem er ihre Mutter getötet hatte. Es hatte geregnet und war bitterkalt gewesen, und Ruth, die Darlene eben erst zur Welt gebracht hatte, war noch immer fett. Sie lag auf dem Schlafzimmerboden, ihr Gesicht und ihr Nacken von blauen Flecken übersät, während Blut aus ihrem Kopf quoll. Sie hatte fast genauso ausgesehen wie Darlene jetzt. Die Ähnlichkeit zwischen Mutter und Tochter war regelrecht unheimlich – im Tode sahen sie sich noch ähnlicher, als sie es zu Lebzeiten getan hatten.

*Nutzlose Schlampen, alle beide. Diesen widerlichen Abschaum wären wir jedenfalls los.*

Nur dass dieser spezielle Haufen Abschaum zu seinen Füßen ihm einen Sohn hatte gebären sollen. Er empfand nicht das Geringste für seine tote Tochter – nun ja, vielleicht einen winzigen Hauch von Traurigkeit, wenn er wirklich tief in sich hineinhorchte. Nicht, dass es seine Art gewesen wäre, das zu tun. Er war vor allem deshalb so aufgewühlt, weil er das Baby verloren hatte. Er fragte sich, ob Doc Tingle ihm würde sagen können, ob es ein Junge oder ein Mädchen gewesen war.

Wenigstens hatte Darlene die Dose bei sich. Zumindest dafür konnte er dankbar sein.

Hal ging in die Hocke und versuchte, den stechenden Schmerz, der dabei durch seinen Körper schoss, zu ignorieren, was ihm jedoch nicht gelang. Er nahm die Schnur mit der Dose von Darlenes Hals. Es widerte ihn an, sie anzufassen. Er versuchte, sich ihr Gesicht nicht zu genau anzusehen, und als er die Dose von ihrem Hals befreit hatte – ihm fiel auf, dass sie sich leichter anfühlte als beim ersten Mal, als er sie Craig abgenommen hatte –, ließ er Darlenes Kopf wieder fallen. Hal zuckte zusammen, als er mit einem dumpfen *Plopp!* auf dem Boden auftraf. Dann erhob er sich wieder, scheinbar jedoch etwas zu schnell, denn er fühlte sich plötzlich schwindelig und seine Knie wurden ganz weich. In der Hoffnung, die Sinne wieder unter Kontrolle zu bekommen, schloss Hal die Augen, doch er geriet ins Stolpern, und der Druck in seinem Magen gab ihm das Gefühl, sich erbrechen zu müssen. Er beugte sich nach vorne und übergab sich. Als es vorbei war, richtete er sich wieder auf, öffnete die Augen, wischte sich den Mund ab – und sah Craig Becker über Darlene schweben. Nur, dass Craig hundertmal schlimmer aussah als zuvor: Sein Körper war vollkommen verdreht, sein Gesicht aufgequollen und breiig – er sah aus, als habe er gegen ein Auto gekämpft und das Nachsehen gehabt.

Aber das konnte nicht sein. Hal musste Halluzinationen haben. Craig war noch immer im Keller eingeschlossen und wurde von Officer Buck bewacht.

Hal schloss die Augen erneut und atmete ein paarmal tief durch.

Als er sie wieder öffnete, war Craig verschwunden.

Hal seufzte.

*Gott sei Dank.*

Es war eine Halluzination gewesen, vermutlich ausgelöst durch die Krankheit, die er der Dose zu verdanken hatte.

*Ich brauche wirklich einen Drink und ein Nickerchen.*

Er legte sich die Schnur um den Hals.

*Also, das ist jetzt seltsam,* dachte er.

Die Dose war schwerer als noch vor ein paar Augenblicken.

*Die Krankheit hat mich geschwächt, das ist alles. Die Dose ist nicht schwerer, ich bin nur schwächer.*

»Chief, was ist passiert?«

Hal drehte sich um und sah Andrew Bartlett auf sich zukommen.

»Wonach sieht es denn aus? Einer unserer Männer hat sie erschossen.«

»Wie? Ich meine, ich weiß, wie, aber … *wie das?*«

Hal brummte: »Es war ein Unfall. Ein dummer Unfall, der nie hätte passieren dürfen, aber trotzdem ein Unfall.«

»Weißt du, wer's gewesen ist?«, fragte Andrew und schob seine dickrandige Brille wieder auf seine Nase.

»Nein. Dale sucht gerade nach dem Schuldigen.«

»Verstehe. Äh, wieso hast du die Dose von dem Fremden um den Hals?«, wollte Andrew wissen. »Was ist denn da drin?«

»Ich weiß es nicht«, seufzte Hal. »Aber ich denke darüber nach, sie zu Lance zu bringen, sobald ich mich besser fühle, damit er sie mal untersucht.«

»Oh. Hör zu, Hal, ich weiß, dass deine Tochter gerade gestorben ist, und das muss echt ein Riesenschock für dich sein und so, aber wenn du mir diese Bemerkung erlaubst: Du siehst nicht besonders gut aus. Gar nicht gut. Vielleicht solltest du, ich weiß nicht, nach Hause gehen und dich ausruhen.«

Hal wollte Andrew versichern, dass er sich gut fühlte, aber als er den Mund aufmachte, war alles, woran er denken konnte, das übermächtige Gefühl, sich erneut übergeben zu müssen. »Ja, vielleicht nur eine kleine Ruhepause«, stimmte er zu. »Ein oder zwei Drinks werden mir sicher helfen.«

Andrew lächelte schwach. Officer Bartlett wusste, dass Hal eigentlich nie krank wurde und nie eine Jagd vorzeitig abbrechen würde, es sei denn, er stand bereits mit einem Fuß im Grab – und genauso fühlte er sich in Wahrheit auch. Der besonnene, grauhaarige Officer wusste außerdem, dass mehr hinter Hals kränklichem Aussehen steckte als nur der Schock über den Tod seiner Tochter. Aber aus Respekt vor Hal verlor er kein weiteres Wort darüber.

»Aber könntest du mir noch einen Gefallen tun?«

»Natürlich, sag mir nur, was.«

»Kannst du dafür sorgen, dass Harmon kommt und Darlenes Leiche abholt?«

»Willst du sie nicht begraben? Das wäre doch viel einfacher.«

»Nein«, antwortete Hal mit fester Stimme. »Ich will, dass Harmon sie holt.«

»Sicher, Hal«, erwiderte Andrew. »Möchtest du, dass ich einen Wagen rufe, der dich nach Hause fährt?«

Hal war am Morgen mit Dale im Geländewagen der Polizei hergefahren, sein Pick-up stand also vor dem Haus in der Einfahrt.

»Ich kann zu Fuß gehen.«

Hal hatte noch immer ein bisschen Stolz in sich, und er hoffte, dass er trotz allem noch in der Lage war, den ganzen Weg zurück in die Stadt zu gehen, ohne zusammenzubrechen. »Und kannst du bei Darlene bleiben, bis Harmon kommt? Das wüsste ich wirklich zu schätzen.«

Andrew nickte.

»Oh, und verständige die anderen Jäger über Funk und sag ihnen, dass der Fremde immer noch da draußen ist. Sie haben bestimmt die Schüsse gehört und angenommen, dass sich schon jemand die Beute geschnappt hat.«

»Willst du, dass ich ihnen sage, was passiert ist?«

Hal zuckte die Achseln. »Sicher, was kümmert mich das?«

Und damit wandte sich Hal ab, ohne Darlene eines weiteren Blickes zu würdigen, und machte sich auf den langen Weg nach Hause.

Es dauerte eine Weile, bis Jim die Tasche mit Darlenes Sachen fand. Er stolperte durch die Dunkelheit und trat dabei gegen verschiedene Gegenstände, die auf dem Boden verteilt lagen, stets in der Angst, irgendwann auf eine Schlange zu treten oder in ein Loch zu fallen, das in einen tiefer gelegenen Teil der Mine führte. Doch als sein Fuß gegen einen großen Haufen stieß, ging er in die Hocke und fand den Sack. Er schüttete den Inhalt auf dem Boden aus und tastete ihn ab, bis er eine der Kerzen und eine Schachtel Streichhölzer fand. Als er die Kerze angezündet hatte, vermochte er endlich, sich einen ersten Überblick über die Mine zu verschaffen.

Die Mine selbst war nicht besonders groß – nicht, dass Jim viel Erfahrung damit gehabt hätte. Auch er wusste nur, was er aus Film und Fernsehen kannte. Wenn er aufrecht stand, streiften seine Haare die Decke. Der Schacht war außerdem nicht sehr breit: Jim schätzte ihn auf vielleicht 1,50 Meter an seiner weitesten Stelle. Hier konnte man ganz leicht klaustrophobisch werden, wenn man nicht aufpasste. Wände und Decke sahen aus, als seien sie aus Granit oder einem ähnlich harten Gestein. Etwa drei Meter vor ihm stützte ein Rahmen aus Holzbalken die Mine. Jim nahm an, dass er auf ihrer gesamten Länge noch viele dieser Rahmen finden würde.

Als Jim die Flamme etwas tiefer hielt, sah er verrostete Schienen, eine Lore, die ein Stück weiter entfernt im Tunnel stand und schon bessere Tage gesehen hatte, eine Ansammlung leerer, glänzender Getränkedosen, leere Verpackungen von Schokoriegeln – und Knochen.

Er erstarrte ungläubig, aber als er die kleine Flamme an den Haufen verstaubter Skelette hielt, wusste er ganz sicher, dass das, war er sah, keine schreckliche Vision war, die sein aufgewühlter Verstand fabriziert hatte.

Jims Magen krampfte sich zusammen. Er hatte das Gefühl, als krabbelten ein Dutzend haariger Spinnen seinen Rücken hinauf und hinunter.

Die ersten Knochen lagen etwa 1,50 Meter von der Leiter entfernt, doch der Lichtkreis der Kerzenflamme konnte bei Weitem nicht alle erfassen. Er erkannte Beinknochen, Brustkörbe und einige Schädel, aber in dem Haufen aus menschlichen Überresten befanden sich sogar komplette Skelette.

Jim konnte beim besten Willen nicht einschätzen, wie viele Leichen sich insgesamt hier unten befanden.

Ein Teil von ihm hatte Darlene nicht geglaubt, als sie ihm erzählt hatte, der Chief habe früher Leichen in diesem Schacht abgeladen. Er hatte nicht erwartet, die längst verrotteten Überreste dieser Leichen noch immer hier vorzufinden. Nun bevölkerten nur noch ihre Skelette diesen Knochenfriedhof.

Er versuchte, seine Angst abzuschütteln.

Dann waren eben Knochen hier unten – *eine riesige Ansammlung von Knochen!* Stell dich nicht so an, sagte er sich. An seinen Plänen änderte sich dadurch ja nichts, er musste eben nur so tun, als seien sie nicht da.

*Sicher, klar, es ist ja auch ganz leicht, einen Haufen zerstörter Skelette zu ignorieren. Nur ein weiterer gewöhnlicher Tag im Leben des James Douglas Clayton.*

Durch den Tunnel wehte außerdem ein leises, unheimliches Heulen – dies war wirklich alles andere als ein einladender Ort. Aber immerhin war es hier unten entschieden kühler als draußen.

Draußen, wo die Jäger nach ihm suchten.

Wo Darlene lag, deren junges Leben viel zu früh hatte enden müssen.

*Ich kann nicht glauben, dass sie tot ist,* dachte Jim, und er schwor sich, dass er, sobald er entkommen und in Sicherheit war, zum Büro des Sheriffs oder verdammt noch mal sogar bis zum FBI gehen und ihnen erzählen würde, was sich hier abspielte. Er würde dafür sorgen, dass diese mörderischen Idioten bekamen, was sie verdienten.

Aber zuerst musste er entkommen.

Jim hoffte, dass sie die Suche heute Nacht einstellen und es ihm bis dahin gelingen würde, von diesem Berg hinunterzukommen. Dann würde er den nächsten Schritt wagen.

*Ohne Darlene? Wie willst du denn alleine hier rausfinden?*

Jim kannte sich zwar im Gebirge nicht aus, aber er konnte ganz gut auf sich allein gestellt überleben. Er musste einfach versuchen, einen Weg nach draußen zu finden, selbst wenn es die ganze Nacht dauerte.

Der Weg zurück zur Nebenstraße erschien ihm am Erfolg versprechendsten. Sollte er dort kein Glück haben, konnte er immer noch dem Fluss folgen – der musste ja schließlich irgendwo hinführen, oder nicht? Vielleicht in eine andere Stadt, vielleicht auch zu einer anderen Nebenstraße.

*Aber was, wenn der Fluss nur noch tiefer in die Berge führt?*

Dann wäre er wirklich so richtig im Arsch.

Dies war einer der wenigen Momente in Jims Leben, in denen er sich verloren und verängstigt fühlte.

Selbst als er in der kalten Enge seiner Zelle eingesperrt gewesen war, hatte er nie das Gefühl gehabt, irgendjemandes Hilfe zu benötigen. Er hatte etwas Schlimmes getan und musste den Preis dafür zahlen – für ihn war das in Ordnung gewesen.

Aber das hier war etwas anderes. Er hatte keinen Ärger gewollt. Er war einfach nur durchs Land gereist, hatte sich allein um seine Angelegenheiten gekümmert und versucht, die Vergangenheit hinter sich zu lassen. Aber die Welt schien sich gegen ihn verschworen zu haben, und so hatte er sich in dieser gottverlassenen Stadt wiedergefunden … aus purem Zufall? Pech? Oder etwas anderem? Etwas Tiefgründigerem? Er erinnerte sich daran, wie er letzte Nacht offensichtlich für eine Weile das Bewusstsein verloren hatte, um sich dann in einem Wagen auf irgendeiner Nebenstraße wiederzufinden – Endstation: Hölle. Vielleicht war es ja doch kein Zufall gewesen, dass er hier gelandet war.

Wie auch immer er jedoch in diesen Schlamassel geraten sein mochte oder aus welchen Gründen, eines wusste er mit Sicherheit: Dieses Mal hatte der Ärger ihn gesucht, und zwar in Form eines Hinterwäldler-Polizei-Chiefs, einer durchgeknallten Truppe von Jägern und einer Stadt, deren Einwohner offensichtlich zu ignorant waren, um zu sehen, was um sie herum wirklich vor sich ging. Oder sie wussten es, hatten aber zu viel Angst, um irgendetwas dagegen zu unternehmen. Er hatte doch nur versucht zu verhindern, dass ein armes Mädchen misshandelt wurde … und jetzt war sie tot und er versteckte sich in einer längst vergessenen Mine und fürchtete um sein Leben.

Er hatte Angst, dass die Jäger ihn fanden. Er hatte Angst vor dem Berg und davor, keinen Ausweg zu finden. Er hatte Angst um seine Seele. Und er hatte Angst zu sterben.

Da war jedoch noch eine andere Angst, eine tiefere, irrationalere Angst, die er zwar weder erklären noch verstehen konnte, die er aber bis in seine Knochen und Eingeweide spürte: Vielleicht fand all das ja nur in seinem Kopf statt – genauso, wie er gesehen hatte, dass Darlene sich in Craig verwandelte, bevor die Schüsse gefallen waren. Doch Jim konnte das Gefühl nicht abschütteln, dass irgendetwas über diese Stadt gekommen war, etwas Unnatürliches.

*Ich muss wohl langsam total verrückt werden. Vermutlich ist das hier in der Stadt ansteckend.*

Mit einem Seufzen setzte sich Jim auf die kalte, harte Erde. Er betrachtete die von Darlene zusammengesammelten Dinge, die er auf den Boden ausgeschüttet hatte: fünf Kerzen, drei Streichholzschachteln, einen zweiten Kerzenhalter, ein Seil und ein paar Schokoriegel.

Während er auf die zusammengewürfelte Sammlung starrte, bohrte sich ein Schmerz in seinen Magen.

Diese Mine musste wie ein zweites Zuhause für Darlene gewesen sein, eine Flucht aus ihrer schrecklichen Wirklichkeit, ein Ort, an dem sie allein sein konnte, ohne Sorgen und Angst.

Wenigstens hatte sie nun ihren Frieden gefunden – sie war aus diesem widerlichen Ort befreit.

Als er auf die Schokolade hinunterblickte, begann Jims Magen zu knurren. Er hatte seit gestern nichts mehr gegessen – Steak und Pommes Frites zum Mittagessen in einem Diner am Straßenrand, ganz in der Nähe von Gatlinburg – und er schnappte sich das Snickers, das vor ihm auf dem Boden lag, und riss die Verpackung auf. Die Schokolade war ein wenig geschmolzen, aber sie roch einfach göttlich. Er aß den Riegel in zwei Happen auf. Er war klebrig und süß und schmeckte himmlisch. Jim verzehrte sich förmlich nach mehr, aber es war nur noch ein Schokoriegel da, und den wollte er für später aufsparen, nur für alle Fälle.

Jim warf das leere Papier weg, lehnte sich gegen die Wand der Mine und sah auf die abgenutzten Schienen hinunter. Er fragte sich, was hier vor all den Jahren wohl abgebaut worden war. Kupfer? Silber? Er wusste so gut wie nichts über die natürlichen Ressourcen Georgias. Was immer es auch gewesen war, einmal mehr war er dankbar dafür, dass es hier unten so wunderbar kühl war. Er verstand, weshalb Darlene so gern hierhergekommen war, anstatt in ihrem vollgestopften, stickigen Wohnwagen festzusitzen. Hier konnte sie nicht nur den Leuten aus der Stadt entfliehen, sondern sich auch ein wenig Erholung von der Hitze verschaffen. Es war in der Tat das perfekte Versteck.

*Aber wieso ist sie überhaupt hiergeblieben?*, fragte sich Jim. *Wieso bleibt überhaupt jemand hier?*

Weil die meisten Menschen in der Stadt, wie Darlene sagte, keine Ahnung davon hatten, was hier wirklich vor sich ging. Aber was war dann mit den wenigen, die es anscheinend wussten? Wieso hauten sie nicht einfach ab? Oder, noch besser, wieso wandten sie sich nicht an eine übergeordnete Behörde und berichteten dort, was sie gesehen hatten?

Angst musste dabei eine große Rolle spielen, vermutete Jim. Angst war eine mächtige Waffe, wenn man die Massen kontrollieren wollte – sie konnte die sanftmütigsten Menschen dazu bringen, die schrecklichsten Dinge zu tun. Aber wovor hatten die Menschen in Billings Angst?

Ihre Stadt zu verlassen? Kein Teil der Gemeinschaft mehr zu sein?

Vor Bestrafungen?

Wer weiß schon wirklich, warum Menschen die Dinge tun, die sie tun?

Wieso waren so viele Menschen einem Wahnsinnigen wie Hitler gefolgt?

Warum sahen sich die Menschen früher öffentliche Hinrichtungen auf dem Marktplatz an?

Billings erinnerte Jim an eine mittelalterliche Stadt. Eine Stadt, die in jenen düsteren Zeiten stecken geblieben war, in denen es keine Gesetze und keinen gesunden Menschenverstand gab und in denen das Blut ungehindert durch die Straßen floss.

Jim schloss die Augen und sah vor sich, wie der Chief seinen Gürtel erhob und damit auf Darlene einschlug.

Der Wunsch nach Rache brannte so heftig in Jim, dass er den Rauch beinahe riechen konnte.

Aber er hatte keine Zeit für Racheakte. Er musste sich darauf konzentrieren, lebend aus diesem Berg herauszukommen. Er hatte noch mindestens sieben oder acht Stunden, bevor die Nacht hereinbrach. Eine lange Zeit, um nur dazusitzen, zu warten und darauf zu hoffen, dass er nicht entdeckt wurde.

Aber er war daran gewöhnt, über lange Zeit an dunklen, engen Orten zu sitzen. Er war geübt darin, seinen Geist zu besseren Tagen, an bessere Orte reisen zu lassen, während die Zeit unbemerkt weitertickte.

Jim führte die Kerze an seine Lippen, blies die Flamme aus und verlor sich in der Dunkelheit.

Hal entschloss sich, noch einmal in der Hütte vorbeizuschauen, bevor er zurück nach Hause ging. Er wusste, dass sich das, was er gesehen hatte, bevor Andrew gekommen war, nur in seinem Kopf abgespielt hatte, aber ein kleiner, irrationaler Teil von ihm dachte: Und was, wenn nicht?

*Er ist dort. Es ist völlig unmöglich, dass der Fremde entkommen ist.*

Hal würde dem Kerl noch eine letzte Chance geben, ihm zu sagen, was in der Dose gewesen war. Er würde dem Fremden einen Deal vorschlagen: Wenn er ihm erzählte, was sich in der Dose befunden hatte, würde er ihn freilassen. Wenn er sich hingegen immer noch weigerte, würde er eines noch schmerzvolleren Todes sterben, als wenn sie ihn gejagt und erschossen hätten – Hal und seine Untergebenen hatten noch ein paar qualvolle Foltermethoden auf Lager, sozusagen ihre ganz eigene Version von ›Scheibe nur im Notfall einschlagen‹.

Sie würden ihn so oder so töten, aber solange sie Craig in dem Glauben ließen, er habe noch eine Chance, am Leben zu bleiben, war sich Hal sicher, dass er irgendwann die Wahrheit ausspuckte.

Als Hal die Hütte erreichte, nickte er Randall Buck zu, der auf der Veranda stand. »Konntest du heute Morgen ein bisschen jagen gehen?«, fragte er den jungen Polizisten.

Randall nickte. »Ich hab Andrew erst vor etwa einer halben Stunde abgelöst und die Wache übernommen. Ich hab schon von Darlene gehört. Tut mir leid, Chief.«

Hal blieb am Fuß der Treppe stehen. Er musste seine Beine ausruhen, bevor er die Stufen in Angriff nahm. »Tja, nun, Unfälle passieren eben.«

»Weißt du schon, wer sie erschossen hat?«

»Noch nicht.« Hal holte tief Luft und stieg dann die Stufen hinauf. »Ich hab Dale losgeschickt, damit er nach dem Schuldigen sucht.«

Randall sah Hal von oben bis unten an. Er öffnete den Mund, aber Hal würgte ihn ab, bevor er das Unvermeidliche sagen konnte.

»Ja, ich gehe nach Hause und ruhe mich aus, aber zuerst will ich noch mit dem anderen Gefangenen reden.«

Randall deutete mit einem Nicken auf die Dose, die Hal sich um den Hals gehängt hatte. »Ist das die Blechdose von dem Fremden?«

»Jetzt ist es meine«, erwiderte Hal. Er ging auf die offene Tür zu. »Du bleibst hier. Es wird nicht lange dauern.«

»Alles klar, Chief.«

Hal betrat die Hütte. Ohne Klimaanlage herrschte im Inneren eine grauenhafte Hitze. Als er an den Matratzen und verstreuten Laken vorbeiging und den allgegenwärtigen Geruch von Schweiß, Bier und Sex wahrnahm, den er normalerweise als angenehm vertraut empfand, drehte sich Hal der Magen um. Er hatte das Gefühl, sich übergeben zu müssen, und dann kam ihm der Gedanke, dass das womöglich gar keine so schlechte Idee war – immer noch besser als der verfaulte, bittere Geschmack, den er nun schon seit Donnerstagnacht im Mund hatte. Der Drang, sich zu übergeben ließ jedoch nach, als er sich der Falltür näherte.

Als er sie erreichte, schob er eine Hand in die Hosentasche und zog seinen Schlüsselbund heraus. Er öffnete das Schloss, zog die Kette durch die Ringe, schob den Riegel zur Seite, klappte die Tür auf und ging die ersten Stufen hinunter. »Okay, du Hurensohn, ich will ein paar …«

Der Mann lag nicht mehr zusammengerollt auf der Matratze, wie er es in den vergangenen Tagen immer getan hatte.

Hal stieg auch die restlichen Stufen hinunter und ging zu der zweiten Glühbirne hinüber, die sich etwa in der Mitte des weitläufigen unterirdischen Raumes befand. Er zog an der Kordel, und die hintere Hälfte des Kellers wurde erhellt. Hal schaute an den Gräbern vorbei, aber er sah den Fremden auch in keiner der hinteren Ecken hocken.

»Unmöglich«, keuchte er.

Wie zur Hölle war er nur hier rausgekommen?

Als Hal aus dem Keller stapfte, dachte er erneut darüber nach, was er vor einer Weile gesehen hatte.

Aber genau das war ja das Problem: Er wusste nicht, was er gesehen hatte. Sein rationaler Verstand sagte ihm, dass es sich um eine Halluzination gehandelt haben musste. Und trotzdem fragte sich dieser kleine, irrationale Teil von ihm, ob es nicht vielleicht doch real gewesen war. Hal glaubte nicht an Geister, an ein Leben nach dem Tod oder an eine Seele. Er glaubte an Gott, den Allmächtigen, aber nicht an all den unsinnigen Hokuspokus. Deshalb fiel es ihm schwer, sich mit der Idee anzufreunden, dass er Craig tatsächlich über Darlene hatte schweben sehen und dass es sich dabei nicht nur um ein Produkt seiner Fantasie gehandelt hatte.

Hal stürmte aus der Hütte, packte Randall an der Schulter und wirbelte den Officer herum. »Er ist weg!«

Randall, der vollkommen verängstigt und verstört aussah, stammelte: »Was? Wer ist weg?«

»Der andere Fremde. Er ist nicht im Keller. Wie ist das möglich? Ich dachte, du würdest hier Wache schieben!«

»Wir … waren … Ich war … Er ist weg?«

In Hal tobte ein Feuerball der Wut, aber er wollte Randall nicht wehtun, zumindest noch nicht. Nicht, solange er nicht wusste, wer es versaut und den Gefangenen hatte entkommen lassen. Hal lockerte seinen Griff um Randalls Schulter.

»Bist du sicher?«, fragte Randall.

Hal warf ihm einen Blick zu, der Randall einen Schritt zurückweichen ließ.

Randall nickte. »Okay, ich sage den anderen Jägern Bescheid.« Der junge Polizist griff nach seinem Funksprechgerät.

»Tu das – während du nach ihm suchst. Sag allen, dass sie jetzt beide da draußen sind. Aber den Alten dürfen sie nicht umbringen – sorg dafür, dass das allen absolut klar ist. Ich will, dass der Wichser lange genug am Leben bleibt, um mir zu sagen, was in dieser Dose war.«

Randall nickte erneut. Das Gewehr in seinen Händen schaukelte hin und her.

»Los!«

Randall rannte die Stufen hinunter.

Sobald Officer Buck im dichten Wald verschwunden war, sank Hal in sich zusammen und seufzte. Dieser Tag konnte unmöglich noch schlimmer werden.

Er schloss die Tür der nun leeren Hütte ab und befestigte auf dem Weg nach draußen das Vorhängeschloss am Tor des Maschendrahtzauns.

Mit dem Gefühl, jeden Moment zusammenzubrechen, stieg Hal den Berg hinunter und sehnte sich danach, endlich nach Hause zu kommen.

»Verdammt noch mal, Billy! Weißt du, was mit uns passiert, wenn wir erwischt werden? Man wird uns jagen und erschießen wie irgendeinen beschissenen Fremden. Das weißt du doch, oder?«

Ethan sah zu Billy hinüber. Aber anstatt nervös zu wirken, suchte er mit seinen Augen den Berg ab. Sein Mund war dabei so stark gekräuselt, dass er aussah wie der Anus einer Katze – Billys Jagdgesicht.

»Ist dir das denn völlig egal?«, fragte Ethan.

»Was?«

»Dass wir vielleicht geschnappt werden, was denn sonst? Wir wissen alle, dass Darlene nichts weiter war als ein geiler Fick. Aber sie war der geile Fick vom Chief, und er wollte, dass sie ihm ein Baby schenkt, und deshalb sind wir voll im Arsch.«

»Du machst dir zu viele Sorgen«, erwiderte Billy und wirbelte herum, als er das Geräusch eines knackenden Zweiges hörte.

Aber es war nur ein Kiefernzapfen, der zu Boden gefallen war.

»Verdammt, natürlich mach ich mir Sorgen«, sagte Ethan. »Bestenfalls stecken sie uns in den Knast, und schlimmstenfalls stehen wir beide am falschen Ende eines Gewehrs.«

»Sie können doch gar nicht wissen, dass wir sie erschossen haben. Nicht, solange du deine nimmermüde Klappe nicht aufreißt und es irgendjemandem erzählst.«

Sie hatten ihre Gewehre nachgeladen und hofften, so jeden Verdacht von sich abzulenken, falls doch irgendjemand ihre Waffen kontrollieren sollte. Trotzdem war Ethan nicht davon überzeugt, dass das ausreichte. »Der Chief wird einen Weg finden«, befürchtete er. »Er weiß, dass es einer der Jäger gewesen sein muss, deshalb werden Hal und seine Jungs alle zusammentrommeln und …«

Ethan schloss seine nimmermüde Klappe sofort, als er Sergeant White auf sie zukommen sah.

»Howdy, Jungs«, begrüßte sie Dale, als er Ethan und Billy erreichte.

Ethans Magen bekam nervöse Zuckungen, als er und Billy stehen blieben, und er fürchtete, sein Gewehr würde ihm jeden Moment aus der Hand rutschen. »Hi Dale. Wie läuft's?«

»Ich nehme an, ihr habt es beide schon gehört?«

Ethan schluckte. »Dass der Fremde abgehauen ist? Ja, ich verstehe nicht, wie …«

»Nein, ich meine das von Darlene.« Dale atmete langsam aus. Sein Atem war ganz heiß.

»Oh, das. Ja. Eine Schande. Eine echte Schande. Ist das nicht eine Schande, Billy?«

»Ich schätze schon.«

»Wir haben die Schüsse gehört und schon gedacht, jemand hätte den großen Fremden erwischt. Oder ein paar Jäger hätten ein bisschen rumgealbert. Du weißt schon, manchmal schießen die Männer zwischendurch mal auf ein Reh oder so, deshalb dachten wir, na ja …« Eine innere Stimme, die ganz heiser und irgendwie unvertraut klang, weil sie so selten benutzt wurde, sagte ihm, er sollte jetzt besser die Klappe halten. Zum ersten Mal in seinem Leben hörte Ethan auf diese Stimme.

»Okay, Jungs, ich muss euch das jetzt fragen – ich schätze, keiner von euch weiß irgendwas über Darlenes Tod?« Ethan und Billy tauschten einen festen, durchdringenden Blick.

Ethans Magen krampfte sich zu einem engen Knoten zusammen. In seinem Mund war überhaupt keine Spucke mehr und er musste mit einem Mal sehr dringend pinkeln.

Dale White machte ihn auch unter normalen Umständen nervös – er war groß, tough und gemein –, aber die Frustration und die Wut, die nun ganz offensichtlich in dem Sergeant brodelten, machten ihn noch furchteinflößender als gewöhnlich. »Wir waren ganz weit weg, als es passiert ist. Tut mir leid, aber wir können dir leider nicht helfen.« Ethan hoffte, dass Dale das Zittern in seiner Stimme oder die Tatsache, dass er schneller sprach als sonst, nicht aufgefallen waren. Ethan sprach zwar sowieso immer mit der Geschwindigkeit eines Maschinengewehrs, aber er redete noch schneller, wenn er nervös war.

Der Sergeant verzog das Gesicht, und seine Augen wurden schmaler. »Alles okay, Ethan? Du wirkst nervös.«

Ethan versuchte zu sprechen, aber zum vielleicht ersten Mal

in seinem Leben brachte er kein einziges Wort heraus. Also lächelte er nur flüchtig und schüttelte den Kopf.

»Macht's euch was aus, wenn ich eure Gewehre kontrolliere?«

Zögernd reichte Ethan Dale seine Browning BAR.

Der Sergeant entfernte das Magazin und überprüfte die Patronen. Für Ethans Geschmack hielt er sich damit ein wenig zu lange auf, aber schließlich schob Dale das Magazin wieder an seinen Platz und gab ihm die Waffe zurück. Dann überprüfte er Billys Gewehr. Er zog den Hebel der Remington 700 zurück, holte das Magazin heraus, zählte die Patronen und steckte das Magazin dann wieder zurück. Er reichte Billy seine Waffe.

»Okay, Jungs, wenn wir die beiden Fremden bei Einbruch der Dunkelheit noch nicht gefunden haben, müssen wir die Nacht hier draußen verbringen.«

Dann nickte Sergeant White ihnen kurz zu und verschwand wieder.

Sobald er außer Sichtweite war, drehte Ethan sich zu Billy um und sagte: »Gott, ich hab schon gedacht, er hätte uns durchschaut. Aber wir haben ihn reingelegt. Hier, halt das mal, ich muss pissen.«

Ethan reichte Billy sein Gewehr, huschte hinter den nächsten Baum und verschaffte sich die dringend benötigte Erleichterung.

Hal schleppte sich über die Main Street und nickte einem der Wachposten zu, als er an ihm vorbeikam.

Die Wache – ein Bibliothekar namens Adam Kane – sprach ihm wegen Darlene sein Beileid aus. Hal dankte ihm und ging weiter.

*Armes Schwein,* dachte Hal, als er den rotgesichtigen, elend aussehenden Jäger sah. Hier unten in der Stadt fühlte es sich mindestens zehn Grad heißer an.

Hal holte sein Taschentuch heraus und wischte damit seinen verschwitzten Nacken ab. Als er es gerade wieder einstecken wollte, stellte er fest, dass es längst nicht so feucht war, wie es hätte sein müssen. Hal schwitzte wie ein Schwein in einer Sauna, daher überraschte es ihn sehr, dass der Stoff kaum nass geworden war.

Ihm war verflucht heiß und er fühlte sich schrecklich verschwitzt.

Und vollkommen erschöpft. Es war erst Mittag, aber trotzdem fühlte er sich, als sei er seit drei Tagen wach.

*Verdammte Hitze. Verdammte Dose. Verdammte Fremde!*

Die Main Street war praktisch menschenleer, nur hier und da schlenderten ein paar Leute durch die Straßen, die sich offensichtlich keine allzu großen Sorgen wegen des bewaffneten, gefährlichen Kriminellen machten, der entflohen war. Hal nahm an, dass die meisten Einwohner sich in ihren klimatisierten Häusern aufhielten, und genau dort wollte er nun auch endlich hin.

Als er sich jedoch dem Davey's näherte, übermannten ihn das plötzliche Verlangen nach etwas zu trinken und ein wenig Erholung von der Hitze, und er taumelte zu der Kneipe hinüber.

Er trat ein und sah, dass das schwach erleuchtete Lokal, in dem es nicht viel kühler war als draußen, vollkommen verlassen war – abgesehen von Stan hinter der Bar und dem allzeit nüchternen Kneipenhocker Walt Spinner, der an einem der Tische saß.

»Komm ruhig rein, Chief«, begrüßte ihn Stan.

Hal ging zur Bar hinüber und versuchte dabei sein Bestes, nicht zu zittern oder auszusehen, als habe er bereits eine ganze Flasche Whiskey intus.

»Tag, Chicf«, sagte Walt, der sich an einer Flasche Malzbier festhielt. »Was hast du denn da um den Hals?«

»Wonach sieht's denn aus, Walt?«, grummelte Hal.

Der alte Mann runzelte die Stirn, öffnete den Mund, um etwas zu sagen, schloss ihn dann aber abrupt wieder.

Hal setzte sich auf einen der Hocker an der Bar und seufzte vor Erleichterung, als er seine Füße endlich entlasten konnte. »Bier«, sagte er und lehnte seine Flinte gegen den Tresen.

Stan nickte, drehte sich um und holte ein Miller aus dem Kühlschrank. Er öffnete die Flasche und reichte sie Hal, der sie mit wenigen Schlucken halb leer trank. »Gott, das hab ich gebraucht.« Hal nahm die Blechdose von seinem Hals und legte sie auf den Tresen. »Ganz schön stickig hier drin. Klimaanlage hinüber?«

»Nein, sie funktioniert. Aber ich hab sie eben erst eingeschaltet. Wir haben die Schüsse gehört, deshalb dachte ich, dass die Jäger jeden Moment hier auflaufen müssten. Ist ziemlich teuer, sie laufen zu lassen, deshalb schalte ich sie nur an, wenn es unbedingt nötig ist. Aber wenn ich gewusst hätte, dass du kommst, hätte ich sie schon früher angemacht.«

»Ich hab Stan schon vor 'ner Weile gesagt, dass er sie einschalten soll«, sagte Walt. »Aber er hört ja nicht auf mich. Also, Chief, hast du wieder gewonnen? Bist du deshalb schon vor den anderen hier?«

Hal trank das Bier aus. Er knetete seine Hände. Die Schmerzen in seinem Körper, besonders in seinem Nacken, wurden mit jedem Augenblick schlimmer. »Nein, die Jagd ist noch gar nicht vorbei.«

Stan sah Hal verwirrt an. »Aber wir haben doch Schüsse gehört.«

Hal seufzte. »Einer der Jäger hat aus Versehen Darlene erschossen. Sie ist tot.«

»Darlene? Tot?«, krächzte Walt. »*Deine* Darlene?«

»Kennst du noch andere Darlenes in Billings?«

»Tut mir echt leid«, sagte Stan.

Hal seufzte tief. »Sie war ein gutes Mädchen. Es ist eine Schande, dass ein paar von den Männern nicht vorsichtiger mit ihren Waffen umgehen.«

»Noch eins?«, fragte Stan und deutete auf die leere Flasche.

Hal nickte, und Stan stellte ein weiteres Miller vor Hal auf den Tresen. Bei diesem ließ er sich Zeit und genoss die eiskalte Flüssigkeit, die seine Kehle hinunterrann.

»Dann ist dieser Jim also immer noch auf freiem Fuß?«, hakte Stan nach und legte seine Hände flach auf die Theke.

»Das ist richtig«, erwiderte Hal.

»Kann ich vielleicht irgendwie helfen?«

Hal hörte die Leere in Stans Stimme – er wusste, dass er nur höflich sein wollte. Stan verfügte über die Konstitution einer nervösen alten Dame und war daher zu nicht viel mehr nutze, als hinter der Bar Drinks zu servieren. »Danke Stan, aber du hilfst mir schon, wenn du hier stehst und mir Drinks ausschenkst. Du könntest aber vielleicht selbst einen Helfer gebrauchen.«

»Ich komm schon zurecht«, erwiderte Stan.

»Nicht, wenn du vielleicht die ganze Nacht geöffnet haben musst. Du wirst dich irgendwann mal ausruhen müssen.«

Stan richtete sich auf. Er blinzelte. »Die ganze Nacht?«

»Dieser Fremde erweist sich als besonders schwer zu schnappen. Wir kriegen ihn schon, mach dir da mal keine Sorgen. Aber dieser Jim ist ein ziemlich listiger Fuchs, deshalb kann ich mir schon vorstellen, dass die Jagd noch eine ganze Weile dauern wird, vielleicht sogar bis spät in die Nacht. Und das Davey's wird geöffnet bleiben, bis wir den Fremden gefunden haben.«

»Sicher, okay«, sagte Stan. »Hey, Walt«, rief Stan. »Hättest du Lust, mir heute Abend ein bisschen zu helfen?«

»Hinter der Bar?«

»Ich könnte vielleicht ein bisschen Hilfe gebrauchen. Hal meint, das Davey's müsste womöglich die ganze Nacht geöffnet bleiben.«

»Tatsächlich?«

»Also, bist du dabei oder nicht?«

Walt kicherte. »Tja, du müsstest mir altem Knochen zwar erklären, wie man die Zapfanlage bedient, aber zumindest müsstest du keine Angst haben, dass ich dir deinen ganzen Alkohol wegsaufe. Also, ich würde mich verdammt gerne mal als Barkeeper versuchen!«

Stan lächelte, dann sah er wieder zu Hal hinüber. »Sieht aus, als hätte ich 'ne Aushilfe gefunden.«

Hal nickte. »Wenn du mich jetzt entschuldigen würdest, ich gehe nach Hause und ruhe mich eine Weile aus.« Als Hal sich von seinem Hocker erhob, schoss ein Feuer durch seine Hüfte, und er verzerrte vor Schmerz das Gesicht.

Stan bemerkte es, aber so sehr er auch versuchte, seine Genugtuung zu verstecken – sein Gesicht war viel zu weich und zu offen, um irgendetwas zu verbergen.

Hal ließ die zweite Flasche Miller halb leer stehen, nahm die Blechdose wieder an sich, legte die Schnur um seinen Hals, griff nach der Flinte und ging in Richtung Tür.

»Tut mir leid, dass mit deinem Mädchen, Chief«, rief Walt ihm nach.

Hal tat seine Bemerkung mit einem Winken ab. Er verließ das Davey's, und als er die Straße überquerte, hatte er plötzlich das Gefühl, dass irgendetwas nicht stimmte. Er blieb in der Mitte der Straße stehen. Als er nach seinem Taschentuch griff, um sich das Gesicht abzuwischen, dämmerte es ihm: Es schien kühler geworden zu sein, während er im Davey's gewesen war. Aber das war unmöglich.

Die kräftigen Sonnenstrahlen brannten wie Feuer – und trotzdem konnte er ihre intensive Hitze kaum spüren. Er hatte schon beinahe fünfzig Sommer in Billings erlebt, und der diesjährige hatte sich zu einem der heißesten entwickelt. Da sich keine einzige Wolke am Himmel befand, hätte die Sonne ihn eigentlich verbrennen müssen – was sie vor zehn Minuten ja auch noch getan hatte. Stattdessen war seine Haut nun nur noch mäßig warm. Er erinnerte sich wieder daran, dass auch sein Taschentuch fast völlig trocken geblieben war, als er sich vor einer Weile den Nacken abgewischt hatte. Er fuhr sich mit einem Finger über die Stirn – seine normalerweise entsetzlich verschwitzte Haut fühlte sich wie Leder in der Wüste an.

Vielleicht benutzte sein Körper ja seine gesamten Flüssigkeitsreserven, um die unbekannten Bakterien zu bekämpfen, mit denen er sich infiziert hatte. Die Krankheit konnte doch auch die Ursache dafür sein, dass ihm plötzlich nicht mehr so heiß war.

Das musste es sein.

Zu erschöpft, um noch weiter darüber nachzudenken, ging Hal weiter, aber als er seinen linken Fuß aufsetzte, schoss ein brennender Schmerz in seine Kniescheibe und jagte sein Bein hinauf und hinunter.

»Heilige Scheiße«, fluchte er durch seine zusammengebissenen Zähne. Er zog sein Hosenbein hoch und starrte ungläubig auf den blauen Fleck, der sein linkes Bein von seinem Knöchel bis zur Unterseite seines Schenkels bedeckte und aussah wie ein widerliches Feuermal. Der Fleck war in der Mitte hellrot, am Rand dunkelviolett.

*Wie ist das denn passiert? Wie kann sich denn in so kurzer Zeit so ein Fleck bilden?*

Vorsichtig rollte er das Hosenbein wieder hinunter, und während die Angst allmählich seinen Verstand einhüllte, humpelte er den Rest des Weges nach Hause.

# SECHS

Andrew sprang von dem Baumstamm auf, als er Harmon Matthews, eine Bahre unter seinen Arm geklemmt, auf sich zutrotten sah.

*Oh, Gott sei Dank.*

Als Harmon mit rotem Gesicht die Leiche erreichte, durch die Wanderung von der Hütte etwas außer Atem – der Leichenwagen konnte nur bis zur Hütte fahren, bevor ihm dichte Wildnis den Weg abschnitt –, legte er die Bahre neben Darlenes Körper.

»Mann, bin ich froh, dich zu sehen«, gestand Andrew.

Harmon richtete sich auf und sah Andrew mit weiten, tief liegenden Augen an. Er holte ein Taschentuch hervor und wischte sich damit über seine glänzende Glatze. »Ich hab länger gebraucht, um dich zu finden, als ich gedacht hätte. Die Wegbeschreibung, die du mir gegeben hast, hat nicht ganz gestimmt.«

Harmon trug schwarze Hosen und eine schwarze Weste über einem weißen, langärmeligen Hemd. Es verblüffte Andrew, dass Harmon bei dieser Hitze solche Klamotten tragen konnte. Andererseits war der alte Mann schon immer ein wenig seltsam gewesen. Langärmelige Hemden und lange Hosen schienen scheinbar alles zu sein, was Harmon je trug, selbst damals schon, als Andrew noch ein Kind und Harmon ein mürrischer, zurückgezogener Teenager gewesen war.

»Armes Mädchen«, sagte Harmon und schüttelte den Kopf. »Sie hatte es nicht verdient zu sterben.« Seine Stimme klang leise und rau.

*Und ich hatte es nicht verdient, hier mit ihrer Leiche festzusitzen, aber so ist es nun mal.*

»Wie wird Hal damit fertig?«, fragte Harmon.

»Du kennst ja Hal. Er trägt es mit Fassung, aber er war ziemlich aufgewühlt.«

»Darauf möchte ich wetten.« Harmon versuchte gar nicht erst, den Sarkasmus in seiner Stimme zu verbergen.

Andrew fragte sich, wo diese Animosität Hal gegenüber wohl herrührte. Harmon und Hal hatten sich eigentlich immer gut verstanden – so gut man sich mit Harmon Matthews eben verstehen konnte. Letzten Endes war er ein Eremit, der sich nur um seine eigenen Angelegenheiten kümmerte und sich meist in seinem Bestattungsinstitut aufhielt. Er ging kaum aus, weder ins Davey's noch zu den lokalen Baseballspielen oder Tanzveranstaltungen in der Stadt. Und ganz sicher ging er nicht auf die Jagd. Aber auch er hatte seinen Platz, seinen Job – er verhielt sich ruhig und verrichtete seine Arbeit äußerst pflichtbewusst, und daher störte es Hal nicht, dass er nicht am Gemeindeleben teilnahm. Andrew ignorierte die schnippische Bemerkung des Bestatters und sagte: »Na ja, wie dem auch sei, Hal ist nach Hause gegangen. Er hat sich nicht so besonders gefühlt.«

*Was stimmt wohl nicht mit Hal?,* fragte sich Andrew. Er hatte noch nie zuvor gesehen, dass jemand so schnell so krank geworden war und so drastische Symptome entwickelt hatte. Abgesehen von seinen steifen Bewegungen hatte Hals Gesicht ganz eingefallen und kreidebleich ausgesehen.

Wenn es die Grippe war, hatte Hal einen besonders widerlichen Virenstamm erwischt, und Andrew hoffte inständig, dass er sich nicht angesteckt hatte. Der Chief war überzeugt davon, dass es irgendetwas mit dieser Blechdose zu tun hatte.

Andrew fiel nichts ein, was man in einer Blechdose aufbewahren konnte, das einen Menschen so krank hätte machen können.

»Erst seine Frau und jetzt seine Tochter«, sinnierte Harmon. »Er ist nicht gerade vom Glück verfolgt, was?«

»Ich schätze nicht«, stimmte Andrew zu. »Hör mal, können wir uns ein bisschen beeilen? Ich will wieder zurück zur Jagd.«

Harmons Gesicht verfinsterte sich. »Ja, ich hab gehört, dass ihr jemanden verhaftet habt und dass er euch entwischt ist. Die scheinen euch ja ganz schön oft zu entwischen, wie? Wer war es denn dieses Mal?«

Obwohl Harmon sich auf den entflohenen Biker bezog, schweiften Andrews Gedanken sofort zu dem Australier ab.

*Ich kann nicht glauben, dass er's geschafft hat, abzuhauen! Wie zur Hölle konnte Randall das zulassen?*

Andrew hatte die letzten beiden Nächte in der gottverdammten Hütte zugebracht und Wache gehalten. Nun war er völlig erschöpft – auch wenn er sich vielleicht den einen oder anderen Drink gegönnt hatte, aber schließlich konnte man ja nicht endlos fernsehen. Und jetzt, eine halbe Stunde, nachdem er abgelöst worden war, musste er hören, dass der Australier entkommen war?

»Nur irgendein Biker«, antwortete Andrew Harmon. »Und wir haben ihn nicht verhaftet – zumindest nicht offiziell. Er ist letzte Nacht ein bisschen mit Hal aneinandergeraten, aber anstatt ihn einzusperren, hat Hal beschlossen, ihn rauf in die Hütte zu bringen, damit er seinen Rausch ausschlafen kann. Tja, und allem Anschein nach wird er polizeilich gesucht, und weil er wohl Angst hatte, dass wir das rausfinden und ihn richtig einsperren, ist er in Panik geraten. Er hat den armen Randall verprügelt, seine Pistole geklaut und ist abgehauen.«

Harmon zeigte sich von der Geschichte unbeeindruckt. Er nickte nur und sagte dann: »Okay, dann lass uns das arme Mädchen mal auf die Bahre legen und zum Leichenwagen bringen.«

Andrew hasste schon den Gedanken, die Leiche anzufassen, und bei der Vorstellung, er könnte Blut oder Hirnfetzen an seine Hände bekommen, drehte sich ihm der Magen um.

Er wusste nicht, warum Hal wollte, dass die Leiche zurück in die Stadt geschafft wurde. Eine Autopsie war sinnlos – sie wussten doch schon, was sie umgebracht hatte. Es wäre viel sinnvoller gewesen, sie einfach im Keller der Hütte zu verscharren.

Er nahm an, dass Hal für seine Tochter eine anständige Beerdigung wollte, was ihm, falls dies tatsächlich der Fall war, jedoch ziemlich seltsam vorkam, wenn er bedachte, dass Hal sich einen Dreck um sie geschert hatte, als sie noch am Leben gewesen war. Vor ein paar Jahren, als sie, Hals Ansicht nach, alt genug war, um für sich selbst zu sorgen, hatte er sie in den Wohnwagen verfrachtet. Abgesehen davon, dass er sie benutzt hatte, um einen Sohn zu zeugen, hätte sie ihm unmöglich noch weniger bedeuten können.

Aber vielleicht hatte sie ihm ja doch etwas bedeutet – mehr, als er zugegeben hatte.

»Ich wünschte, wir hätten Handschuhe«, sagte Andrew, als sie sich hinunterbeugten, um Darlene hochzuheben.

»Sie ist doch nur totes Fleisch«, beschwichtigte ihn Harmon. Der Bestatter sah Andrew mit einem verzerrten Grinsen an. »Du hast kein Problem damit, sie umzubringen, aber du erträgst es nicht, die Scheiße hinterher aufzuräumen, ist es das?«

»Ich kann das sehr gut ertragen«, verteidigte sich Andrew und wandte seinen Blick von Harmons rechthaberischem Grinsen ab. Er atmete tief ein und schob dann seine Hände unter Darlenes Rücken.

»Ich zähl bis drei«, sagte Harmon.

Andrew ließ seinen Blick über die zahlreichen Schusswunden wandern, mit denen Darlenes Brust und Bauch übersät waren. Als er schluckte, schmeckte er irgendetwas Saures.

Harmon hatte recht: Es war das, was nach dem Töten kam, das sein Magen nicht verkraftete.

»Eins.«

Andrew sah auf Darlenes Gesicht hinunter. Seltsamerweise sah es so aus, als sei der Teil ihres Kopfes, der durch die Schüsse zerfetzt worden war, nun wieder intakt – sie sah aus, als schlafe sie nur.

»Zwei.«

Plötzlich öffneten sich ihre Augen. Sie huschten hin und her und wirkten furchtbar ängstlich und verwirrt.

»Heiliger Jesus!«, schrie Andrew und machte einen Satz nach hinten. Sein Herz raste.

»Was ist denn?«, fragte Harmon.

»Ihre Augen! Sie hat ihre verdammten Augen aufgemacht!«, kreischte Andrew.

Harmon, der immer noch in der Hocke saß, betrachtete Darlenes Gesicht. »Also, für mich sieht die Sache abgeschlossen aus. Aber hast du Augen gesagt? Das wäre schon eine beachtliche Leistung, wenn man bedenkt, dass eins gar nicht mehr an seinem eigentlichen Platz sitzt.«

Andrew riskierte einen weiteren Blick auf Darlene. Tatsächlich, ihr halber Kopf war nun wieder eine offene Wunde, und das eine Auge, das noch in seiner Höhle saß, war geschlossen. »Ich verstehe das nicht«, keuchte er. »Vor einem Moment hat sie …« Er schloss seine Augen, atmete einige Male tief und ruhig ein und sagte sich: *Reiß dich zusammen. Das hast du dir nur eingebildet.*

Er öffnete die Augen wieder und lächelte schwach. »Das muss die Hitze sein. Da sind wohl ein paar Leitungen zu meinem Hirn durchgeschmort oder so.« Er trat wieder vor die Leiche und machte sich bereit, sie hochzuheben.

Harmon starrte ihn nervtötend lange an, bevor er »drei« sagte und sie Darlenes Leiche auf die Bahre hievten.

Als Hal zu Hause ankam, schloss er die Tür hinter sich, lehnte sich dagegen und atmete zitternd aus.

Einen erschöpften Augenblick lang blieb er so stehen, schloss seine Augen, zuckte bei jedem brennenden Stich, wenn er seinen Hals bewegte, und versuchte erfolglos, zu ignorieren, dass sich seine Eingeweide wie Gelee und seine Beine wie verworrene Knoten aus glühendem Stahl anfühlten. Dann öffnete er seine Augen wieder und ging ins Wohnzimmer, wo er sich die vollste Whiskeyflasche schnappte, die er finden konnte – Jim Beam Black Label – und sich in seinen Sessel fallen ließ.

Glücklicherweise war es im Haus nicht allzu heiß – er hatte sämtliche Vorhänge zugezogen, damit die Sonne nicht hereinschien, und so war es in seiner Wohnung nun einigermaßen kühl und relativ dunkel, was in seinem Zustand besonders angenehm war. Trotzdem hätte das Haus noch ein wenig mehr Kühlung vertragen, er konnte sich jedoch nicht dazu aufraffen, aufzustehen und die Klimaanlage einzuschalten.

Hinter dem Haus bellten und winselten Ronnie und Cooper. Sie wussten, dass Daddy zu Hause war und fragten sich, warum er noch nicht zu ihnen herausgekommen war, um sie zu begrüßen.

*Gleich, Jungs. Lasst Daddy erst mal wieder zu Atem kommen.*

Er schraubte die Flasche auf und nahm einen großen Schluck Bourbon. Die Wärme breitete sich wie ein Buschfeuer in seinem Körper aus. Der Alkohol überdeckte den fauligen Geschmack ein wenig, den er seit Donnerstagnacht im Mund hatte.

Er spülte mit einem weiteren Schluck nach. Er hatte vor, so viel zu trinken, wie nötig war, um den Geschmack und den Schmerz zu betäuben, und dann, ordentlich ausgeruht, wieder in die Berge zurückzukehren und die Jagd fortzusetzen.

Und so saß Hal in seinem dunklen Wohnzimmer und setzte die Flasche erneut an.

Sobald er sich vergewissert hatte, dass sämtliche Türen des Bestattungsinstituts verschlossen waren, begab Harmon sich in den Einbalsamierungsraum.

Er schloss die Tür zum Empfangszimmer und wandte sich dann Darlene Bailey zu, die auf dem Tisch vor ihm lag. Als er auf ihren massakrierten Körper hinunterblickte, der vom unnatürlichen Licht der Leuchtstoffröhren angestrahlt wurde, stellte er sich vor, wie sie aussehen würde, wenn er mit ihr fertig war. Sie würde wie ein Engel aussehen, obwohl sie für Harmon schon jetzt wie einer aussah. Nur eine Kopfwunde und ein paar kleinere Wunden im Brust- und Bauchbereich, das war alles. Sie sah wunderschön aus, friedlich. Niemand in Billings wusste die Schönheit eines toten Körpers zu schätzen. Dabei war er das Leben in seiner reinsten Form – ohne die Last von Sorgen, Angst, Hass, Liebe oder Kummer. Er war Leben ohne Komplikationen.

Harmon beugte sich nach vorne und küsste ganz sanft Darlenes blasse, rot gesprenkelte Lippen. Dann ließ er seine Zunge über ihren Mund gleiten, nahm den metallischen Geschmack in sich auf und genoss das Gefühl ihrer weichen, kalten Lippen.

Er stöhnte vor Vergnügen.

Und glaubte, noch jemand stöhnen zu hören.

Harmon richtete sich auf. »Wer ist da?«, sagte er und schaute fragend durch den Raum. Der kleine Einbalsamierungsraum bot nicht viele Möglichkeiten für ein Versteck, aber im Laufe der Jahre hatten sich einmal Kinder hineingeschlichen. Sie waren von seiner Arbeit fasziniert, fanden sie »eklig« und »cool«.

Eines der Kinder hatte sich auf den Tisch gelegt, unter ein Laken. Harmon war aus irgendeinem Grund in den Raum gekommen und hatte den kleinen weißen Hügel gar nicht bemerkt, der ein paar Stunden zuvor noch nicht da gewesen war. Erst, als der weiße Hügel zu weinen begann, hatte Harmon realisiert, dass jemand auf dem Tisch lag. Anscheinend war der Junge von seinen Freunden zu einer Mutprobe herausgefordert worden: Er sollte sich in den Raum schleichen, sich auf den ›Todestisch‹ legen – so nannten, wenn er dem Jungen glauben wollte, alle Kinder in Billings seinen Tisch – und sich, sobald Harmon hereinkam, wie ein Zombie erheben und ihn erschrecken. Der Junge hatte jedoch Angst bekommen und sich nicht mehr getraut, und als er zur Toilette musste, hatte er angefangen zu weinen. Obwohl Harmon ziemlich sauer gewesen war, hatte er den Jungen nur ein wenig ausgeschimpft. Er hatte ihm in strengem Ton erklärt, dass dies ein Arbeitsplatz und der Tisch kein Spielzeug sei und nein, er durfte seine Toilette nicht benutzen. Dann war der Junge, noch immer weinend und mit der Hand im Schritt, eilig verschwunden.

Aber als er sich nun im Raum umsah, konnte Harmon kein

Kind entdecken. Er zuckte die Achseln und wandte sich wieder Darlene zu. »Ich werde dich so hübsch zurechtmachen, dass alle denken werden, du schläfst nur«, sagte er lächelnd. »Ich mache dich zum hübschesten Mädchen in ganz Billings.«

Harmon bekam nicht mehr oft die Gelegenheit, seine Künste zu zeigen – zumindest nicht an jungen Mädchen, die ihn doch am meisten interessierten. Deshalb wollte er sich mit Darlene besonders viel Mühe geben und sie aussehen lassen wie einen Filmstar. Das hatte sie verdient.

Zuerst musste er sie ausziehen und sie fein säuberlich waschen.

Er nahm Schere und Zange von dem Tablett, das neben dem Tisch stand. Mit der Zange ergriff er einen Zipfel ihres blutgetränkten T-Shirts. Der Stoff klebte an ihrem Körper – die Blutgerinnung hatte bereits eingesetzt – und er musste ziemlich fest daran ziehen. Als sich das T-Shirt gelöst hatte, begann er zu schneiden. Nachdem er die Vorderseite ihres T-Shirts zerschnitten und ihre Brüste entblößt hatte, nahm sich Harmon einen Moment Zeit, um sie in all ihrer Schönheit zu betrachten. Selbst blutüberströmt konnte er sehen, wie weich sie waren. Für ihr Alter waren sie ziemlich groß. Harmon leckte sich die Lippen – er konnte noch immer ihr Blut daran schmecken – und machte sich dann daran, den Rest ihres T-Shirts von ihrem Körper zu entfernen.

Schon bald war ihr gesamter Oberkörper nackt, und ihr blutiges, von Kugeln durchlöchertes T-Shirt lag auf dem Boden des Mülleimers neben dem Tisch. Er beugte sich mit seinem Gesicht zu ihr hinunter, küsste ihre beiden Brüste und streifte jede ihrer Brustwarzen sanft mit seiner Zunge.

Dann richtete er sich wieder auf und schüttelte den Kopf über die zahllosen Einschüsse in ihrem Bauch, der, überraschenderweise, leicht gewölbt aussah. Diese unnötige Brutalität. Diese Zerstörung jungen, reinen Fleisches.

Warum hatte der Chief Darlene nicht aus den Bergen fortgeschafft?

Wenn sich ein bewaffneter Verbrecher dort herumtrieb,

waren die Berge kein Ort für ein junges Mädchen. Sie waren generell nicht der richtige Ort, ganz gleich, ob ein Verbrecher dort herumrannte oder nicht. Es war allseits bekannt, dass der Chief sich nichts aus seiner Tochter machte, aber trotzdem: Sie dort oben festzuhalten, sie allein in diesem Wohnwagen hausen zu lassen – Harmon fand, dass das einfach nicht richtig war. Sicher, der Chief sah regelmäßig nach ihr, aber es war trotzdem nicht richtig. Aber er war nun mal der Polizei-Chief, und ganz egal, was Harmon auch von dem Mann halten mochte, er musste seine Stellung respektieren.

Wie jeder andere in Billings akzeptierte er die Dinge einfach so, wie sie waren. Es war nicht seine Aufgabe, irgendetwas infrage zu stellen, und er war nicht der Typ, der unnötig Aufhebens machte.

Er hatte noch nicht einmal vor dreizehn Jahren Ärger gemacht, als Hal seine Frau umgebracht hatte. Er hätte es tun sollen – er hegte noch immer Gefühle für Ruth Bailey –, aber er hatte den Mund gehalten. Es hätte sowieso niemand in der Stadt geglaubt, dass der Chief zu einem Mord fähig war. Sie glaubten alle, die Sonne gehe in seinem Arsch auf und auch wieder unter.

Aber Harmon kannte die Wahrheit.

Er war vor all den Jahren für Ruths Beerdigung verantwortlich gewesen. Er hatte in eben diesem Raum gestanden und sie für ihren großen Auftritt zurechtgemacht. Er wusste, dass sie nicht durch einen Sturz ums Leben gekommen war, auch wenn Hal allen diese Gesichte erzählt hatte – Harmon hatte die Schusswunde gesehen – aber man hatte ihm ein schönes Sümmchen bezahlt, damit er dichthielt. Gleiches galt, wie er annahm, auch für Lloyd Tingle, der durch seine Unterschrift auf ihrem Totenschein ihren Tod durch einen Unfall bescheinigt hatte. Die Warnung von Dale White, Harmon könne sich selbst einbalsamieren, wenn er jemals auch nur ein Sterbenswörtchen über die Wahrheit über Ruths Tod ausplauderte, hatte ein Übriges getan.

Harmon hatte geschwiegen.

*Erst Hals Frau und jetzt seine Tochter.*

Mit einem Seufzen machte er sich daran, Darlenes Shorts aufzuschneiden.

Dies war für ihn definitiv der schönste Teil seines Berufs – abgesehen davon, das fertige Kunstwerk zu sehen. Sein Herz raste, und in seinem Schritt regte sich etwas, als er begann, den dickeren Stoff zu zerschneiden. Seine Atmung beschleunigte sich und das fluoreszierende Licht über ihm kam ihm mit einem Mal viel zu grell vor. Er schnitt sehr langsam, um ihren zarten Körper nicht zu verletzen.

Er musste sich mit der Schere ziemlich abmühen und jedes Hosenbein ganz aufschneiden, bis die Shorts endlich von ihrem Körper fielen, und beim Anblick ihrer Weiblichkeit schnappte er nach Luft.

Harmon atmete mit einem zitternden Seufzen aus, und das Herz tat ihm weh. Er hatte Darlene schon immer begehrenswert gefunden – nicht so sehr wie ihre Mom, aber sie hatte dennoch etwas Anziehendes an sich, das ihn nachts wach liegen und von dem Tag träumen ließ, an dem er gerufen werden würde, um an ihr zu arbeiten. Gelegentlich wanderte er am Abend zu ihrem Wohnwagen hinauf, stellte sich vor eines der Fenster und beobachtete sie. Manchmal schaute er ihr beim Schlafen zu, manchmal auch beim Essen. Wenn er Glück hatte, konnte er sie beobachten, während sie sich auszog.

Er hatte lange von diesem Tag geträumt, und nun war er endlich da. Sie befand sich in seinem Bestattungsinstitut, in seiner Macht, und sie gehörte ganz allein ihm.

Harmon schaute über seine Schulter zur Tür und nochmals durch den Raum. Es war seltsam, aber er wurde das Gefühl nicht los, dass ihn jemand beobachtete. Harmon wusste, dass das unmöglich war. Der Raum hatte keine Fenster, und die einzige Tür befand sich hinter ihm und war geschlossen.

Er war nichts weiter als ein Narr. Übervorsichtig. Dabei musste er das gar nicht sein – es hatte ihn noch nie jemand erwischt.

Lächelnd drehte er sich wieder zu der nackten Leiche um. Seine Lippen zitterten.

Wie sehr er sich doch danach gesehnt hatte. All die Nächte, in denen er an sich herumgespielt und von genau diesem Moment geträumt hatte.

*Aber mach schnell. Der Chief könnte jeden Moment vorbeikommen.*

Er kniete sich auf den Boden, und seine Knie knacksten und schrien förmlich vor arthritischen Schmerzen auf. Er konnte ihr Geschlecht riechen, eine Mischung aus Schweiß und diesem weiblichen Geruch, der bei den Älteren oft noch stärker war. Er schob sein Gesicht zwischen ihre Beine und die blonden Büschel ihres Schamhaars. Dann atmete er ganz tief ein.

Eine Erektion drückte gegen seine Hose. Er wollte sie befreien, aber jetzt noch nicht. Er wollte ihr reines Geschlecht genießen, bevor er es mit seinem widerlichen Männersaft besudelte.

Er nahm einen schwachen Hauch von Urin war, als er seinen Mund in ihren Intimbereich eintauchte und begann, sie zu lecken. Mit weichen, tiefen Bewegungen erforschte er ihre Lippen. Ein scharfer Geschmack erfüllte seinen Mund, und gerade, als er seine Hände unter ihre Pobacken schieben wollte, um einen besseren Halt zu haben, bereit, noch heftiger an ihr zu saugen, spürte er, wie Darlenes Körper sich bewegte, und dann schrie sie: »Geh von mir runter, du verdammter Perversling!«

Harmon taumelte zurück. Sein Mund stand offen, sein Herz raste.

Er hätte nicht geglaubt, was eben geschehen war und es schlicht als Kurzschluss in seinem Gehirn abgetan, wenn Darlene nicht aufrecht vor ihm gesessen hätte, einen Ausdruck des Ekels und der Angst im Gesicht. »Ich hab's nich' länger ausgehalten. Du bist so widerlich!«

Harmon öffnete seinen Mund, aber er wusste selbst nicht, ob er sprechen, schreien oder nach der dringend benötigten Luft schnappen sollte. Es passierte nichts von alledem. Stattdessen verspürte er einen lähmenden Schmerz in seiner Brust. Er versuchte aufzustehen, aber ihm wurde klar, dass er dafür zu schwach war.

*Unmöglich ... das kann nicht sein ... Oh Gott, tut das weh ...*

Darlene hüpfte vom Tisch. Sie sah mit anklagenden Augen zu ihm hinunter und bespuckte ihn.

Ihre Augen. Sie waren beide intakt, genau wie ihr Gesicht. In ihrem Körper befanden sich auch keine Einschusslöcher mehr. Sie hatte nicht einen einzigen Tropfen Blut an sich, und obendrein war sie komplett angezogen.

*Was ... ist ... hier ... los?*

Harmons Brust fühlte sich an, als wolle sie jeden Moment explodieren. Ein heftiger Schmerz schoss durch seinen linken Arm, und er fühlte sich immer schwächer.

»Ich hoffe, du stirbst 'nen furchtbaren Tod, du kranker Wichser«, sagte Darlene, und in ihren Augen lagen unendliche Traurigkeit und Schmerz.

Harmon wusste, dass er sterben würde. Ein Teil von ihm fragte sich, ob das, was er sah, vielleicht nur auf seinen außer Kontrolle geratenen Verstand zurückzuführen war, der Spielchen mit ihm trieb, kurz bevor er krepierte. Er konnte jedoch noch immer ihr Geschlecht in seinem Mund schmecken, er hatte noch immer eine halbe Erektion, und als er zu dem Tisch hinaufschaute, sah er Darlenes nackten Körper noch immer mit gespreizten Beinen darauf liegen.

*Ist sie ein Geist?*, dachte Harmon trotz seiner entsetzlichen Schmerzen. *Aber Geister können doch nicht spucken, oder?*

Darlene trat ihm in den Bauch und brüllte: »Ich hoffe, du verrottest in der Hölle, Arschloch!«

Geister konnten ganz bestimmt nicht um sich treten.

Harmon, völlig außer Atem und mit flammender Brust, zeigte auf den Tisch.

Wenn das hier real war – *Das kann nicht sein. Das kann einfach nicht sein. Das kann nicht passieren!* –, dann wollte er unbedingt, dass Darlenes Geist oder ihre Seele oder was immer es auch war, ihren massakrierten Körper sah. Vielleicht konnte sie ihm ja erklären, was hier wirklich vor sich ging, bevor er diese verfluchte Welt für immer verließ.

Mit einem Stirnrunzeln drehte Darlene sich um.

Sie schrie auf.

Harmon wünschte, er hätte das auch gekonnt.

Dann, wie eine Kerzenflamme, die von einer sanften Windböe ausgeblasen wird, erlosch auch sein Leben.

Sie hatte nicht erwartet, ihren Körper dort liegen zu sehen, ganz blutig und völlig zerstört. Das hatten sie ihr nicht gesagt. Sie hatte eine Menge gelernt, während sie geschlafen hatte – *nicht geschlafen, du bist tot gewesen ... man hat auf dich geschossen und dich getötet.* Sie hatten jedoch nicht erwähnt, dass sie sich ihr totes Ich anschauen musste, wenn sie zurückkehrte. Die Schmerzen waren allerdings genauso schlimm, wie sie ihr prophezeit hatten. In ihrem Fall spürte sie sie hauptsächlich in ihrem Kopf und Oberkörper, aber in gewisser Weise war die Qual, sich selbst tot auf dem Tisch liegen zu sehen, schmerzvoller als die rasenden Kopfschmerzen, die in der linken Seite ihres Schädels pochten, oder ihre Brust und ihr Bauch, die sich anfühlten, als brenne ein Feuer darin – oder als das Gefühl der Leere in ihrem Magen.

Darlenes Blick wurde von ihrem Bauch angezogen, der mit Einschusslöchern übersät war.

Nun, zumindest war sie die Last los, sein Baby in sich tragen zu müssen.

Trotzdem fühlte sie eine gewisse Trauer über den Verlust.

Unfähig, sich ihr nacktes Ich noch länger anzuschauen, drehte Darlene sich wieder zu Harmon um.

Der alte Mann war tot, und sie war froh darüber. Er war nichts weiter als ein alter Perversling.

Nun, da sie wieder am Leben war – oder etwas in der Art –, musste sie sich überlegen, was sie tun wollte.

Ihr Kopf war jedoch von so großer Verwirrung und so

entsetzlichem Schmerz erfüllt, dass sie keinen klaren Gedanken fassen konnte. Das Einzige, was ihr einfiel, war, zur Höhle zu gehen. Dort würde sie in Sicherheit sein. Dann konnte sie darüber nachdenken, was sie als Nächstes tun oder wohin sie gehen wollte und, am allerwichtigsten, wie sie ihre Dose zurückbekommen konnte. Sie hatte eine ziemlich starke Vermutung, wer sie genommen hatte, sie musste nur noch einen Weg finden, sie ihm wieder abzunehmen.

*Ich frag mich, ob Jim noch am Leben ist. Ich frag mich, ob er's bis zur Höhle geschafft hat.*

Falls ja, dann hoffte sie inständig, dass er nicht vollkommen ausflippte, wenn er sie sah.

Sie wusste, dass sie nicht hinausgehen konnte, solange es noch hell war, daher war ihr unmittelbarstes Problem, dass sie sich bis zum Einbruch der Nacht irgendwo verstecken musste.

Sie hasste den Gedanken, im Bestattungsinstitut zu bleiben – ihre Haut kribbelte, wenn sie daran dachte, dass sie sich dort nicht nur in der Nähe ihres toten Ichs und der Leiche von Harmon, sondern auch in der Nähe all der Särge und Urnen befand, die in der Haupthalle ausgestellt waren.

Als sie auf Harmon Matthews' Leichnam hinunterschaute, kam ihr plötzlich der rettende Gedanke. Es ergab Sinn, und eigentlich war es auch ihre einzige Möglichkeit.

Sie ging zur Tür hinüber, öffnete sie ein Stück und sah durch den Spalt. Sämtliche Jalousien waren heruntergelassen, und es brannte nirgendwo Licht.

*Wollte wohl nich', dass einer vorbeikommt, wie?* Darlene wurde übel. Als sie sich an das Gefühl seiner Zunge erinnerte, krümmte sie sich und versuchte, es aus ihren Gedanken zu verbannen.

Als sie sicher war, dass sich niemand in der Eingangshalle befand, trat sie in die Haupthalle hinaus, schloss die Tür zu dem kleinen Raum und ging, vorbei an all den Särgen und Urnen, zur Hintertür, die nach draußen und hinüber zu Harmons Haus führte. Niemand kam ihn je besuchen, deshalb müsste sie dort drinnen sicher sein, bis es dunkel genug für sie war, um aufzubrechen.

*Ich kann nich' glauben, dass die Dose funktioniert hat.*

Ihr war zum Heulen zumute. Aber so sehr sie sich auch bemühte, die Tränen fließen zu lassen, ihre Augen blieben trocken.

Als sie die Hintertür erreichte, glaubte sie, ein Baby schreien zu hören.

Sie hielt inne und horchte, aber das Geräusch war verschwunden.

Ganz plötzlich spürte sie eine ungeheure Schwere in ihrem Bauch.

*Es kann unmöglich am Leben sein,* dachte sie, und dann öffnete sie die Tür und trat hinaus in den Sonnenschein.

# SAMSTAGNACHT

# SIEBEN

Zusammengekauert in einer Ecke des Badezimmers, die Augen starr auf das kleine Fenster über ihr gerichtet, versuchte Darlene, den Schmerz auszublenden.

Sie saß nun schon seit Stunden im Bad. Es war der Raum im Haus, an dem die Geräusche der Tiere am leisesten waren, obwohl sie ihre Schreie auch hier noch immer hören konnte. Sie machten ihr fast genauso viel Angst wie der Schmerz, der sich immer weiter in ihrem Körper ausbreitete.

»Geht weg«, sagte sie mit leiser, zitternder Stimme. »Lasst mich in Ruhe.«

Der Lärm der Tiere begann kurz nachdem sie Harmons Haus betreten hatte, und anfangs hatte Darlene ihn einfach für die Geräusche von Waldtieren gehalten. Dann war ihr jedoch klar geworden, dass das gar nicht möglich war – es war erst zwei Uhr nachmittags gewesen, und die entfernten Schreie und das Geheul entstammten eindeutig den Kehlen von Nachttieren. Und sie schienen immer näher zu kommen.

Das war der Augenblick, in dem sie anfing, sich Sorgen zu machen. Wurde sie langsam verrückt oder war dies nur ein weiterer Teil der Abmachung? Während sie geschlafen hatte, oder was immer in dieser Zeit auch mit ihr passiert war, hatte Craig ihr vieles erklärt – über die Blechdose, wie sie funktionierte, was Darlene tun musste, um den Schmerz loszuwerden –, aber er hatte ihr nichts von den Tieren erzählt.

Im Versuch, ihrem andauernden Jaulen zu entkommen, hatte Darlene das Haus nach einem Ort abgesucht, an dem sie sie nicht hören musste. Sie hatte es in den Wandschränken versucht, im Schlafzimmer und unter der Spüle in der Küche, aber das Badezimmer war der einzige Ort im ganzen Haus, der den Lärm wenigstens so weit dämpfte, dass sie denken konnte.

Unglücklicherweise war jedoch alles, woran sie denken konnte, der Schmerz – und das, was mit ihr geschehen war. Es erschien ihr noch immer nicht real. Und obwohl sie im Traum einige Dinge erfahren hatte, war es trotzdem ein großer Schock für sie gewesen, aufzuwachen und Harmon und Officer Bartlett über sich stehen zu sehen. Sie hatte ihre Augen für einen Moment geöffnet – es war sehr schwer gewesen, ganz still in ihrem toten Körper zu liegen, und sie hätte am liebsten laut geschrien und geweint – und Andrew hatte es gesehen, aber Darlene nahm an, dass er es als Halluzination abgetan hatte.

Dann hatte Darlene Zeit gehabt, zu verarbeiten, dass ihre Wiederauferstehung tatsächlich Realität war, auch wenn sie nicht ganz verstand, wie all das eigentlich möglich war. Darlene wusste, dass es irgendwie mit dem Transfer von Seelen zu tun hatte und damit, dass sie Craigs Seele gekauft und sie so aus dieser irdischen Hölle befreit hatte, in der sie nun selbst lebte. Aber es wollte ihr einfach nicht einleuchten, dass sie die simple Tatsache, dass sie die Dose gekauft und anschließend geöffnet hatte, von den Toten zurückgebracht hatte. Das war mehr, als sie begreifen konnte. Alles, was sie jetzt wollte, war, zur Höhle zu gehen und Jim zu finden – er würde sicher wissen, was sie jetzt tun sollte. Er würde wissen, wie die Schmerzen und die quälenden Schreie der Tiere endlich aufhörten.

Durch das kleine Badezimmerfenster sah Darlene, dass die Nacht hereingebrochen war. Sie löste sich aus dem engen Knoten, zu dem sie sich stundenlang zusammengekauert hatte, und erhob sich. Ihr Körper brannte vom Schmerz ihrer irdischen Wunden.

Sie hasste Craig dafür, dass er ihr die Dose verkauft hatte, obwohl er genau wusste, was passieren würde, wenn sie sie öffnete – *Warum hab ich sie aufgemacht? Verdammt, warum musste ich sie bloß aufmachen?* –, und trotzdem verstand sie nun, warum er es getan hatte. Er hatte es tun müssen, damit der Schmerz endlich aufhörte. Als Darlene zur Badezimmertür trat und sie öffnete, erinnerte sie sich daran, was sie auf seinen Lippen hatte lesen können, kurz bevor sie gestorben war und er ihre Seele übernommen hatte: *Es tut mir leid.*

Wie auch in ihrem Traum hatte er schrecklich ausgesehen, als er über ihr schwebte – noch schlimmer als Donnerstagnacht, als sie ihm zum ersten Mal begegnet war. Sie wusste nun, dass dies seine wahre Gestalt gewesen war und dass sein irdischer Körper zum Zeitpunkt seines Todes so ausgesehen hatte. Danach zu urteilen, wie zerquetscht sein Kopf und wie verdreht sein restlicher Körper gewesen waren, musste Craig wohl von einem Auto überfahren worden sein.

*Was für eine furchtbare Art zu sterben.* Sie fragte sich, ob er wohl noch schlimmere Schmerzen gelitten hatte als sie selbst. Und sie fragte sich, während sie durch das dunkle Haus ging, in dem die Schreie der nächtlichen Kreaturen nun wieder klarer zu hören waren, ob auch er von den Tieren gequält worden war. War das nur ein weiterer Teil dieses Fluches? Oder war sie aus irgendeinem Grund die Einzige, die davon betroffen war?

Sie verließ Harmons kleines Zuhause und lief den Pfad hinunter, der am Bestattungsinstitut entlangführte. Als sie eine hohe, buschige Hecke erreichte, blieb sie stehen. Sie kniete sich hin, lugte hinter die Hecke und beobachtete die Main Street. Es waren zwar ein paar Leute unterwegs, aber keiner von ihnen war nahe genug, um sie genauer zu sehen.

Zu ihrer Rechten befand sich die Polizeiwache. Etwas weiter, aber auf der anderen Straßenseite, lag Davey's Tavern, so hell erleuchtet wie ein Weihnachtsbaum. Geradeaus, hinter mehreren Häusern, die jetzt in der Dunkelheit lagen, erstreckten sich die Wälder, die in die noch dunkleren Berge hinaufführten.

Sie dachte an die Jäger, die nach Craig suchten, einem Mann, der nicht mehr existierte, und beinahe musste sie lächeln.

*Er ist jetzt an einem Ort, an dem sie ihn nie finden werden.*

Sie fragte sich, wie ihr Vater wohl reagiert hatte, als er gesehen hatte, dass der Mann aus Australien sich tatsächlich nicht mehr in der Hütte befand. Der Ausdruck auf seinem Gesicht musste unbezahlbar gewesen sein.

*Aber nicht so unbezahlbar wie sein Ausdruck, wenn er mich*

*erst wieder putzmunter vor sich sieht,* dachte Darlene und fragte sich, ob ihr Vater wohl draußen bei der Jagd war. Wahrscheinlich ist er zu Hause und fühlt sich, als müsste er sterben, vermutete Darlene. Zu wissen, was er durchmachte, weil er eine Blechdose geöffnet hatte, die ihm nicht gehörte, gab ihr ein Gefühl düsterer Befriedigung.

Aber nun hatte er die Dose. Sie war vermutlich genau in diesem Augenblick bei ihm im Haus. Darlene fühlte sich ohne die Dose schwach, irgendwie hohl. Sie konnte zwar auch ohne sie fühlen und denken, aber da war fortwährend dieses Gefühl der Leere in ihrem Bauch, wie niemals endender Hunger. Sie wollte die Dose unbedingt in ihren Besitz bringen, aber zuerst musste sie Jim finden.

*Oh, bitte, lass ihn noch am Leben sein.*

Auch wenn ihr der Gedanke, sich in den Wald zu wagen, Angst machte – wenn die Tiere tatsächlich hinter ihr her waren, würden sie sie dann auch angreifen? –, musste sie unbedingt die Höhle erreichen. Sobald sie die andere Straßenseite erreichte und in den Wäldern verschwand, würde sie sich zum Fluss durchschlagen und dem Pfad in die Berge hinauf folgen. Der schmale Weg, der am Flussufer entlangführte, war gefährlich und wurde nur selten genutzt, aber Darlene war ihn schon viele Male gegangen – wenn auch fast noch nie bei Nacht und nicht, während ihr irdischer Körper tot in Harmons Bestattungsinstitut lag.

Sie atmete tief ein, spürte, wie ein Feuer durch ihren Körper schoss, und dann überquerte sie mit gesenktem Kopf so entspannt wie möglich die Main Street.

Als sie die andere Straßenseite erreicht hatte, blieb sie stehen, drehte sich um und schaute die Straße hinunter zum Haus ihres Dads. Es war dunkel. *Schätze, er is' nich' da.* Sie fragte sich, wo er sich wohl herumtrieb. Ganz sicher war er nicht bei der Jagd. Er war zwar ein gemeiner, knallharter Scheißkerl, aber nicht einmal er konnte den langsamen Tod aushalten, der sich allmählich in seinem Körper ausbreitete.

Mit einem Schulterzucken drehte Darlene sich um und verschwand in den Wäldern.

»Gib mir ein Bier, Stan«, sagte Dale und ließ sich schwerfällig auf einem Hocker nieder.

»Klar«, erwiderte Stan, doch dann hielt er inne und drehte sich zu Walt Spinner um, der an der Bar lehnte und an seinen Fingernägeln kaute. »Und, Walt, möchtest du das übernehmen? Du übst besser schon mal, wenn du die ganze Nacht hier sein wirst.«

»Sicher, wieso nicht?«, sagte Walt und stellte sich vor die Reihe der Zapfhähne.

Dale runzelte die Stirn. »Was machst du denn hier, Walt?«

»Der Chief will, dass der Laden die ganze Nacht geöffnet bleibt, aber er meinte, Stan könnte schließlich nicht die ganze Zeit hier stehen, und da hat Stan mich gefragt, ob ich ihm helfen will, wenn er nach Hause geht und sich ein bisschen aufs Ohr haut. Was darf's denn sein?«

»Egal.«

»Wir haben Bud, Coors Light und Bud Light.«

Dale seufzte. Er war heute Abend einfach nicht in der Stimmung. »Ich hab doch gesagt, ist mir egal.«

Während Walt mit den Zapfhähnen hantierte, fragte Stan: »Und, wie läuft's sonst so?«

Dale schaute Stan in die Augen und sah den listigen, wissenden Glanz darin. Aber da noch andere Gäste in der Kneipe waren – nicht viele, aber immerhin ein paar –, musste er vorsichtig sein, was er sagte und wie er sich verhielt. »Wir haben ihn noch nicht gefunden. Aber das werden wir.« Walt reichte Dale ein schaumiges Bier. Das Glas war übergelaufen und ganz nass.

»Tut mir leid«, sagte Walt mit einem Schulterzucken.

Dale nahm das Glas und trank das Bier halb leer. »Schmeckt trotzdem noch wie Bier.« Er stellte es wieder auf den Tresen und wischte sich den Mund ab.

»Sag mal, macht's dir was aus, wenn ich kurz 'ne Pause mache?«, fragte Walt Stan. »Muss 'ne Einzahlung in der Porzellanbank machen, wenn du verstehst, was ich meine.«

Stan rollte mit den Augen. »Sicher, Walt. Lass dir Zeit. Wir werden hier ja nicht gerade überrannt.«

Mit einem Nicken trat Walt hinter der Bar hervor und schlurfte in Richtung der Toiletten davon.

»Ihr sucht immer noch nach diesem Biker, oder?«

Dale drehte sich zu Hector Brambly um, der ein paar Hocker entfernt von ihm saß. Der Gebrauchtwagenhändler, ein kleiner Mann, der immer zu schwitzen schien, selbst an den kältesten Wintertagen, sah Dale mit müden Augen an, die älter aussahen als seine 41 Jahre – Gebrauchtwagen in einer winzigen Stadt wie Billings zu verkaufen war harte Arbeit, oder zumindest sah es so aus. Es überraschte Dale wenig, dass der Schweiß nur so über Hectors Gesicht strömte.

»Du glaubst doch nicht, dass er's irgendwie von dem Berg runterschafft, oder?«

»Nein, Hector«, versicherte Dale durch seine zusammengebissenen Zähne.

»Es ist nur so, dass Emily zu Hause sitzt und sich nicht traut rauszugehen. Sie hat Angst, dass der Fremde es doch hier runterschafft, in die Stadt kommt und anfängt rumzuballern.«

Stan sah Dale erneut wissend an.

Dale warf ihm einen *Du-hältst-die-Klappe-sonst-werde-ich-*Blick zu.

Dann drehte er sich wieder zu Hector um und sagte: »Hast du keinen Tisch, an dem du dein Bier trinken kannst? Oder noch besser, geh nach Hause zu deiner Frau und tröste sie, wenn sie solche Angst hat.«

Ohne ein weiteres Wort nahm der Autoverkäufer sein Bierglas und entfernte sich von der Bar – nachdem er sich das Gesicht mit einem Taschentuch abgewischt hatte.

Dale drehte sich wieder zur Bar und trank ein paar Schlucke von seinem Bier. Er war heute Abend ziemlich gereizt – nicht nur, dass sie noch keinen der beiden Fremden gefunden hatten, nein, Hal war auch noch wegen Krankheit ausgefallen, und sämtliche Versuche, mit ihm Kontakt aufzunehmen, waren unbeantwortet geblieben.

Und was ihm seine ohnehin schon üble Laune noch mehr vermieste, war die Tatsache, dass er die Jäger ausfindig gemacht hatte, die Darlene erschossen hatten. Er war sich fast hundertprozentig sicher, dass es Ethan und dieser Idiot Billy gewesen waren. Beide hatten sich so schuldbewusst aufgeführt wie ein Fuchs in einem leeren Hühnerstall, als Dale am Nachmittag mit ihnen gesprochen hatte. Und sie waren so ungefähr die beiden einzigen Menschen, die dumm genug waren, Darlene mit Jim zu verwechseln. Aber er musste zuerst Hal informieren, bevor er irgendeine Bestrafung vornahm. Das war auch der Grund, weshalb er eigentlich gerade auf dem Weg zu Hals Haus war.

Er hatte jedoch beschlossen, dass es erst mal Zeit für einen kleinen Zwischenstopp im Davey's war.

Dale war außerdem der Ansicht, dass sie nun die Hunde einsetzen sollten, damit sie ihnen bei der Suche halfen. Er musste seine Idee aber erst mit Hal besprechen, da es als unfair galt, Hunde auf eine Jagd mitzunehmen. Dale war jedoch der Meinung, dass es nun nicht mehr um Fair Play ging. Das hier war kein Spiel mehr. Es war höchste Zeit, dass sie die beiden Fremden fanden und ihnen so schnell wie möglich eine Kugel zwischen die Augen jagten.

»Ist schon komisch«, sagte Stan. »Das mit dem Fremden, meine ich. Denkst du vielleicht, dass er … ich weiß nicht, dass er es irgendwie geschafft hat, zu entkommen?«

Dale schnaubte. »Auf keinen Fall. Es ist noch nie einer entkommen. Das ist unmöglich. Nein, er ist immer noch irgendwo da draußen. Wir werden ihn schon finden. Irgendwann finden wir ihn.« Er stürzte den Rest seines Biers hinunter.

»Noch eins?«

Dale nickte.

»Wie wär's mit 'ner Flasche Red Brick?«

»Klingt gut.«

Stan holte ihm das Bier. Dale nahm einen Schluck. Es schmeckte um Längen besser als das, was Walt ihm vorgesetzt hatte.

»Machst du nur 'ne Pause oder gehst du nach Hause und ruhst dich ein bisschen aus?«

»Ich mach 'ne Pause. Ich hab keine Zeit zum Schlafen. Ich geh gleich mal zu Hal rüber und sehe nach, wie's ihm geht.«

»Ja, er ist vor 'ner Weile hier gewesen. Hat nicht besonders gut ausgesehen. Vielleicht solltest du ihn mal zum Doc bringen?«

»Du kennst doch Hal. Wenn er 'nen Arzt sehen will, dann sagt er's schon. Allerdings sagt er das nur höchst selten. Ich bin sicher, es ist nichts Ernstes. Er wird schon wieder.«

Stan nickte. »Sicher wird er wieder. Ist eine Schande mit der kleinen Darlene. Weißt du, wer sie umgebracht hat?«

Dale hatte eigentlich keine allzu große Lust, mit Stan über dieses Thema zu sprechen – Stan war keiner von ihnen und ging nie mit auf die Jagd. Was glaubte er denn, wer er war, dass er so etwas fragte? Wieso interessierte ihn das überhaupt? »Wir haben ein paar Verdächtige«, antwortete Dale. »Was Genaues wissen wir noch nicht.«

Dale trank sein Bier aus und erhob sich. Er warf zwei Fünfer auf den Tresen und sagte: »Stimmt so.«

Stan lächelte, hob die Scheine auf und sagte: »Viel Glück mit der Jagd. Ich hoffe, du findest ihn.«

»Danke. Ach, da fällt mir ein: Dieser Biker-Typ hatte doch eine Lederjacke an, als er hier reinkam. Die hatte er nicht dabei, als er … entkommen ist. Ich nehme nicht an, dass er sie vielleicht hier vergessen hat?«

Stan schüttelte den Kopf. »Nein, ich hab hier letzte Nacht keine Lederjacke gesehen.«

Dale vermutete, dass Stan ihn anlog.

»Was ist mit dem Buch, das ich dir gegeben habe? Macht's dir was aus, wenn ich es mir noch mal ausleihe?«

Stan schluckte. »Tut mir leid, Dale, aber ich hab das Buch wohl irgendwie verlegt.«

Dale runzelte die Stirn. »Verlegt?«

Stan nickte. »Kann hier ganz schön hektisch zugehen. Da geht schon mal was verloren – das verstehst du sicher.«

»Klar, das verstehe ich«, sagte Dale, und dann drehte er sich um und ging zur Vordertür hinaus.

Als Stan zusah, wie der Sergeant die Kneipe verließ, dachte er: *Ich hoffe, du findest Jim nie. Geschieht dir ganz recht, wenn er entkommen ist.*

Stan gefiel es, Dale so niedergeschlagen zu sehen. Noch nie zuvor hatten die Jäger es verpasst, einen Fremden vor der Dämmerung wieder einzufangen. Darum hatte er auch gelogen, als Dale ihn nach Jims Lederjacke gefragt hatte – und er würde Dale auch nicht erzählen, wem er das Buch gegeben hatte. Natürlich hatte Jim seine Jacke letzte Nacht hier vergessen: Er hatte sie über einem Barhocker hängen lassen. Und Stan hatte sie an sich genommen und sie im Hinterzimmer verstaut, nachdem sie Jim letzte Nacht verschleppt hatten.

Dort würden Dale und der Rest dieser blutdürstigen Jäger sie niemals finden – Stan würde ihnen die Jagd sicher nicht noch einfacher machen.

*Bestien,* dachte Stan, aber ihm wurde bewusst, dass er auch nicht viel besser war als Dale und seinesgleichen. Stan hatte nie versucht, dieser barbarischen Tradition ein Ende zu bereiten, er hatte nie die State Patrol oder irgendeine andere Behörde eingeschaltet und gestanden, was er gesehen und getan hatte. Er hatte Angst, so einfach war das. Angst davor, was Dale und die anderen mit ihm machen würden, wenn sie je herausfänden, dass er sie verpfiffen hatte.

Verdammt, wenn man es sich genau betrachtete, war er sogar noch schlimmer als Dale und die anderen – er war ein Feigling.

*Aber was zur Hölle soll ich denn machen?,* dachte Stan, und als er sah, dass Hector wieder auf die Bar zusteuerte, schob er seine Gedanken beiseite und ging hinüber, um ihn zu bedienen.

Dale fuhr die paar Meter bis zu Hal nicht extra mit dem Auto. Das Haus des Chiefs war nur fünf Fußminuten vom Davey's entfernt, und im Gegensatz zu den meisten faulen Säcken hier in der Stadt, die sogar noch das Auto nahmen, um ihren direkten Nachbarn zu besuchen, war er stolz darauf, dass er sich in Form hielt, und deshalb machte es ihm nichts aus, zu Fuß zu gehen.

Er überquerte die Main Street. Während er den Bürgersteig hinunterging, warf er einen Blick auf die dunkle, leere Polizeiwache. Normalerweise übernahmen entweder Randall oder Andrew die Nachtschicht, aber heute war keine typische Nacht. Sie schlossen die Wache immer, wenn sie Fremde jagten. Falls es einen Notfall gab und jemand die Polizei rufen musste, wussten die Leute in der Stadt, dass sie immer einen ihrer Männer finden konnten, der in den Straßen Streife ging und Hal oder Dale über Funk Bescheid geben würde.

Als er die Wache passiert hatte, steuerte Dale auf das Haus daneben zu. Bei Hal brannte kein Licht, nicht einmal die Lampe auf der Veranda. Dale hatte Glück, dass der Himmel so klar und der Mond so voll waren, sonst wäre er womöglich gestolpert und hätte sich verletzt. Der Rasen vor Hals Haus war komplett überwuchert und voll von allem möglichen Zeug, etwa alten Gartenwerkzeugen, Steinen und Zwergen – Gott allein wusste, warum, aber Hal hatte eine Schwäche für Gartenzwerge. Dale hingegen fand sie einfach nur unheimlich.

Als er die Haustür erreichte, bemerkte Dale einen schwachen Lichtschein hinter dem vorderen rechten Fenster – das Wohnzimmer.

*Hal ist vermutlich vor dem Fernseher eingeschlafen.*

Dale klingelte. Und wartete.

Er hörte Ronnie und Cooper, die das ganze Haus zusammenbellten. Es klang jedoch, als seien die Deutschen Schäferhunde immer noch draußen, was Dale seltsam fand, da sich die Hunde nachts und wenn Hal zu Hause war normalerweise im Haus aufhielten.

Die Tür blieb verschlossen, und Dale drückte erneut auf die Klingel.

Als er immer noch keine Antwort bekam, öffnete Dale die Fliegengittertür und drehte den Knauf der Eingangstür. Die Tür war nicht abgeschlossen, und Dale stieß sie auf. »Ich bin's nur, Hal«, rief er, als er das düstere Haus betrat und die Fliegengittertür hinter ihm zuknallte.

Im Haus war es schwül und stickig. Es lag ein Gestank wie von faulen Eiern und saurer Milch in der Luft.

Er ging ins Wohnzimmer. Nur die einsame Lampe, die auf einem Beistelltisch stand, verbreitete ein wenig Licht im Raum. In ihrem Schein erkannte er Hal, der in einem Sessel hing.

»Raus aus den Federn«, rief Dale.

Hal schlief jedoch weiter, sein Gesicht zu einer schmerzvollen Grimasse verzerrt.

Als Dale zu Hal hinüberging, bemerkte er die Flasche Jim Beam, die neben der Lampe stand. »Hal!«, versuchte Dale es erneut und rüttelte am Sessel.

Er hörte ein Stöhnen, gefolgt von einem Furz. Ein fauler Geruch erfüllte den Raum. »Verflucht noch mal, Hal, jetzt wach endlich auf!«

Der Chief hatte normalerweise einen leichten Schlaf, allzeit bereit, aufzuspringen und in Aktion zu treten – außer, wenn er zu viel getrunken hatte. Dann war es fast unmöglich, ihn zu wecken.

Hal schien in den vergangenen Stunden, seit Dale ihn zum letzten Mal gesehen hatte, an Gewicht verloren zu haben, und auf seiner Stirn und an seinen Armen waren violette Male. *Blaue Flecken?*, wunderte sich Dale, aber es war ihm ein Rätsel, wo Hal sie hätte herhaben können.

»Hal! Kumpel!«, rief er, und gerade, als er anfing, sich

Sorgen zu machen, öffnete Hal die Augen und sah Dale mit einem schmerzverzerrten, verwirrten Ausdruck stirnrunzelnd an.

»Scheiße«, seufzte er, und seine Stimme klang, als würde jemand mit seinen Fingernägeln über eine Tafel kratzen. Sein Atem stank fast genauso schlimm wie der Furz.

»Bist du okay?«, fragte Dale.

Hal starrte ihn an, als habe er seinen Sergeant noch nie zuvor gesehen. Seine blutunterlaufenen Augen waren tief in ihre dunklen Höhlen gesunken. »Ich hatte gerade den verdammt noch mal verrücktesten Traum aller Zeiten«, krächzte er und setzte sich auf. Er zuckte bei jeder Bewegung zusammen.

»Ich versuch schon seit Ewigkeiten, dich aufzuwecken. Bist du betrunken?«

Hal erwiderte: »Schön wär's«, streckte eine Hand aus und griff nach der Bourbonflasche. Er nahm einen kräftigen Schluck.

»Fühlst du dich immer noch so beschissen?«, erkundigte sich Dale, dem das Gebell der Hunde allmählich auf die Nerven ging.

»Was glaubst du wohl?«, erwiderte Hal. Er sah auf seine Uhr. »Ach, Scheiße, ich wollte um neun eigentlich wieder draußen bei der Jagd sein.« Er versuchte aufzustehen, und dabei schaukelte die Dose gegen seine Brust.

Dale streckte einen Arm aus, um Hal zurückzuhalten. »Um Gottes willen, Hal, ich glaube nicht, dass du in der Verfassung bist, durch die Berge zu wandern.«

Hal lehnte sich in seinem Sessel zurück. »Vielleicht hast du recht. Ich hasse es einfach, hier sitzen zu müssen und mich zu fühlen, als hätte ich den übelsten Kater aller Zeiten, und die heftigste Grippe der Geschichte obendrein. Habt ihr schon einen von ihnen geschnappt?«

Dale schüttelte den Kopf.

Hal schien noch tiefer in seinem Sessel zu versinken.

»Das werden wir schon noch, mach dir keine Sorgen. Ich bin

nur gekommen, um nachzusehen, wie's dir geht. Und ich wollte fragen, ob ich Ronnie und Cooper mitnehmen kann, damit wir endlich eine Spur von den Fremden finden.«

Hal sah alt und erschöpft aus. Seine Haut hatte einen kränklich blassen, grünlichen Farbton angenommen. »Du kennst die Regeln. Fair Play und all das.«

»Ich weiß, aber ich glaube, wir sind hier schon weit über sportliche Fairness hinaus, Hal. Wir müssen diese Arschlöcher finden, und zwar so schnell wie möglich. Und wenn das bedeutet, dass wir gegen die Regeln verstoßen und Hunde einsetzen müssen, dann ist es eben so.«

Hal seufzte. »Na schön. Nimm Ronnie und Cooper mit.«

»Gute Entscheidung.«

Hal nahm einen weiteren Schluck Whiskey. Dann sah er mit roten, geschwollenen Augen zu Dale hinauf. »Das hier ist übel, Dale«, sagte er. Er atmete tief ein. »Ich hab keine Ahnung, was zur Hölle mit mir los ist, aber es ist weder die Grippe noch sonst irgendwas, was ich vorher schon mal hatte. Das hier ist anders. Ich kann es nicht erklären, es ist …« Er schüttelte den Kopf und schloss seine Augen. »Ich glaube, ich sterbe.«

Dale stand da und wusste nicht, was er sagen sollte. Er hatte den Chief noch nie zuvor so reden hören. Schließlich sagte er: »Ach, Hal. Du stirbst schon nicht. Du bist nur krank. Jeder denkt, dass er stirbt, wenn er richtig krank ist.« Und auch wenn er sich schrecklich unwohl dabei fühlte, fügte er hinzu: »Willst du, dass ich Doc Tingle hole?«

Hal machte ein verächtliches Geräusch und antwortete: »Ärzte helfen einem einen Scheiß.«

»Er hat deine Nase wieder in Ordnung gebracht.«

»Das ist auch schon so ziemlich alles, wozu der alte Sack zu gebrauchen ist. Nein, das hier erfordert etwas mehr als Schmerztabletten und Hustensaft.« Hal erhob sich vorsichtig, und auf seinem Gesicht zeigte sich ein verzerrter Ausdruck, den Dale nur als furchtbaren Schmerz deuten konnte. Hal machte einen Buckel. »Ich werde immer steifer. Meine Migräne ist noch übler als sonst, und ich hab überall diese blauen Flecken an den Beinen.«

Er hob eines seiner Hosenbeine hoch und zeigte Dale eine riesige Fläche aus schwarzen und blauen Flecken, die genauso aussahen wie die in seinem Gesicht und an den Armen. »Scheiße«, stieß Hal aus und ließ seine Hosenbeine wieder nach unten rutschen. »Meine Arme.«

»Was ist damit?«

»Bist du blind? Da sind auch überall blaue Flecken.« Hal starrte ungläubig auf seine Arme.

»Hast du das denn nicht gewusst?«

»Die waren vor ein paar Stunden noch nicht da.« Er sah panischer und ängstlicher aus, als Dale ihn je zuvor gesehen hatte. »Die müssen aufgetaucht sein, als ich geschlafen hab.« Hal spuckte auf den Teppich und sagte dann: »Wie ist das nur möglich?«

Dale zuckte die Achseln. »Ich weiß nicht, Hal. Aber in deinem Gesicht sind noch mehr.«

Hal drehte sich um und humpelte zu dem Spiegel hinüber, der über dem Kaminsims hing. Dale betrachtete Hals Spiegelbild und sah, wie Hals Gesicht eine Stufe blasser und die Angst in seinen Augen noch größer wurde. »Mein Gott«, flüsterte Hal. Er legte einen Finger auf einen der blauen Flecken, zog seine Hand jedoch schnell wieder zurück, so als sei seine Haut glühend heiß. Er ging zu seinem Sessel zurück und ließ sich hineinfallen. Er schloss die Augen und rieb sich die Nase. »Lass mal ein paar gute Nachrichten hören. Bitte sag mir, dass du wenigstens *eine* gute Nachricht hast. Irgendeine.«

Dale räusperte sich. »Na ja, ich glaube, ich weiß, wer Darlene erschossen hat.«

Ohne seine Augen zu öffnen murmelte Hal: »Wer war es?«

»Es ist noch nicht sicher, nur so ein Gefühl, aber als ich heute die Jäger befragt habe, haben sich Ethan und Billy ziemlich verdächtig benommen. Mir war klar, dass sie irgendwas zu verbergen hatten. Besonders Ethan wirkte richtig nervös.«

Hal öffnete seine Augen wieder und starrte lange Zeit auf den Teppichboden, bevor er tief seufzte. »Bring sie um.«

»Was?«

»Sie haben vielleicht meine letzte Chance auf einen Sohn zerstört, deshalb haben sie eine harte Strafe verdient.«

Dale hatte zwar erwartet, dass Hal die Schuldigen würde bestrafen wollen, aber damit hätte er niemals gerechnet. Er hatte eher an einen kurzen Aufenthalt im Gefängnis oder eine einmonatige Verbannung aus dem Davey's gedacht, schlimmstenfalls an irgendeine Folter. Aber nicht an den Tod. »Willst du, dass ich sie erst mal ins Gefängnis stecke, damit wir sie uns für eine spätere Jagd aufsparen können?«

»Nein. Schieß ihnen einfach in den Kopf, wie jedem anderen nutzlosen Tier auch.«

Dale nickte. »Okay. Was immer du willst.«

»Aber sorg dafür, dass sie wissen, warum sie getötet werden. Ich will, dass sie um ihr armseliges Leben betteln. Ich will, dass du sie leiden lässt, bevor du ihnen ihr verdammtes Hirn wegpustest.«

»Kein Problem. Tja, dann geh ich mal besser in die Berge zurück. Bist du sicher, dass ich nicht doch den Doc holen soll?«

»Ja«, erwiderte Hal, aber es war kaum lauter als ein Flüstern.

Dale wusste, dass er irgendetwas Tröstendes, Tiefgreifendes hätte sagen sollen, aber das war nicht sein Ding. Die Männer in dieser Stadt – besonders diejenigen, die eine Polizeiuniform trugen – brachten nur selten ihre Empfindungen oder Gefühle zum Ausdruck, es sei denn, es handelte sich dabei um Wut oder Lust auf Sex. »Ich hol dann mal die Hunde – willst du, dass ich sie füttere, bevor ich sie mitnehme?«

»Nein. Gib ihnen was zu fressen, wenn sie die Beute geschnappt haben. Hast du irgendwas, damit meine Jungs die Fährte der Fremden aufnehmen können?«

»Von Jim hab ich nichts – wir haben alles vernichtet. Aber ich kann die Hunde an der Matratze schnuppern lassen, auf der der Australier geschlafen hat.«

»Das blutige Handtuch in Darlenes Wohnwagen«, sagte Hal. »Das kannst du für Jims Fährte nehmen.«

Dale nickte. »Gute Idee, Chief.«

Als Dale mit Ronnie und Cooper verschwunden war, setzte Hal sich in seinem Sessel auf und wollte nur noch schreien, aber er hatte zu große Schmerzen und war zu erschöpft, um die nötige Energie dafür aufzubringen. Er war noch immer geschockt von den blauen Flecken, die seinen gesamten Körper bedeckten. Er machte Dale keinen Vorwurf, weil er so schnell wie möglich wieder verschwinden wollte – Hal wäre es genauso gegangen, wenn er sich in Gesellschaft eines Freaks befunden hätte.

Er streckte sich und griff nach der Whiskeyflasche. Er gönnte sich einen weiteren ordentlichen Schluck und hoffte verzweifelt, der Alkohol möge doch noch abtöten, womit auch immer er sich infiziert haben mochte. Oder zumindest den Schmerz betäuben. Bislang hatte die halbe Flasche, die er sich inzwischen einverleibt hatte, den Schmerz allerdings nicht einmal ansatzweise betäubt.

Die Dose um seinen Hals wog schwer, und die Schnur grub sich tief in seinen Nacken, daher nahm Hal sie ab und legte sie auf den Tisch neben die Jim-Beam-Flasche. Während er auf die zerbeulte Dose starrte, dachte er an seinen Traum zurück: Er saß mitten in den Wäldern an einem Lagerfeuer, als er plötzlich Schritte hinter sich hörte. Er stand auf, drehte sich um und sah eine groteske Kreatur auf sich zutorkeln. Erst, als die Kreatur näher kam und in den Schein des Feuers trat, erkannte er, dass er es selbst war, nur, dass sein Gesicht und sein ganzer Körper blutig und vollkommen verdreht waren. Er sah aus, als sei er gerade von den Toten wiederauferstanden. Als Hal versuchte, vor sich selbst wegzurennen, stellte er fest, dass er am Boden festgewachsen war – sein missgebildeter, zerstörter Zwilling kam näher und näher. Als er einen Arm ausstreckte, bemerkte Hal die Dose, die um seinen gekrümmten Hals hing, und dann grinste er und stieß einen Schrei aus …

*Verdammt, das war wirklich der verrückteste Traum, den ich je hatte.*

Außerdem hatten seine Hunde sich äußerst seltsam benommen, als Dale sie ins Haus geholt hatte. In dem Moment, als sie Hal gesehen hatten, hatten sie angefangen zu bellen. Es war jedoch kein bösartiges Bellen gewesen, so als hätten sie einen Einbrecher gestellt, es hatte eher misstrauisch und verwirrt geklungen.

»Ich bin's doch nur, Jungs«, hatte Hal versucht, sie zu beruhigen, aber als er seine Hand ausgestreckt hatte, um sie zu streicheln, waren sie zurückgewichen und hatten leise geknurrt. Hal hatte noch nie erlebt, dass seine Jungs sich ihm gegenüber so aufführten.

*Nicht mal meine Hunde wollen noch in meiner Nähe sein,* dachte Hal, als er sich erhob.

Er fühlte sich zwar nicht dazu in der Lage, durch die Berge zu wandern, aber es war noch nicht zu spät, um Harmon einen Besuch abzustatten und nachzusehen, wie er mit Darlene vorankam. Hal steckte seine .38er ein und verließ dann das Haus. Auf der Veranda blieb er stehen und atmete die frische Nachtluft ein, die ihm erst richtig bewusst machte, wie faulig es in seinem Haus tatsächlich roch. Er konnte jedoch nur ganz kurz Luft holen, bevor seine Lungen zu brennen begannen und er husten musste. Verdorbene, gasige Luft füllte seinen Mund, und er spuckte einen nach Abwasser schmeckenden Schleimklumpen auf den Verandaboden.

Dann stolperte er zu seinem Pick-up und fuhr die kurze Strecke zu Harmon hinüber.

Als er vor dem unscheinbaren Gebäude parkte, fand er es seltsam, dass im Inneren kein Licht brannte. Er ging zur Eingangstür des Bestattungsinstituts und klopfte. Er wartete, doch es öffnete niemand.

*Hat für heute wohl Feierabend gemacht,* vermutete Hal. Er ging um das Gebäude herum.

Auch in Harmons Wohnhaus brannte kein Licht, und als er

klingelte, kam auch hier niemand an die Tür. »Harmon«, rief er mit krächzender Stimme.

*Antworte mir schon, du beschissener Irrer,* dachte Hal, während er immer wieder auf die Klingel drückte. Harmon verließ sein Haus und sein Bestattungsinstitut so gut wie nie, und wenn er einen Job zu erledigen hatte, ließ er ihn niemals halb fertig liegen.

*Aber wo ist er dann?*

Hal drehte am Türknauf. Die Tür war unverschlossen, und er trat in das dunkle Haus. Nachdem er das Licht im Flur angeschaltet hatte, begann er, das Haus zu durchsuchen. Er schaltete überall weitere Lichter an, doch der Bestatter war nirgends zu finden.

Hal verließ das Haus wieder und ging den kurzen Weg zur Hintertür des Bestattungsinstituts hinüber. Er wusste, dass sich ein kleines Hinterzimmer in dem Institut befand, in dem Harmon den Großteil seiner Arbeit verrichtete. Hal nahm an, dass er auch jetzt gerade dort arbeitete. Trotzdem war es seltsam, dass Harmon kein Licht im vorderen Bereich angelassen hatte – er hätte doch damit rechnen müssen, dass Hal vorbeikam. Andererseits hatte Harmon noch nie viel auf Etikette oder Manieren gegeben, wenn es um seine Mitmenschen ging. Alles, was ihn interessierte, war seine Arbeit.

Hal drehte den Knauf der Hintertür und schwang sie auf. Er tastete nach dem Lichtschalter, und als er ihn gefunden hatte, knipste er das Licht an. Während er ins Hinterzimmer trat, blickte er suchend durch die Haupthalle, die mit Särgen und Urnen vollgestellt war. Er wusste nicht, wie Harmon es aushielt, in so unmittelbarer Nähe zu all den Särgen zu leben und zu arbeiten. Selbst, wenn keine Leichen darin lagen, hatten diese hölzernen Totenbetten immer noch etwas äußerst Unheimliches an sich.

Als er sich umsah, stellte Hal fest, dass die Tür zum Hinterzimmer nur angelehnt war und Licht aus dem Raum fiel. »Harmon, ich bin's, Hal«, sagte er und unterdrückte ein Husten.

Er ging auf das Zimmer zu, öffnete die Tür und trat ein. Ihm stieg ein Gestank in die Nase, der dem in seinem eigenen Haus nicht unähnlich war.

Hal machte unwillkürlich einen Schritt zurück, als er Harmon auf dem Boden liegen sah. Der alte Mann sah zwar sehr tot aus, aber Hal humpelte dennoch zu ihm hinüber, um ganz sicherzugehen.

Definitiv tot. Hal war zwar kein Arzt, aber er tippte auf Herzinfarkt.

»Da müssen wir uns wohl einen neuen Bestatter suchen«, murmelte Hal. Er hustete, richtete sich wieder auf und drehte sich zu Darlene um, die nackt auf dem Tisch lag und noch genauso fürchterlich aussah wie in seiner Erinnerung.

*Vielleicht war es doch zu aufregend für den alten Sack, als er sie ausgezogen hat,* dachte Hal und lächelte schwach.

Harmon hatte noch nicht damit begonnen, sie wiederherzustellen. Ihr halber Kopf war noch immer zerschossen, und dunkles, klebrig aussehendes Blut bedeckte ihre Brust und ihren Bauch.

Als er auf seine getötete Tochter hinunterblickte, war Hal über den Verlust doch ein wenig betrübt, aber vor allem verspürte er Wut darüber, dass er auch sein Baby verloren hatte. Man hatte ihr noch nicht viel angesehen – ihr Bauch war noch keine riesige Kugel gewesen, sondern nur eine kleine *Sieht aus als hätte sie gerade ein paar Cheeseburger zu viel gegessen-*Babyrundung.

Diese dummen Schweine, dachte Hal. Er wünschte sich, zusehen zu können, wie Ethan und Billy starben. Vielleicht hätte er Dale besser gesagt, dass er sie zu ihm nach Hause bringen soll, damit er dabei sein konnte, wenn sie starben – und damit er ihr Ableben vielleicht sogar selbst in die Hand nehmen konnte.

Dafür war es nun zu spät. Nicht, dass es wirklich eine Rolle für ihn spielte. Er war zufrieden, solange sie nur für das bezahlten, was sie getan hatten.

*Sie haben mir etwas sehr Wichtiges weggenommen. Verdammt, ich weiß ja noch nicht mal, ob es ein Junge oder ein Mädchen war.*

Er könnte es jedoch herausfinden, wurde Hal mit einem Mal bewusst, als er in dem kleinen Hinterzimmer stand, in dem sich diverse scharfe Instrumente nur wenige Zentimeter außerhalb seiner Reichweite befanden. Darlenes Körper war ohnehin zerstört, was machte es da also für einen Unterschied, wenn er sie auch noch aufschnitt? Sie war schon fast im vierten Monat, und er hoffte, dass dies genügend Zeit für den Fötus gewesen war, um Genitalien zu bilden.

*Ich muss es wissen,* dachte Hal.

Er streckte eine Hand in Richtung des Tabletts aus, griff nach einem sauberen, glänzenden Skalpell und begann zu schneiden.

# ACHT

Jim erwachte, als er Schritte hörte. Zuerst wusste er nicht, was gerade passierte oder wo er eigentlich war.

Dann erinnerte er sich wieder: Er befand sich in einer Mine, und zwar schon fast den ganzen Tag. Inzwischen musste es Nacht sein, und *mein Gott, wie lange hab ich denn geschlafen?*

*Und waren das eben Schritte?*

Er hatte eigentlich nicht einschlafen wollen, aber anscheinend hatte seine Erschöpfung die Oberhand gewonnen und seine eher schwächliche Entschlossenheit, wach zu bleiben, besiegt.

Jim erhob sich, aber er fühlte sich noch immer ein wenig desorientiert. Er hielt den Atem an und lauschte.

Das Geräusch von Schritten, das zwar noch recht leise war, aber stetig lauter wurde, kam aus der Richtung des tiefen, dunklen Tunnels und fühlte sich an, als stoße ihm jemand Nägel mitten ins Herz.

*Verdammt! Jemand hat die Mine entdeckt.*

Er wägte seine Möglichkeiten ab: bleiben und kämpfen – *womit denn? Wer immer da auch kommt, hat garantiert eine Waffe* – oder fliehen. Wenn er jetzt wegrannte, hatte er einen recht ordentlichen Vorsprung vor seinem oder seinen Verfolgern und würde es bestimmt bis nach oben schaffen, bevor sie ihn schnappten. Allerdings würden sie ihn ganz sicher hören und wissen, dass er sich hier unten versteckte, und dann würde schon bald jeder schießwütige Jäger die Gegend nach ihm absuchen.

Sein Herz schlug wie ein Presslufthammer in seiner Brust.

*Verdammt, wenn ich doch nur ein ...*

»Jim?«, hörte er eine Mädchenstimme flüstern.

Jim erstarrte.

»Bist du da?«

Es war verrückt, aber die Stimme klang haargenau wie Darlenes.

*Aber das ist unmöglich.*

Jim blieb ganz still in der Dunkelheit stehen und befürchtete, schließlich doch noch übergeschnappt zu sein. Offensichtlich hatte das, was er in den vergangenen 24 Stunden durchgemacht hatte, ihn eingeholt, und er letztlich doch den Verstand verloren.

»Jim?«, hörte er erneut, dieses Mal etwas lauter. Die hohe Stimme hallte im Tunnel wider.

*Entweder bin ich verrückt oder ...*

Er hörte ein Seufzen, dann: »Bitte sei hier, ich brauche dich.«

Jim leckte sich über die Lippen und hielt sich selbst für verrückt, weil er darauf antwortete, aber er tat es trotzdem. »Darlene?« Seine Stimme klang trocken und krächzend.

Jemand atmete ein. »Jim?«

Jim streckte eine zitternde Hand zum Boden aus und suchte die kühle Erde ab, bis er eine der Kerzen und eine Streichholzschachtel fand. Er richtete sich wieder auf und holte ein Streichholz heraus, hielt dann jedoch inne, und das Streichholz zitterte neben der Reibefläche der Schachtel in seiner Hand.

*Du weißt, dass es, wenn du die Kerze anzündest und Darlene dort stehen siehst, vermutlich bedeutet, dass du halluzinierst und reif für die Gummizelle bist.*

Jim fuhr mit dem Streichholz an der Seite der Schachtel entlang und hielt die Flamme dann an den Kerzendocht.

Dann hielt er die brennende Kerze hinein in den dunklen Tunnel.

Etwa drei Meter entfernt sah er Darlene, die auf ihn zuging. Sie sah fast genauso gesund und lebendig aus wie noch am Morgen – allerdings waren ihre Kleider jetzt zerrissen und ihr Gesicht und ihre Arme völlig zerkratzt.

»Oh, Gott sei Dank, du bist noch hier.« Darlene lächelte, aber es war ein Lächeln voller Schmerz und Traurigkeit.

Jim blinzelte.

*Ich sehe das gar nicht wirklich. Es ist nur eine Halluzination. Ausgelöst durch Erschöpfung und Schuldgefühle.*

»Schon okay, ich erwarte nich', dass du es glaubst«, sagte Darlene und blieb etwa einen Meter von Jim entfernt stehen. Das Licht der Kerze verlieh ihren Zügen einen goldenen Glanz. »Ich kann's in deinem Gesicht sehen. Aber es ist real. Ich bin real.«

Jim blieb reglos und ungläubig stehen. »Das kann aber nicht Wirklichkeit sein«, murmelte er. »Du kannst nicht hier sein.« Seine zitternde Stimme klang schrill. »Bist du … ein Geist?«

»Die Dose, sie hat funktioniert«, erwiderte Darlene. Dann sprang sie auf ihn zu, schlang ihre Arme um ihn und drückte ihn ganz fest an sich. »Ich bin so froh, dass du noch lebst … Ich hab solche Angst.«

Jim zögerte, aber dann legte er seine muskulösen Arme doch um das dreizehnjährige Mädchen und war sich mit einem Mal sicher, dass sie keine Halluzination war.

Sie umarmten sich sehr lange, und Jim glaubte, Darlene irgendwann weinen zu hören, aber als sie sich schließlich aus seinen Armen löste und zu ihm hinaufschaute, sah er keine Tränen, nur ein verzweifeltes, trauriges, verängstigtes Mädchen.

»Du hast Angst vor mir, oder?«, fragte sie mit zitternden Lippen. »Ich hab gehofft, du hättest keine Angst. Ich meine, mir war schon klar, dass es ein Schock für dich sein wird, mich zu sehen, aber trotzdem …« Sie holte tief Luft.

*Aber sie müsste doch tot sein! Wie kann sie dann hier stehen und atmen?*

»Bitte hass mich nich'. Die Tiere haben mich verfolgt und angegriffen, und ich hab ein Baby schreien gehört und alles, was seit heute Nachmittag passiert ist, macht überhaupt keinen Sinn, und ich hab Angst und …«

»Ich hasse dich doch nicht«, unterbrach sie Jim. Er strich mit einer Hand über ihr Haar und versuchte, die Gedanken zu ordnen. In seinem Kopf schwirrten so viele Dinge herum, so viele Fragen, und er fürchtete, dass es keine Antworten für sie gab. Die erste, die offensichtlichste dieser Fragen platzte schließlich einfach aus ihm heraus: »Wie?«

»Wie ich schon gesagt hab: die Dose.«

Er hatte sich fast nichts von dem, was Craig ihm über die Dose erzählt hatte, gemerkt, außer, dass Darlene sie gekauft hatte und er wollte, dass Jim sie ihr wieder abkaufte. Er zermarterte sich das Hirn und versuchte, sich zu erinnern, aber da stand diese Ziegelmauer, an der er einfach nicht vorbeikam: die Tatsache, dass Darlene, die heute Nachmittag erschossen worden war und die er hatte sterben sehen, jetzt lebendig vor ihm stand und mit ihm redete.

Darlene deutete mit einem Kopfnicken auf den Boden neben Jim. »Wie ich sehe, hast du die Tasche mit meinen Sachen gefunden.«

»Ja.« Jim starrte Darlene an. »Okay, dann erklär mir, wie das alles möglich ist.«

»Ich muss mich erst mal hinsetzen«, seufzte sie. Sie setzte sich vor eine Wand und lehnte sich dagegen. »Ich weiß nich', wo ich anfangen soll. Ich kann's ja selbst nich' richtig glauben. Ich …« Sie verzog das Gesicht und schnappte nach Luft.

»Was ist los?«, fragte Jim.

»Mir tut alles weh. Mal is' es schlimmer, mal weniger schlimm. Meine Brust fühlt sich einfach nur an als … na ja … als hätte mich jemand erschossen.«

»Das kommt daher, dass dich jemand erschossen hat. Ich hab's gesehen. Wie zur Hölle kann dich eine Dose wieder zum Leben erwecken?«

»Es hat mit der Seele zu tun. Als ich Craig die Dose abgekauft hab, hab ich in Wahrheit seine Seele gekauft. Weißt du, er war gar nich' wirklich am Leben, jedenfalls nich' so, wie du jetzt am Leben bist. Er is' gestorben, aber ohne seine Seele konnte er nich' in sein nächstes Leben weiterziehen, deshalb is' er als eine Art Geist zurückgekommen, nur eben als körperlicher Geist. Die einzige Möglichkeit, wie er weiterziehen und endlich seine Schmerzen loswerden konnte, war, dass ihm jemand die Dose abkaufte, in der seine Seele war, und die Seele dann freiließ. Und das hab ich gemacht. Aber weil ich die Dose gekauft und seine Seele befreit hab, musste ich sterben, damit meine Seele in die Dose kommen konnte. Das is' meine Strafe dafür, dass ich was gekauft hab, das mir nich' gehört. Eine Seele ersetzt die andere. So funktioniert es eben.«

Jim sah in Darlenes blasses Gesicht. Trotz des Schocks, den ihm diese ganze Geschichte versetzt hatte, war er froh, sie zu sehen. »Und woher weißt du das alles?«

»Nachdem Craig meine Seele an sich genommen hat, bevor ich wieder aufgewacht bin, haben sie mir erzählt, wie alles funktioniert, die ganze Geschichte von den Leuten, die vor mir kamen. Ich hab gedacht, ich träume, bis ich aufgewacht bin und meinen Körper im Bestattungsinstitut gesehen hab. Er lag einfach da, auf dem Tisch, ganz blutig und … tot. Und dann kam alles auf einmal – die Schmerzen und die Erkenntnis darüber, was mit mir passiert is'.«

Jim erinnerte sich daran, dass er Craig wahrgenommen hatte, kurz bevor Darlene erschossen worden war. Er hatte es auf den Stress geschoben und es als Sinnestäuschung abgetan, doch jetzt …

»Ich hab Craig gesehen, kurz bevor du erschossen wurdest. Hat er auf dich gewartet? Wusste er, dass du sterben würdest?«

»Tja. Wie schon gesagt, das is' Teil des Fluchs. Wer auch immer die Dose kauft und sie öffnet, muss sterben. Craig is' von 'nem Auto überfahren worden. Wir beide wurden von den Jägern verfolgt, deshalb war es am wahrscheinlichsten, dass ich erschossen werden würde.«

»Du wirst also erschossen, Craig nimmt deine Seele und packt sie in die Dose, und dann kommst du so zurück, wie du jetzt aussiehst?«

»Im Großen und Ganzen, ja.«

»Und was sind das für Schmerzen? Kommen die von den Kratzern und Schnittwunden? Hat dich irgendein wildes Tier angegriffen?«

»Das sind nich' einfach nur wilde Tiere – es sind die Geister derjenigen, die im Laufe der Jahre getötet wurden. Ihre Seelen sind in anderen Dosen gefangen. Ich weiß nich', was sie von mir wollen, aber sie haben nich' aufgehört, mich anzufallen. Aber das tut gar nich' so weh. Man hat mir in den Kopf und in den Oberkörper geschossen, und die Einschussstellen fühlen sich die ganze Zeit an, als würde ich brennen. Stell dir vor, man hätte dir in den Kopf und in die Brust geschossen, aber du hättest überlebt, und die Wunden könnten niemals heilen. Genauso fühlt es sich für mich an.«

»Mein Gott«, stieß Jim aus. In seinem Kopf drehte sich alles. All seine Überzeugungen und Vorstellungen von Geistern und dem Jenseits wurden gerade über den Haufen geworfen.

»Und dann is' da noch das Baby … Ich kann es schreien hören, und es hört sich an, als ob es Schmerzen hätte.«

Jim runzelte die Stirn. »Welches Baby?«

Darlene senkte den Kopf. Als sie antwortete, sprach sie sehr leise. »Ich war im vierten Monat schwanger.«

Jim hatte das Gefühl, von einer kalten Hand geohrfeigt worden zu sein. »Wirklich?«

Darlene nickte. »Ich weiß, dass es gestorben is', als sie mich erschossen haben, aber ich kann es immer noch hören. Es is' in meinem Kopf, und es weint die ganze Zeit. Ich werd's einfach nich' los.«

Jim wusste nicht, was ihn trauriger stimmte: dass dieses Mädchen, gerade mal ein Teenager und ohne richtige Familie, schwanger gewesen war oder dass das Baby an diesem Nachmittag zusammen mit seiner Mutter gestorben war. »Es tut mir leid«, sagte er.

Darlene schaute zu Jim hinauf, und in ihren Augen lag unendlicher Schmerz. »Es is', als würde ich bestraft oder so. Ich mein, ich hab das Baby zwar nich' gewollt, jedenfalls nich' mit ihm, aber trotzdem hab ich es ja nich' umgebracht, wieso werde ich dann also bestraft?«

»Mit *ihm* meinst du den Vater, nehme ich an?«

Darlene nickte.

Jim wusste, dass dies ein heikles Thema war, aber er war

einfach furchtbar neugierig auf die Antwort. »Und wer ist der Vater, wenn ich das fragen darf?«

Der Schmerz in Darlenes Augen wurde noch tiefer, und ihr Kinn begann zu zittern. »Es ist … äh … der Chief.«

Die kalte Ohrfeige wurde dieses Mal durch einen Schlag in die Magengegend ersetzt.

*Dieses Dreckschwein. Dieses widerliche, perverse Dreckschwein.*

Jim wünschte sich, er hätte mehr getan, als nur die Nase des Chiefs zu brechen. Er hätte ihn an den Eiern packen, sie abreißen und dem Arschloch das Maul mit seinen Hoden stopfen sollen.

Zumindest für den Anfang.

»Ich kann das nicht glauben. Du … bist doch noch ein Kind.«

»Ich will nich' drüber reden«, sagte Darlene.

»Du solltest dich deshalb nicht schlecht fühlen. Es ist nicht deine Schuld. Du hast nichts falsch gemacht.«

Darlenes Augen flehten ihn an, aufzuhören.

Jim nickte. »Okay. Es tut mir leid.«

*Schwanger. Von einem Mann, der alt genug war, ihr Vater zu sein – und obendrein noch der Polizei-Chief der Stadt!*

Jim hatte plötzlich einen üblen Geschmack im Mund.

»Und was passiert jetzt?«

»Weiß nich'«, erwiderte Darlene. »Ich schätze, ich lebe entweder so weiter – oder ich verkauf irgendjemand meine Dose.«

»Nein«, entgegnete Jim scharf. »Du kannst deine Dose nicht verkaufen. Das kommt überhaupt nicht infrage.«

»Ich weiß aber nich', ob ich ewig mit diesen Schmerzen leben kann«, sagte sie mit gebrochener Stimme. »Das is' einfach zu viel für mich. Davon abgesehen, sperren sie mich sicher ein oder so, wenn mich irgendjemand sieht.«

»Wir finden eine Lösung. Es muss einen Weg geben, wie du da wieder rauskommst, oder zumindest, wie die Schmerzen aufhören.«

»Aber ich hab ja noch nich' mal die Dose«, warf Darlene ein. »Und ohne die bin ich ganz schwach.«

»Weißt du denn, wo sie ist?«, fragte Jim.

»Der Chief hat sie. Wahrscheinlich bei sich zu Hause.«

»Wir müssen sie uns holen. Aber wie kommen wir in die Stadt, ohne dass sie uns schnappen?« Dann kam ihm plötzlich eine Idee. »Wie bist du hier hochgekommen, ohne dass sie dich erwischt haben?«

»Ich bin den Berg auf der anderen Seite hochgestiegen. Ich wusste, dass da keine Wachen stehen. Der Weg führt vom Haupteingang der Höhle in die Stadt. Man muss einfach nur dem Fluss folgen. Der Weg is' gefährlich, wenn man nich' aufpasst, deshalb geht da keiner lang.«

»Okay. Wir holen uns also deine Dose zurück, kommen dann wieder her und versuchen, uns zur Nebenstraße durchzuschlagen.« Jim war mit einem Mal optimistischer – er fühlte sich immer besser, wenn er einen Sinn sah oder ein Ziel vor sich hatte. Und einen Sinn sah er nun definitiv: Er wollte versuchen, Darlene von diesem Ort wegzubringen und ihr helfen, diesen Fluch zu besiegen. Er hatte sie schon einmal im Stich gelassen, und das würde er nie wieder tun.

*Nicht so, wie ich Suzie im Stich gelassen habe. Das kann ich nie wieder gutmachen.*

»Macht's dir was aus, wenn ich hierbleibe?«, fragte Darlene. »Ich weiß nich', ob ich's den ganzen Weg da runter und wieder zurück schaffe. Und mit den ganzen Tieren da draußen …«

»Sicher. Ich versuche, mich zu beeilen«, sagte Jim und steckte die Streichholzschachtel in seine Hosentasche. »Sag mir einfach, wo ich hin muss.«

»Also, den Haupteingang findest du ganz leicht – du gehst einfach 'ne halbe Stunde geradeaus. Ich hab die losen Bretter wieder draufgelegt, als ich reingekommen bin, aber du musst nur die auf der linken Seite anheben, dann kannst du rausklettern. Aber vergiss bloß nich', sie wieder draufzulegen, wenn du durch bist. Rechts von dir ist dann ein Pfad, der zum

Fluss führt. Dann folgst du einfach dem Fluss stromabwärts, und nach vielleicht fünfzehn oder zwanzig Minuten müsstest du rechts 'nen großen Felsen sehen. Dort verlässt du das Ufer und gehst links in den Wald, dann kommst du auf der Main Street raus. Das Haus vom Chief is' leicht zu finden – es is' direkt neben der Polizeiwache. Hast du das?«

»Ja, hab ich«, versicherte Jim. Er hatte sich in den letzten zwanzig Jahren eine gewisse Kompetenz erarbeitet, wenn es darum ging, Anweisungen zu folgen.

»Mach dir keine Sorgen, es sind nich' viele Leute unterwegs. Die haben alle viel zu viel Angst, rauszugehen – du bist nämlich bewaffnet und ziemlich gefährlich. Pass einfach auf die Jäger auf, die in den Straßen Streife gehen. Ich glaub auch nich', dass der Chief zu Hause is'. Als ich sein Haus gesehen hab, brannte kein Licht – vielleicht hast du ja Glück. Aber wenn ich dran denke, wie krank der Chief is', is' er inzwischen vielleicht doch wieder zurück.«

»Er ist krank? Was hat er denn?«

Darlene grinste breit. »Das erzähl ich dir, wenn du wieder zurück bist. Sei einfach vorsichtig, okay?«

Jim nickte, drehte sich um, leuchtete mit der Kerze in den Tunnel und machte sich auf den langen Weg aus der Mine.

Als Jim verschwunden war, lehnte sich Darlene gegen die Wand und begann zu weinen, aber obwohl sie heftig schluchzte, rannen ihr keine Tränen über die Wangen. Sie hatte Jim nicht zeigen wollen, welch große Schmerzen sie tatsächlich litt. Sie wollte nicht, dass er sie für schwach hielt. Sie hatte schon früher Schmerzen ertragen müssen. Zwar nie in diesem Ausmaß, aber dennoch große Schmerzen. Trotzdem, mit diesen Schmerzen zu leben, vermochte sie sich kaum vorzustellen. Und um die Sache noch schlimmer zu machen, hörte sie das Weinen des Babys nun immer lauter und häufiger, und ein grauenhafter Schmerz bohrte sich in ihren Magen.

Wenigstens war sie in der Mine sicher – für den Moment.

Wer konnte schon sagen, ob die Tiere das Warten nicht doch noch irgendwann leid werden und versuchen würden, hereinzukommen?

Während Darlene in der Dunkelheit saß und mit jeder Minute, die verging, schwächer wurde, betete sie, dass Jim ihr ihre Blechdose zurückbringen würde.

Jim bewegte sich zügig vorwärts und erreichte den Haupteingang schon nach weniger als einer halben Stunde. Er hob die losen Bretter an und duckte sich darunter hindurch ins Freie.

Er blieb auf dem Felsvorsprung vor der Mine stehen, schob die Bretter, wie Darlene ihn angewiesen hatte, wieder zurück an ihren Platz, drehte sich dann um und hielt die Kerze über das Gebüsch, das die Klippen säumte. Schon bald erkannte er den Pfad. Er war kaum breit genug für eine einzelne Person und zu einem großen Teil von Gräsern und Büschen überwuchert.

Jim blies die Kerze aus, kippte das geschmolzene Wachs auf den Boden und steckte sie dann in den Bund seiner Jeans. Als sich seine Augen an die Finsternis der Nacht gewöhnt hatten, betrat er den schmalen Pfad, der zum Fluss führte. Beim Gehen streiften seine Beine die Gräser und trockenen Büsche und verursachten ein – zumindest für sein Empfinden – ohrenbetäubendes Rascheln.

Schließlich wurde der Pfad breiter – Jim hatte das Tal erreicht. Vor ihm lag jetzt der Fluss. Er war etwa fünfzehn Meter breit, und sein Wasser plätscherte mit mäßiger Geschwindigkeit dahin. Jim kletterte über ein paar große Steinbrocken und lief dann über ein Bett aus kleinen Kieseln zum Fluss. Er ging in die Hocke, tauchte seine hohlen Hände ins Wasser und trank ein paarmal. Dann schöpfte er erneut Wasser mit seinen Händen, schüttete es sich über den Kopf und genoss das Gefühl, als das kühle Nass in sein heißes Gesicht spritzte und über seinen Rücken und seine Brust tropfte. Das Wasser brannte in seinen Wunden, aber es war ein angenehmer Schmerz.

Als er aussah wie eine ertrunkene Ratte – wenn auch eine

sehr große –, richtete Jim sich wieder auf. Er fuhr sich mit einer Hand durch sein langes Haar, strich es glatt und begab sich dann auf den Weg am Flussufer entlang.

Während er vorsichtig über die Felsen lief, hörte er einen Kojoten heulen, aber auch verschiedene andere Tiere machten auf ihre Anwesenheit aufmerksam. Er dachte an Darlene und daran, wie die Geister-Tiere sie angegriffen hatten.

*Moment mal – hatte Craig das nicht auch erzählt? Dass er von Tieren angegriffen worden war?*

Jim blickte zu den hoch aufragenden Klippen hinauf und glaubte, leuchtende Augen im dichten Wald zu sehen, die ihn beobachteten.

Na prima, dachte er und sah wieder nach vorne auf den dunklen Fluss, der sich mit mäßigem Gefälle den Berg hinunterschlängelte. Er fragte sich, wie Darlene es in ihrer Verfassung und mit den Tieren im Nacken bis zur Mine geschafft hatte.

Jim krampfte sich der Magen zusammen. *Sie lebt. Ihre Seele ist in irgendeiner alten Blechdose gefangen, und obwohl sie heute Nachmittag niedergeschossen und getötet wurde, ist sie am Leben. Und sie hört ihr totes Baby schreien – ein Baby, dessen Vater der Chief ist.*

Jim musste stehen bleiben und tief Luft holen, um sich wieder zu beruhigen. Als er seine Sinne wieder beisammen hatte, lief er weiter am Ufer entlang. Wenn der Uferstreifen zu schmal wurde, rutschte er gelegentlich aus und tauchte einen Fuß in den Fluss.

Er war noch nicht sehr weit gegangen, als er zu seiner Linken eine provisorische Holzleiter bemerkte, die der Leiter im senkrechten Einstiegsschacht der Mine glich. Sie war an den steilen Klippen befestigt und reichte bis ganz nach oben. Jim nahm an, dass sie zur Hütte führte und von den Polizisten als praktische Abkürzung benutzt wurde, wenn sie Wasser brauchten.

Mit dem Gefühl, beobachtet zu werden, setzte er seinen Weg den Berg hinunter fort.

Dale hatte Ethan auf seinem Handy angerufen, nachdem er das Haus des Chiefs verlassen hatte. Er hatte ihm gesagt, er wolle sich mit ihm und Billy an der Hütte treffen, weil der Chief sie für einen speziellen Job brauchte. Allerdings musste er ihnen erst noch die Einzelheiten erklären. Ethan hatte gefragt, was für ein Job das sei, aber Dale hatte ihm nur geantwortet, dass er das noch früh genug herausfinden würde, dass sie aber sehr dabei helfen würden, die beiden Fremden zu fangen, und dass der Chief ihnen sehr dankbar dafür sein würde.

Während die Scheinwerfer des Geländewagens den dunklen Wald erhellten, blieb Dale vor der Hütte stehen, die hinter dem Maschendrahtzaun ziemlich heruntergekommen und rustikal aussah.

»Ihr zwei wartet hier«, befahl Dale den Deutschen Schäferhunden, als er erst die Lichter und dann den Motor ausmachte. »Ich bin bald wieder da.« Er holte seine Glock aus dem Handschuhfach, legte den Sicherheitshebel um und stieg aus dem Wagen. Bevor er die Tür zuschlug, sagte er: »Und dass mir keiner von euch auf die Sitze scheißt.«

Damit ließ Dale die beiden hechelnden Hunde auf der Rückbank des Geländewagens zurück, steckte seine Pistole ins Halfter und schlängelte sich dann zwischen den diversen geparkten Autos bis zum abgeschlossenen Maschendrahtzaun durch.

Es war dunkel, und er sah weder Ethan noch Billy irgendwo. Dale griff nach seiner Taschenlampe, aber noch bevor er sie herausgeholt hatte, leuchtete ihm ein grelles Licht ins Gesicht. »Hey!«

»'tschuldigung«, sagte Ethan.

Als das Licht wieder aus seinem Gesicht wanderte, sah Dale, wie Ethan auf ihn zukam. »Wo zur Hölle bist du denn jetzt hergekommen?«

Ethan zuckte mit den Schultern. »Ich war nur … da drüben. Hab ein Auto herfahren hören und mir schon gedacht, dass du das bist.«

»Wo ist Billy?«

Ethan nickte in Richtung der Bäume hinter ihm. »Musste mal pinkeln.«

Dale blickte in die Dunkelheit, doch Billy sah er nicht. Er wünschte, der Idiot würde sich ein wenig beeilen – er wollte die Sache so schnell wie möglich hinter sich bringen.

Dale hatte sich alles genau überlegt – wie er es tun würde, was er sagen würde –, aber sie mussten beide hier sein, damit es funktionierte. Er würde ihnen sagen, dass er wusste, dass sie diejenigen waren, die Darlene erschossen hatten, und dass sie ihn zur Wache begleiten mussten. Und er würde ihnen sagen, dass der Chief zwar enttäuscht, aber nicht wütend auf sie sei, und dass alles wieder in Ordnung kommen und sie keinen allzu großen Ärger bekommen würden. Dann, wenn die beiden Trottel zum Geländewagen gingen, erleichtert, dass sie so leicht davonkommen würden – *Peng!* –, würde Dale ihnen ihre Schädel wegpusten.

Nachdem sie schon gut eine Minute gewartet hatten, seufzte Dale: »Wie lange braucht der denn, um zu pissen?«

»Vielleicht muss er ja auch kacken«, erwiderte Ethan. »Also, was ist das für ein spezieller Job, den der Chief da für uns hat?«

»Es ist besser, wir warten auf ...«

Dale hörte Kiefernnadeln hinter sich knirschen. Doch bevor er sich umdrehen konnte, legte sich ein Arm um seine Kehle, und dann hob Ethan sein Gewehr und zielte damit direkt auf Dales Gesicht.

»Ich bin schon hier, Sergeant. Was gibt's denn für ein Problem?«

Dales erster Instinkt war, sich zu wehren, aber dann siegte sein gesunder Menschenverstand, und er ergab sich in Billys Griff.

»Hol deine Waffe raus und wirf sie hier rüber«, sagte Ethan.

Dale tat, wie ihm befohlen wurde.

Ethan, ein breites, dümmliches Grinsen im Gesicht, hob die Pistole auf und steckte sie in den Bund seiner Jeans.

»Was zur Hölle soll das werden?«, brachte Dale halb erstickt hervor. »Ihr seid doch beide total verrückt.«

Billys Griff um Dales Kehle wurde fester. »Wieso sagst du uns nicht erst mal, was du verdammt noch mal hier machst, hä? Und ich will keine beschissene Story über irgendeinen Spezialjob hören. Sag uns die Wahrheit.«

»Lass mich los, dann erzähl ich's euch«, keuchte Dale.

»Verarsch uns bloß nicht, Dale.«

»Werd' ich nicht.«

Die beiden Schäferhunde im Geländewagen begannen zu jaulen. Dale hörte Kratzgeräusche und dachte: *Sie sollen mir meinen Wagen nicht kaputt machen.*

Billys Griff lockerte sich, aber sein Arm umschlang weiterhin Dales Hals.

»Red' schon«, befahl Ethan.

»Und wir wollen die Wahrheit hören«, wiederholte Billy von hinten. Sein Atem war heiß und schal.

Die beiden waren cleverer, als Dale ihnen zugetraut hatte. Er wusste, dass es für ihn jetzt nur eine Möglichkeit gab: Er musste – scheinbar – mit der ganzen Wahrheit rausrücken.

»Ich weiß, dass ihr beiden Darlene erschossen habt. Und der Chief weiß es auch.«

»Dann war das Ganze hier eine Falle?«, fragte Ethan.

Dale nickte.

»Und was soll dann unsere Strafe sein, hä?«

Dale sah Ethan direkt an. Sein schadenfroher, wahnsinniger Blick wirkte nicht sonderlich beruhigend. »Kannst du bitte dein Gewehr runternehmen?«

»Nein«, antwortete Ethan. »Also, was sollte mit uns passieren? Und erzähl uns keinen Scheiß.«

Dale musste schnell denken. »Ich sollte euch bis zum Ende der Jagd ins Gefängnis sperren.«

Ethan schnaubte. »Das ist alles?«

»Ist euch das denn nicht Strafe genug? Ihr wisst doch, dass der Chief sich nichts aus Darlene gemacht hat. Wir wollten euch beiden nur eine Lektion erteilen. Was, wenn ihr einen anderen Jäger erschossen hättet?«

*Nette Story,* dachte Dale und hoffte, sie würden sie ihm abkaufen. Sie wussten ja nicht, dass Darlene schwanger gewesen war und damit ihr Schicksal besiegelt hatte.

»Hm«, sagte Ethan und klang dabei entschieden weniger wütend als noch vor ein paar Augenblicken. »Dann wolltest du uns gar nicht umlegen? Sondern uns nur in den Knast stecken, damit wir nicht mehr weiterjagen können?«

»Ganz genau. Denkst du, wir würden ohne vernünftigen Grund zwei unserer eigenen Leute umbringen? Man, ich kenn euch beide schon euer ganzes Leben lang.«

»Klingt eigentlich fair«, erwiderte Ethan. »Was meinst du, Billy?«

Dale wartete auf Billys Antwort. Er war zuversichtlich, dass sie ihn gehen lassen würden. Dann konnte er darüber nachdenken, wie er weiter vorgehen wollte. Aber der Griff um seine Kehle wurde wieder fester. Dale war überrascht, wie kräftig Billy war.

Dale wehrte sich. Er strampelte und krallte sich an Billys Arm fest, und Billy heulte auf, als Dales Fingernägel sich tief in sein Fleisch bohrten und er zu bluten begann.

»Billy, was zur Hölle tust du denn da?«, brüllte Ethan.

Dale unternahm einen schwachen Versuch, nach hinten zu schlagen, aber Billy quetschte förmlich seine gesamte Energie aus ihm heraus.

Der Lärm der bellenden Hunde klang immer entfernter in Dales Ohren. Schon bald brach die Dunkelheit über ihn herein, und die Welt wurde schwarz und still.

Billy ließ Dale auf den Boden gleiten.

Ethan starrte mit weit aufgerissenen Augen auf den leblosen Körper. »Um Gottes willen, Billy! Du hättest ihn doch nicht umbringen müssen. Das hat nicht zu unserem Plan gehört.«

Billy versetzte der Leiche einen festen Tritt und spuckte dann einen Schleimklumpen in Dales Gesicht. »Der beschissene Lügner hat gedacht, er könnte uns reinlegen. Und schau dir nur mal an, was er mit meinem Arm gemacht hat!« Billy hob seinen rechten Arm. Sein knochiger Unterarm war mit blutigen Kratzern überzogen.

Ethan wischte sich über seine tropfende Stirn. »Aber er ist tot, Arschloch. Dale ist tot!«

»Ja, ich weiß.«

»Und der Chief wird darüber nicht besonders glücklich sein. Verdammt, er weiß, dass wir Darlene erschossen haben. Und vermutlich weiß er auch, dass Dale uns hier oben treffen wollte.«

»Na und? Ich hab dir doch gesagt, dass das Ganze 'ne Falle ist«, sagte Billy. »Hab ich dir nicht gesagt, dass er bestimmt weiß, dass wir Darlene erschossen haben und dass dieser Spezialjob ein Haufen Scheiße ist?«

Ethan nickte. »Ja, hast du. Das heißt aber nicht, dass du ihn gleich umbringen musstest.« Ethan seufzte. »Also, was machen wir jetzt? Wir können die Leiche ja nicht einfach hier rumliegen lassen.«

»Wieso denn nicht? Die anderen werden denken, dass es einer von den Fremden gewesen ist.«

Ethan schüttelte den Kopf. »Wie sollte ein unbewaffneter Fremder wohl dazu in der Lage sein, Dale auszuschalten? Nein, wir müssen uns irgendwas ausdenken, damit es nicht so aussieht, als hätten wir ihn umgebracht.«

Billy bohrte sich mit einem Finger im Ohr, während er nachdachte. »Und wenn wir ihn einfach begraben?« Er nahm seinen Finger wieder aus dem Ohr, inspizierte die Fingerspitze und wischte den Schmalz dann an seiner Jeans ab.

»Und wo sollen wir ihn begraben?«

»In der Hütte, neben den ganzen anderen.«

»Die ist abgeschlossen, Blödmann«, fuhr Ethan Billy an.

»Oh, ja, richtig.«

»Und davon abgesehen, werden die Leute sich fragen, wo Dale ist und anfangen, nach ihm zu suchen. Und wenn sie ihn irgendwo vergraben finden, werden sie wissen, dass ihn jemand umgebracht hat – schließlich begräbt sich niemand selbst.«

»Was du nicht sagst«, schnaubte Billy.

»Hey, ich hab's!«, rief Ethan aus. »Wie wär's, wenn wir ihn einfach die Klippe runterwerfen? Er wird unten auf die Steine knallen, und es wird aussehen, als sei er aus Versehen runtergestürzt, als er nach den Fremden gesucht hat.«

Billy nickte. »Klingt gut.«

»Und wir können immer noch sagen, dass wir hier hochgekommen sind, um uns mit Dale zu treffen, dass wir ihn aber nicht finden konnten. Wir haben 'ne Weile gewartet, aber als er nicht aufgetaucht ist, sind wir wieder zurück auf die Jagd gegangen. Der Chief wird nie erfahren, dass wir Dale umgebracht haben.« Ethan klatschte vor Begeisterung über seinen Plan in die Hände.

Die Hunde hatten sich so weit beruhigt, dass sie nur noch gelegentlich ein Jaulen von sich gaben, aber Ethan wollte nicht, dass sie zu kläffen anfingen und unerwünschte Besucher anlockten, während sie damit beschäftigt waren, Dale von der Klippe zu werfen.

»Wir lassen besser die Hunde raus«, sagte Ethan. »Wir wollen ja nicht, dass sie unnötige Aufmerksamkeit auf sich ziehen.«

»Gute Idee«, erwiderte Billy.

»Also? Beeil dich!«

»Ich?«, schnaubte Billy. »Wieso ich? Die Köter haben mich noch nie gemocht.«

»Weil es deine Schuld ist, dass wir in diesem Schlamassel stecken.«

»Wenn ich nicht gewesen wäre, dann wären wir jetzt vermutlich schon Hundefutter.«

»Jetzt komm schon, tu's einfach.«

Billy seufzte. »Schon gut, schon gut. Und was soll ich mit ihnen machen?«

»Einfach nur rauslassen, was denn sonst?«

»Sie erschießen?«

Ethan rollte mit den Augen. »Und noch mehr Aufmerksamkeit auf uns lenken?«

»Und was, wenn sie auf mich losgehen?«

Ethan lächelte. »Dann rennst du.«

»Fick dich.«

Ethan blieb zurück, während Billy sich zwischen den Autos hindurchfädelte und vor dem Geländewagen der Polizei stehen blieb. Das Gewehr in der einen Hand, öffnete Billy die hintere Beifahrertür. »Okay, raus mit euch.«

Ethan hörte ein tiefes Knurren und dachte: *Scheiße, das ist das Letzte, was ich brauche – noch 'ne Leiche.*

Er hoffte einfach, dass Billy nicht in Panik geraten und schießen würde.

»Kommt schon, Jungs, raus mit euch.«

Plötzlich hörte er ein pfeifendes Keuchen, und dann rannte Billy nach oben davon. Zwei große Deutsche Schäferhunde stürzten aus dem Auto, landeten auf dem Boden, rannten in Richtung der Stadt davon und verschwanden schließlich in der Dunkelheit der Berge.

Als Billy zurückkam, sah er furchtbar blass und verschwitzt aus. »Diese Scheißkerle wollten mir die Kehle rausreißen«, beschwerte er sich.

»Brauchst du frische Unterhosen?«, kicherte Ethan.

»Du Arsch. Ich will dich mal sehen, wenn zwei Deutsche Schäferhunde dich anstarren und aussehen, als ob sie deine Augen für 'nen leckeren Snack halten.«

»Komm jetzt, wir sollten uns lieber beeilen und die Leiche loswerden, bevor noch jemand auftaucht«, mahnte Ethan.

Er warf sich sein Gewehr über die Schulter. Billy tat es ihm nach, und dann packten sie jeder an einer Seite an – Ethan Kopf und Nacken, Billy die Füße –, hoben den Toten hoch und trugen ihn an der Hütte vorbei.

»Scheißschwer, der Mistkerl«, stöhnte Ethan.

»Siehst du, wie ich ihn erwürgt hab?«, fragte Billy. »Nicht mal ein großer starker Kerl wie Dale konnte es mit Billy, dem Killer, aufnehmen.«

Sie stapften den leichten Abhang hinunter, hinter der Hütte vorbei, und blieben stehen, als sie die Leiter erreichten, die zum Fluss hinunterführte. Dort legten sie die Leiche auf den Boden.

Ethan streckte sich, atmete tief ein und wischte sich über die Stirn.

Sie gingen bis zum Rand der Klippe vor und schauten hinunter. Der Fluss wirkte relativ ruhig, und sein gemächlich fließendes Wasser glitzerte silbern im Mondlicht.

»Okay, hier werfen wir ihn runter. Es wird aussehen wie ein Unfall, so als sei er ausgerutscht und runtergefallen, als er nach den beiden Fremden gesucht hat.«

Billy nickte. »Du solltest die Waffe auch runterwerfen.«

Ethan sah Billy an. »Was?«

»Dales Pistole, die du dir in den Hosenbund gesteckt hast. Wirf sie die Klippe runter.«

»Die werf' ich ganz sicher nicht da runter«, erwiderte Ethan. »Das ist eine gottverdammte Polizeiwaffe.«

»Was willst du den Leuten denn erzählen, wo du sie herhast?«

Ethan zuckte mit den Schultern.

»Wenn sie Dale finden, werden sie merken, dass die Pistole fehlt. Dann werden sie wissen, dass er umgebracht und die Waffe geklaut wurde. Wirf sie runter, wir brauchen sie nicht.«

Ethan biss die Zähne zusammen. Er wollte sie unbedingt behalten, aber er wusste, dass Billy recht hatte. Nicht, dass er ihm je die Genugtuung verschaffen und das auch offen zugeben würde. »Scheiß drauf, ist sowieso keine besonders tolle Waffe. Ich will sie eigentlich gar nicht.« Er zog die Glock unter seinem Hemd hervor, holte aus und warf die Pistole über den Rand der Klippe. Sie knallte unten gegen die Felsen und zerbrach beim Aufprall.

Die beiden gingen wieder zur Leiche zurück. »Okay, dann lass uns den guten Dale mal runterwerfen«, sagte Ethan.

Sie hoben die Leiche wieder an Armen und Beinen hoch und trugen sie zum Rand der Klippe. »Leg ihn hier mal ab.«

»Warum?«, wollte Billy wissen. »Werfen wir ihn denn nicht einfach runter?«

»Wir werden ihn runterrollen. So ist es realistischer – wir wollen ja nicht, dass es irgendwie verdächtig aussieht, sondern so, als sei er ausgerutscht. Wenn wir ihn runterwerfen, dann ist es zu offensichtlich, dass ihn jemand, na ja, runtergeworfen hat.«

Die beiden Männer brachten Dale in eine sitzende Position. Ein Geräusch, das wie ein Stöhnen klang, drang aus seinem Körper.

Ethan machte einen Satz nach hinten. »Scheiße.«

Billy lachte. »Du Blödmann. Hast du denn von nichts 'ne Ahnung? Das ist nur Gas, das entweicht. Das passiert immer.«

»Bist du sicher?«

»Ja.«

Ethan stellte sich wieder neben Billy, und gemeinsam stießen sie Dales Leiche an, damit sie über den Rand der Klippe fiel.

Die beiden sahen zu, wie die Leiche kopfüber hinunterstürzte, gegen einen Felsvorsprung knallte, der aus der Klippe hervorragte, sich zweimal merkwürdig schräg überschlug und dann, anstatt weiter die Klippe hinunterzufallen, im v-förmigen Geäst eines großen, buschigen Baumes landete, der etwa auf halber Höhe der Klippe wuchs.

»Hm«, sagte Ethan, enttäuscht, weil Dale nicht bis ganz nach unten auf die Felsen gestürzt war. Er hatte sich schon darauf gefreut, ihn zerplatzen zu sehen.

»Schade«, sagte Billy.

Sie warteten darauf, dass einer der Äste brach, aber das passierte nicht. Dale Whites Leiche hing zur Hälfte aus dem Baum, wie ein Hotdog-Würstchen aus einem Brötchen.

»Was meinst du? Sollen wir ihn einfach so liegen lassen?«, fragte Ethan.

»Also, ich kletter' bestimmt nicht da runter und geb' ihm 'nen Schubs. Wenn du also nicht unbedingt willst …«

Ein erneutes Stöhnen, dieses Mal lauter.

»Das war aber kein verdammtes Gas«, sagte Ethan mit Panik in der Stimme. Er drehte sich zu Billy um. »Er lebt noch, du bescheuerter Idiot. Er lebt!«

»Das kann nicht sein«, sagte Billy. »Ich hab ihn mit aller Kraft gewürgt. Er war tot.«

»Also, für mich klingt er nicht besonders tot.« Ethans Haut war von kaltem Schweiß überzogen, und sein Herz klopfte doppelt so schnell wie sonst. Er schaute zu Dale hinunter, und im Mondlicht sah er, wie Dales Leiche zuckte. Dann folgte ein weiteres, schmerzerfülltes, kehliges Stöhnen.

»Okay, dann ist er eben noch am Leben. Was soll's?«, sagte Billy. »Dann muss eben doch einer von uns runterklettern und die Sache zu Ende bringen. Hier kommt sowieso nie jemand her, wir müssen uns also keine Sorgen machen. Und wenn doch jemand auftaucht, dann behaupten wir einfach, wir hätten bei den Klippen gesucht und den Sergeant so gefunden, okay? Wir wollten ihm nur helfen. Wenn sie dann Hilfe holen gehen, kann ihn derjenige von uns, der da unten ist, doch noch erwürgen und runterstoßen. Wir sagen einfach, er sei gefallen oder der Ast sei gebrochen, und Gott, wie furchtbar, aber es sieht ganz so aus, als sei er tot und als können wir nichts mehr für ihn tun.« Billy atmete tief ein und blinzelte heftig. Schweiß tropfte von seiner Stirn und in seine Augen. Dies war vermutlich der längste Satz, der ihm je über die Lippen gekommen war.

»Das ist ein Bombenplan, Billy-Boy, es gibt nur ein klitzekleines Problem: Wie zur Hölle sollen wir da runterkommen, um die Sache zu Ende zu bringen?«

Die Klippenwand war viel zu steil, und es ragten auch nicht genügend Felsen aus ihr hervor, an denen sie hätten hinunterklettern können. Dale steckte in einem Baum fest, der ohne Seil oder eine sehr, sehr lange Leiter unmöglich zu erreichen war.

»Hast du ein Seil?«, fragte Ethan und drehte sich wieder zu Billy um.

»Zu Hause, ja. Warum? Denkst du, dass du ihn mit 'nem Seil erreichen kannst?«

Ethan schaute in den Wald, der sich hinter der Hütte erstreckte. Dort standen mehrere Bäume, an denen sie das Seil gut festmachen konnten. Er wandte sich wieder Billy zu. »Wir können ein Seil um einen der Stämme da binden und dann zu dem Baum runterklettern.«

Billy sah in den Wald, dann die Klippe hinunter, dann wieder zu Ethan. Er nickte. »Okay. Du wartest hier und ich hol das Seil.«

Ethan zögerte, da es ihm lieber gewesen wäre, das Seil selbst zu holen und Billy zurückzulassen, da er sich dann mit dem Problem hätte herumschlagen dürfen, falls tatsächlich zufällig jemand vorbeikommen sollte. Aber das Seil war bei Billy zu Hause, deshalb ergab es durchaus Sinn, wenn Billy ging und es holte. »In Ordnung.«

»Ich beeil mich.« Billy rannte in den Wald, und bald darauf verschluckte ihn die Dunkelheit.

Mit einem Seufzen drehte Ethan sich wieder zu der Klippe um und schaute erneut zu Dale hinunter. »Du sturer Mistkerl«, sagte er. »Wieso stirbst du nicht einfach?«

Als Antwort stöhnte Dale leise.

Ethan wandte sich von der Klippe ab. Ihm kroch ein Schauer über den Rücken und er wünschte sich, er hätte zurück in die Stadt gehen können, während Billy allein mit dem halb toten Sergeant hier auf ihn wartete.

Als Jim rechts den großen Felsen sah, blieb er stehen, um Luft zu holen.

*Kein Wunder, dass nie jemand am Flussufer entlanggeht,* dachte Jim. Abgesehen davon, dass seine Schuhe und der untere Teil seiner Hosenbeine klitschnass waren, hatte er sich diverse Schnittwunden und Abschürfungen zugezogen, da er öfter auf den Steinen ausgerutscht und hingefallen war.

Jim trat vom steinigen Ufer auf den festen Erdboden. Durch die zahlreichen Bäume konnte er einige Lichter erahnen.

*Na dann ...*

Er rannte los. Die Lichter wurden heller, als er sich der Straße näherte. Nachdem er sich so lange Zeit ausschließlich auf das Mondlicht hatte verlassen müssen, erschienen sie ihm nun die ganze Welt zu erleuchten. Je näher er dem Waldrand kam, desto langsamer ging er, und schon bald konnte er durch die Lücken zwischen den einzelnen Gebäuden verschiedene Läden und einige Straßenlaternen erkennen.

Jim lief eine der schmalen Gassen entlang und blieb an einer Hausecke stehen. Als er die Straße hinunter in Richtung der Kneipe blickte, sah er einen Jäger auf sich zukommen. Der Mann war etwa zehn Meter von ihm entfernt und ging, das Gewehr über seine Schulter geschwungen, mitten auf der Straße. Unter der Baseballmütze ließ sich die obere Hälfte seines Gesichts nur erahnen.

Jim hielt sich im Schatten des Gebäudes versteckt und wartete. Er kannte weder die Route des Mannes noch war er mit dessen Routine vertraut, er wusste also nicht, wie weit er in eine Richtung ging, bevor er umdrehte und wieder in die andere Richtung schlenderte, geschweige denn, ob er die Gassen zwischen den Läden kontrollierte. Jim musste warten, bis der Mann wieder in die entgegengesetzte Richtung ging, bevor er sich bewegte, und er betete, dass er ihn in seinem Versteck nicht entdecken würde.

Jim wartete ungefähr zehn Minuten, bis er erneut einen Blick um die Hausecke riskierte. Der Jäger war noch immer etwa zehn Meter von ihm entfernt, hatte ihm nun aber den Rücken zugedreht.

*Perfekt.*

Jim holte tief Luft und trat aus der Dunkelheit.

Er hielt seinen Kopf leicht gesenkt und ging in normalem Tempo – er wollte keinen Verdacht erwecken. Als er die andere Straßenseite erreicht hatte, steuerte er das Haus neben der Polizeiwache an.

*Ich muss verrückt sein – wieso würde ich wohl sonst die Main Street runtergehen, nur drei Meter von der Polizeiwache entfernt, während ganz in der Nähe ein Jäger lauert?*

Es mochte vielleicht verrückt sein, aber er musste es trotzdem tun. Er konnte sich nicht einfach zurücklehnen und zulassen, dass noch ein Mädchen seinetwegen leiden musste.

*All die Schmerzen, die Darlene ertragen muss,* dachte Jim. Nicht nur körperliche Schmerzen, sondern auch emotionale. Was sie in den letzten zwölf Stunden durchgemacht hatte, wäre für jeden die Hölle gewesen.

Jim hatte das Haus neben der Polizeiwache erreicht. Er betrat den Pfad, der zur Vordertür führte. Das Licht auf der Veranda brannte, was seine Zuversicht nicht unbedingt steigerte. Darlene hatte gesagt, das Haus sei dunkel gewesen, als sie es zum letzten Mal gesehen hatte.

Immerhin stand kein Wagen in der Auffahrt, was hoffentlich bedeutete, dass der Chief nicht zu Hause war.

*Es sei denn, er stellt sein Auto immer in die Garage.*

Jim ging an den Gartenzwergen vorbei, die den Weg säumten. Kurz bevor er die Veranda erreichte, verließ er den Pfad und pirschte sich an das rechte Vorderfenster heran. Er musste über das Gras und durch ein volles Blumenbeet treten. Jim beugte sich nach vorne und versuchte, durch die Vorhänge ins Haus zu blicken, fand jedoch keine Lücke. Er trat wieder vom Fenster zurück, blieb außerhalb des Lichtscheins der Verandalampe auf dem Rasen stehen und fragte sich, wie er herausfinden sollte, ob der Chief im Haus war, und wie er an Darlenes Dose herankam, falls er sich tatsächlich dort drinnen befand.

*Du weißt doch gar nicht mit Sicherheit, dass die Dose da drin ist.*

Es gab nur eine Möglichkeit, das herauszufinden …

Jim legte sich in aller Eile einen Plan zurecht. Er war zwar nicht gerade brillant, aber er war das Beste, was er in der Kürze der Zeit zustande brachte.

Jim kroch die Verandatreppe zur Vordertür hinauf und drückte auf die Klingel. Dann hastete er die Stufen wieder hinunter, duckte sich hinter einen Busch und wartete, während sein Herz wild pochte und sein Puls wie ein tosender Strom in seinen Ohren rauschte.

Die Tür blieb verschlossen. Entweder war der Chief im Haus und hatte einen gesunden Schlaf oder er war tatsächlich nicht da. So oder so konnte Jim sich nun hineinschleichen und sich nach der Dose umsehen, ohne Angst haben zu müssen, erwischt zu werden. Als er sich wieder zur Haustür begab, fiel ihm ein, dass er gar nicht nachgesehen hatte, ob sie vielleicht abgeschlossen war. Das würde ihm natürlich einen ziemlichen Strich durch die Rechnung machen. Er wusste zwar, wie man in ein Haus einbrach, aber es war etwas völlig anderes, wenn er nicht mit Sicherheit sagen konnte, ob sich der Besitzer wirklich außer Haus befand oder ob möglicherweise ganz in der Nähe ein Jäger war, der das Glas zerbrechen hören konnte.

Voller Anspannung ergriff Jim den Türknauf und drehte daran.

Der Knauf bewegte sich, und die Tür öffnete sich mit einem Klicken. Jim atmete aus und dachte: *Wenigstens eine Sache, um die ich mir keine Sorgen mehr machen muss.*

Behutsam öffnete er die Tür einen Spalt. Ein fauliger Geruch schlug ihm entgegen. Jim atmete ganz vorsichtig und schob die Tür noch weiter auf.

Als er den dunklen Flur betrat, wurde der Geruch stärker. Außerdem lag irgendeine düstere Ahnung über dem Haus, eine Art Todesahnung. Jim fühlte mit einem Mal klaustrophobische Beklemmung.

Er schloss die Tür und zuckte bei ihrem dumpfen Klicken zusammen. Dann horchte er. Das Haus war still. Jim schob sich durch den Flur und blieb stehen, als er den Türbogen erreichte. Er lugte um die Ecke und sah ins Wohnzimmer. Es war leer. Auf einem kleinen Tisch stand eine Lampe neben einer Flasche Jim Beam. Es war jedoch der Gegenstand neben dem Whiskey, der Jim ein Lächeln entlockte. Die Blechdose lag auf dem Tisch. Sie sah im Schein der Lampe irgendwie unheimlich aus.

Jim trat an den Tisch und nahm die Dose in die Hand. Er war überrascht von ihrem Gewicht, und als er daran dachte, was sich darin befand, jagte ein kalter Schauer durch seinen Körper. Die gesamte Schwere dessen, was er in Händen hielt, ließ ihn schwindelig und die Innenflächen seiner Hände schweißnass werden. Er konnte kaum glauben, dass er eine Dose in der Hand hielt, in der sich Darlenes Seele befand.

Er wollte gerade die Schnur um seinen Hals legen, als er draußen das Dröhnen eines Motors hörte.

*Nein!*

Jim legte die Dose wieder ab und sah sich nach einem Versteck um.

Ein Korbschrank in der Ecke des Zimmers schien ihn am geeignetsten, und während er betete, dass sein großer Körper hineinpassen würde, eilte er hinüber und riss die Schranktüren auf. Im Inneren befanden sich jede Menge Videokassetten, alle ohne Beschriftung am Rücken, und gerade genug Platz für Jim, um sich hineinzuquetschen und die Türen zu schließen.

Umschlossen von Dunkelheit wartete er. Er hörte, wie eine Autotür zuknallte und sich kurz darauf die Haustür öffnete. Im Schein der Lampe, die das Wohnzimmer in orangefarbenes Licht tauchte, sah er den Chief hereinkommen.

Der faulige Geruch, der überall im Haus lag, verstärkte sich augenblicklich. Jim unterdrückte ein Würgen. Seine Augen wurden wässrig. Er blinzelte die Tränen weg und sah sich den Chief genauer an.

*Heilige Scheiße!*

Was Jim am meisten erschreckte, war, wie verpestet der Chief aussah. Sein Gesicht schimmerte blassgrün, und er wirkte völlig erschöpft, so als habe man ihm alles Leben ausgesaugt. Dann bemerkte Jim das selbstgefällige, hinterhältige Grinsen des Chiefs, das seinem Gesicht einen Ausdruck teuflischer Freude verlieh.

Der Chief wiegte ein Handtuch in seinen Armen, das blutgetränkt aussah. Er hatte offensichtlich irgendetwas darin eingewickelt, aber Jim erkannte nicht, worum es sich handelte.

Jim verhielt sich in dem Schrank ganz still, atmete nur sehr langsam und beobachtete den Chief weiter durch das Korbgeflecht der Tür. Er war sich ziemlich sicher, dass er durch das Geflecht nicht zu sehen war, doch falls er entdeckt wurde, würde er den Chief so schnell und so leise wie möglich beseitigen müssen. Kein Faustkampf dieses Mal. Es war unbedingt nötig, dass Jim zuschlug, bevor der Chief die Möglichkeit hatte, seine Waffe zu benutzen – angesichts der Tatsache, dass sich der Chief jedoch wie ein verwundetes Faultier bewegte, war Jim recht zuversichtlich, dass er diesen Kampf gewinnen würde. Durch jede Abweichung von seinem Plan gefährdete er Darlenes Chancen auf Erlösung, und das konnte er auf keinen Fall zulassen. Er musste versuchen, aus diesem Haus zu entkommen und – mit der Dose – wieder zur Mine zurückkehren, ohne von irgendjemandem bemerkt zu werden.

Der Chief taumelte zu einem der Sessel hinüber und setzte sich. Sein Rücken war nun dem Schrank zugewandt, sodass Jim sich ein wenig entspannen und einfach abwarten konnte, bis der Chief einschlief oder das Haus wieder verließ. Dann konnte er sich die Dose holen und wieder verschwinden.

*Wo ist er gewesen?,* fragte sich Jim. Für jemanden, der so krank war wie er, war es ein Wunder, dass er die Strapazen überhaupt auf sich nahm und das Haus verließ.

Was stimmte wohl nicht mit ihm? Hatte es etwas mit der Dose zu tun?

*Muss es wohl.*

Jim erinnerte sich an etwas, das Craig zu dem Chief gesagt hatte, kurz bevor sie Jim heute Morgen aus der Hütte geschleppt hatten: »Du hättest sie nicht öffnen sollen. Du hattest kein Recht, sie zu öffnen.«

Konnte das der Grund sein? Hatte er die Dose mit Craigs Seele geöffnet und war nun deswegen so krank? Er hatte nicht das Recht gehabt, sie zu öffnen … Was bedeutete das?

Jim dachte über diese Fragen nach, als der Chief plötzlich seine Arme in die Luft streckte.

Jim achtete jedoch nicht besonders darauf, was der Chief tat, bis er ihn murmeln hörte: »Bist du nicht ein hübscher Junge? Du bist das genaue Ebenbild deines Alten.«

Jim kniff die Augen zusammen, um zu sehen, was der Chief da in seinen Händen schaukelte als sei es ein wertvoller Edelstein. Aber es war kein Edelstein, es sah aus wie ein …

Vor Jims ungläubigen Augen verschwamm alles.

*Oh. Mein. Gott.*

Die Nabelschnur baumelte von dem winzigen Fötus wie ein Stück eines blutigen Seils. Die kleine Gestalt war von Blut und Schleim umhüllt, und als Jim die noch kaum ausgebildeten Händchen neben dem missgebildeten Körper sah, wandte er sich ab. Tränen rannen ihm über die Wangen. Er war kurz davor, aus dem Schrank zu springen und seine Hände um die Kehle des Chiefs zu legen. Er musste sich so sehr anstrengen, sich im Zaum zu halten, dass ihm Schweißbäche aus allen Poren liefen. Sein ganzer Körper bebte vor Wut.

»Endlich habe ich einen Sohn«, sagte der Chief und lachte, wurde jedoch sofort von einem Hustenanfall geschüttelt. Er ließ seine Arme wieder sinken, streckte eine Hand aus und griff nach der Whiskeyflasche. Er trank einen Schluck und bot die Flasche dann dem Fötus an, der in der hohlen Innenfläche seiner anderen Hand lag. »Wenn du mal so groß und stark werden willst wie dein alter Herr, dann musst du lernen, wie ein Mann zu trinken.«

Schweiß und Tränen strömten über Jims Gesicht. Er wusste, dass diese Menschen krank waren, besonders der Chief, aber das war einfach zu viel. Das ging weit über alles hinaus, was Jim im Gefängnis je gesehen oder gehört hatte. Er hätte sich etwas so Grauenhaftes niemals vorstellen können, wenn er es nicht mit eigenen Augen gesehen hätte.

*Arme Darlene.*

*Mein Gott, ich kann ihr das nicht erzählen. Das ist etwas, das ich mit mir ins Grab nehmen muss.*

»Wenigstens etwas hat diese Hure richtig gemacht«,

murmelte der Chief. »Sie hat mir einen Sohn geschenkt. Nicht so wie diese andere wertlose Schlampe.«

Jim empfand es als Gnade, dass er den Fötus nun nicht mehr sehen konnte, da der Sessel ihm die Sicht versperrte. Während er in der heißen Dunkelheit stand und so dringend frische Luft brauchte, dass er dachte, er falle in Ohnmacht, hörte Jim den Chief weinen. »Ich habe einen Sohn. Ich habe endlich einen Sohn«, schluchzte er.

Das blutige Handtuch fiel auf den Boden.

Das Schluchzen dauerte noch eine Zeit lang an, bis es sich schließlich in lautes Schnarchen verwandelte.

Ganz leise kletterte Jim aus dem Schrank.

Das Schreien des Babys erklang nun immer lauter und häufiger.

*Was hat es denn?,* fragte sich Darlene. Hatte es Schmerzen oder war es hungrig? Sie wusste es nicht. Sie wollte nur, dass es aufhörte.

»Höraufhöraufhöraufbittehörauf«, jammerte Darlene und legte sich die Hände auf die Ohren.

Sie wollte, dass sie allesamt verschwanden – das Baby, die Tiere, die Schmerzen.

*Bitte beeil dich, Jim. Wo bist du?*

Sie hoffte, dass sie ihn nicht geschnappt hatten. Sie brauchte die Dose, und sie verließ sich darauf, dass er sie ihr brachte.

Zu schwach, um ihre Hände noch länger hochzuhalten, ließ Darlene ihre Arme auf den Boden fallen und saß einfach nur da, zitternd, weinend, aber ohne Tränen, voller Angst und Schmerzen, und wartete darauf, dass Jim zurückkehrte.

»Ich bin so in fünf Stunden wieder da«, sagte Stan zu Walt.

»Lass dir Zeit. Schlaf dich richtig aus. Mach dir keine Sorgen, ich krieg das hier schon hin.«

Stan nickte, sagte: »Okay«, und ging zur Tür. Er hatte zwar Vertrauen in Walts Barkeeper-Fähigkeiten, aber je eher Stan wieder zurück war, desto besser. Er brauchte nicht viel Schlaf, um durchzuhalten, und fünf Stunden waren mehr als genug. Er hatte allerdings definitiv ein wenig Erholung nötig, und so verließ er die fast leere Kneipe, trat in die warme Nacht hinaus und ging auf seinen Pick-up zu, der vor dem Davey's parkte.

Er blickte die Main Street hinunter. Selbst für eine Kleinstadt wie Billings war sie ungewöhnlich ruhig. Der einzige Mensch, der unterwegs war, war Adam Kane, der Bibliothekar der örtlichen Bücherei. Er sah erschöpft aus, von gelangweilt ganz zu schweigen. Der Ärmste war schließlich schon den ganzen Tag die Straße rauf- und wieder runtergegangen, obwohl er genau wusste, dass die Chancen, dass Jim es aus den Bergen herunterschaffte, äußerst gering standen. Wie die anderen Wachen, die überall in der Stadt positioniert waren, diente Adam vor allem Schauzwecken.

»'n Abend, Stan«, rief er.

*Klasse, er hat mich gesehen,* dachte Stan.

Ein Plausch mit einem der Jäger war so ungefähr das Letzte, worauf Stan im Moment Lust hatte. Aber der Bibliothekar im mittleren Alter, mit dem schütteren blonden Haar und der winzigen Brille, die in seinem dicklichen Gesicht einfach lächerlich aussah, kam bereits auf ihn zu.

*Der Typ lechzt vermutlich einfach nach Gesellschaft.*

»'n Abend«, grüßte Stan zurück und drehte sich zu Adam um, wobei er mit einer Hand bereits den Türgriff seines Pick-ups festhielt.

Adam trottete zu ihm hinüber, und sein Gewehr baumelte über seiner Schulter. Am Heck des Pick-ups blieb er stehen. »Gehst du?«

Stan nickte. »Ich geh nach Hause und ruhe mich ein bisschen aus.«

»Überlässt du Walt solange das Kommando?«

Stan nickte erneut.

»Vertraust du ihm? Der alte Sack hat mir vor 'ner Weile ein Bier serviert, aber da war mehr Schaum als Bier im Glas.«

»Na ja, er …« Über Adams Schulter sah Stan einen Schatten aus dem Haus des Chiefs huschen. Der Schatten war gut zwölf bis fünfzehn Zentimeter größer als Hal. »Er lernt es schon noch«, beendete Stan seinen Satz, während er mit einem Auge die Gestalt beobachtete.

»Ja, wahrscheinlich.« Adam seufzte. »Mann, was würde ich dafür geben, wenn ich auch nach Hause gehen könnte. Ich bin schon den ganzen verdammten Tag und die ganze Nacht hier draußen. Aber das muss ich ja auch, falls …«

Stan hörte Adam nur mit halbem Ohr zu und beobachtete, wie die Gestalt auf dem Bürgersteig stehen blieb und sich umschaute. Sie schien zu zögern, als sie Stan und Adam auf der Straße stehen und sich unterhalten sah.

Stan wandte sich wieder Adam zu.

»Tja, dann mach ich besser mal weiter«, sagte Adam mit einem tiefen Seufzer. »Hat mich gefreut, Stan«, sagte Adam, der sich bereits wieder halb umgedreht hatte.

»Äh, also … das ist doch echt eine Schande mit Darlene, was?«

Adam nickte. »Ja. Verdammtes Pech war das.«

Stan streckte eine Hand über seinen Kopf aus, so als wolle er sich kratzen, aber stattdessen winkte er ganz kurz und hoffte, dass Jim es sehen, Adam es aber nicht bemerken würde.

»Hal tut mir wirklich leid«, sagte Stan.

»Ja«, stimmte Adam zu.

Jims dunkle Gestalt eilte über die Straße. Er schien irgendetwas gegen seine Brust zu pressen. Er huschte zwischen den dunklen Läden auf der anderen Seite der Main Street hindurch und verschwand aus Stans Blickfeld.

»Also, ich sollte jetzt wirklich wieder zurückgehen. Ich will ja nicht aussehen, als wollte ich mich drücken.« Adam grinste. »Das mach ich bei meinem regulären Job schon oft genug.«

Stan erwiderte das Lächeln. »Sicher.«

Adam wandte sich ab und setzte seinen Patrouillengang auf der Main Street fort.

Als er verschwunden war, schaute Stan zu der Stelle hinüber, an der Jim verschwunden war.

*Was macht er denn bei Hal zu Hause? Und wo will er hin?*

Stan wusste, dass er Adam hätte sagen sollen, was er gesehen hatte, aber soweit es ihn betraf, hatte er gar nichts gesehen.

Trotzdem hatte Jims Anblick Stan mit Schuldgefühlen erfüllt. Er erinnerte sich wieder an jenen Tag vor achtzehn Jahren, als er den alten Landstreicher erschossen hatte – einen unschuldigen Mann, dessen einziger Fehler es gewesen war, dass er kein Einheimischer war.

Genau wie Jim.

Stan war froh, dass sie ihn noch nicht getötet hatten – er brauchte wirklich keinen weiteren Toten auf seinem Gewissen. Aber er schämte sich dafür, dass er zugelassen hatte, dass ein unschuldiger Mann wie ein wildes Tier gejagt wurde.

Stan sah auf seine Hand, die noch immer den Türgriff festhielt. Er konnte ganz einfach einsteigen, nach Hause fahren und sich schlafen legen. Und versuchen, seine Schuld zu begraben, genauso, wie er es auch in den vergangenen achtzehn Jahren getan hatte. Und ein stummes Gebet sprechen, wenn er erneut Schüsse von den Bergen widerhallen hörte und wusste, dass schon bald ein weiterer Unschuldiger tot unter der Erde liegen würde.

*Verdammt,* dachte er.

Dieses Mal konnte er das nicht tun.

Vielleicht war es ja ein Zeichen von oben, dass er Jim noch einmal gesehen hatte – genau der Weckruf, den er brauchte. Aber was es auch war, er wusste, dass er nicht länger mit diesen Verleugnungen leben und auch diese Schuld nicht länger ertragen konnte, die ständig an ihm nagte.

Mit einem tiefen Seufzen, mit dem er Staub von seiner Seele zu blasen schien, stieg er in seinen Pick-up, aber statt nach Hause zu fahren, entschloss er sich, zu dem einzigen Menschen der Stadt zu fahren, der seine Schuld vielleicht verstehen konnte. Dem einzigen Menschen, von dem er wusste, dass er sich ihm anvertrauen konnte, ohne sich vor den Folgen fürchten zu müssen.

Es war an der Zeit, dass er Amy die Wahrheit über diese Stadt erzählte.

Dale stöhnte erneut.

Der Sergeant war zwar noch immer nicht wieder bei vollem Bewusstsein, aber Ethan nahm an, dass es nur noch eine Frage der Zeit war, bevor er wieder wach genug sein würde, um Zeter und Mordio zu schreien.

Ethan, der mit dem Rücken zum Sergeant stand, verfluchte Billy dafür, dass er so lange brauchte. *Wo ist dieser Idiot?,* fragte er sich.

In der Hoffnung, Billy endlich zu sehen, schaute er erneut in den Wald, fürchtete jedoch insgeheim, den Chief oder einen der Polizisten auf sich zukommen zu sehen. Vor lauter Nervosität musste Ethan pinkeln. Er öffnete seinen Reißverschluss und ließ es laufen.

Der Urinstrahl hörte sich auf den trockenen Kiefernnadeln unheimlich laut an und er hielt ziemlich lange an. Als Ethan fertig war, schloss er den Reißverschluss wieder und wischte sich die Hände an seiner Jeans ab.

Irgendwo schrie eine Eule, ein Kojote heulte, und auf halber Höhe der Klippe stöhnte und gurgelte Dale.

Ethan drehte sich um und sah auf den Sergeant hinunter. So verdreht, wie Dales Körper in dem Baum lag, sah es aus, als sei eines seiner Beine gebrochen.

Ethan streichelte sein Gewehr – wie sehr er sich doch wünschte, er könne einfach eine Kugel in Dales Kopf jagen und die Sache endlich hinter sich bringen.

Aber er konnte nicht riskieren, dadurch Aufmerksamkeit auf sich zu ziehen.

Hinter ihm knirschten Kiefernnadeln. Ethan wirbelte herum. Als er Billy sah, seufzte er: »Gott sei Dank. Warum hat das denn so lange gedauert?«

»Ich hab noch im Davey's vorbeigeschaut«, antwortete Billy.

»Was?«

Billy lachte heiser. »War nur'n Scherz. Aber ich bin zu Hause mal ausführlich aufs Klo gegangen und hab mir'n Sandwich gemacht.«

Ethan spürte die Leere in seinem Magen und dachte, wie herrlich ein Sandwich jetzt wäre. Er hatte seit dem Frühstück nichts mehr gegessen.

»Wir hatten Glück. Ich musste das Seil nur zwei Jägern erklären.« Billy trug eine dicke Seilrolle auf einer Schulter.

»Und was hast du ihnen gesagt?«

»Dass ich es holen wollte, falls ich Lust bekomme, die Fremden aufzuhängen, anstatt sie zu erschießen.«

Ethan nickte. »Gute Idee.«

Billy trat an den Rand der Klippe und schaute hinunter. »Lebt noch«, grummelte er.

»Nicht mehr lange«, erwiderte Ethan. »Gib mir das Seil.«

Billy reichte Ethan das Seil, und dann ging Ethan zur nächsten Kiefer hinüber und schlang das eine Ende um den Stamm. Er wickelte es dreimal herum und knotete es dann fest. Als er an dem Seil zog, fühlte es sich vertrauenerweckend sicher an. »Okay, lass es uns zu Ende bringen.«

Er nahm den Rest des Seils und warf ihn über den Abgrund. Es baumelte direkt neben dem Baum, auf dem Dale lag. »Perfekt. Okay, wer klettert runter?« Ethan hatte sich noch nie irgendwo abgeseilt oder war bergsteigen gewesen – er war nicht unbedingt der sportliche Typ. Seine Vorstellung von intensivem Training war harter Sex, gefolgt von Armbeugen mit einer Dose Bier.

»Also, wahrscheinlich hat er sowieso 'nen Hirnschaden«, sagte Billy. »Vielleicht müssen wir ja gar nicht runterklettern und die Sache zu Ende bringen. Er wird nicht mal wissen, von welchem Planeten er ist, geschweige denn, wer versucht hat, ihn umzubringen.«

Ethan seufzte. »Du bist ein dämlicher Vollidiot, weißt du

das? Der ganze Sinn der Sache ist doch, dass wir wollen, dass es wie ein Unfall aussieht, nicht, dass er umgebracht wurde. Ich will, dass nicht der geringste Zweifel an der Todesursache besteht. Du erinnerst dich wohl noch daran, dass der Chief weiß, dass wir Darlene umgebracht haben. Und er weiß von unserem Treffen mit Dale, deshalb wird er uns zuerst verdächtigen, wenn es so aussieht, als sei an der Sache irgendwas faul.«

Billy presste die Lippen aufeinander: »Wie auch immer.«

»Wie auch immer, wie auch immer. Wie wär's, wenn du hilfst, indem du da runterkletterst und ihm den Rest gibst, hä? Mach dich zur Abwechslung mal nützlich.«

»Ich hab doch schon das Seil geholt, oder etwa nicht?«

»Und ich musste hier mit ihm warten, ich denke also, wir sind mehr als quitt. Eigentlich schuldest du mir sogar was.«

»Wie kommst du denn auf die Idee?«

»Du hast ihn doch erwürgt. Du wolltest ihn doch umbringen, obwohl das nicht zu unserem Plan gehört hat. Und du konntest noch nicht mal das richtig machen!«

Billy grinste. Seine verfaulten Zähne sahen ihm Mondlicht widerlich grau aus. »Du bist nur ein Angsthase, das ist alles.«

Das stimmte zwar, aber das würde er Billy gegenüber sicher nicht zugeben. »Fick dich. Ich bin kein Angsthase. Ich finde nur, dass du derjenige sein solltest, der runterklettert. Und mach schnell, bevor noch jemand kommt.«

Billy nickte. »Okay, ich mach's ja. Und dieses Mal mach ich es richtig. Ich brech' ihm ordentlich das Genick, schubs ihn dann runter und schau zu, wie er auf den Felsen zermatscht.«

»Spitze, tu das. Stell einfach nur sicher, dass er wirklich tot ist, bevor du ihn runterwirfst.«

Billy trat an den Rand der Klippe, beugte sich nach vorne, hob das Seil auf – und holte tief Luft.

»Was?«, flüsterte Ethan. Billy winkte Ethan zu sich heran.

Mit einem Stirnrunzeln stellte Ethan sich neben Billy an den Klippenrand. Billy legte einen Finger an seinen Mund und nickte zum Fluss hinunter.

Ethan folgte seinem Blick, sah aber nur Wasser und Felsen. Er wollte gerade fragen, was zur Hölle Billy ihm eigentlich weismachen wollte, als er eine Bewegung wahrnahm. Ethan blieb der Mund offen stehen. Der große Fremde schien nicht zu bemerken, dass die beiden ihn von oben beobachteten. Er kletterte am Flussufer entlang, und irgendetwas Großes, Silbernes baumelte um seinen Hals.

Dale stöhnte, und Ethan war sich sicher, dass der Fremde nun den Kopf heben und nach oben sehen würde.

Aber das tat er nicht. Vielleicht lag es am Rauschen des Flusses, jedenfalls setzte der Fremde seinen Weg am Ufer ohne Unterbrechung fort.

»Sollen wir ihn erschießen?«, fragte Billy.

»Nee, wir könnten ihn verfehlen, und er könnte abhauen.«

»Wohin denn?«

Ethan zuckte die Achseln. Der Fremde konnte eigentlich nirgendwohin fliehen. »Er muss ein Versteck haben oder so. Wir sollten ihm folgen.«

Billy nickte.

Aufgeregt lief Ethan zu der Leiter hinüber, die zum Fluss hinunterführte, und Billy folgte dicht hinter ihm.

Völlig außer Atem und verschwitzt erreichte Jim endlich den Pfad, der zur Mine hinaufführte. Er blieb stehen, atmete ein paarmal tief ein, spritzte sich ein wenig kaltes Wasser ins Gesicht und stieg dann den schmalen Pfad hinauf, während die Blechdose gegen seine Brust baumelte.

Er ignorierte seine Wunden und Schmerzen und rannte den Hang hinauf. Als er den Eingang erreichte, holte er die Kerze und die Streichholzschachtel heraus, zündete die Kerze an und begann, die Bretter beiseite zu schieben. Als die Öffnung groß genug war, quetschte er sich in die Mine, schob die Bretter wieder an ihren Platz und machte sich auf den Weg zurück zu Darlene.

»Der Wichser hat eine der Minen entdeckt«, sagte Ethan und blickte auf den Felsvorsprung, der sich hoch über ihm befand.

»Scheiße, wie hat er denn das geschafft? Ich dachte, die wären alle mit Brettern zugenagelt?«

»Ich schätze, er hat irgendwie ein paar Bretter gelockert.«

Billy grinste das breiteste Grinsen, das Ethan je gesehen hatte. Darüber hinaus war es auch so ziemlich das hässlichste. »Weißt du, was das bedeutet? Wir werden ihn finden, ihn erschießen und uns die Belohnung holen. Verdammt, den Chief wird überhaupt nicht mehr interessieren, dass wir Darlene getötet haben. Er wird viel zu froh sein, dass wir einen von ihnen gefunden haben.«

Ethan nickte. »Ja, du hast recht.«

»Scheiße, vielleicht sind sie ja beide da drin!«

»Ja, könnte sein.«

»Na dann komm, lass uns gehen.«

»Warte«, sagte Ethan und packte Billy am Ärmel. »Wir haben da immer noch ein anderes Problem, um das wir uns kümmern müssen, weißt du noch?«

»Scheiß drauf. Wir haben Wichtigeres zu erledigen.«

»Der geht nirgendwo hin«, versicherte Ethan. »Wir wissen jetzt, wo er sich versteckt. Wir kümmern uns erst um Dale, dann gehen wir ihn suchen.«

Billy senkte die Schultern, aber er nickte. »Okay.«

Ethan klopfte Billy auf den Rücken. »Freu dich mal, Billy-Boy. Wir werden schon bald zwei blutjunge Häschen vögeln und so richtig Spaß haben. Stell dir nur mal vor – wenn wir beide erwischen, werden wir die Helden der Stadt sein.«

Das heiterte Billy umgehend auf. »Meinst du?«

»Würde mich nicht überraschen.«

»Verdammte Scheiße. Wahrscheinlich dürfen wir uns die Mädels sogar aussuchen.«

Ethan lächelte, als sich eine Erektion in seiner Hose rührte.

Sie verließen den Mineneingang und eilten zurück zum Fluss.

Zwanzig Minuten später, in denen Billy seine liebe Mühe gehabt und Ethan sich beinahe heiser gebrüllt hatte, lag Dale am Boden der Klippe, sein Genick gebrochen, sein Kopf gespalten, sein Gehirn über die Felsen verstreut und sein Körper in einer unnatürlichen Pose verdreht.

Nun stöhnte er nicht mehr.

Während ihre Mägen vor Aufregung kribbelten, hasteten Ethan und Billy die Stufen hinunter, beide mit perfekten Erektionen, die Gewehre erhoben und schussbereit, und machten sich auf den Weg zur Mine.

# NEUN

Als Jim den senkrechten Einstiegsschacht wieder erreichte, saß Darlene noch immer mit nach hinten geneigtem Kopf und geschlossen Augen gegen die Wand der Mine gelehnt.

Er beugte sich nach unten und flüsterte: »Darlene? Ich hab deine Dose.«

Darlenes Augen öffneten sich blinzelnd. »Was?«

Er zog die Schnur über seinen Kopf und legte die Dose um den Hals ihrer derzeitigen Besitzerin. »Ist sie zu schwer?«

Darlene schüttelte langsam den Kopf. »Nein, es geht schon.«

»Gut. Also los, gehen wir.«

Darlene seufzte schwach. »Ich glaub nich', dass ich den ganzen Weg bis zur Nebenstraße schaffe. Ich bin zu schwach, und die Schmerzen sind zu stark. Wieso gehst du nich' allein? Ich bleib einfach hier.«

»Ich finde einen Weg, wie die Schmerzen verschwinden, in Ordnung?«, sagte Jim. »Du musst mir nur vertrauen. Komm jetzt, wir sollten wirklich aufbrechen. Je eher wir hier rauskommen, desto eher erreichen wir die Straße und sind in Sicherheit.«

Er nahm Darlene an der Hand – sie war so kalt – und versuchte, sie auf die Beine zu stellen, aber sie fiel wieder in sich zusammen. »Darlene, bitte.«

Sie sah mit schmerzerfüllten, aber leicht hoffnungsvollen Augen zu ihm hinauf. »Du machst, dass die Schmerzen weggehen?«

Jim nickte.

»Versprochen?«

Er schluckte. »Versprochen.«

»Okay, aber kann ich mich erst noch 'n bisschen ausruhen? Ich glaub, jetzt, wo ich die Dose wieder bei mir hab, geht's mir allmählich besser. Aber ich bin immer noch zu schwach. Können wir nich' bitte einfach noch 'ne Weile warten?«

Jim wollte nicht warten. Er wollte raus aus dieser Mine, bevor irgendjemand zufällig das lose Gitter fand, aber er konnte Darlene nicht zurücklassen. Er hätte sie zwar durch den Wald tragen können, aber nicht den senkrechten Schacht hinauf.

»Okay, wir warten«, sagte Jim und setzte sich neben Darlene auf den Boden. Er lehnte die Kerze gegen die Wand.

Darlene nahm seine Hand. »Ich bin so froh, dass du hier bist, Jim.«

Jim lächelte schwach. »Na, wenigstens fühlst du dich langsam besser.«

»Besser als vorher, ja.«

»Aber du hast immer noch Schmerzen?«

Darlene nickte. »Die werden nie wieder weggehen. Nich', solange … na ja, nich', solange keiner die Dose kauft.«

»So weit wird es nicht kommen«, ermutigte Jim sie.

Darlene brummte: »Hmmm«, mehr sagte sie nicht.

Jim wusste noch nicht, wie er Darlene helfen konnte, aber er wollte sein Möglichstes versuchen, um diesen Fluch zu brechen, oder was immer es auch war. Dieses Mal würde er dafür allerdings nicht nur gegen irgendeinen Hinterwäldler-Bullen kämpfen müssen. Jim hatte keine Ahnung, womit er es zu tun hatte, und außer dass er Darlene von diesem Berg hinunter und in Sicherheit bringen wollte, hatte er auch nicht wirklich einen Plan. Was er jedoch wusste, war, dass es, wenn es sogar möglich war, dass Darlene starb und von den Toten wiederauferstand, ganz sicher auch einen Weg gab, wie sie von diesem Fluch befreit werden konnte.

»War der Chief zu Hause?«, wollte Darlene wissen.

»Er kam zurück, während ich noch im Haus war. Ich hatte aber noch Zeit, mich in einem Schrank zu verstecken und zu warten, bis er eingeschlafen war, damit ich abhauen konnte.«

»Hast du ihn gesehen? War er krank?«

»Er sah furchtbar aus – und roch auch so. Was ist denn mit ihm los? Du hast gesagt, du würdest es mir erzählen, wenn ich mit der Dose zurückkomme. Er sah aus, als würde er sterben.«

Mit einem winzigen Anflug von Freude sagte Darlene: »Das tut er auch.«

»Weil er die Dose geöffnet hat, obwohl er das nicht hätte tun sollen?«

»Ja, woher weißt du das?«

»Craig hat mir heute Morgen ein bisschen über die Dose erzählt. Da hab ich noch gedacht, er sei nur ein Irrer, der irgendwelchen Mist erzählt, aber jetzt weiß ich es besser. Craig hat dem Chief gesagt, dass er die Dose nicht hätte öffnen sollen. Er meinte, er hätte nicht das Recht dazu gehabt oder so was in der Art.«

»Das hatte er auch nich'«, bestätigte Darlene. »Er hat die Dose nich' gekauft, er hat sie sich einfach genommen. Der Blödmann hat vermutlich gedacht, es wär Geld drin oder so. Als er sie geöffnet hat, hat er quasi einen Teil von Craigs Seele verschluckt.«

»Wieso ist er dann nicht gleich gestorben, so wie du?«

Darlene starrte ihn an, als habe er sie gerade gefragt, ob sie Air Supply immer noch cool fand oder nicht. »Weil er sie nich' gekauft hat.«

»Richtig.«

»Das gehört alles dazu. Wenn jemand 'ne Dose öffnet, die ihm nich' gehört, dann leidet er dieselben Schmerzen, die auch der Geist spürt, dessen Seele er geschluckt hat. Craig wurde von 'nem Auto überfahren, deshalb wird sich der Chief jetzt fühlen, als sei er von 'nem Auto erwischt worden. Nur schlimmer, weil er eben noch am Leben is' und es fühlen kann.«

»Wird er also auch sterben?«

»Nich', wenn er sich keine Waffe in den Mund steckt und abdrückt.«

»Ich dachte, du hättest gesagt, er würde sterben?«

»Tut er ja auch … irgendwie. Er kriegt die ganzen Schmerzen ab, die der Tod bringt, und es wird ihm immer schlechter und schlechter gehen. Irgendwann kommt er dann an den Punkt, an dem es zu schmerzhaft für ihn wird, auch nur zu blinzeln, und dann wird er sich wünschen, er wär tot. Aber er wird nich' wirklich sterben. Das is' seine Strafe.«

»Tja, die hat er auf jeden Fall verdient. Und noch mehr.«

»Er hätte nich' auf dich schießen sollen. Dieser Arsch hat beschissen. Er is' 'n mieser Feigling. Er wusste ganz genau, dass du ihn in 'nem Kampf locker schlagen würdest, deshalb musste er bescheißen. Ich hasse ihn.«

»Ja, na ja, er ist derjenige, der jetzt leiden muss. Sobald wir dich wieder in Ordnung gebracht haben und du so gut wie …«

»Er is' mein Vater«, platzte es aus Darlene heraus, so als wolle sie die Worte so schnell wie möglich loswerden.

Jim starrte sie an. Ihr dünnes, blasses Gesicht wirkte ängstlich.

Jim fiel es schwer, zu schlucken. »Es … es tut mir leid«, sagte er.

Der Gedanke, dass der Chief Darlenes Vater war, überstieg seine Vorstellungskraft.

*Wenn ich diesen Typen nicht sowieso schon so sehr hassen würde ...*

Jim fühlte sich vor lauter Wut und Ungläubigkeit ganz benommen.

»Toller Vater, was?«

»Ich hatte keine Ahnung …«

»Woher auch? Du kennst diese Stadt nich', Jim. Um solche Dinge wird hier nicht viel Aufhebens gemacht. Die Leute aus der Stadt bleiben für sich und kümmern sich um ihren eigenen Mist. Sie stellen nichts und niemanden infrage, schon gar nich' die Bullen. Sie … ich weiß auch nich' … akzeptieren die Dinge einfach. Der Chief schert sich einen Dreck um mich. Wieso, denkst du, hocke ich in diesem Wohnwagen? Ich bin seine Tochter, verflucht noch mal, und er will mich noch nich' mal kennen.«

Darlene klang traurig, während sie sprach, und Jim konnte verstehen, weshalb. Sicher, der Chief war ein kaltherziger Scheißkerl, aber er war immer noch ihr Vater.

»Eigentlich wollte er 'nen Sohn«, fuhr Darlene fort. »Das is' alles, was diese Typen je wollen. Ein Mädchen kann die Tradition ja nich' fortsetzen und auch Chief werden, das kann nur ein Sohn. Dir is' vielleicht schon aufgefallen, dass die Männer in dieser Stadt das Sagen haben. So is' das hier schon immer gewesen, und der Polizei-Chief war auch schon immer ein Mann. Als Hal dann also mich bekam, war er ziemlich enttäuscht. Er hat mich zwar behalten, aber er hat mich wie 'nen streunenden Hund behandelt, den er irgendwo aufgesammelt hat.« Sie lachte ein kaltes, freudloses Lachen. »Nein, schlimmer. Er liebt seine beiden blöden Hunde mehr als mich.«

»Was ist mit deiner Mom passiert?«

»Sie is' gestorben, als ich noch ein Baby war.«

»Das tut mir leid.«

»Das muss es nich'. Ich hab sie ja nie gekannt, deshalb kann ich sie ja auch nich' vermissen, stimmt's?«

»Sicher kannst du das. Sie war deine Mom, und ich bin sicher, sie hat dich geliebt.«

Darlene lächelte. Als er den Ausdruck in ihren Augen sah, wusste er, dass ihr, wenn sie hätte weinen können, Tränen über die Wangen geflossen wären. »Weißt du, was ich immer gedacht hab? Wovon ich immer geträumt hab, wenn ich nachts im Bett lag?«

Jim schüttelte den Kopf.

»Dass meine Mom gar nich' wirklich gestorben is'. Dass sie einfach nur genug von dieser beschissenen Stadt hatte und abgehauen is', aber weil mein Dad so ein Arschloch is', hat er ihr nich' erlaubt, mich mitzunehmen. Ich hab immer gedacht, meine Mom wär 'ne starke, wunderschöne Frau, und dass sie die Allererste war, die sich dieser Stadt und meinem Dad widersetzt hat. Ich hab immer gehofft, dass sie irgendwann zurückkommen und mich holen würde. Ich war mir ganz sicher, dass sie kommt. Jetzt weiß ich, dass das nich' wahr is'. Alle in der Stadt sagen, dass sie gestorben is', deshalb muss ich mich wohl mit der Wahrheit abfinden. Sie wird nie kommen, um mich zu holen.«

»Vielleicht hast du recht. Vielleicht hat sie die Stadt ja wirklich verlassen und die Leute wollen nur nicht, dass du die Wahrheit erfährst.«

»Wieso is' sie dann noch nich' zurückgekommen, um mich zu holen?«

Jim seufzte. »Ich weiß es nicht.«

»Tief in meinem Herzen weiß ich, dass sie nich' abgehauen is'. Niemand verlässt diese verdammte Stadt.«

»Genau das verstehe ich nicht. Warum bleiben die Leute hier? Und wenn wir schon dabei sind: Warum lassen die Leute zu, dass hier so schreckliche Dinge passieren?«

Jim wollte hinzufügen: *Warum bleibst du hier?* Aber er konnte sich die Antwort auch so denken. Es ist fruchtbar schwer für ein Kind, die Familie zu verlassen – selbst wenn diese Familie ein perverser Mörder ist. Und es ist noch schwieriger, wenn der winzige Hoffnungsschimmer darin besteht, dass die Mutter eines Tages kommen und einen holen wird. Wo sollte sie schließlich nach dir suchen, wenn man einfach abhauen würde?

»Ich glaub, du verstehst das nich' ganz«, erwiderte Darlene. »Die meisten Leute haben keine Ahnung, was in dieser Stadt vor sich geht.«

»Weil sie lieber für sich bleiben?«

Darlene nickte. »Es is' nur eine kleine Gruppe von Leuten, die bei den Jagden und den Partys mitmachen.«

»Partys?«

»In der Hütte. Dahin schaffen sie die Mädchen, die sie per Anhalter mitnehmen, und … du weißt schon … sie machen Sachen mit ihnen. Schlimme Sachen. Widerliche Sachen.«

Jim erinnerte sich an die Matratzen auf dem Hüttenboden, an die Schokoriegelverpackungen und die leeren Limonadendosen. Er bezweifelte, dass die Leute aus der Stadt dort an den Wochenenden lustige Pyjamapartys feierten.

*Heilige Scheiße,* dachte er, und vor Ekel wurde ihm ganz übel.

»Wer sind diese Mädchen?«

»Manchmal sind es Ausreißerinnen, manchmal ziehen die Männer auch los und kidnappen sie. Und manchmal verirren sich auch Frauen von auswärts in die Stadt, die schleppen sie dann auch in die Hütte – so wie Donnerstagnacht.«

»Was ist denn Donnerstagnacht passiert?«

»Diese Frau und ihre beiden Mädchen sind in die Stadt gekommen und haben einen Platz zum Übernachten gesucht. Genau wie sonst auch haben die Bullen ihr von der Hütte erzählt und dass sie eine gute Unterkunft für sie wäre. Also is' die Frau Hal und Dale zur Hütte rauf gefolgt, und als sie reingegangen sind ...« Darlene schüttelte den Kopf.

»Und die Leute lassen das einfach zu?«

»Wie ich schon gesagt hab, die meisten in der Stadt wissen gar nich', was hier passiert.«

»Wie können sie das denn nicht?«, schnaubte Jim. »Gott, es passiert doch direkt vor ihrer Nase.«

»Ich schätze, ein paar von ihnen schöpfen hin und wieder Verdacht, aber sie wollen der Polizei eben vertrauen. Oder sie wissen es, haben aber Angst. Wie Stan.«

»Der Barkeeper?«

Darlene nickte. »Ihm gehört die Kneipe auch.«

»Und was ist das für 'n Typ?«

»Wie meinst du das?«

»Na ja, vorhin, als ich aus dem Haus des Chiefs kam, hab ich gesehen, wie er sich mit einem anderen Mann vor der Kneipe unterhalten hat. Ich hab echt gedacht, jetzt bin ich erledigt, und dass einer von den beiden mich sehen wird. Na ja, einer von den beiden hat mich ja auch gesehen – Stan. Aber anstatt die anderen Jäger zu alarmieren, tat er so, als hätte er mich gar nicht bemerkt und hat mir sogar ein Zeichen gegeben, als es sicher für mich war, die Straße zu überqueren. Zuerst war ich schockiert. Ich dachte, es sei eine Falle oder so. Ich war mir sicher, dass der andere Mann mit dem Gewehr auf mich schießen wird, doch das ist nicht passiert. Stan hat mir geholfen – und ich verstehe immer noch nicht, warum.«

»Ich auch nich'«, gestand Darlene. »Stan war immer gegen die ganzen Sachen, die hier passieren. Er hat nie bei den Jagden oder den Partys mitgemacht. Aber trotzdem … das is' schon merkwürdig. Ich hoffe nur …«

»Was?«

»Na ja, ich hoffe nur, dass er nich' drüber nachdenkt, irgendwas gegen Hal zu unternehmen. Ich mag Stan, und ich fände es furchtbar, wenn ihm irgendwas passieren würde.«

»Zum Beispiel?«

»Na ja, einmal, vor Jahren, hatte dieser alte Mann genug von all den Partys und den Jagden, also is' er aus Billings abgehauen und zur State Patrol gegangen. Die Bullen sind zwar hergekommen, haben aber nix gefunden. Alle Spuren waren längst verwischt, und als sie mit Hal gesprochen haben, hat er ihnen nur gesagt, dass in der Stadt nix Verdächtiges vor sich geht und behauptet, der Alte sei verrückt.«

»Und sie haben ihm geglaubt?«

»Wie könnten sie das nich'? Er is' der Chief. Am nächsten Tag haben sie den alten Mann gejagt, und nachdem sie ihn getötet hatten, hängten sie seinen Kopf in der Hütte auf – als Warnung, falls noch jemand von ihnen vorhaben sollte, sich gegen die Stadt zu stellen.«

»Mein Gott«, sagte Jim.

»Weißt du, was unten im Keller der Hütte is'?«

Jim schüttelte den Kopf.

»Gräber. Da verscharren sie die Frauen und die Leute, die sie gejagt und getötet haben. Die Gräber heben sie ganz tief aus, damit sie mehr als eine Leiche in die Löcher kriegen. Der ganze Keller is' voll mit Gräbern.«

Jim erinnerte sich an die Hügel, die er unten im Keller gesehen hatte. Dort waren Leichen vergraben? Er bemerkte erst, dass er weinte, als er etwas Nasses auf seinen Wangen spürte. Und selbst dann schaute er nach oben, weil er zunächst dachte, es tropfe von der Decke.

»Ich dachte, große, harte Kerle wie du heulen nich'.«

»Was?« Er schaute wieder zu Darlene hinunter.

Sie streckte eine Hand aus und wischte ihm über die Wangen.

»Oh. Na ja, manchmal ist das alles, was man tun kann.«

Wie viele Frauen hatten diese Männer gekidnappt, vergewaltigt und ermordet? Wie viele Mädchen wie Darlene lagen dort unten in der kalten Erde verscharrt, lieblos, ohne einen Grabstein oder ein Gebet? Wenn er Darlene nicht hätte in Sicherheit bringen müssen, wäre Jim umgekehrt, zurück in die Stadt gegangen und hätte so viele von diesen hirnlosen Wichsern umgebracht, wie er nur konnte, bevor sie ihn irgendwann aufhielten. Vielleicht war das ja der Sinn seines Lebens, der Grund, weshalb er in dieser Stadt gelandet war – um wenigstens ein Mädchen davor zu bewahren, in einem dieser Gräber zu enden.

»Du hast mir nie von dem Mädchen erzählt, an das ich dich erinnere«, sagte Darlene. »Du hast gesagt, das würdest du noch.«

»Ich schätze, das bin ich dir auch schuldig«, erwiderte Jim, und dann schloss er seine Augen für einen Moment und versuchte, die richtigen Worte zu finden, um ihr zu offenbaren, was er schon so lange mit sich herumtrug.

Er öffnete seine Augen wieder und atmete tief ein. »Es ist schwer für mich, das zu erzählen. Aber okay, ich sag's dir einfach ganz direkt. Erinnerst du dich noch, dass ich dir erzählt habe, dass ich im Gefängnis war?«

»Ja, und du hast das Tattoo, das es beweist.«

»Nun, der Grund, weshalb ich dort war …« Jim seufzte. »Ich habe einen Mann getötet.«

Jim sah die Überraschung in Darlenes Augen. »Aber er hatte es verdient, oder? Ich meine, du hast den Typen nich' grundlos umgebracht oder so, oder?«

Jim räusperte sich. »Tja, genau das ist ja die Scheiße – ich kann mich nicht erinnern.«

»Kannst du nich'?«

»Alles, was ich weiß, ist, dass ich einen Mann getötet habe

und dass es irgendwie mit dem Tod meiner Schwester zu tun hat. Verstehst du, ich kann mich nicht an die Nacht erinnern, in der meine Schwester gestorben ist, die Nacht, in der ich den Mann getötet habe. Sie sagen, der Schock über die ganze Sache sei einfach zu groß und dass ich unter einer Art Amnesie leide. Ich erinnere mich noch daran, dass ich den Schnapsladen ausgeraubt hab … aber dann ist das Nächste, was ich noch weiß, dass ich im Gefängnis sitze. Ich kann mich nicht mal mehr an Suzies Beerdigung erinnern, aber man hat mir gesagt, dass ich dabei gewesen bin. Alles, was ich weiß, ist, dass Suzie tot ist und ich dieses Schuldgefühl in mir trage, das mich jetzt seit achtzehn Jahren begleitet.«

»Warum fühlst du dich denn schuldig? Du hast deine Schwester doch nich' umgebracht.«

»Ich weiß, aber ich fühle mich trotzdem irgendwie dafür verantwortlich. Ich weiß nicht, warum. Ich schätze, das werde ich auch nie herausfinden.«

»Hast du 'nen Schlag auf den Kopf gekriegt oder wie?«

»Nein. Manchmal verdrängen die Menschen schmerzvolle Erfahrungen einfach aus ihrem Leben. Es ist zu viel für sie, sich daran zu erinnern, also sorgen sie dafür, dass sie … verschwinden, schätze ich. So ist es einfacher für sie, weiterzuleben. Suzie ist tot, und es gibt nichts, was ich tun könnte, um sie wieder zurückzubringen.«

»Macht's dir was aus, dass du dich nich' an diese Nacht erinnern kannst?«

»Manche Dinge bleiben besser vergessen.«

»Aber willst du nich' lieber wissen, was passiert is'? Wär das nich' besser, als sich zu verstecken?«

»Ich verstecke mich ja nicht«, wehrte sich Jim, vielleicht ein wenig zu barsch. »Ich kann mich nur nicht daran erinnern, das ist alles. Verdammt, ich würde diese Nacht sowieso nicht noch einmal durchleben wollen. Ich will nicht sehen, wie Suzie … Na ja, wie dem auch sei – das ist Vergangenheit.«

Stille folgte, dann sagte er: »Es tut mir leid.«

»Schon okay«, versicherte Darlene. Dann, leiser: »Also, wie sehr erinnere ich dich an sie? War sie hübsch?«

Jim lächelte bei der Erinnerung an seine kleine Schwester. »Sie war sogar sehr hübsch. Ihr zwei hättet Geschwister sein können.«

»Ehrlich? So ähnlich sehen wir uns?«

»So sehr, dass es mir Angst macht.« In Wahrheit sahen Darlene und Suzie sich gar nicht so ähnlich, zumindest nicht so sehr, wie er zunächst gedacht hatte. Aber in diesem Fall, fand er, tat eine Lüge niemandem weh.

»Mir hat noch nie wer gesagt, dass ich hübsch bin.«

»Das liegt daran, dass alle in dieser Stadt hier verrückt sind.«

Darlene lachte kurz. Es war schön, ihr Lachen zu hören, aber es dauerte nicht lange an. Sie hörte auf, schnappte nach Luft und zuckte vor Schmerzen zusammen. »Tut weh, wenn ich lache.«

»Wie fühlst du dich sonst? Glaubst du, du bist schon so weit, dass du dich bewegen kannst?«

Darlene nickte. »Ja. Ich fühl mich kräftiger. Lass uns gehen.«

Jim erhob sich.

Als Darlene ebenfalls aufgestanden war, reichte Jim ihr die Kerze. »Hier, nimm du die. Ich klettere erst mal nach oben und sehe mich um. Wenn die Luft rein ist, rufe ich dich, dann kannst du nachkommen. Aber blas vorher die Kerze aus.«

Er ging zu der Leiter hinüber und fing an zu klettern.

Seine linke Schulter protestierte, und ein entsetzliches Brennen schoss seinen Arm hinauf und hinunter, aber er biss die Zähne zusammen und kämpfte sich weiter.

Als er das Ende des Schachts erreichte, hob er das Gitter mit einer Hand vorsichtig an und linste über den Rand des Lochs. In einiger Entfernung stand, vom fleckigen Mondlicht erhellt, ein Mann.

Er war groß und schlaksig und trug eine Baseballmütze auf seinem unverhältnismäßig kleinen Kopf. Er war vielleicht sieben Meter entfernt. In einer Hand baumelte ein Gewehr, und ein Finger seiner anderen Hand steckte in seiner Nase. Jim beobachtete, wie der Mann eine Weile darin herumbohrte, bis er seinen Finger wieder herauszog und ihn anstarrte, als sei er eben auf Gold gestoßen. Dann schob er sich den Finger in den Mund und fing an zu kauen.

*Igitt!*

Jim drehte sich der Magen um. So abstoßend der Typ jedoch auch war, zumindest sah es so aus, als könnte Jim mit ihm fertig werden.

Dann hörte er eine Stimme: »Mein Gott, Cole. Ich weiß ja, dass du Hunger hast, aber hör endlich auf, deine Popel zu essen.«

Jim sah einen weiteren Mann hinter einem Baum hervortreten. Der Typ war fett, und sein schmutziges Karohemd war über seine Schwimmringe so straff gespannt, dass es beinahe platzte. Im Mondlicht konnte Jim außerdem erkennen, dass Schweiß über das runde, schweineartige Gesicht des Mannes rann. »Es macht mir nix aus, mit dir zu jagen, aber ich will dir nich' dabei zusehen, wie du deinen Rotz frisst. Ich musste schon zuschauen, wie du dir deinen verschissenen Hintern mit deinem Taschentuch abgewischt hast.«

Cole grinste, zog ein Taschentuch heraus und winkte damit. »Ich will ja nur sicher sein, dass ich was zu essen hab, wenn ich einen Mitternachtssnack brauche«, sagte er und lachte.

Jim wollte wirklich glauben, dass der Typ sich einen Scherz erlaubte, aber er hatte daran so seine Zweifel.

»Hör auf mit dem Scheiß«, rief der Fettsack. »Wenn wir auch nur einen von den Typen entwischen lassen, sind wir erledigt.«

Cole schnaubte und stopfte das Taschentuch wieder in die Hosentasche seiner Jeans. »Die anderen finden die Fremden doch sowieso, bevor sie überhaupt bis zu uns kommen. Scheiße, was denkst du wohl, warum sie uns hier draußen postiert haben? Wir sind beide beschissene Loser, und Dale weiß das. Scheiße, keiner von diesen Typen schafft es bis hier raus. Hier sind wir den anderen nich' im Weg und dürfen solange Moskitos zählen, das is' alles.«

Der große Typ trat wütend auf den Boden. Es dauerte ewig, bis sein Bauch wieder aufhörte zu schwabbeln. »Ja, wahrscheinlich hast du recht. Trotzdem will ich dir nich' dabei zusehen müssen, wie du dir den Arsch abwischst und deinen Rotz frisst. Klar?«

»Ich hab noch jede Menge, wenn du was willst.« Cole kicherte.

»Scheiße, vielleicht komm ich drauf zurück«, erwiderte der Große. »Ich hab so 'nen Hunger, ich könnte 'ne ganze Schaufel Kuhscheiße fressen. Ich hoffe, dass irgendwer diese Fremden bald findet.«

Jim wandte seinen Blick von den beiden Hinterwäldlern ab und schaute durchdringend durch den Wald ringsum. Irgendwo hinter diesem scheinbar endlosen Meer aus Bäumen lag die Nebenstraße.

Und diese beiden Vollidioten waren alles, womit er fertig werden musste. Zwei *bewaffnete* Vollidioten, sicher, aber zwei waren immer noch besser als eine ganze Armee. Sobald er diese beiden Hinterwäldler ausgeschaltet hatte, konnten er und Darlene sich endlich zur Straße und, hoffentlich, in die Freiheit durchschlagen.

Vorsichtig ließ Jim das Gitter wieder sinken und kletterte die Leiter hinunter.

»Draußen stehen zwei Männer Wache«, berichtete er Darlene.

»Das hab ich mir fast gedacht ... Was sollen wir jetzt machen?«

»Ich muss einen Weg finden, die beiden Typen loszuwerden, ohne dass jemand was hört.«

*Und ohne getötet zu werden,* dachte Jim, und sein ganzer Körper spannte sich an.

»Ich geh wieder hoch. Wenn ich in zwanzig Minuten nicht zurück bin oder du irgendetwas hörst und glaubst, dass es die beiden Jäger sind, die den Schacht runterkommen, rennst du weg. Hast du das verstanden?«

»Okay. Aber du kommst zurück. Du wirst mit den beiden fertig, das weiß ich.«

»Bleib einfach hier und sei so leise wie möglich, bis ich wieder da bin.«

Jim stieg erneut die Leiter hinauf. Als er das Ende erreichte, hob er das Gitter an und lugte durch das Gras in den Wald hinaus. Der widerliche Nasenbohrer, Cole, stand mit dem Rücken zu Jim. Den fetten Hinterwäldler konnte er nirgends sehen.

Jim ließ seinen Blick über den Berg schweifen, sah jedoch nur jede Menge dunkler Flecken, wo das Mondlicht die Bäume nicht durchdrang. Von dem anderen Jäger sah er aber nicht die geringste Spur. Jim hoffte, dass dies bedeutete, dass der große Kerl verschwunden war, aber er konnte auch genauso gut nur irgendwo im Schatten stehen.

Jim musste sich entscheiden: Sollte er es riskieren, Cole anzugreifen und hoffen, dass der Fettsack nicht mehr dort draußen stand und Wache hielt, oder sollte er warten, bis er den Fettsack wieder sehen konnte und dann erst zuschlagen?

Wie immer seine Entscheidung auch ausfiel, er musste sie schnell treffen.

*Scheiß drauf,* dachte Jim. *Du kommst in dieser Welt nirgendwo hin, wenn du nur rumsitzt und wartest, dass irgendwas passiert. Du musst den Augenblick nutzen und den Stier bei den Eiern packen.*

Je länger er wartete, desto größer standen die Chancen, dass entweder Cole, der fette Hinterwäldler oder auch irgendjemand anders ihn und Darlene entdeckte.

Jim schob das Gitter zur Seite und verzog das Gesicht, als das Metall scheinbar endlos lange über den Beton kratzte, bis das Gitter schließlich zu Boden fiel. Dann kroch er aus dem Schacht.

Jim sah sich nach einer lautlosen Mordwaffe um und fand einen kleinen, spitzen Stein. Er umschloss den Stein, der seine Handfläche komplett ausfüllte, ganz fest mit seiner linken Hand und wagte sich ein paar Schritte nach vorne.

Der Wind wehte nun heftiger. Er war zwar noch nicht so wild und ungestüm wie der Vorbote eines Sturmes, aber er war trotzdem deutlich zu spüren. Der Wind war warm, beinahe heiß, und kribbelte auf Jims Haut, als er näher an Cole herankroch.

Abgesehen von ein paar heulenden Eulen und zirpenden Grillen nahm Jim etwa ein halbes Dutzend Augenpaare wahr, die in den dunklen Ecken des Waldes leuchteten. Sie schienen ihn zu beobachten, aber vielleicht starrten sie auch auf den Eingang zum Minenschacht.

*Die Geister-Tiere?,* fragte sich Jim.

*Sind sie hinter der Dose her? Oder hinter Darlene?*

Darüber konnte er sich jetzt keine Gedanken machen. Er musste sich auf die Aufgabe konzentrieren, die vor ihm lag.

Cole stand noch immer mit dem Rücken zu ihm. Jim bewegte sich mit leichten Schritten vorwärts und zuckte jedes Mal zusammen, wenn ein Zweig knackte oder die Kiefernnadeln ein wenig zu laut knirschten.

Er rechnete damit, dass der Fettsack jeden Moment zu brüllen anfangen würde oder dass ihm Kugeln um die Ohren sausen würden.

Je weiter er sich Cole näherte, desto sicherer war er, dass sie ihn schnappen würden. Sein Herz klopfte wie wild, und aus all seinen Poren strömte der Schweiß. Auch der warme Wind verschaffte ihm keinerlei Abkühlung.

Jim war noch etwa drei Meter von Cole entfernt, als er auf einen Zweig trat. Es war ein lautes *Knacks!* zu hören. Jim sah, wie Cole seinen Kopf hob und sich umdrehte.

Jim duckte sich hinter den nächsten Baum und hoffte, dass Cole ihn nicht entdeckt hatte.

*Verdammt,* dachte Jim und umklammerte den Stein noch fester, bereit, jeden Moment zuzuschlagen.

»Albert?«, sagte Cole.

Jim hielt den Atem an und wartete. Er war sich sicher, dass nun alles vorbei war, dass entweder Cole oder Albert ihn entdecken und sein Hirn über das gesamte Gebirge verteilen würden.

»Hast du was vergessen?«, fragte Cole.

Jim schöpfte wieder Hoffnung, als er diese Worte hörte. Der Fettsack musste irgendetwas holen gegangen sein, deshalb konnte Jim ihn auch nirgends sehen.

Er wartete hinter dem Baum, den Rücken ganz flach gegen den rauen Stamm gepresst, und als er Cole murmeln hörte: »Der verdammte Wind bringt mich ganz aus dem Rhythmus«, war er beruhigt, da der schlaksige Hinterwäldler sich weder allzu viele Gedanken darüber machte, warum der Zweig geknackt hatte, noch schien er seine Aufgabe als Wachposten sonderlich ernst zu nehmen.

Jim trat hinter dem Baum hervor und ging weiter auf Cole zu, wobei er nun besonders aufpasste, dass er nicht wieder auf einen Zweig trat. Während er sich ihm näherte, hörte Jim, dass Cole seltsame Geräusche von sich gab, und er bemerkte, dass Coles ganzer Körper zitterte.

*Was zur Hölle?*

Wenn dieser Bergmensch wirklich das tat, was Jim glaubte, dann war es kein Wunder, dass er sich nicht um ein Stück zerbrechendes Holz scherte. Jim schüttelte angewidert den Kopf.

Als Jim den Stein anhob, hörte er Cole keuchen: »Ohhh, jetzt komme ich«, und dann schmetterte er ihm den Stein mit voller Wucht gegen den Hinterkopf, sodass dem Mann die Mütze vom Kopf flog.

Cole grunzte und hielt sich den Schädel, und dann schlug Jim noch ein paarmal auf Coles Schädel ein, bis er zu Boden ging und sein Hinterkopf nur noch ein breiiges Loch aus zersplittertem Schädelknochen und freiliegender Hirnmasse war. Jim ließ den Stein fallen, wischte sich seine blutigen Hände an seiner Hose ab und schaute zu Cole hinunter. Er sah, wie der noch immer halbwegs steife Schwanz des Hinterwäldlers das letzte Sperma ausspuckte.

*Na, wenigstens ist er gestorben, während er etwas tat, das er liebte.*

Jim wandte sich von Cole ab und blickte in die weite

Dunkelheit hinaus. Albert konnte jeden Moment zurückkommen, und wenn er seinen Kumpel tot auf dem Boden liegend fand, würde er die anderen alarmieren. Dann wimmelte es in der Gegend schon bald von Jägern, die dann vermutlich auch die Nebenstraße absuchten – und Darlene und er wären geliefert. Er musste warten, bis Albert zurückkam und ihn ebenfalls töten.

*Aber wie?,* fragte sich Jim. *Sobald Albert Coles Leiche sieht, wird er wissen, dass irgendwas nicht stimmt.*

Dann hatte Jim einen Geistesblitz. Er nickte grinsend.

*Ich muss zuerst die Leiche verstecken.*

Er suchte nach einem Versteck für die Leiche und entdeckte ganz in der Nähe ein kleines Gebüsch. Jim packte Cole an den Armen und zerrte dessen Leiche über den Boden.

Vor dem Gebüsch blieb Jim stehen und begann, der Leiche das Hemd auszuziehen. Cole trug etwas dunklere Jeans als Jim, aber er bezweifelte, dass Albert den Unterschied bemerkte, nicht im fleckigen Licht des Mondes.

Sobald Jim ihm das Hemd ausgezogen hatte, streifte er sich das leicht blutbefleckte, blau karierte Hemd über sein weißes T-Shirt und steckte es sich in die Hose, genauso, wie Cole es getragen hatte. Dann schob er Cole so tief er konnte ins Gebüsch, aber seine Füße guckten trotzdem noch heraus. Jim sammelte hastig einige Kiefernnadeln, Zweige und Kletterpflanzen zusammen und bedeckte damit Coles Beine. Es sah ziemlich offensichtlich aus, aber er hoffte, dass Albert, wenn ihm klar wurde, worum es sich dabei handelte, bereits tot sein würde.

Jim rannte zu dem Baum zurück, an dem er Cole getötet hatte, hob Coles Mütze vom Boden auf, setzte sie sich auf den Kopf und steckte seine Haare darunter. Zu guter Letzt hob er Coles Gewehr auf und lehnte sich dann mit dem Rücken zum Minenschacht gegen den Baum.

Zwei lange Minuten verstrichen, bevor Jim hörte, wie sich schwere Schritte näherten. Sein Körper wurde steif. Er dachte plötzlich, wie lächerlich sein Plan doch war: Er war fast zehn Zentimeter größer als Cole, hatte viel breitere Schultern und war entschieden muskulöser. Albert fiel nie und nimmer darauf herein.

»Hey, ich hab ganz vergessen zu fragen: Willst du ein normales Miller oder ein Lite?«

Jim beugte sich nach vorne und tat, als würde er masturbieren. Er bewegte seinen linken Arm vor und zurück, heftig und schnell – es war das Erste, was ihm einfiel, und das Einzige, von dem er wusste, dass auch Cole es getan hätte.

Die Schritte kamen näher. Jim schloss die Augen und holte sich – zumindest dem Anschein nach – weiter einen runter.

*Mach schon, komm nahe genug ran ...*

Albert schnaubte. »Du verdammtes Tier, wir sollen hier Wache schieben, und du holst dir hier wie 'n Teenager einen runter. Hey, hast du gehört, was ich dich gefragt hab?«

Jim hielt inne und hielt seine linke Hand hoch, so als wolle er sagen: *Warte, ich bin fast fertig.*

»Scheiße, ich warte doch nich', bis du fertig bist. Sag mir einfach, was du willst – normales Miller oder …« Albert unterbrach sich. »Cole?«

*Scheiße!*

Albert brachte nur noch ein »Was zur …?« hervor, bevor Jim herumwirbelte und den Kolben von Coles Gewehr in sein Gesicht rammte.

Albert schrie auf. Blut strömte aus seiner Nase. Er unternahm einen schwachen Versuch, seine eigene Waffe zu erheben, aber Jim stieß den Kolben so hart gegen Alberts Kehle, dass er seine Luftröhre zerquetschte. Albert ließ das Gewehr und die Taschenlampe fallen, und dann ging der große Mann krachend zu Boden, während Blut und Gallenflüssigkeit aus seinem weit aufgerissenen Mund spritzten. Jim beendete Alberts Leben, indem er ihm den Schädel mit dem blutigen Gewehrkolben zertrümmerte.

Als Alberts Kopf wie eine reife Tomate aussah, die jemand aus einem Fenster im zehnten Stock geworfen hatte, hörte Jim auf, wischte sich Blut und Schweiß aus dem Gesicht und sog die warme Nachtluft ganz tief ein.

Als er wieder zu Atem gekommen war, warf er Coles Gewehr auf den Boden, schleuderte die Mütze weg, zog das Hemd aus und hockte sich dann neben Albert.

*Dann lass uns mal sehen, was der Fettsack mir Schönes mitgebracht hat.*

Jim hob die Taschenlampe auf, die auf dem Boden lag, steckte sie in den Bund seiner Jeans und schob dann seine Hand in die Hosentaschen des toten Mannes. Er fand einen vollen Ladeclip, zog ihn heraus, steckte den Streifen mit den Gewehrpatronen in seine eigene Hosentasche und rollte Alberts massigen Körper dann herum, bis er das Funkgerät fand, das er sich an den Gürtel geklemmt hatte. Unglücklicherweise war das Walkie-Talkie kaputt. Es musste wohl das Zeitliche gesegnet haben, als Albert nach dem zweiten Treffer im Gesicht zu Boden gegangen war.

*Verdammt,* dachte Jim, aber dann fiel ihm Cole wieder ein, der im Gebüsch versteckt lag. Er nahm beide Gewehre an sich und eilte zu der Stelle hinüber, an der er den Nasenbohrer abgeladen hatte. Er legte die Waffen auf den Boden, langte ins Gebüsch und tastete nach Coles Funkgerät. Jim fingerte am Gürtel des Toten herum, hatte jedoch kein Glück. Dann suchte er den Boden rund um die Leiche ab, aber er konnte Coles Funkgerät nicht finden.

*Vielleicht hat er es verloren, als ich die Leiche bewegt habe.*

Jim entfernte sich von dem Gebüsch und suchte den Pfad ab, der von den Büschen zu dem Baum führte, an dem er Cole getötet hatte, aber noch immer keine Spur von dem Funkgerät.

Jim wusste nicht, ob Cole einfach nur vergessen hatte, sein Walkie-Talkie mit auf die Jagd zu bringen, oder ob er gar kein eigenes besessen hatte. Wie auch immer, Jim war und blieb ohne Funkgerät. Nicht, dass das wirklich eine Rolle spielte. Auch wenn es praktisch gewesen wäre, das Funkgerät eines Jägers zu haben, weil er damit vielleicht einen Einblick in ihre Überlegungen oder Aktionen gewonnen hätte, war es schon gut, dass er ihre Waffen hatte. Und davon abgesehen, würden er und Darlene mit etwas Glück schon bald aus diesen Bergen verschwunden sein, dann waren die Überlegungen und Aktionen der Jäger ohnehin nicht mehr von Interesse für ihn.

Jim schnappte sich die beiden Gewehre und eilte zur Mine zurück.

Er kniete sich vor den Schacht und rief hinunter: »Darlene, ich bin's Jim.«

»Jim? Gott sei Dank, ich wollte schon wieder zurückgehen. Ich dachte …« Ihre ohnehin schon traurige Stimme brach, und sie schluchzte.

»Hey, es ist okay. Sie sind beide tot. Wir können jetzt gehen, aber wir müssen uns beeilen. Kannst du alleine raufklettern?«

»Na klar«, antwortete sie. »Das mach ich doch dauernd.«

Während er neben dem Minenschacht hockte, dachte Jim: *Wir könnten es schaffen. Wir könnten es wirklich hier rausschaffen.*

Jim hörte, wie Darlene sich die Leiter hinaufkämpfte und wie ihre Dose beim Klettern klapperte. »Alles okay?«

»Sicher. Ich schätze, ich bin immer noch 'n bisschen geschwächt.«

Als Jim Darlenes Kopf sah, lehnte er sich zurück und sah zu, wie sie aus dem Schacht krabbelte.

Draußen angekommen, warf sie sofort ihre Arme um Jims Hals und drückte ihn ganz fest.

»Ich dachte, du wärst tot. Dachte ich wirklich.«

»Mich bringt man nicht so schnell um«, sagte Jim und lächelte.

Die Umarmung dauerte nicht lange.

Darlene löste sich aus seinen Armen und starrte auf die Waffen in Jims Händen. »Wo hast du die denn her?«

»Kleine Spende von unseren beiden Freunden da drüben«, antwortete Jim schulterzuckend. »Kann nie schaden, auf alles vorbereitet zu sein, stimmt's?«

Darlene schaute mit zusammengekniffenen Augen in den Wald. »Ich kann nur eine Leiche sehen. Wo is' die andere?«

»Ist eine lange Geschichte. Ich erzähl sie dir unterwegs. Komm, wir sollten uns beeilen.«

»Okay. Aber sag mir wenigstens noch, wie du's angestellt hast. Wie hast du die beiden Schwachköpfe kaltgemacht?«

»Allein durch meine unglaubliche Intelligenz«, erwiderte Jim, und im schwachen Mondlicht sah er Darlene ganz kurz lächeln.

»Du wirst es mir nich' erzählen, oder?«

Jim schüttelte den Kopf.

»Okay, ich bin so weit. Lass uns gehen.«

»Willst du, dass ich dich trage?«, fragte Jim.

»Ich bin doch kein Baby mehr«, schnaubte Darlene. »Ich bin okay, ich kann …«

Darlene schnappte nach Luft, und ihre Augen weiteten sich. »Oh nein – die Tiere. Sie sind hier.«

Jim seufzte. »Ich fürchte, ja.« Er schaute sich um und sah nun sehr viel mehr leuchtende Augen, die sie aus der Dunkelheit beobachteten.

»Sie werden mich kriegen«, wimmerte Darlene. »Genau wie letztes Mal.«

»Es ist okay, sie werden dir nicht wehtun. Nicht, solange ich hier bin.«

Darlene sah mit angsterfüllten Augen zu ihm auf. »Versprochen?«

Jim atmete ein. »Versprochen. Und jetzt komm.« Sie wagten sich weiter.

Sie hatten erst eine kurze Strecke zurückgelegt, als Darlene stehen blieb.

Jim schaute zu ihr hinunter.

»Die Tiere werden lauter«, sagte sie.

Jim konnte es ebenfalls hören – lautes Knurren, das hin und wieder von Geheul unterbrochen wurde. Zwischen den Bäumen huschten Schatten hin und her.

»Ich kann das nich'«, sagte Darlene, und sie klang wirklich verängstigt. »Sie kriegen mich, wenn ich weitergehe. Ich weiß einfach, dass sie mich kriegen.«

Die Tiere schlichen in weiten Kreisen um sie herum – ein Meer aus gelben und grünen Augen, das stets in Bewegung war.

»Und das Baby is' … Ich höre es wieder.« Sie ließ sich in Jims Arme fallen. »Oh, ich hab solche Angst.«

Darlene schluchzte, und Jim hielt sie fest und tröstete sie, während er die ganze Zeit über die Augen beobachtete, die durch den Bergwald streiften.

*Was wollen die nur? Wieso lassen sie uns nicht einfach in Ruhe?*

Nach ein paar Minuten zog Darlene sich zurück. Sie schaute zu ihm hoch. »Ich kann nich' weitergehen. Ich will zurück in die Höhle.«

»Ich lass dich da nicht zurück«, erwiderte Jim. »Ich hab gesagt, dass ich dich von hier wegbringe, und genau das werde ich auch tun.«

»Ich kann nich', es tut mir leid. Geh allein. Hol Hilfe, ich warte in der Höhle.«

Jim sah die Furcht und die Verzweiflung in Darlenes Augen. So sehr er auch wollte, dass sie mit ihm kam, so wenig wollte er sie unmittelbarer Gefahr aussetzen. Er konnte sie nicht dazu zwingen, mit ihm über den Berg zu wandern. Sie hatte ganz offensichtlich Angst vor den Tieren, und das aus gutem Grund. In der Mine war sie hoffentlich sicherer als bei diesen blutrünstigen Geister-Tieren hier draußen.

Jim seufzte. »Okay, du bleibst hier. Aber ich komme zurück, sobald ich Hilfe gefunden habe. Auch wenn ich keine Ahnung habe, wo ich die suchen soll.«

»Was is' mit dem Stand?«, schlug Darlene vor.

»Welcher Stand?«

»Der, von dem Craig weggelaufen is'. In meinem Traum hat dort alles angefangen.«

»Meinst du den, der die Dosen und die überfahrenen Tiere verkauft?«

Darlene nickte. »Ich weiß zwar nich', was da is, aber vielleicht kannst du da ja was über diesen Fluch rausfinden.«

Jim dachte einen Moment darüber nach. Es erschien im lächerlich, dass irgendein Straßenstand Darlene würde helfen können. Aber falls sie recht hatte und dort wirklich alles angefangen hatte, konnte es nicht schaden, nachzusehen. Wenn er Darlene helfen wollte, musste er alles versuchen, ganz egal, was es war. »Okay, aber wie komm ich da hin? Ich weiß ja nicht mal, wo die Nebenstraße ist.«

Darlene beschrieb ihm den Weg zur Straße, so gut sie konnte.

»Ich werde mir Mühe geben, mich nicht zu verlaufen«, sagte Jim, als Darlene mit ihren Ausführungen fertig war. »Ich hoffe nur, dass ich hinterher den Weg zurück zur Mine finde.«

»Wieso hinterlässt du nich' einfach 'n paar Markierungen?«, schlug Darlene vor.

»Markierungen? Du meinst so was wie Brotkrumen?«

»Nein, Dummkopf«, erwiderte Darlene und schüttelte den Kopf. »Als sie mich hier hochverfrachtet haben, hab ich mich in den Bergen zuerst überhaupt nich' zurechtgefunden. Ich hab mich sogar auf dem Weg von meinem Wohnwagen zum Fluss und von der Höhle zum Wohnwagen verlaufen. Also hab ich angefangen, die Bäume als Wegweiser zu benutzen. Ich hab Zweige abgeknickt, damit ich wusste, aus welcher Richtung ich gekommen bin und in welche Richtung ich gehe. Je nachdem, an welcher Seite vom Baum ein Ast abgeknickt war, wusste ich auf die Art immer, ob ich nach links, nach rechts oder geradeaus gehen musste.«

»Und das hat funktioniert?«

»Für mich schon.«

Jim nickte. »Okay, ich versuch's mal.«

»Außerdem is' die Methode nich' ganz so offensichtlich für die Jäger – wenn du ein Stück Stoff an einen Baum bindest, kannst du auch gleich Wegweiser draufschreiben, aber einen abgeknickten Zweig bemerkt keiner. Geh einfach in die Richtung, die ich dir beschrieben hab, und wenn du alle paar Meter einen Zweig abknickst, solltest du kein Problem haben, wieder zurückzufinden.«

Jim legte seine Arme um sie. »Danke, Kleines.«

Sie drückte sich an ihn. »Sei vorsichtig.«

»Du auch.« Als Jim sich aus der Umarmung löste, bemerkte er, dass die Tiere immer näher krochen. »Versteck dich unten in der Mine, bis ich zurückkomme. Nimm eins von den Gewehren mit, und wenn irgendjemand auftaucht, erschießt du ihn. Ich mach, so schnell ich kann.«

Jim reichte Darlene Alberts Gewehr. Dann fasste er in seine Hosentasche und holte den Ladestreifen heraus. »Hier, nimm die Ersatzpatronen. Die könnten noch nützlich werden.«

»Danke.« Darlene versuchte zu lächeln, aber es gelang ihr nicht richtig. Sie steckte die Patronen in ihre Hosentasche, schwang sich das Gewehr über die Schulter, drehte sich um und ging den kurzen Weg zur Mine zurück.

Als Darlene im Schacht verschwunden war und das Gitter wieder über das Loch gezogen hatte, wandte Jim sich ab und setzte seinen Weg durch die Dunkelheit fort.

Amy saß schweigend da, während Stan sich alles von der Seele redete.

Achtzehn Jahre Mord, Folter und Sex – er ließ nichts aus. Er musste seine Seele reinigen, auch wenn er fürchtete, dass es zu spät war, um achtzehn Jahre des Schweigens wiedergutzumachen.

Die Worte sprudelten aus Stan heraus wie Wasser aus einem gebrochenen Damm. Erst hinterher, als er sich von all seinen Dämonen befreit hatte – auch davon, dass er vor all den Jahren den Landstreicher erschossen und Hal dabei geholfen hatte, seine Frau zu begraben –, wurde ihm bewusst, dass er trotz der kühlen Luft, die durch das Wohnzimmer wehte, schwitzte.

Als er endlich fertig war, räusperte er sich und blickte zu Amy hinüber, die nach vorne gebeugt auf der Couch saß, die Hände fest ineinander gefaltet. Sie weinte.

Stan bemerkte, dass es ihr schwerfiel, ihm in die Augen zu schauen.

»Amy?«, sagte Stan leise. »Sag doch was. Hasst du mich jetzt?«

Amy schüttelte den Kopf. »Nein, ich hasse dich nicht. Ich bin nur … schockiert.« Sie wischte sich die Tränen fort, die auf ihren Wangen glänzten.

»Das verstehe ich«, erwiderte Stan.

»Dann wissen also auch noch andere davon? Nicht nur Hal und diese Gruppe von Jägern?«

»Sicher. Doc Tingle zum Beispiel. Und dann sind da noch die Älteren, die früher bei den Jagden oder den Partys mitgemacht haben, es aber aus dem einen oder anderen Grund inzwischen nicht mehr tun. Männer wie Walt Spinner zum Beispiel.«

»Mein Gott«, stieß Amy aus und vergrub ihr Gesicht in ihren Händen.

»Es tut mir leid, dass ich dich damit belaste. Es ist nur … Ich wusste nicht, an wen ich mich sonst wenden sollte.«

»Gott, ich komm mir so blöd vor. All das ist in meiner eigenen Stadt passiert, und ich hab nichts davon mitgekriegt.« Amy sah auf und erwiderte nun doch Stans Blick.

Ihre Augen wirkten glasig. Sie waren ganz rot, und aus ihnen sprach tiefe Furcht.

»Obwohl, das stimmt auch nicht ganz«, fuhr Amy fort. »Ich hab zwar nicht gewusst, was vor sich ging, aber ich hab trotzdem geahnt, dass da nicht alles mit rechten Dingen zugeht. All diese sogenannten Pokerabende oben in der Hütte. Leute, die in die Stadt kommen und dann nie wieder auftauchen. Und dann ist da natürlich Hal. Ich hab mich in seiner Gegenwart nie wohlgefühlt. Ich fand ihn schon immer unheimlich. Er ist zwar immer ausgesprochen nett zu allen, aber trotzdem – ich glaube, es sind seine Augen. In ihnen liegt Gefahr.«

Amy seufzte. »Wie auch immer, Hal hat irgendetwas an sich, das mir jedes Mal einen kleinen Schauer über den Rücken jagt, wenn ich ihn sehe. Das Gleiche gilt für Dale, obwohl der mir wirklich richtig Angst macht. Ich schätze, ich hab einfach so getan, als existierten diese Gefühle nicht und mir gesagt, das sei total lächerlich. Ich meine, wir sprechen hier vom Polizei-Chief unserer Stadt – ich hätte in einer Million Jahre nicht gedacht, dass hier solche Dinge passieren.«

»Sie haben es gut versteckt. Sie haben ihr Geheimnis gut geschützt.« Stan sah auf das zerfledderte Taschenbuch hinunter, das auf Amys Couchtisch lag. Es hatte ihn von dem Moment an verhöhnt, als er zu Amy gekommen war, um seine Schuld bei ihr abzuladen. »Sie haben immer dafür gesorgt, alle Beweise zu vernichten. Sie haben sie entweder begraben, zerstört oder verbrannt. Und gelegentlich haben sie auch mal was verschenkt, Bücher zum Beispiel.«

Amy folgte Stans Blick. »Willst du damit sagen, dass dieses Buch in Wahrheit dem Fremden gehört?«

Stan nickte. »Ich wollte es dir sagen, aber ich konnte nicht. Du hättest zu viele Fragen gestellt.«

»Deshalb hast du dich also so seltsam benommen, als ich dich gefragt hab, ob ich es haben kann«, murmelte Amy.

»Ich wollte es selbst verbrennen. Ich wollte nichts damit zu tun haben. Dale hat es mir gegeben. Er meinte, er wisse doch, dass ich gerne lese. Aber in Wahrheit wollte er mir nur eins auswischen.«

»Gott, ich fühl mich schmutzig … Als hätte ich einem Toten etwas gestohlen.«

»Es ist meine Schuld. Ich hätte es dir nicht geben dürfen.«

»Aber du hast es ihm nicht weggenommen. Du hast keinen unschuldigen Mann entführt und seine Habseligkeiten gestohlen.«

»Das vielleicht nicht, aber ich fühle mich trotzdem schuldig. Wegen Leuten wie mir konnten die Jagden und Partys immer weitergehen. Ich wusste davon, und trotzdem hab ich nichts unternommen.«

»Aber jetzt unternimmst du etwas.«

»Aber ich weiß nicht, was ich tun soll«, gestand Stan.

»Vielleicht solltest du das Büro des Sheriffs anrufen?«

»Nein«, erwiderte Stan mit trockenem Mund. »Nein, ich

würde ins Gefängnis wandern, wenn ich das täte.« Er sah den Blick, den Amy ihm zuwarf. »Ich weiß, dass du denkst, dass ich das verdient hätte.«

»Das denke ich nicht – aber ich glaube, dass das unsere einzige Option ist. Du kannst nicht zulassen, dass das noch länger so weitergeht.«

»Das weiß ich.«

»Und du kannst weder Hal noch irgendeinen aus seiner Truppe zur Rede stellen.«

»Auch das weiß ich.«

»Was bleibt dann also noch übrig? Ich weiß, dass du zu mir gekommen bist, um deine Schuld abzuladen, aber das ist nicht genug. Da draußen wird ein Mann gejagt, und es ist sehr gut möglich, dass er getötet wird, wenn wir nichts unternehmen.«

»Deshalb will ich ihm ja auch helfen, wenn ich kann. Ich hab ihn vorhin gesehen, er ist aus Hals Haus gekommen. Er ist über die Straße gerannt und im Wald verschwunden.«

Amy runzelte die Stirn. »Wo wollte er denn hin?«

»Ich bin nicht ganz sicher, aber die Wälder führen zum Fluss, deshalb nehme ich an, dass er sich irgendwo am Ufer versteckt.«

»Und was willst du jetzt machen? Ihm folgen? Gott, Stan, hast du überhaupt schon einen Plan für den Fall, dass du ihn wirklich findest?«

Stan wischte sich den Schweiß von der Stirn und leckte sich seine aufgerissenen Lippen. »Ich weiß noch nicht, was ich dann tun werde. Ich weiß nur, dass ich ihm helfen muss. Ich muss ihm einfach helfen. Wenn ich ihm dabei helfen kann, zu entkommen, würde ich mich sehr viel besser fühlen, und wenn er dann zum Büro des Sheriffs oder zur State Patrol geht, nun, dann soll es eben so sein. Vielleicht werde ich ja gar nicht mit den Verbrechen in Zusammenhang gebracht, schließlich hab ich nie wirklich einen dieser Männer gejagt.«

»Aber was, wenn er es nicht tut? Sagen wir mal, du könntest ihm tatsächlich helfen zu fliehen. Was, wenn der Typ einfach beschließt, zu vergessen, dass die ganze Sache je passiert ist und sein Leben einfach weiterlebt? Was dann? Dann sind wir wieder da, wo wir angefangen haben. Dann wird sich gar nichts verändert haben, außer, dass zum ersten Mal ein Mann entkommen konnte. Aber ihm werden wieder andere folgen. Und es werden andere Frauen kommen.«

»Das weiß ich.« In Stans Kopf begann sich alles zu drehen. »Ich kann die Polizei nicht rufen, noch nicht. Bitte, halt einfach zu mir. Lass mich erst versuchen, Jim zu helfen. Er wird zur Polizei gehen, da bin ich ganz sicher – ich werde ihm sagen, dass er das tun muss. Und vielleicht wird er mich aufgrund dessen, was ich für ihn getan habe, den Cops gegenüber nicht erwähnen. Er wird Hal, Dale und die anderen beschuldigen – und sie werden auch ins Gefängnis gehen –, aber nicht mich. Gott, ich kann nicht ins Gefängnis gehen, das würde ich nicht überstehen. Bitte, lass mich erst mal versuchen, dem Jungen zu helfen. Um den Rest kümmern wir uns dann später.«

Trotz ihrer roten Augen, ihrer geröteten Wangen und ihres verstörten Blicks sah Amy einfach wunderschön aus.

»Dann willst du also nur versuchen, deinen eigenen Arsch zu retten, ist es das?«

Stan nickte. »Aber ich will auch, dass das alles aufhört. Und wenn Hal und Dale verschwinden, dann wird es das auch.«

Amy wandte sich von Stan ab.

»Bitte? Tust du das für mich? Tu es, weil … ich dir was bedeute?«

Amys Blick huschte zu Stan hinüber. Sie schnaubte. »Du denkst, du würdest mir was bedeuten?«

Stan nickte. »Ich weiß es. Weil … oh, zur Hölle, Amy, weil ich dich liebe. Und ich bin mir ziemlich sicher, dass du mich auch liebst.«

»Ha!«, brüllte Amy. »Du hast wirklich Nerven. Du kommst hierher, erzählst mir all diese schrecklichen Dinge, und dann erwartest du auch noch, dass ich nicht die Polizei rufe und mit dir komme, weil du irgendeinen lächerlichen Plan hast, und all das nur, weil du denkst, dass ich … ich …« Sie schnaubte erneut.

Stan gelang ein bescheidenes Grinsen. »Ja?«

Auch wenn Amy entschlossen dagegen ankämpfte, gelang es ihr nicht, ihren verbissenen Gesichtsausdruck aufrechtzuerhalten. Sie schüttelte lächelnd den Kopf. »Okay, du hast mich erwischt. Ich liebe dich auch. Bist du jetzt glücklich?«

»Sehr.«

Amy sprang auf und ging zu Stan hinüber. Sie setzte sich auf seinen Schoß, neigte ihren Kopf nach vorne und küsste ihn.

Stan öffnete seinen Mund und ließ sie ein. Es war kein langer Kuss, aber er jagte trotzdem ein elektrisches Feuerwerk durch seinen Körper. Als Amy sich wieder von ihm zurückzog, sah sie ihm in die Augen und sagte: »Also, was machen wir jetzt?«

»Ich brauch erst mal einen kräftigen Drink.«

»Da sind wir schon zwei. Was willst du?«

»Ich dachte, ich geh zurück ins Davey's. Ich wollte sowieso mal nach Walt sehen, und die Alkoholauswahl ist da am größten. Kommst du mit?«

Amy nickte.

Sie sprang auf, und Stan erhob sich.

»Warte kurz hier, bis ich mich frisch gemacht hab, ja?«

Stan sah Amy nach, als sie das Wohnzimmer verließ.

*Ich hoffe, ich tue das Richtige, wenn ich Amy da mit reinziehe. Ich will nicht, dass ihr irgendwas passiert.*

Er dachte daran, was sie einander gerade gestanden hatten, und ein breites Lächeln erhellte sein Gesicht.

*Ich liebe dich auch. Bist du jetzt glücklich?*

Trotz allem, was geschehen war, und trotz all der Dinge, die in den nächsten Stunden vielleicht passieren würden, war er in diesem Moment sehr glücklich.

Er betete nur, dass dieses Gefühl auch anhielt.

# ZEHN

Luke Ryder trottete den Hang hinauf, der zur Hütte führte.

Er hatte die vergangene Stunde im Davey's verbracht und ein Bier nach dem anderen geleert – das Jagen machte einen ganz schön durstig.

Es war ein langer Weg vom Davey's zurück auf den Berg, und weil er am Morgen mit Dale und Hal hinaufgefahren war, hatte Luke keinen Wagen. Als er die Hütte erreichte, drängte das ganze Bier, das er in der Kneipe getrunken hatte, nach draußen. Luke sah, dass der Maschendrahtzaun verschlossen und die Fenster der Hütte dunkel waren. Die Toilette in der Hütte konnte er also nicht benutzen – nur Hal und seine Männer hatten einen Schlüssel zur Hütte.

Mit einer vollen Blase, die allmählich wehtat, ging er daher seitlich an der Hütte vorbei. In der Dunkelheit verlor er ein wenig die Orientierung, doch als er sich dem Rand der Klippe näherte, fand ihn schon bald das Mondlicht wieder.

Luke trat an den Abgrund, legte sein Gewehr zur Seite, öffnete den Reißverschluss und holte seinen winzigen Schwanz heraus. Er leerte seine Blase, und sein beißender Urin spritzte in einem heftigen Strahl über die Klippe. Er seufzte vor Erleichterung, als seine Pisse die Felsen und struppigen Büsche unter ihm goss.

Er war beinahe fertig, als er die Leiche entdeckte.

»Mein Gott«, stieß er aus und wich einen Schritt zurück. Der Urin tröpfelte auf seine Schuhe. »Verdammt«, murmelte er.

Als er endlich leer war, schloss er den Reißverschluss wieder, schnappte sich sein Gewehr und kletterte die Leiter hinunter.

Der Anblick des Toten hatte ihn beinahe umgehend wieder nüchtern werden lassen, aber als er sich dem Klippenboden näherte und die Kleidung sah, die die Leiche trug, krampfte sich sein Magen erneut zusammen.

Luke sprang von der Leiter und ging zu der Stelle hinüber, an der der Körper über die Felsen gespritzt war. Auch wenn sich am Gesicht nur schwer erkennen ließ, um wen es sich handelte – der Kopf war wie eine Kokosnuss gespalten, die Hirnmasse über die Felsen verteilt –, wusste Luke aufgrund der Größe der Leiche ganz genau, wer dort lag: Es war Dale.

»Kacke. Kacke, gottverflucht. Zur Hölle noch mal«, fluchte Luke.

*Er konnte nicht sagen, ob Dale erschossen worden oder ob er einfach ausgerutscht und gefallen war.*

*Oder vielleicht hat ihn einer der Fremden gestoßen.*

Ich muss den Chief holen. Auch wenn er krank ist, verdammt, das hier wird er todsicher wissen wollen.

Luke wandte sich von der Leiche ab, eilte wieder zur Leiter zurück und kletterte hinauf, so schnell er konnte.

Das Davey's war leer.

Nur Walt war noch da. Er saß an einem der Tische, schaute zum Fernseher hinauf und hielt sich an einer halb leeren Flasche Diät-Malzbier fest.

»Hi, Boss«, sagte Walt, als Stan und Amy das Davey's betraten. Er griff nach der Fernbedienung und stellte den Ton des Fernsehers leiser. Dann stand er auf. »So sieht's hier schon fast die ganze Nacht aus«, berichtete er. »Nur gelegentlich mal ein einsamer Gast. Außer Luke – er war 'ne ganze Weile hier, hat fast den ganzen Laden leer getrunken.« Walt schnaubte. »Der Junge steht definitiv auf Bier.«

»Setz dich doch«, sagte Stan zu Amy. »Was nimmst du?«

»Bourbon, on the rocks.«

Stan nickte und trat hinter die Bar.

Walt gesellte sich zu ihm.

»Alles okay? Ich dachte, du wolltest nach Hause gehen und dich ein bisschen ausruhen. Ich hab dich erst in ein paar Stunden zurückerwartet.«

»Planänderung«, erwiderte Stan und nahm eine Flasche Wild

Turkey und zwei Gläser aus dem Regal. »Du kannst gehen, wenn du willst. Ich bin jetzt hier.«

»Gehen?« Walt wirkte verletzt, so als habe man ihn gebeten, eine Geburtstagsparty zu verlassen, bevor der Kuchen serviert wurde.

»Ich bleibe hier und schließe ab, wenn der Chief sein Okay gibt. Du musst wirklich nicht bleiben.«

Stan hatte vor, abzuschließen, sobald Walt gegangen war. Er musste darüber nachdenken, was er nun tun sollte. Zur Hölle mit Hal.

Walt ließ seinen Blick zu Amy schweifen, die an einem der Tische saß. »Und sie? Was macht sie hier?«

»Sie leistet mir Gesellschaft.«

Walt grinste und zwinkerte Stan zu. »Ach ja?«

»Es ist nicht, wie du denkst, Walt.«

Ein Stirnrunzeln legte sich über Walts faltiges Gesicht. »Was ist los? Du siehst total fertig aus. Und Amy wirkt auch nicht gerade besonders frisch.«

Stan seufzte, während er Bourbon in die beiden Gläser einschenkte und sie dann mit Eiswürfeln auffüllte. Sie knisterten, als sie in den Whiskey plumpsten. »Es ist nichts, Walt. Ehrlich. Danke für all deine Hilfe, aber du kannst jetzt nach Hause gehen.«

Stan ging zu Amy hinüber. Er stellte ihr Glas ab und nahm dann einen Schluck von seinem eigenen Whiskey.

Walt blieb hinter der Bar stehen.

»Weißt du, ich bin echt überrascht, dass nicht mehr Leute hier gewesen sind, vor allem Jäger. Ich hatte erwartet, dass sie einer nach dem anderen hier auflaufen würden. Abgesehen von Luke Ryder war nur Adam hier.«

*Gott, versteht der den Wink denn wirklich nicht?*

»Jäger«, schnaubte Amy und trank einen kräftigen Schluck Whiskey. »Du warst doch auch mal Jäger, richtig, Walt?«

Stan verkrampfte sich. »Amy«, flüsterte er.

»Ja. Und ein verdammt guter obendrein.«

»Darauf wette ich.«

»Was sagst du?«, fragte Walt.

»Nichts«, antwortete Stan.

»Was?« Amy sah zu Stan hinauf. »Er weiß doch selbst, was er war – ein kaltblütiger …«

Die Kneipentür schwang auf und knallte gegen die Wand.

Alle drei zuckten zusammen, schauten zur Tür und sahen Sam Perkins hereinstolpern.

»Oh mein Gott«, keuchte Amy und sprang auf.

»Verflucht«, stieß Walt aus.

Der alte Sam stand zitternd in der Tür. Dann fiel er zu Boden. Sein Kopf schlug lautstark auf dem harten Holzboden auf.

Stan und Amy eilten zu ihm hinüber. Walt kam etwas langsamer in die Gänge.

»Was ist denn mit ihm passiert?«, wollte Amy wissen, als sie sich neben den zu Boden gestürzten Mann kniete.

Stan kniete sich neben sie. Walt blieb hinter ihnen stehen und schaute ihnen über die Schulter.

Sams Kleider waren zerrissen und mit Blut und Dreck überzogen. Sein Gesicht war am übelsten zugerichtet: Die Augen waren völlig verquollen und das Fleisch drum herum mit tiefblauen und violetten Flecken übersät, an der geschwollenen Nase hing getrocknetes, verschmiertes Blut, und die Wangen und das Kinn waren so tief aufgerissen, dass das blutige Gewebe darunter zu erkennen war. Er sah aus, als habe er Mike Tyson ein Weichei genannt und dann nicht schnell genug wegrennen können.

Sam war bei Bewusstsein – wenn auch nur gerade so. Er atmete schnell und versuchte, seine Augen zu öffnen, aber entweder war er zu schwach oder es war ihm aufgrund der vielen blauen Flecken nicht möglich. Seine Augenlider flatterten nur.

»Lieber Himmel, an dem hat sich aber jemand ordentlich ausgetobt«, sagte Walt. »Sam, kannst du mich hören?«

Sam öffnete den Mund, wie ein Fisch, der nach Luft schnappt. Er gurgelte irgendwelchen Unsinn.

»Was ist passiert?«, fragte Amy und blickte zu Stan. »Weißt du irgendwas?«

Stan zögerte.

»Du weißt doch was. Gott, jetzt sag's mir einfach.«

»Ich weiß nichts Genaues. Nur … na ja, Dale hat ihn letzte Nacht weggebracht, das ist alles, was ich weiß.«

»Warum?«

»Er hat Jim von der Hütte erzählt. Sie hatten Angst, dass er mit seinem losen Mundwerk noch mehr ausplaudert, deshalb nehme ich an, dass sie dachten, sie müssten ihm eine Lektion erteilen.«

*Was zur Hölle hat Dale nur mit ihm gemacht?*

»Das ist doch Wahnsinn«, sagte Amy. »Einen Mann zu verprügeln, nur, weil er einem Fremden von der Hütte erzählt hat. Gott, was kommt als Nächstes?«

»Stan?«, sagte Walt.

Stan sah zu Walt hinauf und bemerkte sofort den veränderten Ausdruck auf seinem Gesicht. »Hör zu, ich …«

»Stan hat mir alles erzählt«, klärte Amy ihn auf. »Ich weiß, was in dieser Stadt passiert. Ich weiß, was du früher getan hast, Walt, und du solltest dich deswegen schämen. Aber jetzt müssen wir einen Arzt rufen.«

»Wir müssen Lloyd nicht anrufen«, erwiderte Stan. »Wir bringen Sam in meinem Wagen zum Doc. Wahrscheinlich ist das sowieso schneller – dauert ewig, bis der alte Sack in die Puschen kommt. Warte 'ne Sekunde.« Stan stand auf und lief zur Tür. Durch die klare Glasscheibe konnte er auf die Main Street sehen.

»Was machst du denn?«

»Nachsehen, ob Adam in der Nähe ist. Ich will nicht, dass er Sam sieht. Sonst alarmiert er wahrscheinlich Hal oder Dale.«

Alles, was Stan sehen konnte, war jedoch eine leere Straße, die von sporadischen Laternen schwach erleuchtet wurde.

Stan ging wieder zu Sam hinüber. »Adam muss am anderen Ende der Straße sein. Wir beeilen uns besser.«

»Äh, den letzten Teil solltest du vielleicht noch mal überdenken«, sagte Walt.

Stan wandte seine Aufmerksamkeit wieder Sam zu, der auf den Fußboden blutete.

»Er ist tot«, sagte Amy.

Stan sah auf Sam hinunter. Seine Augen wirkten glasig und blinzelten nicht, sie blickten nur starr zur Decke der Kneipe hinauf. Sein Brustkorb bewegte sich nicht. »Oh, verdammt.«

Amy stand auf, schlurfte zur Bar hinüber, schenkte sich Whiskey in ein Schnapsglas ein und leerte es in einem Zug.

Stan stellte sich neben sie und legte eine Hand auf ihre Schulter. »Es tut mir leid.«

Sie schüttelte seine Hand mit einem Schulterzucken ab. »Sag das Sam.«

Stan schaute wieder zu Sam hinüber, betrachtete seinen verprügelten, leblosen Körper. Wenn die Tatsache, dass er Jim vorhin gesehen hatte, der Zündschlüssel gewesen war, der endlich seinen Motor in Gang setzte, damit er etwas unternahm, um diesem Wahnsinn ein Ende zu bereiten, dann war Sams Tod das Gaspedal.

Stan wusste nun, was er zu tun hatte. Er würde in den Wald gehen, dem Fluss folgen und Jim hoffentlich finden. Er wusste allerdings noch immer nicht, was er tun würde, wenn er ihn gefunden hatte. Alles, was er wusste, war, dass er nicht länger hier herumstehen und nichts tun konnte.

Mit einem Seufzen wandte sich Stan an Walt. »Walt, ich brauche hier doch noch deine Hilfe. Kümmere dich um die Bar, falls irgendjemand kommt. Amy, ich will, dass du auch hierbleibst, okay?«

Amy wirbelte herum und sah Stan fest in die Augen. »Was willst du denn jetzt machen?«

»Ich werde versuchen, Jim zu finden«, verkündete er.

Sie senkte ihre Schultern, und aus ihren Augen sprach Furcht.

»Wo gehst du denn hin?«, wollte Walt wissen.

»Da raus«, sagte Stan nur und küsste Amy auf den Mund.

Anfangs war sie zurückhaltend, aber dann erwiderte sie den Kuss. »Ich finde immer noch, dass das dumm ist, was du tun willst.«

»Ich weiß. Aber lass mich einfach machen, okay? Ich muss das tun.«

»Sei vorsichtig«, bat Amy.

Stan nickte, und als er auf die Hintertür der Kneipe zusteuerte, sagte er: »Du bist ein guter Junge, Walt, und erwähn niemandem gegenüber, was Amy weiß, verstanden?«

»Verstanden, Boss. Aber was sollen wir mit Sam machen? Soll ich Harmon anrufen?«

»Nein. Lass ihn hier, bis … Ach, Scheiße, ich weiß auch nicht. Zumindest, bis ich wiederkomme.«

»Aber wir können ihn doch nicht tot auf dem Boden liegen lassen – was, wenn jemand reinkommt?«

Stan spürte, dass sich eine Migräne anbahnte. »Schafft ihn erst mal ins Hinterzimmer.«

Walt verzog das Gesicht, aber er erwiderte: »Alles klar, Boss.«

Stan warf Amy einen letzten Blick zu, sah die Angst in ihrem Gesicht, und verließ dann die Kneipe.

Die Mine schien sich bis ins Unendliche zu erstrecken.

Ethan und Billy waren schon seit mindestens einer halben Stunde durch den schmalen Tunnel gewandert, und noch immer war kein Ende in Sicht. Zumindest war die Luft hier unten kühler, was eine willkommene Abwechslung von der Hitze draußen darstellte. Trotzdem gaben die engen Wände und die niedrige Decke Ethan das Gefühl, er befände sich in einem langen Sarg. Außerdem hallte der blöde Kommentar, den Billy vor einer Weile abgegeben hatte, noch immer in Ethans Kopf nach: *Also, wenn die Decke hier einbricht, sind wir am Arsch.*

Normalerweise hatte er keine Angst vor geschlossenen

Räumen, aber es machte ihn nervös, hier unten zu sein, und er konnte es kaum erwarten, wieder nach draußen zu kommen.

»Siehst du das?«, flüsterte Billy.

»Was?«, fragte Ethan zurück, und ihm rutschte beinahe die Taschenlampe aus der Hand.

»Das«, sagte Billy.

Ethan folgte dem Lichtstrahl von Billys Taschenlampe. Jemand hatte Holzlatten in die Wand genagelt. »Die müssen wieder nach oben führen. Denkst du, er ist so rausgekommen?«

»Wahrscheinlich.«

»Wir schalten besser unsere Lampen aus«, schlug Ethan vor. »Wir wollen ja nicht, dass er uns kommen sieht.«

Ihre Welt wurde schwarz.

Sobald sich ihre Augen an die Dunkelheit gewöhnt hatten, konnte Ethan in der Ferne einen schwachen Lichtschein erkennen. Er nahm an, dass es sich um das Mondlicht handelte, das durch den Schacht hereinfiel.

»Vergiss nicht: Auch wenn sie beide hier sind, der Chief will den älteren Fremden lebendig«, flüsterte Ethan.

»Richtig«, erwiderte Billy.

Ethan entsicherte seine Waffe.

Sie näherten sich dem Licht.

Zwei Gewehrschüsse hallten donnernd durch die Mine.

Eine Kugel zischte an Ethans Kopf vorbei, die andere schlug in der Wand ganz in seiner Nähe ein.

*Wo zur Hölle hat er die Waffe her?,* fragte sich Ethan und feuerte in schneller Folge drei Schüsse ab.

Neben ihm schoss auch Billy zweimal, hielt jedoch inne und schrie auf, als weitere Kugeln in ihre Richtung flogen.

»Billy?«, schrie Ethan, als er hörte, wie sein Freund auf dem Boden aufschlug.

»Bauchschuss«, sagte Billy, dessen Atmung sich laut und kratzig anhörte.

»Wichser!«, brüllte Ethan und feuerte weiter, bis sein Magazin leer war.

Eine dunkle Gestalt kletterte den Schacht hinauf. Ethan ließ das leere Magazin aus der Waffe gleiten, holte ein neues aus seiner Hosentasche und schob es mit einem Klicken an seinen Platz.

»Beeil dich, er entwischt uns«, keuchte Billy.

»Ich weiß, ich weiß«, spuckte Ethan aus, und als er eine Kugel in die Kammer geladen hatte, zog er seine Taschenlampe aus dem Bund seiner Jeans und knipste sie an.

Er richtete sie auf den senkrechten Schacht und erkannte gerade noch die Schuhe, während die Gestalt aus seinem Blickfeld kletterte. »Arschloch«, fluchte Ethan und leuchtete dann zu Billy hinüber.

Billy lag in einer Pfütze aus Blut, die sich immer weiter ausbreitete. In seinem Bauch klaffte eine große, grauenhaft aussehende Schusswunde. Er wirkte mindestens drei Stufen blasser, und sein Gesicht war schmerzverzerrt. »Scheiße, Billy, kann ich dich hier allein lassen?«

»Ja, beeil dich einfach und geh ihm nach.«

Ethan nickte und ging zur Leiter hinüber. Er steckte seine Taschenlampe wieder in seine Jeans, schwang sich das Gewehr über die Schulter und begann hinaufzuklettern.

Als er das Ende der Leiter erreichte, hievte er sich aus dem Schacht auf den Waldboden. Er sah ein Metallgitter neben dem Loch liegen. Ethan rappelte sich auf und blinzelte suchend umher, das Gewehr einsatzbereit. In der Ferne erkannte er eine Leiche – sie sah wie Albert aus.

*Verdammt. Na ja, wenigstens wissen wir jetzt, woher der Fremde die Waffe hat. Aber wo ist Cole?*

Eine Kugel schlug neben Ethan im Boden ein und wirbelte Dreck auf. Er machte einen Satz, und als er in den Wald hineinschaute, sah er einen Schatten blitzschnell hinter einem Baum verschwinden.

*Hab ich dich,* dachte er und sprang hinter dem nächsten Baum in Deckung.

Als er den Baum gerade erreicht hatte, trat die Gestalt aus ihrem Versteck hervor und feuerte erneut.

Ethan duckte sich im selben Moment hinter den Baum, als die Kugel zwei Meter von ihm entfernt in die Erde knallte.

*Wer von den beiden das auch sein mag, er ist kein besonders guter Schütze,* dachte er.

Er wartete ein paar Sekunden, bevor er seinen Kopf hinter dem Baumstamm hervorsteckte. Er sah, wie die Gestalt hinter ihrem Baum hervorhuschte und von ihm wegrannte.

*Keine Munition mehr?,* fragte er sich, trat aus seiner Deckung hervor und zielte.

Ethan feuerte einmal, traf jedoch nicht.

Er zielte neu und drückte noch einmal ab, aber das fleckige Licht und die Tatsache, dass sein Ziel sich bewegte, machten es ihm schwer, einen sicheren Treffer zu landen.

Konzentrier dich, ermahnte Ethan sich selbst. Er wusste, dass er die Verfolgung aufnehmen musste, wenn er noch einmal danebenschoss, sonst würde er ihn verlieren. Oder noch schlimmer: Jemand anders würde den Fremden erschießen und den Preis einsacken.

Ethan zielte noch einmal, betete und drückte ab.

Dieses Mal ging das Ziel zu Boden.

Ethan stieß einen Freudenschrei aus. Während er zu seiner gefallenen Beute hinüberrannte, durchschnitt ein schmerzerfülltes Heulen die Nacht, das klang, als stamme es von wilden Tieren.

Ethan blieb stehen und schaute sich um. Er bildete sich ein, Schatten durch den Wald streifen zu sehen. Mit einem unguten Gefühl näherte er sich dem Fremden.

Bald war er nahe genug, um zu sehen, dass seine Beute wie eine verwundete Schildkröte über den Boden kroch. Er hatte seine Anweisungen befolgt und auf den unteren Teil des Körpers gezielt, nur für den Fall, dass es sich um den kleineren Fremden handelte.

»Dreh dich um«, befahl Ethan, als er den verwundeten Fremden beinahe erreicht hatte. Er zog seine Taschenlampe heraus und richtete den Lichtschein auf ihn.

Als die Person sich umdrehte und Ethan sah, wer es war, heulte er auf. Vor seinen Augen wirbelten tanzende Lichter hin und her.

Er ließ die Taschenlampe fallen, stolperte rückwärts und hoffte, dass er sich alles nur eingebildet hatte.

Tief in seinem Inneren wusste er jedoch, dass das nicht der Fall war. Darlene lebte, und er hatte auf sie geschossen … schon wieder.

Ethan schüttelte den Kopf und richtete mit zitternden Händen seine Waffe auf sie. »Wie … Wieso … Das ist nicht … Verdammt, was ist hier los?«

Darlene lag auf dem Boden und blutete aus zahlreichen Schnittwunden und der Schusswunde in ihrem Bein.

»Wir haben dich erschossen«, stammelte Ethan. »Du warst tot. Ich hab's mit eigenen Augen gesehen. Dein Kopf war total zerfetzt.«

»Seh' ich vielleicht tot für dich aus, Vollidiot?«

»Was zur Hölle ist hier los?«, brüllte er. »Ich dachte, du wärst einer von den Fremden. Wo ist dieser große Typ, Jim? Wir sind ihm doch zur Mine gefolgt.«

Nichts von alledem ergab auch nur den geringsten Sinn. Er hatte einfach nicht den Grips, um zu verstehen, was hier vor sich ging. Alles, was er wusste, war, dass Darlene vor ihm auf dem Boden lag und dass er sie angeschossen hatte. Und dass der Chief das bestimmt erfahren wollte.

Alles andere lag außerhalb seines geistigen Fassungsvermögens.

»Willst du mich jetzt auch ficken, wie Harmon, diese perverse Sau? Den hat's auch ganz schön gejuckt. Oder bringst du Feigling mich einfach um?«

»Ich … ich werde dich zur Hütte bringen, dich in den Keller sperren und dann den Chief holen. Vielleicht kann er mir ja sagen, was zur Hölle hier eigentlich los ist.«

Darlenes Gesichtszüge entgleisten. »Nein, bitte nich'. Ich werd' dir alles erzählen, sogar, wo die beiden Männer sind, die du suchst. Aber bitte bring mich nich' in die Hütte. Und hol nich' den Chief.«

»Du weißt, wo die Fremden sind?«

Sie nickte.

»Bullshit. Nein, ich bring dich lieber in die Hütte. Verflucht, dein Daddy gibt mir vielleicht sogar 'ne Belohnung, wenn ich dich zu ihm bringe.«

»Fick dich«, spuckte Darlene aus.

Ethan knockte sie mit dem Kolben seines Gewehrs aus.

Als er auf ihren Körper hinunterblickte, konnte er nicht glauben, was er sah.

*Vielleicht war es ja gar nicht Darlene, die wir erschossen haben. Vielleicht war es nur irgendeine Ausreißerin, die aussah wie sie.* Das ergab Sinn – es war so ziemlich die einzige Erklärung, die Sinn ergab.

Als die Stimmen mehrerer Jäger in seinem Funkgerät knisterten, weil sie sich fragten, was die Schüsse zu bedeuten hatten, nahm Ethan sein Walkie-Talkie zur Hand und verkündete: »Falscher Alarm, Jungs, tut mir leid. Nur ein Reh. Ende und aus.« Er ließ Darlene liegen, rannte zurück zum Minenschacht und sammelte unterwegs seine Taschenlampe ein. Er kniete sich hin, leuchtete mit dem Strahl seiner Taschenlampe in den Schacht und schaute in das Loch hinunter. »Billy! Hey, Billy! Du errätst nie, wer auf uns geschossen hat. Darlene! Wer glaubt denn so 'ne Scheiße?«

Ethan wartete, bekam jedoch keine Antwort. »Halt einfach durch, okay, Kumpel? Ich sperr' Darlene in den Keller der Hütte, und dann hol ich den Chief. Wir holen Hilfe für dich, versprochen.«

Ethan wusste zwar, dass es schneller gewesen wäre, über Funk Hilfe zu rufen, aber er würde auf keinen Fall riskieren, das Funkgerät zu benutzen. Wie zur Hölle sollte er den anderen denn Billys Schusswunde erklären? Nein, am besten erzählte er Hal alles persönlich – der Chief würde schon wissen, was zu tun war.

Ethan rannte zurück zu Darlene.

Er beugte sich nach unten und hob sie hoch. Sie war überraschend leicht und ihre Haut sehr kühl.

Ethan nahm sie auf seine Arme und machte sich auf den Weg. »Wenn Billy stirbt, wirst du dafür bezahlen«, versicherte er ihr, obwohl er genau wusste, dass sie ihn nicht hören konnte. »Ich bin mir sicher, dass der Chief für seine Lieblingstochter noch einiges auf Lager hat.« Er lächelte. Ein Lachen brachte er noch nicht zustande, nicht, solange er noch dieses ungute Gefühl hatte.

Darlene war gestorben, da war er sich ganz sicher.

Und wo war Jim? Er und Billy hatten den großen Kerl doch in der Mine verschwinden sehen – und jetzt war der Fremde nirgends zu finden.

*Was zur Hölle ist hier los?,* fragte er sich erneut, während er über den Berg tapste.

Darlene steht mitten auf der Straße, von Wildnis umgeben, und obwohl es Nacht ist, kann er sie genauso deutlich sehen wie bei Tageslicht. Seine Tochter ist bekleidet, aber trotzdem kann er die kleine Wölbung ihres Bauches erkennen.

Darlene grinst, krümmt ihren Finger und bedeutet ihm, zu ihr zu kommen. Hal fragt sich, warum sie so glücklich ist – sie sollte doch tot sein. Er hat ihre Leiche im Bestattungsinstitut gesehen, nackt und zerstört, also warum grinst sie dann, als wüsste sie etwas, das er nicht weiß?

Er öffnet den Mund, um sie zu fragen, aber ein grelles Licht blendet ihn, und als ihm klar wird, dass es ein Auto ist und dass es direkt auf Darlene zusteuert, ist alles, woran er denken kann, das Baby, und kurz bevor das Auto in sie hineinrast, stößt er sie zur Seite, der Wagen erwischt stattdessen ihn, und ein entsetzlicher Schmerz jagt durch seinen Körper, als das Auto ihn umreißt, ihm das Genick bricht, seinen Schädel zertrümmert und dann seine Arme und seinen Oberkörper komplett verdreht, bevor es ihn die Straße entlangschleift und seinen Körper völlig zerstört. Hal ist die ganze Zeit über bei Bewusstsein und nimmt jeden einzelnen Schmerz wahr. Endlich lässt ihn das Auto fallen, wie ein Hund, dem sein alter Knochen langweilig geworden ist, und als er in die sternenklare Nacht und zu dem vollen Mond emporblickt, sieht er Darlenes Gesicht über sich. Sie grinst noch immer. »Ich bin nicht tot, du kannst mich nicht töten«, sagt sie. »Aber du hast mein Baby getötet.« Dann hält sie ihm einen verstümmelten Fötus vors Gesicht, um dessen Hals eine winzige Blechdose baumelt, und Hal spürt, dass Blut auf ihn hinuntertropft und sich mit seinem eigenen Blut vermischt, und er fragt sich, warum er nicht tot ist. Er wurde gerade von einem Auto überfahren und zehn Meter weit mitgeschleift, also warum ist er noch am Leben? Darlene fängt an zu lachen, der tote Fötus fängt an zu lachen, und dann ist eine Glocke zu hören, ganz schwach, und Hal fragt sich: *Woher kommt dieser Glockenton?* Ein Klopfen dröhnt in seinem Kopf, alles verblasst …

Hal wachte auf, in kalten Schweiß gebadet, als er jemanden an die Tür klopfen hörte.

Als er nach unten blickte, sah er den Fötus in seinem Schoß.

*Mist.* Er musste ihn verstecken, sonst würden sie ihn vermutlich in sein eigenes Gefängnis sperren. Aber als er versuchte, aus dem Sessel aufzustehen, protestierte sein Körper vehement. Er schaute an seinen Armen hinunter und stellte fest, dass sie beinahe vollständig von blauen Flecken bedeckt waren.

Es klopfte noch immer, dann hörte er eine Stimme: »Chief, bist du da? Hier ist Luke Ryder.«

Hal runzelte die Stirn. *Was will der denn, verdammt noch mal?*

Hal versuchte erneut, aus dem Sessel aufzustehen, und dieses Mal gelang es ihm, auch wenn es sich anfühlte, als trete ihn jemand mit voller Wucht in den Magen. Er ging den Flur hinunter – sein Körper war völlig steif und ihm tat alles weh, seine Beine fühlten sich wie verstümmelte, tote Gewichte an – und rief: »Eine Minute.« Hal taumelte ins Schlafzimmer, legte seinen Sohn in den Schrank und wickelte ihn in das blutige Handtuch ein. »Da drinnen bist du sicher und hast es schön warm«, sagte er und wusste, dass es verrückt war, mit einem toten Fötus zu sprechen, aber drauf geschissen, ihm standen ja wohl ein paar Momente des Wahnsinns zu, wenn man bedachte, was er gerade alles durchmachte.

Er ging kurz ins Badezimmer, um sich die Hände zu waschen, und humpelte dann durch den Flur zur Haustür.

Luke machte einen Schritt zurück. »Äh, hi, Hal.«

Hal wusste, wie er aussah, und konnte sich nur allzu gut vorstellen, was Luke jetzt dachte – Geschlechtskrankheit? Die Pest? Verflucht, Luke sah selbst nicht gerade frisch aus. Er wirkte blass und roch nach Alkohol.

»Was ist los?«, fragte Hal.

Luke atmete tief ein und machte dann ein Gesicht, das aussah, als hätte er es lieber nicht getan. »Ich hab Dale gefunden. Er ist tot.«

Hal, der sich gegen den Türrahmen lehnte, um nicht umzukippen, musste eine Menge Schmerz und Erschöpfung niederkämpfen, um ein wenig Überraschung und eine Gefühlsregung zustande zu bringen. »Dale ist tot? Bist du sicher?«

Luke nickte. »Er liegt auf dem Boden der Klippe hinter der Hütte. Scheint so, als wär er gefallen … er sieht echt übel aus.«

»Mein Gott«, seufzte Hal. Er konnte das nicht brauchen, nicht jetzt, nicht heute Nacht. Dale war sein bester Officer und ein guter Freund.

»Was soll ich jetzt machen?«

»Lass ihn liegen.«

Luke runzelte die Stirn. »Was?«

»Er ist tot, es gibt nichts, was wir noch für ihn tun könnten. Unsere oberste Priorität ist nach wie vor, die Fremden zu finden.«

»Willst du, dass ich Harmon hole?«

»Der ist auch tot.«

Jetzt war Luke an der Reihe, überrascht auszusehen. »Harmon ist tot? Wie das denn?«

»Herzinfarkt. Ich hab ihn vorhin gefunden, als ich nachsehen wollte, wie er mit Darlene vorankommt.«

»Scheiße.«

»Ja, ach, er war eben alt. Seine Zeit war abgelaufen.«

*Im Gegensatz zu Dales. Irgendwas stimmt hier nicht.*

»Was ist mit Dale? Denkst du, er ist wirklich nur gestürzt?«

»Dale? Auf keinen Fall. Jemand hat ihn gestoßen. Aber darum kümmere ich mich morgen. Ich will, dass du wieder zurück auf die Jagd gehst. Wenn mich irgendjemand braucht, ich bin hier.«

»Ja, Sir«, sagte Luke. »Sag mal, macht's dir was aus, wenn ich kurz dein Bad benutze, Hal? Ich platz' sonst gleich, ehrlich.«

»Nein«, erwiderte Hal, dann schloss er die Tür und ging wieder zurück ins Wohnzimmer. Er ließ sich in den Sessel fallen und trank einen Schluck Jim Beam.

*Dale ist tot. Mein Gott.*

Hal hoffte nur, dass Ronnie und Cooper in Sicherheit waren.

*Das sind sie ganz sicher. Sie kommen zurück. Wenn es ihnen gut geht und sie sich von ihrem Schock erholt haben, laufen die beiden zurück nach Hause.*

Er stellte die Flasche wieder auf den Tisch – und bemerkte, dass die Blechdose nicht mehr dort lag.

Ein Grinsen breitete sich auf seinem Gesicht aus. Vermutlich waren sie hereingekommen, als er geschlafen hatte. *Wer ist es gewesen?,* fragte er sich. *War es Jim – oder Darlene?*

Auch wenn es völlig lächerlich war und er all das nicht verstand, wusste er irgendwie, dass Darlene nicht tot war, jedenfalls nicht im herkömmlichen Sinne.

Er hatte es gespürt, als er vorhin ihre Leiche aufgeschnitten hatte. Irgendetwas war seltsam, anders gewesen. Außerdem hatte er sich eingebildet, sie weinen zu hören, als er sie aufschnitt, als könnte sie spüren, wie das Skalpell durch ihr Fleisch glitt. Und dann war auch noch Craig verschwunden – auf unerklärliche Weise aus dem Keller entkommen, obwohl Hal mit Sicherheit wusste, dass er abgeschlossen gewesen und es vollkommen unmöglich war, dass ein normaler Mensch aus diesem Keller floh.

Andererseits war Craig auch kein normaler Mensch – das konnte er unmöglich sein. Was er war, wusste Hal nicht. Ein Geist vielleicht? Zumindest hatte er wie einer ausgesehen, als Hal ihn am Nachmittag über Darlenes Leiche hatte schweben sehen.

All das hatte – zusammen mit der Dose, der Tatsache, dass er krank geworden war, nachdem er sie geöffnet hatte, und seinem Traum von eben – irgendetwas zu bedeuten. Eine unnatürliche Macht war in seine Stadt gekommen, und sie hatte einen Erreger mitgebracht, der der übernatürlichen Art angehörte und schwerer zu vernichten sein würde als irgendein dreckiger Fremder.

Als Hal die Flasche losließ, bemerkte er, dass die Tür des Korbschranks einen Spalt weit offen stand. Er hievte sich aus dem Sessel und ging zum Schrank hinüber. Er öffnete die Tür und sah auf seine Videokassettensammlung hinunter – die meisten Menschen würden diese Filme wohl als »Snuff-Filme« bezeichnen: Mitschnitte von Vergewaltigungen und Ermordungen unzähliger Mädchen, die er entweder gekauft oder im Lauf der Jahre selbst gedreht hatte. Er schloss die Schranktür wieder und fragte sich, wer sich wohl darin versteckt hatte. Jim oder Darlene? Wenn es Jim gewesen wäre, dann wäre Hal jetzt sicher nicht mehr am Leben, oder? Andererseits wusste der Fremde vielleicht von seinem Fluch und war der Ansicht, es sei zu gut für ihn, seinem Leben im Schlaf ein schnelles Ende zu bereiten. Ja, das erschien ihm wahrscheinlicher.

Wer es auch gewesen war, Hal wusste, dass sie zurückkommen würden. Sie hatten nun die Dose – sie hatten die Macht.

Und, so hoffte er, das Heilmittel für seine Krankheit.

Hal setzte sich in seinen Sessel, lehnte sich zurück und wartete.

Als Jim in der Ferne die Straße erkannte, die grau im Mondlicht lag, glaubte er, dass Glück sei endlich auf seiner Seite.

*Das hat nichts mit Glück zu tun, Darlenes Wegbeschreibung war eben gut, das ist alles.*

Wäre das Glück wirklich auf seiner Seite, dann wäre er sicher nicht in diese beschissene Situation geraten.

Er rannte auf die Straße zu, aber kurz, bevor er aus dem Wald auftauchte, knickte er noch einen letzten Kiefernzweig ab, der auf die verlassene Nebenstraße zeigte.

Während er den Seitenstreifen entlangspazierte, dachte er an Darlene, die in der Mine auf ihn wartete – er hoffte, dass es ihr gut ging. Vor einer Weile hatte er sich eingebildet, Schüsse zu hören, aber er hoffte, dass er sich geirrt hatte.

Nachdem er gut zehn Minuten gewandert war, sah er in der Ferne etwas, das wie ein Straßenstand aussah. Er beschleunigte seinen Schritt, und als er näher kam, erkannte er, dass es sich in der Tat um einen alten Stand handelte. Das Mondlicht schien auf die abgesplitterten Tische und Holzschilder. Jim wurde vor Ekel ganz schwindelig, als er las, was darauf stand: *Überfahrene Tiere zu verkaufen. Gut und frisch.* Und daneben: *Seelen zu verkaufen.*

Aber die Schilder waren nichts im Vergleich zu der Ansammlung toter Tiere, die aneinandergereiht an diversen Haken hingen. Die meisten Kadaver waren flach wie Pfannkuchen und von Fliegen umschwirrt. Obwohl die meisten von ihnen verrottet waren, konnte er, unter anderem, einen Fuchs, ein Reh und einen Kojoten erkennen. »Mein Gott«, sagte Jim, dem beinahe die Luft wegblieb. Es schien hier heißer zu sein als in den Bergen – heiß genug, um das Fleisch zu grillen und einen steten Geruch von toten Tieren in der Luft zu verbreiten.

Jim hatte eigentlich damit gerechnet, dass der Stand entweder gar nicht da sein oder nur noch aus einem Haufen Holz bestehen würde. Er erinnerte sich vage daran, dass Craig ihm von diesem Ort erzählt hatte, aber da hatte er sein Gerede noch als das Gefasel eines Irren abgetan.

Hier hatte Craig also seine Tage verbracht? Hier hatte er beschlossen, auszubrechen und seine Freiheit zu suchen, indem er in die Wälder floh? Der arme Teufel hatte ja keine Ahnung gehabt, wo er enden würde.

*So viel zum Thema ›Vom Regen in die Traufe kommen‹.*

Andererseits, hatte Craig nicht sterben wollen? Hatte er sich nicht gewünscht, endlich von den Schmerzen befreit zu werden, die er dann Darlene aufgebürdet hatte?

Jim wandte seine Aufmerksamkeit von den überfahrenen Tieren ab und der Sammlung von Blechdosen zu, die wie zufällig auf einem der Tische verstreut lagen. Sie waren allesamt leicht verbeult und angerostet, ganz ähnlich wie die von Darlene, auch wenn keine von ihnen so groß war wie ihre. Jim wusste, dass er sie besser nicht öffnete, aber dann kam ihm plötzlich ein Gedanke: Enthielten diese Dosen die Seelen der Tiere, die an diesem Stand hingen? War das das Geheimnis der Geister-Tiere? Waren sie die untoten Geister dieser überfahrenen Tiere?

Jim machte einen Schritt zurück und atmete tief ein.

*Okay, hier hat also allem Anschein nach alles angefangen. Ich bin hier – aber was jetzt? Ich kann die Tiere nicht befreien, sonst werde ich wie sie und fühle ihre Schmerzen, genau wie der Chief. Sollte ich sie vielleicht kaufen? Wenn ich das tue, könnte ich die Dosen öffnen und die Seelen befreien. Dann wäre auch Darlene vom Zorn der Tiere befreit und könnte endlich aus diesen Bergen fliehen. Es würde allerdings bedeuten, dass ich in derselben Situation wäre wie Darlene jetzt. Aber wenn es ihre Rettung bedeutete ...*

Der Plan war nicht perfekt. Darlene wäre weiterhin im Limbus, im Schmerz, gefangen. Und wenn Jim starb, wer kümmerte sich dann um sie? Wer würde sie fort aus diesen Bergen und in Sicherheit bringen?

Jim fluchte und schloss die Augen. Er spürte, wie Wut und Hoffnungslosigkeit ihn erfüllten.

*Helft mir. Bitte, irgendjemand. Helft mir doch! Ich muss Darlene retten. Ich würde alles tun, um Darlene zu retten.*

»Alles?«

Die Stimme erschreckte Jim sehr. Er riss die Augen auf und

schaute zu dem Stand hinüber. Dort stand ein alter Mann hinter dem Tisch mit den Blechdosen.

Er war kahlköpfig, hatte aber einen dicken grauen Schnurrbart. Er trug einen Mantel, ein Hemd, eine Weste, eine schwarze Krawatte und graue Hosen. Er sah aus wie eine Figur aus einem alten Hollywood-Western.

Jim nahm das Gewehr von seiner Schulter und zielte damit auf den Fremden. »Wer sind Sie?«, stieß er hervor. Er fragte sich einen Moment lang, ob er sich vielleicht gerade im Land der Träume befand. »Wo sind Sie hergekommen?«

Der Mann lächelte, aber es war kein durchtriebenes, arglistiges Lächeln, sondern eher ein tröstliches, wie ein Großvater, der sein Enkelkind anlächelt.

»Du träumst nicht, Jim.«

»Was?«

»Du hast dich gefragt, ob du träumst. Nun, das tust du nicht. Und du kannst das Gewehr runternehmen. Das wirst du hier nicht brauchen.«

Langsam senkte Jim sein Gewehr.

»Um deine erste Frage zu beantworten: Mein Name ist George Stanley. Ich wurde 1792 in Lexberg, Georgia, geboren, der erste Stanley, der in Amerika zur Welt kam. Meine Eltern wurden als Sklaven hierher gebracht, und ich habe die meiste Zeit meines Lebens auf Baumwollplantagen gearbeitet. Das hat mir den Rücken kaputt gemacht, und als ich nicht mehr arbeiten konnte, haben sie mich davongejagt. Da ich keinen Platz hatte, an den ich hätte gehen können, bin ich bis zu meinem Tod im Jahr 1850 durch die Lande gezogen. Ich habe diesen Straßenstand hier gebaut, es war meine Idee. Und um deine zweite Frage zu beantworten: Ich bin hier, weil du um Hilfe gebeten hast.«

Nach allem, was Jim bereits gesehen hatte, hätte er über das Erscheinen des alten Mannes nun wirklich nicht mehr überrascht sein sollen. Aber er war es trotzdem. Ein kleiner Teil von ihm, der Teil, der nur der Normalität gehorchte, den Dingen, die er verstand, schrie förmlich auf, um sich Gehör zu verschaffen. Aber der Rest von ihm, der Teil, der akzeptierte, dass Seelen eingefangen werden, Tote wiederauferstehen und Menschen fähig waren, Föten aus ihren eigenen toten Kindern zu schneiden, war stärker. Und deshalb musste Jim glauben, dass der Geist eines über zweihundert Jahre alten Mannes hier vor ihm stand und ihm erzählte, dass er derjenige war, der diesen perversen Straßenstand gebaut hatte, dass er für all dies verantwortlich war und dass er gekommen war, um Jim zu helfen.

»Ich glaube, du solltest dich setzen, Jim«, sagte George. »Du siehst nicht besonders gut aus.«

»Es geht mir gut«, versicherte Jim. »Es ist nur … der Schock.«

»Das verstehe ich. Du hast nicht erwartet, hier tatsächlich etwas zu finden, außer ein paar alten Blechdosen vielleicht.«

Jim nickte.

»Aber ich bin hier. Und ich kann dir helfen, wenn du es willst.«

Jim schaute George an, sah in seine großen Augen, die real waren und doch wieder nicht, und sagte: »Ich will es. Gott, ich brauche wirklich deine Hilfe.«

»Du willst der kleinen Darlene helfen, hab ich recht?«

»Ja.«

George hob einen Arm und winkte Jim näher zu sich heran.

Zögernd machte Jim ein paar Schritte nach vorne. Der Gestank des verrottenden Fleisches war überwältigend. Er betrachtete den alten Mann ausführlich und stellte fest, dass er, wenn er ganz genau hinsah, den Wald durch seinen Körper hindurch erkennen konnte. »Du bist ein Geist? Wie die Tiere?«

George lächelte und zeigte ihm seine überraschend weißen Zähne. Er schüttelte den Kopf. »Nein. Ich bin bereits weitergezogen, im Gegensatz zu den Tieren, die die arme Darlene jagen. Sie sind, genau wie Darlene, in der Zwischenwelt gefangen.«

»Aber warum sind sie dann hinter ihr her? Warum wollen sie Darlene denn nicht gehen lassen?«

»Sie wollen sie ja gehen lassen, oder wenigstens, dass sie die Berge verlässt und hierherkommt.«

Jim runzelte die Stirn. »Was?«

»Wenn Darlene nicht hier ist, verkauft niemand ihre Dosen. Nur diejenigen, die verflucht sind, können die Dosen verkaufen. Und wenn niemand die Dosen kauft …«

»Dann können die Tiere nicht von ihren Schmerzen befreit werden.«

George nickte. »Darlene glaubt, sie hätten es auf sie abgesehen, aber alles, was sie wollen, ist, dass sie hierherkommt. Ich verstehe jedoch, warum sie das fälschlicherweise annimmt.«

»Dann haben die Tiere es gar nicht wirklich auf sie abgesehen?«

»Nur, wenn sie, wie Craig, versucht, vor ihrer Verantwortung davonzulaufen.«

»Davor, die Dosen zu verkaufen?«

»Genau.«

Jim brauchte einen Moment, um diese Informationen zu verdauen.

»Aber wenn sie hierherkäme, wäre sie trotzdem immer noch ein … Geist, oder was auch immer. Sie würde noch immer ihre Seele verkaufen müssen, um die Schmerzen loszuwerden.«

»Das ist richtig, Sir.«

»Aber …«, begann Jim.

George hob eine Hand. »Ich weiß, dass du nicht möchtest, dass sie das tut. Das würde ihren Tod bedeuten.«

»Wie kann ich sie dann retten?«

»Dazu komme ich noch. Aber zuerst musst du verstehen.« George lehnte sich nach vorne.

Jim glaubte, den modrigen Geruch von Pfeifenrauch wahrzunehmen.

»Weißt du, wie all das angefangen hat? Hunger. Schlicht und einfach. Der Drang, zu überleben. Leider hat sich dieser Drang in Gier verwandelt, und daraus wurde, nun …« Er räusperte sich. »Erinnerst du dich, dass ich dir erzählt habe, man hätte mich wegen meines kaputten Rückens von der Plantage gejagt? Nun ja, ohne Arbeit hatte ich weder etwas zu essen noch einen Platz zum Schlafen. Also habe ich einfach da geschlafen, wo ich ein trockenes Plätzchen fand. Den Sommer über war es ziemlich gut. Ich konnte schlafen, wo ich wollte, ohne Angst haben zu müssen, im Schlaf zu erfrieren. Wie dem auch sei … Ich will dich jetzt nicht mit meiner Lebensgeschichte langweilen … Irgendwann bin ich hier gelandet und habe in diesen Wäldern geschlafen. Eines Morgens wachte ich auf und fand mitten auf der Straße ein Reh, das an Altersschwäche gestorben war. Fliegen und andere Viecher waren bereits darüber hergefallen, und hungrig, wie ich war, dachte ich, es wäre doch eine Schande, es einfach so verkommen zu lassen. Also hab ich das Reh gehäutet und das gute Fleisch herausgeschnitten, das noch übrig war, und dann habe ich es gebraten und gegessen. War gar nicht mal so schlecht. Ein bisschen zäh vielleicht, aber immerhin Fleisch. Und das Beste war, es war absolut kostenlos. Das brachte mich ins Grübeln. Es war Frühsommer, ich hatte also noch drei oder vier Monate mit gutem Wetter vor mir, deshalb dachte ich, wieso bleibe ich nicht eine Weile hier? Ich war von Wäldern umgeben, von jeder Menge Tieren und konnte mich ziemlich gut ernähren, ohne auch nur einen müden Cent zu bezahlen. Und das hab ich dann auch gemacht. Ich hatte ein ganz gutes Leben – bis ich angefangen habe, über die Tiere nachzudenken, die ich aß.«

Während er George zuhörte, nahm Jim den Geruch der toten Tiere kaum wahr, ebenso wenig wie die Tatsache, dass er direkt am Straßenrand stand und von jedermann gesehen werden konnte, der vorbeikam – also auch von den Jägern. Er war von der tiefen Südstaatenstimme des alten Mannes und der Aussicht, Darlene befreien zu können, zu sehr gefangen.

»Meine Eltern haben mir beigebracht, dass jedes Lebewesen eine Seele hat«, fuhr George fort. »Und dass man sie respektieren und um ihr Einverständnis und ihre Vergebung bitten muss, bevor man eines von Gottes Geschöpfen tötet und sein Fleisch verspeist. Meine Eltern stammten aus Haiti und haben Voodoo praktiziert, wenn auch nur im Geheimen. Nach außen hin lebten sie als Christen, aber ihr Herz und ihren Geist hatten sie dem Voodoo-Glauben verschrieben.«

»Dann ist das Ganze ein Voodoo-Fluch?«

»Nun … in gewisser Weise, ja. Voodoo hat nicht nur mit Zombies, Voodoo-Puppen und Zaubersprüchen zu tun. Die existieren zwar auch, jedenfalls bis zu einem gewissen Grad, aber sie werden meist nur von schwarzen Priestern eingesetzt, nicht von den guten wie meinen Eltern. Es ist eine Religion wie jede andere auch, nur, dass wir daran glauben, dass es möglich ist, auch physisch in die Geisterwelt einzudringen.«

George lächelte. »Tut mir leid, ich will dich hier nicht mit der Geschichte des Voodoos langweilen. Du willst sicher, dass ich endlich zu den Blechdosen komme. Nun, als man mich von der Plantage geworfen hat – meine Eltern waren da schon seit vielen Jahren tot – und ich durch die Lande gezogen bin, habe ich meine Religion irgendwie vergessen. Sie hat mich zwar nie ganz verlassen, aber sie erschien mir irgendwie sinnlos, solange ich Tag für Tag ohne Zuhause war und nach Nahrung suchte. Als ich hier ankam und begann, die toten Tiere zu essen, die ich fand, hatte ich beinahe vergessen, was meine Eltern mir über die Vergebung und das Einverständnis erzählt hatten, die man sich von den Tieren holen muss, bevor man sie isst. Ich hatte auch alles über die Existenz der Seele vergessen … bis ich eines Morgens ein junges Reh fand, das noch am Leben war. Ich muss zwei Kojoten dabei gestört haben, die das arme Ding töten wollten, denn obwohl sein Hals völlig zerfetzt war, lebte es noch. Das wusste ich in dem Moment aber nicht. Wie es so dalag, blutüberströmt, dachte ich, es sei tot. Ich bin also zu dem Reh gegangen, habe mein Messer herausgeholt und wollte gerade anfangen, es zu häuten, als es seine Augen öffnete und mich ansah. Ich hab einen Satz gemacht, so erschrocken war ich, und völlig überrascht, dass es noch lebte. Bei dem Gedanken, dass ich beinahe eines von Gottes

Geschöpfen bei lebendigem Leib gehäutet hätte, wurde mir ganz übel. Das Reh sah mich mit seinen kleinen schwarzen Augen an, und ich wusste, dass es wollte, dass ich sein Leben beendete und es von seinen Schmerzen erlöste. Es war so gut wie tot, also nahm ich mein Messer, sprach ein Gebet für seine Seele, erinnerte mich an das, was man mich gelehrt hatte und bat es um Vergebung dafür, dass ich tötete, und um die Erlaubnis, sein Fleisch essen zu dürfen.

Während ich mit blutigem Messer dastand und auf das Tier hinuntersah, dachte ich über seine Seele nach. Einer der Priester, die auf der Plantage gelebt hatte, als ich noch jung gewesen war, hatte mir beigebracht wie man Seelen einfängt. Was ich damals nicht wusste, war, dass dieser Priester in Haiti ein *Bokor* gewesen war. Das sind Priester, die auch mit schwarzer Magie arbeiten. Dieser Mann war immer sehr freundlich zu mir gewesen, und als er herausfand, dass meine Eltern ebenfalls Priester waren, fing er an, mir gewisse Dinge zu zeigen, besondere Kräfte, die ich damals einfach großartig fand. Als meine Eltern von unserer Freundschaft erfuhren, verboten sie mir, je wieder mit ihm zu sprechen. Doch er hatte mich bereits viele Dinge gelehrt, etwa, wie man Seelen einfängt. Er sagte mir, die Seele eines Lebewesens sei etwas sehr Mächtiges und könne einem Menschen, wenn er sie einsperrte, unglaubliche Kräfte verleihen. Wenn man die Seele also richtig einfängt, kann man die Kräfte des jeweiligen Tieres beherrschen. Wenn man sich, beispielsweise, die Seele eines Löwen zu eigen macht, wird man dadurch viel stärker. Selbstverständlich kann man diese Seelenfängerei auch für böse Zwecke einsetzen, wie manch schwarzer Priester es tut. Sie missbrauchen dieses Wissen, um Zombies zu erschaffen. In den falschen Händen kann eine Seele zu etwas sehr Gefährlichem werden. Nicht, dass dieser *Bokor* mir diese Dinge erklärt hätte – es waren meine Eltern, die mich vor diesen Gefahren gewarnt haben. Ich verfügte also über dieses Wissen und dachte nur daran, wie viel stärker und klüger ich sein könnte, wenn ich mir die Energie all dieser

Tiere zu eigen machen würde. Ich war dumm, verzweifelt und habe nicht darüber nachgedacht, dass auch diese Tiere ihre Freiheit verdienen, wenn sie diese Welt verlassen. Alles, was mich interessierte, war, dass es meinem Rücken wieder besser ging. Ich wollte zu einem starken, intelligenten Menschen werden, um so vielleicht wieder eine gute Arbeit zu finden und ein anständiges Leben führen zu können.«

George hielt einen Moment inne.

Jim spürte die Schuldgefühle des alten Mannes und hatte Mitleid mit ihm. Er konnte sehen, dass George nie gewollt hatte, dass all diese Dinge passierten. Jim wusste nur zu gut, wie es war, einen Fehler zu begehen, den man ewig bereute.

»Und genau das«, fuhr George mit einem tiefen Seufzen fort, »tat ich dann auch. Ich fing sie in leere Dosen ein. So begann ich allmählich, mir eine Seelen-Sammlung anzulegen. Siehst du, um das Wesen einer Kreatur einzufangen, musst du sehr flink sein. Die Lebenskraft entweicht schon bald nach dem Tod, deshalb muss man nicht nur wissen, wie man sie einfangen kann, man muss auch verflixt schnell sein. Es gelang mir, die unterschiedlichsten Seelen einzufangen: Rehe, Füchse, Kojoten, Rotluchse – sogar Eulen. Und weißt du, was? Ich habe mich tatsächlich besser gefühlt. Diese Dosen bei mir zu haben, hat meinen Rücken geheilt – zum ersten Mal seit Jahren konnte ich wieder aufrecht stehen. Ich fühlte mich gesund und zufrieden. Ich gab mir selbst das Versprechen, mir wieder eine Arbeit zu suchen. Gerade, als mein Leben allmählich wieder freundlicher aussah, ging alles den Bach runter. Und das Schlimmste war, dass alles ganz allein meine Schuld war. Inzwischen weiß ich, dass ich dafür bestraft werden musste, dass ich all diese Seelen gefangen habe. Damals war mir jedoch nicht bewusst, was da eigentlich mit mir passierte.

Eines Nachmittags, als ich gerade faul am Straßenrand in der Sonne lag, meine Seelen-Sammlung befand sich direkt neben mir und machte mich stark, kam ein Mann des Weges. Er war gut gekleidet und sehr gepflegt und trug einen hübschen schwarzen Gitarrenkoffer bei sich. Er lächelte mich an und interessierte sich sofort für die Dosen, die ich so voller Stolz ausstellte. Er wollte wissen, was sich darin befand. Ich weiß nicht, warum ich es ihm gesagt habe – vielleicht war es sein ehrliches Gesicht oder die Tatsache, dass er ein wandernder Musiker war und ich annahm, er sei solchen Dingen gegenüber aufgeschlossen –, denn anstatt zu lügen und zu behaupten, in den Dosen befänden sich nur Lebensmittel, oder ihm irgend einen anderen Unsinn zu erzählen, sagte ich ihm die Wahrheit. Ich erwartete, dass er lachen, mich einen verrückten alten Narren nennen und dann weiterziehen würde. Aber weißt du, was? Er sah mich nur an, hob seine Augenbrauen und sagte: ›Wirklich? Kann ich eine kaufen?‹

Ich war mir nicht sicher, ob er mich veralbern wollte oder ob er dachte, ich wolle eben das mit ihm tun, aber er schien es ernst zu meinen. In einem Moment der Schwäche, geblendet von der Aussicht auf Geld, erwiderte ich deshalb: ›Ja, Sie können eine kaufen. Welche wollen Sie denn?‹ Ich dachte nicht, dass es irgendeinen Schaden anrichten würde, schließlich waren all diese Seelen von einem guten Menschen zu medizinischen Zwecken gefangen worden, nicht aus bösen Gründen. Wenn überhaupt, dachte ich, konnte es für diesen Mann nur Gutes bedeuten, wenn ich ihm eine Seele verkaufte. Vielleicht würde sie ihm ja sogar mit seiner Musik helfen.

Ich fragte ihn also nach seinem Namen, er sagte, er heiße Johnny, und dann, nachdem er eine Weile überlegt hatte, entschied er sich dafür, einen Wildhund zu kaufen. Ich reichte ihm die Dose, er dankte mir und gab mir einen Dollar. Ich war voll der Freude und grinste wie ein reicher Mann in einem Freudenhaus, als ich Johnny nachsah, während er die Straße hinunterging, den Gitarrenkoffer in der einen, die Dose in der anderen Hand.

Meine Augen sahen nur noch Dollarzeichen. Die Idee kam mir gleich dort, an Ort und Stelle: Ich könnte die Dosen doch am Straßenrand verkaufen. Wenn ein Mann gewillt war, Geld für eine Dose auszugeben, dann wären es andere Leute doch ganz sicher auch. Ich dachte, ich könnte mein eigenes kleines Geschäft hier am Straßenrand eröffnen und vielleicht sogar genügend Geld verdienen, um mir ein Häuschen zu kaufen. Ich war bester Stimmung, ich war glücklich … bis Johnny ein paar Stunden später zurückkam.

Seine Haut war beinahe völlig weiß, und er bewegte sich seltsam. Sein Blick wirkte glasig, so als habe er einen Geist gesehen. Ich hatte keine Ahnung, was mit ihm los war. Er erzählte es mir mit tränenvoller, aber zorniger Stimme. Mit Entsetzen hörte ich, wie er weitergewandert war und sich am Sonnenschein des Spätnachmittags erfreut hatte, bis er plötzlich beschloss, die Dose zu öffnen. Aus der Dose war ein widerlich fauler Geruch aufgestiegen, und er hatte sie auf die Straße fallen lassen und sich übergeben müssen. Kurz darauf hatte er einen Wildhund gesehen, über und über voller Blut, dessen Organe aus seinem Bauch quollen. Er hatte die Zähne gefletscht, und in seinen Augen hatte ein Ausdruck unkontrollierbarer Wut gelegen, als er sich auf Johnny gestürzt hatte. Johnny hatte keine Chance gehabt, zu entkommen. Die Kreatur hatte ihn förmlich zerfleischt. Dann, erzählte mir Johnny, hatte er einen Traum gehabt. Darin teilte man ihm mit, dass er gestorben sei, dass er jedoch wieder ins Leben zurückkehren werde, wenn auch nicht als Mensch, sondern als seelenloses Wesen. Er würde dafür bestraft werden, dass er etwas gekauft hatte, das ihm nicht gehörte, dass er etwas so Heiliges und Mächtiges erworben hatte wie eine Seele und dass seine eigene Seele deshalb ebenso eingefangen und eingesperrt werden würde wie die Seele des Wildhundes. Er würde ein Dasein in höllischem Schmerz fristen, verfolgt von der einen Sache, die ihm in seinem vergangenen Leben den größten Kummer bereitet hatte. Er würde dazu bestimmt sein, im Limbus zu bleiben, bis es ihm gelang, seine Seele zu befreien. Erst dann wäre es ihm möglich, diese Welt zu verlassen. Als Johnny wieder erwacht war, hatte er grauenhafte Schmerzen verspürt, aber nicht einen einzigen Kratzer aufgewiesen. Verängstigt und wütend war er zu mir zurückgekehrt, um nach Antworten zu suchen oder nach Sühne, aber vor allem wünschte er sich, dass ich ihn von seinen Schmerzen erlöste.

Ich war so schockiert, dass ich kaum sprechen konnte. Ich wollte nicht glauben, was Johnny mir da erzählte. Und doch wusste ich, dass er die Wahrheit sagte. Ich wusste, dass Seelen sehr mächtig waren, und meine Eltern hatten mich ermahnt, vorsichtig zu sein, wenn ich mit ihnen zu tun hatte. Ich hätte Johnny die Seele nicht verkaufen dürfen. Ich hätte sie überhaupt nicht einfangen dürfen, aber meine Gier hatte die Oberhand gewonnen. Ich war verantwortlich für das ganz persönliche Fegefeuer dieses Mannes, aber das Einzige, was mir einfiel, war, ihm sein Geld zurückzugeben und ihm die Dose wieder abzunehmen. Dumm, ich weiß, aber ich dachte, das wäre das Mindeste, was ich tun könnte.

Johnny fing an zu weinen, aber seltsamerweise liefen keine Tränen über seine Wangen. Er flehte mich an, seine Seele freizulassen, also habe ich es getan. Nachdem ich ihm die Dose wieder abgekauft hatte, öffnete ich sie, in der Hoffnung, dies würde den armen Mann von seinen Schmerzen befreien. Ein widerlich beißender Gestank stieg mir in die Nase, und bevor ich erkannte, was Johnny in seiner Hand hielt, stach er mir das Messer in die Brust. Ich fiel zu Boden. Kurz bevor ich starb, sah ich, wie Johnny mich anlächelte, und dann spürte ich, wie meine Seele aus meinem Körper entwich und sah, dass Johnnys zerfleischtes Gesicht über mir schwebte und mich immer noch anlächelte.

Ich hatte denselben Traum wie Johnny, nur, dass er es war, der mir die Geheimnisse des Fluches erklärte. Als ich wieder erwachte, war meine Messerwunde zwar verschwunden, aber der Schmerz war noch da. Die Dose, die ich von Johnny zurückgekauft hatte, lag neben mir, fest verschlossen, und als ich mich erhob, verließ ich meinen irdischen Körper, der auf der Straße lag, blickte auf mein totes Ich hinunter und fragte mich, was ich damit tun sollte. Nun, ich habe meinen Körper in den Wäldern vergraben, und während ich das tat, hörte ich die ganze Zeit über nicht nur das Geschrei wütender Tiere um mich herum – jener Tiere, deren Seelen ich gestohlen hatte –, sondern auch das Weinen meiner Mutter. Ihre Enttäuschung brannte sich tief in mein Herz.«

George zog ein Taschentuch aus seiner Hosentasche und tupfte sich die Stirn und den Nacken ab, obwohl sein altes Gesicht völlig trocken war.

»Mein Gott«, war alles, was Jim einfiel. Er war überwältigt von der Geschichte des alten Mannes.

George steckte das trockene Taschentuch wieder ein und erwiderte ernst: »Gott hatte nichts damit zu tun.«

»Ist diese Geschichte, die du mir gerade erzählt hast, dieselbe, die Darlene gehört hat, nachdem sie …?« Jim fiel es immer noch schwer, sich einzugestehen, dass Darlene gestorben war.

George nickte. »Sie müssen auf das vorbereitet werden, was sie erwartet, wenn sie zurückkommen. Sie müssen die Geheimnisse kennen und wissen, wie man Seelen einfängt, damit sie die Seele der nächsten Person einfangen können, wenn ihre eigene befreit wurde. Weißt du, Jim, eine Seele ersetzt eine andere, so funktioniert es. Es ist ein endloser Kreislauf. Sobald ein Mensch eine Dose kauft, ist sein Schicksal in Gefahr. Er hat damit etwas gekauft, das ihm nicht gehört, aber wenn er die Dose niemals öffnet, lebt er sein Leben in herrlicher Ignoranz weiter, und die verfluchte Person oder das verfluchte Tier lebt bis in alle Ewigkeit mit furchtbaren Schmerzen. Wenn er die Dose jedoch öffnet … nun, dann wird der Fluch auf ihn übertragen und es ist an ihm, zu versuchen, seine Seele zu verkaufen. Er kann jedoch niemanden dazu zwingen, dies zu tun, der Käufer muss sich freiwillig von seinem Geld trennen. Es funktioniert nicht, wenn die verfluchte Person den potenziellen Käufer bedroht. Und auch wenn jemand eine Dose öffnet, für die er nicht bezahlt hat, wird er die Folgen tragen müssen – er wird zwar nicht sterben, aber er wird dieselben Schmerzen leiden wie diese Seele seit dem Augenblick ihres Todes.«

»Genau wie der Chief«, murmelte Jim.

George nickte. »Es geht um Gier. Haben zu wollen, was einem nicht zusteht. Ich musste das am eigenen Leib erfahren.«

»Dann hast du also diesen Stand gebaut?«

»Zur Hälfte. Wilmer hat den Teil mit den überfahrenen Tieren gebaut. Er war ein seltsamer Mann mit einer Faszination für überfahrene Tiere. Ich habe den Stand gebaut, um mir die Zeit zu vertreiben. Ich dachte, wenn ich von meinem Fluch befreit werden wollte, könnte es nicht schaden, einen Stand zu errichten, der wie ein richtiger Verkaufsstand aussieht. Ich habe meine komplette Dosensammlung auf dem Tisch ausgebreitet und gewartet, dass jemand vorbeikommt, der bereit ist, meine Seele zu kaufen. Ich musste zehn Jahre auf diese Person warten. Es war Wilmer, der dann den zweiten Tisch gebaut und die ganzen toten Tiere daran aufgehängt hat.« George schüttelte den Kopf. »Ekelhaft, wenn du mich fragst. Nach Wilmer kam Almus, das war etwa hundert Jahre, nachdem Wilmer gestorben war, und dann kam Craig, den du ja kennengelernt hast.«

Jim nickte.

»Womit wir bei Darlene sind«, sagte George. »Dem jüngsten Opfer dieses Fluchs.«

Darauf hatte Jim die ganze Zeit gewartet.

»Du kennst ihre missliche Lage. Die einzige Möglichkeit, sie von ihren Schmerzen zu erlösen, ist, dass jemand ihre Dose kauft.«

»Ich weiß«, sagte Jim mit trockenem Mund. »Das ist ja das Problem. Wenn ich sie ihr abkaufe, dann ist sie wirklich tot, richtig? Aber das will ich nicht. Es muss noch einen anderen Weg geben, sie zu erlösen, ohne dass sie stirbt.«

George sah Jim lange an. Trotz der Tatsache, dass George ein Geist war, war sein Blick durchdringend, und Jim fühlte, wie ihm die Luft ausgesogen wurde.

»Es gibt noch eine andere Möglichkeit. Aber sie wird dir nicht gefallen.«

»Ich würde alles tun, um sie zu retten«, versicherte Jim.

»Das sagtest du bereits.«

»Es ist die Wahrheit.«

George lächelte. »Das weiß ich. Ich erkenne es in deinen Augen.«

George sah in den Himmel hinauf. Jim folgte seinem Blick.

»Kannst du all die Seelen sehen, die dort oben umherschweben? Sie sind wunderschön. Sie sind dort, wo sie sein sollten – in Freiheit.«

Alles, was Jim sehen konnte, waren ein klarer Himmel voller Sterne und ein runder, leuchtender Mond. Aber er zweifelte nicht an Georges Worten.

»Diejenigen, die von dem Fluch betroffen sind, haben zwei Dinge gemeinsam«, fuhr George fort und wandte seinen Blick wieder Jim zu. »Das erste ist die Gier. Die Strafe dafür ist, dass jemand anders ihre Dose kaufen muss, damit sie frei sein können. Das zweite ist der Schmerz. Nicht nur physischer Schmerz, sondern eine viel tiefere Qual – normalerweise laufen die Menschen, die bereit sind, sich von ihrem Geld zu trennen, um eine Seele zu kaufen, vor irgendetwas davon oder haben irgendein Geheimnis, für das sie sich zutiefst schämen. Ich bin vor meiner Vergangenheit weggelaufen und davor, dass ich gegen die Prinzipien gehandelt habe, die meine Eltern mich gelehrt hatten. Das hat zur Folge, dass diese Menschen, wenn sie zurückkommen, von der einen Sache verfolgt werden, die ihr Gewissen am meisten belastet. In Darlenes Fall ist das ihr Baby. Sie schämt sich dafür, oder, richtiger gesagt, dafür, wie es entstanden ist. Sie kann es weinen hören, ganz gleich, wohin sie auch geht, und es wird nicht aufhören, sie zu verfolgen, solange sie nicht von ihrem Fluch erlöst wurde.

Wenn du wirklich alles tun willst, um sie zu retten, dann musst du selbst sterben und als seelenloses Wesen zurückkehren. Aber zuerst musst du dich deiner Vergangenheit stellen oder dem, wovor du davonläufst. Du musst bereit sein, deine schlimmsten Qualen erneut zu durchleben, die dich heimsuchen und dich nachts nicht schlafen lassen. Um Darlene zu retten, musst du deine eigene persönliche Hölle durchleben.«

Jim schaute ausweichend auf die Straße. In seinem Kopf begann es, im selben, rasenden Rhythmus zu pochen wie sein Herz.

»Wenn du das tust, wird Darlene von ihrem Fluch befreit werden, und er wird auf dich übergehen. Das ist sie. Das ist die einzige Möglichkeit, wie du sie retten kannst – denn falls du dich erinnerst: Eine Seele muss die andere ersetzen.«

Jim sah auf. Durch die Tränen wirkten Georges Umrisse ganz verschwommen. Jim wischte sich über die Augen. »Dann wird sie wieder leben? Sie wird keine Schmerzen mehr haben?«

George nickte.

Jim hatte schon früher große Angst durchlebt. Zum Beispiel damals, als der Wärter die Zellentür zugeknallt und mit einem grausamen Lachen gesagt hatte: »Willkommen zu Hause.« Oder an jenem Tag, als er einen Knoten in seinem rechten Hoden ertastete und dachte, dies sei sein Ende – letztlich hatte er sich als einfache Zyste herausgestellt. Solche Momente hatten sich für Jim wie ein eiskalter Schlag in die Magengegend angefühlt. Aber als er nun am Straßenrand stand, während der warme Windhauch sanft über seine schwitzende Haut strich und er sich tief in seinem Herzen fragte, ob er wirklich tun konnte, was George ihm offenbart hatte, durchfuhr Jim ein geradezu tödlicher Schreck. Wie ein Kind, das Angst vor der Dunkelheit hat und hört, wie sich die Schranktür mitten in der Nacht quietschend öffnet, hatte Jim in seinem ganzen Leben noch nie so viel Angst gehabt wie in diesem Moment.

»Ich verstehe, wenn du es nicht tun kannst«, sagte George. »Das ist keine Entscheidung, die man leichtfertig treffen sollte. Ich bin mir sicher, dass Darlene das auch versteht.«

Jim dachte: *Einen Scheiß würde sie verstehen. Sie zählt*

*darauf, dass ich sie rette. Was würde sie wohl sagen, wenn sie wüsste, dass ich zu große Angst hatte, um mich in die Dunkelheit zu stürzen? Du konntest Suzie nicht retten, aber hier ist deine Chance, das wiedergutzumachen.*

Aber es würde seinen Tod und seine anschließende Wiederauferstehung bedeuten.

Es würde bedeuten, erneut etwas durchleben zu müssen, das so schmerzhaft war, dass er es aus seiner Erinnerung verbannt hatte.

*Ich kann das nicht, ich kann das nicht, ich kann das nicht, ich kann das ...*

»Lass es uns durchziehen«, sagte Jim. Ihm wurde eiskalt und er zitterte am ganzen Körper.

George nickte, beugte sich nach vorne, legte eine Hand auf Jims Stirn und ...

In dem Moment, als Hal die Tür öffnete und Ethans Gesicht sah, wusste er, dass Darlene zurückgekehrt war.

*Willkommen zu Hause, Schätzchen.*

Hal hatte inzwischen angefangen zu bluten, und eine Blutspur auf dem Teppich hinterlassen, als er durch das Wohnzimmer zur Haustür gegangen war. Er hoffte nur, dass Darlene wirklich die Antwort auf seinen Fluch war. Er konnte ihr Dinge antun, die weit über ihre schlimmsten Albträume hinausgingen, um sie dazu zu bringen, ihm zu verraten, wie er diese Krankheit aufhalten konnte. Sie musste es einfach wissen. In der alten Blechdose musste irgendetwas sein, das ihm helfen konnte.

*Sie sollte sie lieber dabeihaben,* dachte Hal, während er dastand und Ethan anstarrte, der genauso weiß war wie der Mond, wobei ihm absolute Ungläubigkeit ins Gesicht geschrieben stand. Außerdem war Ethan zerkratzt und blutete, so als habe er mit einer Katze gekämpft. Er erinnerte Hal an Craig, der ihnen völlig blutig und zerfetzt in die Hände gefallen war.

»Was zur Hölle ist denn mit dir passiert?«, fragte Hal.

»Mich haben ein paar Tiere angefallen«, antwortete Ethan und atmete schwer. »In den Bergen.«

»Was du nicht sagst«, schnaubte Hal.

»Hör zu, Chief. Du wirst mir das nicht glauben … Ich hab schon versucht, dich über Funk zu erreichen, aber du hast nicht geantwortet …«

Hal hatte sein Funkgerät vor Stunden ausgeschaltet und nicht daran gedacht, es wieder einzuschalten. Er musste schließlich nicht über jede verdammte Einzelheit Bescheid wissen, die passierte, oder jeden albernen Witz mit anhören, den die Jäger sich erzählten.

»Das liegt daran, dass meins nicht eingeschaltet ist. Also, mach schon, spuck's aus. Was willst du?«

Ethan wischte sich mit dem Handrücken über die Lippen. »Ich weiß nicht, wie ich dir das sagen soll …«

Hal seufzte. »Gott, Allmächtiger, es geht um Darlene, stimmt's?«

Ethan sah ihn verblüfft an. »Äh … ja.«

»Wo ist sie?«

»Aber woher …?«

»Sag mir einfach, wo meine Tochter ist.«

»Hütte«, stammelte Ethan. »Ich hab sie in den Keller gesperrt.«

»Wo hast du sie gefunden?«

»In einer der Minen, in der mit dem Eingang über dem Fluss. Wir haben gesehen, wie dieser Jim in der Mine verschwunden ist, also sind wir ihm gefolgt, aber als wir am anderen Ende ankamen, hat jemand auf uns geschossen. Wir dachten erst, es wäre Jim, der auf uns schießt, oder vielleicht auch der andere Fremde. Du kannst dir also vorstellen, was wir für 'nen Grausen gekriegt haben, als wir sahen, dass es Darlene war.«

»Moment: Wer ist wir?«

»Ich und Billy. Oh Scheiße. Hör zu, Chief, sie hat Billy in den Bauch geschossen. Er braucht 'nen Arzt, sonst stirbt er.«

Hal winkte ab. »Wir sorgen schon dafür, dass er wieder in

Ordnung kommt. Aber sag mir mal eins – woher hatte Darlene die Waffe?«

»Sie hat Albert Reynolds umgebracht. Ich hab seine Leiche gesehen, nicht weit vom Minenschacht entfernt. Ich weiß nicht, wie sie's geschafft hat, ihn zu töten. Ist ja nicht gerade ein fairer Kampf, immerhin ist sie ein junges Mädchen und Albert ein ziemlich großer Kerl und so.«

»Sie kann ziemlich tough sein, wenn sie will«, murmelte Hal. »Na egal, wir können sie ja fragen, wenn wir in der Hütte sind.«

»Chief, ich versteh nicht, was hier los ist. Ich dachte, Darlene wär tot. Wie kann sie noch am Leben sein?«

»Ich erklär dir alles, wenn wir in der Hütte sind.«

Hal blickte über Ethans Schulter und sah Ethans zerbeulten Pick-up vor seinem Haus parken. »Wir nehmen meinen Wagen«, sagte Hal. »Aber du fährst.« Normalerweise ließ er niemand anderen mit seinem Pick-up fahren, aber er würde es unmöglich schaffen, den ganzen Weg bis zur Hütte hinaufzufahren, nicht in seinem Zustand. »Ich treff' dich am Wagen. Ich brauch noch einen Moment.«

Mit einem kurzen Nicken drehte Ethan sich um und ging zu Hals Pick-up hinüber, der in der Einfahrt parkte. Im Haus holte Hal seine Schlüssel, sein Funkgerät und seinen Revolver und ging dann nach draußen. Am Wagen angekommen, schloss Hal die Türen auf und reichte Ethan die Schlüssel.

Ethan nahm sie. »Mein Gewehr«, sagte er. »Ich hab's in meinem Pick-up liegen lassen. Kann ich …?«

»Lass es liegen«, erwiderte Hal.

Ethan wirkte geknickt, als er auf den Fahrersitz kletterte. Hal schlurfte zur Beifahrertür, öffnete sie und ließ sich in den Wagen fallen. Sein Körper verkrampfte sich, und seine Adern brannten wie Feuer.

Hal biss die Zähne zusammen, setzte sich richtig auf den Sitz und schloss die Tür.

Ethan startete den Pick-up und lenkte ihn mit einem Satz rückwärts aus der Einfahrt.

Während sie die Main Street entlangfuhren, vorbei an einem müde wirkenden Adam Kane, sagte Ethan: »Verdammt, ich versteh hier überhaupt nichts mehr, Chief. Wie kann Darlene denn …?«

»Lass mich einfach noch ein bisschen ausruhen, bis wir da sind, ja?«

»Oh, okay. Tut mir leid, Chief.«

Hal schloss die Augen, dachte: *Blödes Arschloch,* und dann schlief er ein.

Er wachte auf, als der Pick-up mit einem Ruck zum Stehen kam. Der Motor erstarb.

Hal öffnete die Augen, richtete sich auf und sah, dass sie vor der Hütte parkten. Die Tür stand offen und im Inneren war es so hell erleuchtet wie bei einer Party am 4. Juli.

Hal öffnete die Beifahrertür, spuckte einen Klumpen blutigen Schleim auf den Waldboden und stieg dann vorsichtig aus. »Lass die Schlüssel im Zündschloss stecken«, befahl er.

»Äh, okay«, erwiderte Ethan, klang jedoch zögerlich.

Hal schlängelte sich zwischen den anderen geparkten Wagen hindurch, wankte durch das offene Tor und stolperte die Verandatreppen hinauf. Er stieß die Tür auf, taumelte zur nächsten Couch und ließ sich auf die weichen Kissen fallen.

Ethan betrat kurz nach ihm die Hütte.

»Mach die Tür zu und dann geh und hol meine Tochter.«

Ethan nickte. Im gelben Schein der Deckenlampe sah er wie eine große, verschwitzte Ratte aus.

Hal schloss seine Augen und ruhte sich aus, während Ethan in den Keller verschwand. Ein paar Minuten später kam er wieder und zerrte eine bewusstlose Darlene hinter sich her.

»Leg sie auf eine von den Matratzen«, wies Hal ihn an.

Ethan legte Darlene vorsichtig auf einer der schäbigen Matratzen ab.

»Gut«, sagte Hal, stand auf und ging zu Ethan hinüber. Er sah auf Darlene hinunter. Er war erleichtert, als er die Dose um ihren Hals hängen sah. »Ja, das ist definitiv meine Tochter«, bestätigte er und wandte sich dann Ethan zu. »Vielleicht kannst du mir bei einer Sache helfen, die mir nicht so recht einleuchten will.«

Ethan nickte. »Sicher. Worum geht's denn, Chief?«

»Also, als ich die Hütte heute Nachmittag verlassen habe, da hab ich sie abgeschlossen, auch das Tor. Und ich weiß, dass keiner meiner Männer einen Grund hatte, sie seither noch mal aufzuschließen, deshalb hab ich mich gefragt, wieso sie jetzt offen ist und woher du die Schlüssel hattest, um die Kellertür aufzuschließen?«

Ethan sah aus wie ein Kind, das man dabei erwischt hat, wie es ein Häufchen auf einen Perserteppich setzt. Er blinzelte hektisch. »Äh, also, weißt du …«

Hal zog seinen Revolver aus seinem Halfter und richtete ihn auf Ethan.

Ethan schnappte nach Luft und seine glänzenden Augen weiteten sich.

»Ich weiß, dass du Dale umgebracht hast, du beschissener Vollidiot. Und Darlene.«

»Ich war das nicht, das war Billy«, schrie Ethan. »Ich schwör's. Er hat Darlene getötet, und er hat auch Dale umgebracht.«

Ethans Brustkorb hob und senkte sich schnell.

»Tatsächlich?«

Ethan nickte hastig. »Als ich Darlene wieder hierher gebracht hab, wusste ich, dass ich sie einsperren muss – sie ist ganz schön temperamentvoll, wenn sie wach ist –, und ich wusste, dass der Keller der beste Ort dafür ist, aber ich hatte ja keine Schlüssel. Dann fiel mir ein, dass Dale die Schlüssel zur Hütte hatte, also bin ich zu ihm runtergeklettert und hab sie mir geholt. Aber ich schwöre, dass ich ihn nicht umgebracht hab, das war alles Billy, ja, Sir. Mein Gott, Hal, ich hab dir deine Tochter zurückgebracht, zählt das denn gar nicht?«

Hal spannte den Hahn seiner .38 S&W.

»Oh, komm schon, Hal. Du brauchst mich. Denk doch nur

mal an all die Drecksarbeit, die ich im Lauf der Jahre für dich erledigt hab.«

Hal wusste, wie sehr Ethan die Verantwortung genoss, Beweise verschwinden zu lassen. Es gefiel ihm, mitmischen zu dürfen – es gab ihm das Gefühl, etwas Besonderes zu sein, so als sei er Ehrenmitglied des Billings Police Departments.

Bei Gott, Ethan Griner war so ziemlich der letzte Mensch, den Hal als Officer einstellen würde – er war ein fähiger Mechaniker, konnte einen Wagen unglaublich geschickt und blitzschnell auseinandernehmen, aber davon abgesehen war er eine feige, schleimige Ratte, ohne Rückgrat oder Charakterstärke.

»Ethan?«

Ethan blinzelte und wischte sich über den Mund. »Ja?«

»Halt verdammt noch mal wenigstens einmal in deinem Leben die Klappe.« Und damit drückte Hal ab, zweimal.

Ethans Gesicht verwandelte sich in einen Krater, Blut und Hirnmasse spritzten mit voller Wucht aus seinem Hinterkopf. Er taumelte zurück, fiel um und kam mit einem heftigen Schlag auf dem Boden auf.

Hal schlurfte zu Ethan hinüber, stellte sich über ihn und spuckte auf die Leiche hinunter. »Danke, dass du mir meine Tochter zurückgebracht hast«, sagte er mit einem Grinsen, musste dann jedoch erneut Blut spucken.

Er drehte sich um und schaute auf Darlene hinunter. Sie hatte einen dunkelvioletten Fleck auf der linken Seite ihres Gesichts, eine Schusswunde in ihrem rechten Bein und unzählige Kratzer am ganzen Körper. Es waren ihre einzigen Wunden, obwohl sie vor einigen Stunden von über einem halben Dutzend Kugeln getroffen worden war. Aber Hal hatte ihren echten Körper gesehen, er hatte ihn aufgeschnitten, um seinen Sohn herauszuholen.

Dieses … *Ding,* das dort auf der Matratze lag, sah zwar aus wie Darlene und es roch auch wie Darlene, aber das war nicht wirklich seine Tochter. Er wusste nicht, was es war oder wie es mit der Dose zusammenhing, aber er würde es bald herausfinden.

Hal beugte sich nach unten, hob Darlenes Kopf hoch und nahm ihr die Blechdose ab, die um ihren Hals hing. Dann hängte er sie sich selbst um. »Wach auf«, sagte er und schlug seiner Tochter ins Gesicht. Er zuckte zusammen, als die plötzliche Bewegung schmerzhafte Blitze durch seinen Arm und seinen gesamten Körper jagte.

Ethan hatte Darlene ordentlich ausgeknockt, so viel stand fest.

*Der beschissene Idiot hatte noch nicht mal ein dreizehnjähriges Mädchen im Griff.*

Hal verpasste ihr noch ein paar weitere Ohrfeigen. Sie blieb bewusstlos.

Es sah ganz so aus, als würde sie noch eine ganze Weile außer Gefecht bleiben.

Er ging zurück zur Couch, ließ sich darauf fallen, nahm die Dose von seinem Hals und legte sie neben sich auf das Sofa.

Er starrte das verrottete Ding an.

Was war so besonders an der Blechdose, dass Darlene es riskiert hatte, sich in sein Haus zu schleichen und sie zurückzuholen? Und wie war es möglich, dass sie Hal so krank gemacht hatte, und das so plötzlich?

Er rief Randall über Funk an und beorderte ihn in die Hütte, aber pronto. Dann lehnte er sich zurück und wartete.

Zwanzig Minuten später schwang die Hüttentür auf. Officer Buck stürzte herein, völlig außer Atem und mit einem neugierigen Ausdruck im Gesicht.

»Was ist los, Chief?«, keuchte Randall. Als er Ethan in einer Blutpfütze auf dem Boden liegen sah, das Gehirn über die Bodendielen verteilt, blieb ihm der Mund offen stehen. Als Randall jedoch erkannte, wer auf der Matratze lag, verschwand sämtliche Farbe aus seinem Gesicht. »Was zur Hölle?« Randalls Augen sprangen zwischen Ethan und Darlene hin und her. »Chief, was ist hier los?«

Hal sah den jungen Officer an. »Dale ist tot.«

»Mein Gott«, keuchte Randall. »Wie?«

Hal deutete mit einem Kopfnicken auf Ethan.

»Warum hat er Dale denn umgebracht?«

»Weil er und Billy Warrall Darlene umgebracht haben. Dale hatte den Auftrag, die beiden umzubringen, aber es scheint so, als hätten sie ihn zuerst erwischt.«

»Aber … Darlene ist gar nicht tot«, sagte Randall und starrte ungläubig auf Darlene, die auf der Matratze lag.

»Doch, sie ist gestorben. Ihr Körper liegt auf Harmons Tisch. Das ist nicht Darlene. Nicht wirklich.«

»Das ist doch verrückt«, sagte Randall. »Wie ist das denn überhaupt möglich?«

»Ich erklär dir alles später. Aber jetzt will ich, dass du draußen Wache stehst und niemanden reinlässt, okay? Das ist ein Befehl.«

»Aber Chief …«

»Ein Befehl!« Hal hustete heftig und stieß ein zitterndes Seufzen aus. Sein Körper schmerzte furchtbar, seine Ärmel waren blutbefleckt, und jedes Mal, wenn er sprach, fühlte es sich an, als schlucke er Rasierklingen. Er hoffte, dass Darlene bald aufwachte. Er musste endlich diese Schmerzen loswerden.

»Ja, Sir«, erwiderte Randall. »Was ist mit Andrew? Willst du, dass ich ihm sage, was los ist?«

»Wenn du willst – aber nur Andrew, niemand sonst.«

Randall nickte und verschwand wieder nach draußen.

Hal blieb auf der Couch sitzen und strich über seinen Revolver. Ein Gefühl der Ruhe kam über ihn.

Wenn Darlene ihm nicht helfen konnte, dann blieb ihm nur noch eine Möglichkeit. In der Waffe waren noch vier Kugeln. Er würde nur zwei brauchen.

Mit diesem Gedanken schloss Hal die Augen und wartete darauf, dass Darlene aufwachte.

Kälte legte sich auf Jims Augen, bohrte sich in sein Gehirn, lähmte ihn und ließ alles um ihn herum schwarz werden. Er spürte, wie die Welt immer weiter schwand, und dann hatte er das Gefühl, durch Mauern zu brechen, tausend unsichtbare Mauern. Unzählige Türen öffneten und schlossen sich. Sein Bewusstsein löste sich auf, während Farbblitze ihn blendeten und ein Lärm wie aus tausend Fernsehern in seinen Ohren dröhnte. Das Letzte, was er hörte, bevor er in einen traumartigen Zustand hinüberglitt, war, wie sich die letzte Tür im tiefen Verließ seines Unterbewusstseins öffnete. Es war das Geräusch eines schweren Riegels, der zur Seite geschoben wurde, gefolgt vom Rasseln einer Kette. Dann schwang die Tür, die in rostigen Angeln hing, schließlich mit einem Quietschen auf und …

Jim erwacht aus einem betrunkenen Schlaf. Das Telefon schrillt und jagt tosende Wellen stechenden Schmerzes durch seinen Schädel. Er richtet sich auf, streckt einen Arm aus und greift nach dem Hörer. Während er das tut, bemerkt er die Tasche voller Geld, die neben ihm auf der Couch liegt.

*Brillant, Jim. Wieso lässt du die Beweise nicht offen rumliegen, damit die ganze Welt sie sehen kann, was meinst du?*

»Ja?«, sagt er in den Hörer. Sein Atem stinkt nach schalem Whiskey.

Am anderen Ende der Leitung hört er jemanden weinen. Dann sagt eine flüsternde Stimme, von zu viel Alkohol oder Drogen ziemlich undeutlich: »Jim, wo warst du denn? Ich versuch seit 'ner Stunde, dich anzurufen.«

*Betrunken und bewusstlos,* will er antworten, aber irgendetwas in der Stimme seiner Mutter sagt ihm, das etwas Schlimmes passiert ist. »Warum, was ist denn los?«

»Er ist total durchgeknallt. Er droht, uns beide umzubringen. Scheiße, Jim, du musst uns helfen. Er würde mich umbringen, wenn er wüsste, dass ich mit dir rede. Er tut Suzie weh, Jim, er … er macht Sachen mit ihr, und …«

»Ich komme sofort«, sagt Jim und knallt den Hörer so fest auf, dass er Plastik zerbrechen hört.

»Scheiße«, brüllt er, als er aufsteht. »Dieser beschissene Hurensohn!«

Er schnappt sich die Tasche mit dem Geld, das er im Schnapsladen geklaut hat, und wirft sie in den Schrank. Nicht gerade das beste Versteck, aber er wird sich um das Geld kümmern, wenn er mit seinem beschissenen, schon bald sehr toten Stiefvater fertig ist.

Er greift sich die Pistole, die auf dem Tisch liegt, steckt sie sich hinten in seine Jeans, vergewissert sich, dass er seine Schlüssel in der Hosentasche hat und geht zur Haustür.

Er weiß, dass er eigentlich nicht fahren sollte – abgesehen davon, dass er zu viel getrunken hat, hat er den Wagen heute Nacht auch bei dem Überfall benutzt – aber es ist das einzige Auto, das er hat, und verdammt, das hier ist schließlich ein Notfall. Die Chancen, dass ein Bulle seinen Wagen zwischen hier und dem Haus seiner Mutter sieht, sind so verdammt gering, dass er sich darüber nicht den Kopf zerbrechen muss. Außerdem ist er sich nicht mal sicher, ob die Bullen überhaupt alle einschlägigen Details kennen. Der Verkäufer im Schnapsladen war viel zu sehr damit beschäftigt, sich hinter dem Tresen zu verstecken, um einen Blick auf Jims Wagen zu werfen.

Er rennt aus dem Haus und zu seinem Auto hinüber, das er vorne auf dem Rasen geparkt hat. Er springt hinein, lässt den Wagen an und rast, während er vor Wut beinahe überkocht, mit einem ohrenbetäubenden Reifenquietschen, das die Ruhe der ansonsten friedlichen Vorstadt stört, auf die Straße.

Seine Mutter und seine jüngere Schwester wohnen zwanzig Minuten entfernt am Stadtrand, im beinahe ländlichen Parkville. Sie haben nicht immer da gewohnt. Sie sind dort hingezogen, als Helens Sucht schlimmer wurde, sie ihren Job im Verlag verlor und schließlich sogar in Motels putzte, um ihre Drogen und ihren Alkohol bezahlen zu können.

Jim ist mit fünfzehn von zu Hause weggegangen – oder besser gesagt, rausgeschmissen worden – und hat die letzten fünf Jahre allein gelebt. Seine Mutter meinte, er übe einen schlechten Einfluss auf seine kleine Schwester aus, deshalb musste er seine Sachen packen. Irgendwie lächerlich, wenn man sich jetzt anschaut, wie steil es mit seiner Mutter bergab gegangen ist. Aber kein Gericht der Welt würde Jim mit seinem Vorstrafenregister das Sorgerecht geben – und er macht ihnen daraus keinen Vorwurf. Nicht, dass er sich nicht um Suzie kümmern will – er liebt sie mehr als alles andere auf der Welt, mehr als seine Mutter, mehr als den Alkohol, mehr als irgendeine der Frauen, die er auch manchmal als seine Freundinnen bezeichnet –, er ist nur nicht der Ansicht, dass er sie seinem beschissenen Leben aus kleinen Verbrechen und wilden Partys aussetzen sollte. Seine Mutter mag vielleicht eine kokainabhängige Alkoholikerin sein, aber zumindest ist sie im Gegensatz zu ihrem lieben Sohn noch nicht so tief gesunken, dass sie Banken und Schnapsläden ausraubt – wie gesagt, noch nicht. Alles in allem ist sie eine fähige Mutter und besser für Suzie, als Jim je sein könnte, und in Wahrheit ist Suzie so verflucht schlau, dass sowohl Jim als auch seine Mutter sich beinahe schämen. Wie sie in dieser Familie so klug werden konnte, ist eines der großen Rätsel des Lebens. Jim denkt oft, dass Suzie diejenige ist, die die Dinge in diesem Haus zusammenhält, und dass sie es ist, die sich um ihre Mutter kümmert, nicht umgekehrt.

Jim steht regelmäßig mit Suzie und Helen in Kontakt – sogar noch häufiger, seit sie näher hergezogen sind – und er weiß über die Freunde seiner Mutter Bescheid. Die meisten waren bisher absolut harmlos, Taugenichtse ohne Perspektive. Loser, die sich schon öfter haben scheiden lassen, als Jim betrunken war. Typen, denen es egal ist, dass Helen eine zwölfjährige Tochter und ein Kokainproblem hat: Helen Clayton-Jackson lockt nur sehr selten anständige, aufrichtige Männer mit guten, sicheren Jobs an.

Es hat durchaus Vorteile, dass er nur zwanzig Minuten von seiner Familie entfernt wohnt – der erste ist, dass er Suzie sehen kann, wann immer er will. Sie liebt es, wenn ihr großer Bruder vorbeikommt, liebt es sogar noch mehr, wenn er ihr Geschenke mitbringt – die er mit schmutzigem Geld gekauft hat, aber das soll sie nie erfahren. Er freut sich sogar, dass er Helen nun öfter sieht, trotz ihrer schwierigen Beziehung, die manchmal recht hitzig wird, wenn es um Themen wie Geld, Alkohol und ihre Freunde geht. Denn, und das ist die reine Wahrheit, einige der Männer, mit denen sie verkehrt, sind alles andere als Gentlemen und der Anwendung von Gewalt nicht abgeneigt, wenn sie ihr Footballspiel im Fernsehen nicht sehen können oder nicht genügend Bier im Kühlschrank steht. Jim macht es nichts aus, ihr zu Hilfe zu kommen, wenn diese Dinge passieren – Suzies Sicherheit liegt ihm mehr am Herzen als irgendetwas sonst –, aber die Nachteile, wenn man so nah beieinander wohnt, sind die Anrufe um zwei Uhr morgens, seine weinende Mutter, die ihn anfleht, vorbeizukommen und den Scheißkerl davon abzuhalten, sie weiter zu verprügeln. Jim fährt jedes Mal hin. Er muss nur an Suzies unschuldiges Gesicht denken, dann spielt es keine Rolle, wie spät es ist, mit wem er gerade im Bett ist oder wie viel Alkohol er getankt hat. Er ist da. Es ist auch keine große Überraschung, dass Helen ihn anruft – er mag zwar erst zwanzig sein, aber er ist 1,96 Meter groß und gebaut wie ein professioneller Ringer. Ihre Freunde machen sich jedes Mal vor Angst in die Hose, wenn Jim auftaucht, und die meisten sind am nächsten Morgen wieder verschwunden. Dann ruft Helen ihn an und brüllt ihn an, beschimpft ihn und gibt ihm die Schuld daran, dass Frank oder Derek oder Mike oder wer zur Hölle auch immer sie verlassen hat.

Jim ist das egal. Die Männer rühren Suzie nicht an – außer das eine Mal, als dieser Typ, Hank, Suzie eine geknallt hat; als sie weinte, weil sie mit ansehen musste, wie er ihre Mom verprügelte. Hank konnte danach lange Zeit nur noch flüssige Nahrung zu sich nehmen und seine linke Hand zittert auch heute noch ständig. Jim toleriert die schlechten Angewohnheiten seiner Mom und ihr mieses Urteilsvermögen in Sachen Männer.

Aber dann ist Ryan vor ein paar Jahren auf der Bildfläche erschienen. Er und Helen haben sich in einer örtlichen Bar kennengelernt. Alles entsprach komplett dem White-Trash-Klischee. Eine Woche später ist Ryan eingezogen. Jim mochte den Typen von Anfang an nicht. Er gelt sich sein Haar zurück, so als sei er *Grease* direkt entsprungen, und er trägt eine billige, falsche Lederjacke und Cowboystiefel mit Metallspitzen. Aber es ist mehr als nur sein schlechter Modegeschmack, der Jim übel aufstößt – es sind seine heimtückischen Augen und seine lüsternen Kommentare. Einmal, als sie alle in einer Kneipe beim Abendessen saßen – Suzie saß ganz still neben Jim –, begann Ryan, ungehobelte Kommentare zu jeder Kellnerin abzugeben, die an ihrem Tisch vorbeiging, Sachen wie: »Der würd ich gern mal meine Bratwurst reinstecken« oder »Schau dir mal die Titten von der da an«. Als Jim ihm sagte, er solle verdammt noch mal die Klappe halten, weil er sein Bier sonst aus seinem Arsch trinken könne, ließ Ryan die Geschmacklosigkeiten zwar sein, geiferte den Frauen aber weiterhin nach. Jim war sich nicht sicher, ob Helen es bemerkte oder ob es sie überhaupt interessierte, aber Jim beobachtete angewidert, wie Ryans Blick immer wieder auf die knappen Röcke und offenen Blusen fiel statt auf Helen. Jim war es bald leid, sich Ryans hässliche Visage noch weiter anschauen zu müssen, und deshalb verließ er die Kneipe und brachte Suzie zurück in Helens Wohnung, wo sie sich vor den Fernseher setzten, bis Helen und Ryan zurückkamen.

An dem Tag, an dem Helen ihm eröffnete, Ryan sei »vielleicht der Richtige«, drehte sich Jim bei dem Gedanken, dass dieser Mann Suzies Stiefvater werden könnte, der Magen um. Er dachte sogar ernsthaft darüber nach, sein Leben in Ordnung zu bringen und zu versuchen, das Sorgerecht für seine kleine Schwester zu bekommen.

Jim brachte sein Leben aber nicht in Ordnung. Wenn

überhaupt, wurde alles noch schlimmer, und Helen heiratete Ryan schließlich tatsächlich.

Laut Helen wurde er erst nach der Hochzeit gewalttätig.

Sie behauptete, es komme nur selten vor, nur wenn sie sich stritten, aber im Laufe der Zeit nahmen die Häufigkeit und die Heftigkeit ihrer Streitereien zu. Dann begannen die Telefonanrufe, bei denen Helen weinte und Jim erzählte, wie sehr sie Ryan hasste, und ihn anflehte, sofort vorbeizukommen, weil sonst etwas Schlimmes passieren würde. Jim gab jedes Mal nach, und immer, wenn er zu ihnen fuhr und es dem verdammten Scheißkerl mit gleicher Münze heimzahlte, hörte die Gewalt gegen Helen für eine Weile auf. Es dauerte jedoch nie lange, bis alles von vorne losging.

Im Gegensatz zu den anderen Typen haut Ryan aber nicht ab, obwohl Jim ihn stets bedrohlich warnt. Jim kann nicht sagen, ob der Typ wirklich so hart oder einfach nur dumm ist. Auf jeden Fall ist er ein Fiesling, aber soweit Jim weiß, hat er noch nie Hand an Suzie gelegt. Jim ist sich trotzdem sicher, dass er schon ein paarmal kurz davor war – er ist der brutalste Kerl, mit dem Helen je zusammengezogen ist. Vielleicht zieht er ja eine persönliche Grenze und schlägt einfach keine Kinder, aber vielleicht liegt es auch an Jims steter Drohung, dass er ihn töten wird, wenn er Suzie je wehtut. Es ist ganz simpel, kein Ausweg möglich: Ist Suzie verletzt, ist Ryan tot.

Das hält ihn aber noch lange nicht davon ab, Helen zu verprügeln. Und das Allerdämlichste, der Teil, den Jim wirklich nicht versteht, ist die Tatsache, dass Helen diesem Typen immer wieder verzeiht. Sie entschuldigt sich für ihn, obwohl sie Jim nur ein paar Stunden vorher in Tränen aufgelöst angerufen und ihn angefleht hat, vorbeizukommen und den Mistkerl umzubringen.

Es ergibt einfach keinen Sinn.

Aber Jim hält sich aus dem Privatleben seiner Mutter so weit wie möglich raus, weil er weiß, dass er Helens Meinung sowieso nicht ändern kann. Trotzdem lebt er in der ständigen Angst, dass Helen ihn eines Tages anruft und ihm sagt, Ryan habe noch einen draufgesetzt und angefangen, auch Suzie zu schlagen. Jim wusste schon immer, dass es nur eine Frage der Zeit ist, bevor der Scheißkerl anfängt, ihr wehzutun, aber es gab nichts, was Jim hätte tun können. Sein Leben ist ein einziger großer Schlamassel, und da er Suzie nicht einfach kidnappen und in einen anderen Bundesstaat bringen kann, kann er nur dasitzen und hoffen, dass dieser Anruf niemals kommt.

Aber jetzt ist er gekommen.

Und dass er ausgerechnet heute Nacht kommt, wo er einen Schnapsladen ausgeraubt hat und sturzbesoffen ist, ist eine dieser bitteren Pillen, die man im Leben schlucken muss.

Während er über den Highway rast, muss Jim das Fenster runterkurbeln, um sein verschwitztes Gesicht zu kühlen. Übel riechender Qualm füllt seine Lungen. Normalerweise würde er während der Fahrt Public Enemy oder Metallica ganz laut aufdrehen, oder diese brandneue Band aus Seattle, Pearl Jam. Aber heute Nacht, während er zu Helens Haus fährt, spielt er keine Musik. Er ist zu aufgedreht, um sich auf irgendetwas anderes als die Worte seiner Mutter zu konzentrieren: *Er tut Suzie weh, Jim, er ... er macht Sachen mit ihr, und ...*

Jim tritt aufs Gaspedal, seine Finger umfassen das Lenkrad so fest wie ein Schraubstock. Das war's. Jim hat dieses schleimige Arschloch davor gewarnt, was passieren wird, wenn er Suzie anfasst … und jetzt löst Jim dieses Versprechen ein.

*Ich muss mich nur beeilen, ich sollte längst da sein. Gott, warum wohnen die auch so weit weg?*

*Wieso hab ich das Telefon nicht schon früher klingeln hören?*

Vor seinem inneren Auge ziehen Bilder vorbei, Bilder davon, was Ryan seiner Schwester antut – Bilder, durch die er sich vor Wut fast übergeben muss. Tränen des Zorns rinnen über seine Wangen, während er sich durch den Verkehr schlängelt und das Hupen und die grellen Blitze ignoriert. Für ihn gibt es nur noch eine Sache, eine einzige Sache: Er muss zu Helen fahren und diesen Wichser wegpusten.

Jim sind die Konsequenzen egal. Ihm ist auch das Gefängnis egal. Für ihn zählt nur Suzie und das zu beenden, was er schon vor Monaten – verflucht, vor Jahren – hätte beenden sollen, aber er war zu sehr in seiner eigenen kleinkriminellen Welt und im Alkohol gefangen, um irgendetwas zu unternehmen.

Er hätte nicht zulassen dürfen, dass das passiert. Nicht Suzie, nicht seiner Mutter – es ist alles seine Schuld, und jetzt zahlt Suzie den Preis für seine Selbstsüchtigkeit.

»Dieser beschissene Schwanzlutscher!«, brüllt Jim.

Der Mann hat Nerven. Glaubt er etwa, Jim erfährt nichts davon? Glaubt er, Helen würde ihren Sohn nicht anrufen, damit er vorbeikommt und dem, was er tut, ein Ende bereitet? Nach all den Warnungen besitzt der Typ immer noch die Frechheit, Suzie wehzutun.

*Das könnte eine Falle sein,* denkt ein kleiner Teil in Jims Hirn, aber der verstummt schnell wieder, als er die Sirenen hört.

Er schaut in den Rückspiegel und sieht die roten und blauen Lichter.

»Nein!«, schreit Jim und prügelt auf das Lenkrad ein. *Ich glaub das nicht!*

Der Polizeiwagen kommt immer näher, und als er ganz dicht auf ihn auffährt, weiß er, dass er definitiv nicht hinter jemand anders her ist.

Ist es, weil er zu schnell gefahren ist? Ein Blick auf den Tacho zeigt ihm, dass er weit über dem Tempolimit liegt.

Er will auf dem Weg zu Helens Haus keine Sekunde verlieren, aber wenn sie ihm wirklich nur einen Strafzettel verpassen wollen, ist es vielleicht gar keine so schlechte Idee, anzuhalten.

Die Lichter tanzen vor seinen Augen im Kreis – blau, rot, blau, rot, blau, rot – und die Sirenen dröhnen in seinem Kopf und schicken den Heulton direkt in sein Hirn.

*Wem mache ich was vor?*

Jim kennt die Wahrheit – sie haben ihren Mann gefunden, er hat den Schnapsladen ausgeraubt. Wenn er anhält, bekommt er keinen Strafzettel – wahrscheinlich eher Gefängnis, vor allem mit seinem Vorstrafenregister.

*Und jetzt noch zu schnelles Fahren, Trunkenheit am Steuer, unerlaubter Waffenbesitz ...*

Jim kann nicht anhalten, nicht, wenn Suzie sich auf ihn verlässt. Die Bullen können ihn später mitnehmen, aber jetzt muss er erst noch was erledigen.

Jim tritt das Gaspedal ganz durch. Der Wagen dreht hoch, und er bringt ein ordentliches Stück zwischen sich und die Bullen, aber sie holen ihn schnell wieder ein.

*Warum heute Nacht, hä? Warum jetzt? Warum hätten sie mich nicht erst morgen finden können? Verdammt, warum will Gott mir nur dauernd eins reinwürgen?*

Die Bullen kleben an seinem Heck wie Fliegen an der Scheiße, und Jim fragt sich, ob sie wohl irgendwann anfangen werden zu schießen. Oder machen sie das nur im Film? Er war vorher noch nie an einer Verfolgungsjagd mit der Polizei beteiligt, deshalb weiß er nicht, was er zu erwarten hat. Noch mehr Streifenwagen? Eine Straßensperre?

*Bitte keine Straßensperre.*

Dann fährt er an dem Schild vorbei, auf dem Willkommen in Parkville steht, und er konzentriert sich wieder auf Suzie. Nur noch fünf Minuten entfernt.

*Ich komme, Kleine. Halt nur noch ein bisschen durch ...*

*Er tut Suzie weh, Jim, er ... er macht Sachen mit ihr ...*

Jim fährt weiter über den Highway, der sich von vier Spuren auf zwei verengt hat. Er ist jetzt von Wäldern umgeben.

Helen und Suzie wohnen in einem winzigen Häuschen in einer Gegend mit vielen Geringverdienern und Drogenabhängigen. Nicht, dass diese beiden Dinge notwendigerweise Hand in Hand gingen – Jim kennt eine Menge reicher Leute, die schlimmere Junkies sind als die meisten Menschen hier, und er kennt arme Familien, die absolut clean sind und hart arbeiten –, aber in diesem Teil der Stadt scheinen sie sich irgendwie zusammenzurotten.

Jim wird langsamer und biegt auf die erste von drei Straßen ab, die zu Helens Haus führen, und es gelingt ihm erneut, einigen Abstand zwischen sich und die Bullen zu bringen. Er ist hier schon so oft abgebogen – und sehr oft zu schnell –, dass er genau weiß, wie er die Kurve nehmen muss. Die Bullen, die wahrscheinlich nicht erwartet haben, dass er bei dem Tempo abbiegen würde, scheinen davon überrascht worden zu sein und sind entweder übers Ziel hinausgeschossen oder versuchen gerade, mit ihrem ins Schleudern geratenen Wagen fertig zu werden. Was auch immer der Grund dafür ist, Jim kann weder ihre Lichter sehen noch ihre Sirene hören, als er die Parry Street hinunterrast.

Wenn er es nur bis zur nächsten Abzweigung schafft, bevor sie ihn wieder einholen, gewinnt er etwas Zeit, während sie durch die Gegend fahren und versuchen, ihn zu finden. Vielleicht kann er sie ja sogar ganz abschütteln. Leider ist die nächste Straße – Fairfax – fast am anderen Ende der Parry, deshalb stehen die Chancen, dass er sie erreicht, bevor die Bullen wieder alles unter Kontrolle haben, eher gering.

Die Nachbarschaft ist recht ruhig für einen Samstagabend. Doch als Jim sich der Fairfax nähert, wird die Stille durch das Dröhnen von Polizeisirenen durchbrochen.

Als er auf die dunkle, verlassene Straße einbiegt, ist er zuversichtlich, dass die Cops ihn nicht gesehen haben.

Die Fairfax ist von weniger Häusern gesäumt, dafür von mehr Ackerland. Jim erinnert sich daran, dass Suzie ihm einmal erzählt hat, wie gruselig es nachts hier draußen ist. Sie hat ihm von den Vogelscheuchen der Farmen in der Nachbarschaft erzählt. Sie hatte Angst, dass sie kommen und sie holen. Suzie hat ihm auch erzählt, dass sie manchmal, wenn die Streitereien zwischen Helen und Ryan zu schlimm werden, nach draußen geht und durch die Straßen spaziert – nicht gerade die beste Gegend für so was. Es war ihr ein wenig peinlich, als sie mit Jim darüber gesprochen hat. Sie meinte, Zwölfjährige sollten eigentlich keine Angst mehr vor der Dunkelheit oder so albernen

Dingen wie Vogelscheuchen haben, schließlich sei sie ja schon fast erwachsen und sollte sich allmählich auch so benehmen, und nicht mehr wie ein dummes kleines Kind. Jim hat ihr versichert, dass es überhaupt nicht dumm ist, sich vor der Dunkelheit zu fürchten oder vor Vogelscheuchen, und dass er diese Dinge auch unheimlich findet, obwohl er ein 20-jähriger Mann ist. Darüber musste sie lachen. Es hat sie ein wenig beruhigt, und das letzte Mal, als er mit ihr gesprochen hat, neulich Abend, vor zwei Tagen, hat sie ihm zugeflüstert, dass sie keine Angst mehr vor den Vogelscheuchen hat.

*Ist auch verdammt noch mal kein Wunder,* denkt Jim, als er auf die Clark Street abbiegt. Es gibt jetzt ein anderes, sehr reales Ungeheuer, vor dem sie sich fürchten muss.

Als er vor Helens Haus vorfährt, kann er in der Ferne das Heulen der Polizeisirenen hören.

Jim hält sich nicht damit auf, den Motor abzustellen – sobald der Wagen steht, springt er hinaus und rennt über den Rasen. Als er sich der Haustür nähert, zieht er seine Pistole.

Die Tür ist nicht verschlossen, und Jim stürzt ins Haus. »Suzie!«, brüllt er und lässt seinen Blick durchs Wohnzimmer schweifen. Der Fernseher läuft, und auf dem Teppich sind Blutflecken und ein Haufen Bierdosen, aber keine Spur von Suzie oder den anderen.

Die Waffe bereit, rennt Jim den Flur runter zur ersten Tür – Helens Schlafzimmer – und stürmt hinein. Das Licht brennt, und Helen sitzt zusammengekauert in der hinteren Ecke des Zimmers, zitternd, das Gesicht blau und geschwollen, Arme, Gesicht und Bademantel blutverschmiert. Sie sieht zu ihm auf und – und das verstört ihn wirklich – lächelt ihn an, ihre Zähne strahlend weiß neben all dem Blut, und sagt: »Jim, du bist hier.«

»Wo ist Suzie?«

»Suzie ist … tot«, antwortet sie, und sie lächelt immer noch.

Jim schüttelt den Kopf, und dann hört er eine Stimme im Zimmer nebenan.

*Tot? Sie kann nicht tot sein.*

Jim stürmt den Flur hinunter, stürzt durch die Tür in Suzies Zimmer und richtet seine Waffe auf Ryan, der mit gesenktem Kopf am Rand von Suzies Bett sitzt und murmelt: »Ich konnte nichts dafür, sie hat mich dazu gebracht.«

Suzie liegt auf dem Bett, nackt, ihr schmaler, blasser Körper voller Blut und von blauen Flecken übersät. Jim stößt einen Schrei aus, der in seiner Kehle brennt und Ryan einen solchen Schock versetzt, dass er ihn wieder aus der Welt reißt, in die er sich geflüchtet hat. Dann feuert Jim *bum, bum, bum, bum, bum!* seine Waffe auf Ryan ab, der mit einem Krachen gegen die Wand hinter dem Bett geschleudert wird, während seine Brust in einer Wolke aus Blut und Gewebe explodiert.

Während sein Schrei noch immer in der Luft hängt, lässt Jim die Pistole fallen und rennt zu seiner Schwester hinüber. Er zieht sein Hemd aus und breitet es über ihrem Körper aus, und dann setzt er sich aufs Bett und nimmt sie in die Arme. Sie fühlt sich ganz kalt an. »Suzie, bist du okay, Kleines? Suzie, wach auf.«

Er sieht die klaffende Wunde in ihrem Kopf, aber er wiegt sie immer noch sanft hin und her und will sie durch seinen schieren Willen wieder zum Leben erwecken. »Bitte, wach auf. Bitte, wach auf«, sagt er und streichelt ihr über ihr blondes Haar. »Du darfst nicht sterben.«

Er bemerkt gar nicht, dass sich jemand auf ihn stürzt und hört auch die Schreie nicht, bis das Messer sein Gesicht aufschlitzt.

»Du verdammter Scheißkerl!«, brüllt Helen. »Du hast ihn umgebracht!«

Er fühlt keinen Schmerz. Sein Körper ist taub, aber er spürt, wie das Blut über sein Gesicht tropft. Helen erhebt das Messer erneut, aber bevor sie noch einmal auf ihn einstechen kann, wird sie von zwei Männern in Uniform überwältigt.

Jim blickt zu Suzie hinunter und weiß, dass seine Welt hier endet. Sie fühlt sich so klein und zerbrechlich in seinen Armen an, und so sehr er Ryan auch dafür hasst, was er getan hat, sich selbst hasst er noch mehr. Er war nicht für sie da, konnte sie vor den Vogelscheuchen dieser Welt nicht beschützen.

Als die Bullen ihn von Suzie wegzerren, spürt er, wie irgendetwas zerreißt. Alles wird schwarz, und als er die Augen wieder öffnet, ist er noch immer in Suzies Zimmer, aber jetzt ist es ganz dunkel, und außer ihm und Suzie ist niemand da. Es ist ganz still, Suzie ist angezogen, und an ihrem Körper ist nicht ein einziger Tropfen Blut. Sie sieht sehr friedlich aus. Dann öffnet Suzie die Augen und schaut zu ihm herauf. Aber es ist gar nicht Suzie, es ist jemand anders, der nur aussieht wie Suzie.

*Darlene?*

Sie steht auf und lächelt, und dann streckt sie sich vor und küsst ihn auf die Wange. »Es ist okay«, sagt sie, und ihre Stimme klingt genau wie Suzies. »Ich vergebe dir.«

Jim versucht zu sprechen, aber er findet keine Worte.

»Du hast es geschafft, du hast die Mauer durchbrochen«, sagt sie, und dann sieht sie ihn mit entsetzlich traurigen Augen an und sagt: »Danke.«

*Ist das ein Traum?*

Er versteht es nicht. Er hat dieses Mädchen noch nie zuvor gesehen, und trotzdem hat er das Gefühl, sie zu kennen.

Dann streckt das Mädchen, das er kennt und das Darlene heißt, eine Hand zum Boden aus und hebt eine Blechdose auf. Es ist ein großes, verbeultes altes Ding. »Die gehört jetzt dir«, sagt sie und reicht ihm die Dose.

Zögernd nimmt Jim sie an sich, hält sie an ihrer Schnur hoch und starrt auf das verbeulte Metall. Ihm? Was soll er denn mit einer Blechdose anfangen?

»Öffne sie«, sagt das Mädchen, und in ihren Augen liegt Verzweiflung.

Jim umfasst den Deckel und öffnet ihn.

Eine Art Nebel entweicht aus der Dose. Er ist wunderschön, perlmuttfarben, und während er durch die Luft schwebt, wechselt er immer wieder seine Form.

Dann fliegt die Wolke auf das Mädchen zu. Sie schließt ihre

Augen, und die Wolke schießt wie eine Pistolenkugel in die Brust des Mädchens und verschwindet darin.

Jim sieht verblüfft zu.

Das Mädchen öffnet die Augen und schaut Jim an. Sie weint. »Ich danke dir«, flüstert sie.

Jim schüttelt den Kopf. »Aber ich verstehe nicht, was …«

Jetzt hat das Mädchen eine Waffe in der Hand und zielt damit auf Jim. Stumm sagt sie: *Es tut mir leid,* und dann, während ihr eine Träne über die Wange rinnt, die in der Dunkelheit wie Blut aussieht, drückt sie ab …

Hal schnarchte und schlief ganz fest, wäre er jedoch wach gewesen, hätte er gesehen, dass Darlene sich auf der dreckigen Matratze hin- und herwarf. Auf ihrem Gesicht lag ein schmerzvoller Ausdruck, und eine Träne rann über ihre Wange.

»Es tut mir leid«, murmelte Darlene.

Dann schrie sie, öffnete ihre Augen und setzte sich auf.

Eine Weile saß sie ganz still da, völlig verblüfft. Dann, ganz leise, so als spreche sie mit jemandem, der sehr weit entfernt ist, sagte sie: »Die Tiere, sie sind weg. Die Schmerzen auch. Und das Baby.«

Dasselbe galt auch für die Dose, obwohl Darlene im Augenblick noch keine Ahnung davon hatte.

Sie sah, dass sie sich in der Hütte befand, auf einer der Matratzen. Als sie sich umdrehte, sah sie Ethan Griner auf dem Boden liegen; sein halber Kopf fehlte. Auf der Couch saß ihr Vater, der sehr müde und furchtbar krank aussah.

Er rieb sich die Augen und sagte mit boshaftem Lächeln: »Hallo, geliebte Tochter. Gut geschlafen?«

Jim erwachte mit einem Schrei, der in seiner Kehle glühte, während sein Kopf vor Schmerzen brannte. Er schluchzte unkontrolliert. Die Erinnerung an das, was vor achtzehn Jahren passiert war, war wieder frei und breitete sich wie eine Flutwelle nach einem Erdbeben in ihm aus.

*Oh, Suzie. Arme, liebe Suzie.*

Es wunderte Jim nicht, dass sein Verstand dieser Nacht den Zugang zu seinem Gedächtnis verwehrt hatte – er hätte es nicht überlebt, diese Szene immer wieder vor seinem inneren Auge ablaufen zu sehen.

*Gott, es tut mir so leid,* sagte er zu Suzie. *Es tut mir leid, dass ich nicht für dich da war, als du mich gebraucht hast.*

Jim lag am Straßenrand im Dreck. Es war noch immer Nacht. Er schaute zum Vollmond hinauf, blinzelte und versuchte dann, sich aufzusetzen. Er fühlte sich schwach, so als habe man ihm alles Leben ausgesaugt – was, in gewisser Weise, ja auch stimmte –, und abgesehen von dem furchtbaren Schmerz in seinem Kopf, schmerzte seine linke Wange, als …

Jim legte einen Finger an seine Wange. Er zuckte zusammen. Als er seinen Finger anschaute, sah er jedoch, dass kein Blut daran klebte, obwohl er das Brennen der Messerwunde eindeutig spüren konnte – einer beinahe zwanzig Jahre alten Messerwunde.

Dann erinnerte er sich wieder: *George!*

Jim stand auf, taumelte ein wenig, da er sich noch immer recht schwach fühlte, und sah zu dem Stand hinüber. Er war leer. Hinter dem Tisch sah er nichts als dunklen Wald. Ein Windhauch streichelte Jims Gesicht, aber nun fühlte er sich nicht mehr so warm an. Er war einfach … da. Genau wie der Schmerz, der seinen Schädel zu spalten drohte. Und wie das Feuer, das auf seiner Wange brannte.

Jim fragte sich, ob es Darlene gut ging, nun, da sie von dem Fluch erlöst war, der nun stattdessen auf ihm selbst lag.

Er musste zur Mine zurückkehren und sich vergewissern.

Als er sich umdrehte, fiel sein Blick auf die Blechdose am Straßenrand. Er ging hinüber, kniete sich hin und hob sie auf. Sie war schwer, schwerer, als er in Erinnerung hatte, und als er wieder aufstand und die Schnur um seinen Hals legte, spürte Jim eine Welle der Kraft, die sein ganzes Wesen elektrisierte. Er atmete zitternd aus.

*Meine Seele.*

Erst jetzt wurde ihm bewusst, wie anders er sich fühlte. Er konnte zwar noch immer denken und fühlen, aber da war diese Leere in ihm, wie ein ausgeblasenes Ei, von dem nur noch die Schale übrig ist. Diese Leere war zwar nicht überwältigend, aber sie war da, und sie würde für immer bei ihm sein, wenn er niemanden fand, der bereit war, seine Seele zu kaufen.

*Aber will ich das überhaupt?*

Mit den physischen Schmerzen konnte er leben, aber die Erinnerung an das, was in jener Nacht geschehen war, als Suzie gestorben war, würde womöglich schwerer zu ertragen sein. Er war sich nicht sicher, ob er damit würde leben können, sich innerlich so leer zu fühlen. Aber im Moment war es das Wichtigste für ihn, sich zu vergewissern, dass Darlene in Sicherheit war, sie aus Billings wegzubringen und ihr in ein neues Leben zu helfen. Um seine eigene Situation konnte er sich später noch kümmern.

Jim hob das Gewehr auf und machte sich auf den Weg die Straße hinunter. Als er etwa zehn Minuten gewandert war, begann er, nach dem abgeknickten Kiefernzweig Ausschau zu halten. Er erspähte seinen Wegweiser schon bald und stieg wieder in die Berge hinauf, während er Darlene einmal mehr für ihren scharfen Verstand und ihre Genialität dankte.

Im selben Moment, in dem er den ersten Fuß in den Kiefernwald setzte, hörte er das Knurren. Er blieb stehen und schaute sich um. Zuerst sah er nur glühende Augen, dann auch Schatten aus der Dunkelheit auftauchen. Vier Kreaturen kamen auf ihn zu – zwei Füchse, ein Kojote und ein Rehbock. Dies waren jedoch längst nicht alle Tiere, und Jim nahm an, dass sich die anderen bereits auf dem Weg zu ihm befanden.

Nun, da Jim im Besitz der Blechdose und somit dafür verantwortlich war, ihre Seelen zu verkaufen, waren die Geister-Tiere hinter ihm her. Sie wollten nicht, dass er den Stand am Straßenrand verließ.

»Tut mir leid, Jungs«, sagte Jim zu den sich nähernden

Tieren. »Aber ich kann nicht hierbleiben. Ich muss zu Darlene.«

Die Kreaturen der Nacht spürten seine Missachtung, und ihre Wut wuchs umso mehr.

»Ich nehme nicht an, dass ihr mich einfach durchlasst?«

Ihr Knurren und Fauchen war ihm Antwort genug.

Es sah ganz so aus, als würden sie ihn nicht kampflos gehen lassen.

Jim atmete tief ein und machte einen Schritt auf sie zu.

Die Tiere stürzten sich auf ihn.

Wie eine Maus, die einer Gruppe hungriger Katzen zum Fraß vorgeworfen wird, fand Jim sich inmitten einer Meute fauchender, knurrender Tiere wieder. Große, schwere Körper warfen sich auf ihn und zerrissen ihn mit ihren Krallen und Zähnen, und der Rehbock rammte ihm sein Geweih in den Bauch.

Jim wehrte sich gegen ihre Versuche, ihn zu Boden zu zwingen, indem er sich seinerseits auf sie warf. Er nahm den ranzigen Gestank des Todes wahr, während beißende Schmerzen jeden Teil seines Körpers zu zerreißen schienen. Eine mächtige Kralle packte sein Bein und hielt ihn so lange fest, dass die anderen Tiere ihm einige tiefe Kratzer und Bisswunden zufügen konnten, aber mit einem trotzigen Schrei riss Jim sich schließlich von den Kreaturen los. Ein großer Fetzen seines Beines blieb in der Kralle stecken, aber Jim humpelte trotzdem davon.

»Ihr könnt mich nicht töten«, fauchte er sie an. »Ich gebe nicht auf. Ich gehe nicht zurück an den Stand, ihr könnt euch eure Mühe also genauso gut sparen.«

Die Tiere folgten ihm nicht, sondern krochen in die Schatten zurück. Jim wollte liebend gerne glauben, dass sie aufgaben, weil sie wussten, dass er es ernst meinte, aber vermutlich trommelten sie nur den Rest ihrer Truppen für den nächsten Angriff zusammen.

Es wäre ihm egal, wenn ihn jedes einzelne der Geister-Tiere angreifen würde – er würde trotzdem zur Mine kriechen, notfalls mit abgerissenen Gliedmaßen, und alles tun, was er tun musste, um Darlene zu retten.

Als die Tiere verschwunden waren, inspizierte Jim seine Wunden. Seine Kleider waren völlig zerrissen und zerfetzt, und auch durch den Stoff hindurch konnte er mehrere Fleischwunden erkennen. Blut tropfte aus seinen unzähligen Kratzern, Schnitten und Bissspuren. Es hätte schlimmer sein können. Abgesehen von dem großen Stück Fleisch, das sie aus seinem rechten Bein gerissen hatten, das nun höllisch schmerzte, war er nicht allzu schlimm verletzt – er war längst nicht so übel zugerichtet wie Craig. Er nahm sich einen Moment Zeit, um einen Streifen Stoff aus seinem T-Shirt zu reißen und ihn um sein Bein zu binden. Sobald er und Darlene in Sicherheit waren, würde er sie bitten, es richtig zu verbinden.

Obwohl er nun auf beiden Beinen humpelte, schleppte Jim sich weiter durch die Berge und folgte dem Weg, den die abgeknickten Zweige ihm wiesen.

# ELF

»Was willst du?«, fragte Darlene und sah Hal voller Hohn und Abscheu an.

»Ich will, dass du mir sagst, was hier los ist. Und damit meine ich, mit dir, mit mir und mit dieser Dose.« Hal warf einen Blick an die Stelle, an der er die Dose neben sich auf die Couch gelegt hatte.

Sie war verschwunden.

»Wo ist sie?«, rief Hal aus.

»Wo is' was?«

»Du weißt verdammt gut, was ich meine. Die Dose. Wo ist sie?«

Darlene zuckte die Achseln.

»Sag's mir, du Hure, oder ich komm rüber und bring dich zum Reden.« Hals Herz klopfte schnell, aber schwach.

»Ich weiß nich', wo die Dose is'«, sagte Darlene. »Ich hatte sie bei mir, als Ethan mich ausgeknockt hat. Aber jetzt hab ich sie nich' mehr.«

»Lüg mich nicht an. Du weißt, was mit dir passiert, wenn du mich anlügst.«

»Du kannst mir nich' wehtun. Nich' in deinem Zustand.«

Sie hatte recht – er war nicht in der Verfassung, irgendeinen nennenswerten Schaden anzurichten. Verdammt, ihm tat ja sogar das Sprechen weh, wie sollte er sie da ernsthaft bestrafen, wenn er sie nicht direkt erschießen wollte?

»Wo ist die Dose?«, knurrte Hal. »Ich mein's ernst.«

»Du kannst mit mir machen, was du willst, ich werd' dir einen Scheiß erzählen. Du stirbst sowieso bald.«

»Was meinst du damit? Wie werde ich sterben?«

Darlene zuckte erneut die Achseln.

»Verdammt!« Hals gesamter Körper verkrampfte sich, und nach einem schmerzhaften Hustenanfall bemerkte er, dass seine Hände mit frischem Blut besprenkelt waren.

»Siehst du, du hast nich' mehr viel Zeit«, sagte Darlene. »Ich weiß, wie ich dir helfen kann, aber zuerst musst du mir ein paar Dinge versprechen.«

Hal wischte seine blutigen Hände an seiner dreckigen Hose ab und sah zu Darlene hinüber. »Zum Beispiel?«

»Dass du mich gehen lässt und dass niemand Jim wehtun wird.«

Hal zog ihr Angebot in Erwägung – für ungefähr eine Sekunde. »Nein. Du sagst mir nicht, was ich tun soll. Ich sage dir, wie's läuft. Du wirst mir alles erzählen. Wenn du es nicht tust, werde ich dich nicht nur in den Keller werfen, damit du da unten verrottest, wir werden, sobald wir ihn geschnappt haben, auch deinen Freund da unten einsperren. Vielleicht vergraben wir euch beide ja auch gemeinsam lebendig, damit ihr eines langsamen, qualvollen Todes sterben könnt. Kapiert? Also, mein liebes Kind, du sagst mir jetzt, wie ich diese Krankheit aufhalten kann.«

Darlene starrte ihn sehr lange an.

»Verdammt, bist du überhaupt meine Tochter? Wer bist du? Ich habe dich doch vorhin mit eigenen Augen gesehen, vollkommen zerfetzt. Ich habe deine Leiche auf Harmons Tisch liegen sehen. Wie zur Hölle ist es da möglich, dass du hier fast ohne einen einzigen Kratzer am Leib vor mir sitzt?«

»Die Dose. Sie is' sehr mächtig«, erklärte Darlene schließlich.

»Was du nicht sagst? Aber woher? Was war da drin?«

»Sie hat die Macht, Leben zu geben und Leben zu nehmen.«

»Kann sie mir helfen? Kann sie mich davor retten … zu sterben?«

Darlene nickte.

»Aber wo ist sie jetzt?«

»Sie is' weg.«

»Das weiß ich, aber wo ist sie hin?«

Darlene verschränkte ihre Arme. »Sag ich dir nich'. Nich', solange du deinen Jägern nich' über Funk gesagt hast, dass sie Jim nich' mehr jagen sollen.«

Hals rechte Hand begann zu zittern, und er hatte Schwierigkeiten, die Waffe ruhig zu halten. »Sag's mir, sonst stirbst du.«

»Ich bin sowieso schon tot. Denkst du wirklich, ich gebe dir noch die Genugtuung und verrate dir, wo die Dose is' oder wie du geheilt werden kannst? Erschieß mich, es is' mir egal. Du hast mich schon vor langer Zeit getötet.«

Hals Hand zitterte noch immer, und schließlich war er gezwungen, seinen Arm zu senken. »Schlampe«, schnaufte er. »Du sagst es mir schon noch. Das garantiere ich dir. Ich finde schon noch raus, was hier eigentlich los ist. Denk bloß nicht, dass ich das nicht tue. Du kannst ruhig dasitzen und schmollen wie ein kleines Kind, schließlich bist du das ja auch, aber letzten Endes erfahre ich schon noch, was ich wissen muss.«

»Ich glaub nich', dass du die Wahrheit wissen willst. Wenn du sie erst kennst, wirst du dir noch wünschen, du hättest sie nie erfahren.«

Hal funkelte Darlene böse an. Auf ihrem Gesicht lag ein schwaches Grinsen. Er spannte seinen Kiefer an, aber der stechende Schmerz, der sich dadurch in seinem Gesicht ausbreitete, war so stark, dass er ihn wieder entspannte. Dann entgegnete er: »Du erzählst mir jetzt besser, was hier los ist.«

Darlene schüttelte den Kopf, langsam und verächtlich. Plötzlich zuckte sie zusammen und legte eine Hand auf ihren Bauch. »Das Baby«, sagte sie. »Es tritt.«

Hal atmete einen Schwall übel riechender Luft ein. *Das Baby!*

Was war mit seinem Sohn passiert? Wenn Darlene auf unerklärliche Weise wieder zum Leben erwacht war, und noch dazu ohne ihre tödlichen Verletzungen, was war dann mit seinem Sohn? War es wirklich möglich, dass auch sein Sohn noch am Leben war, in Darlene?

Das änderte natürlich alles.

Hal, der dringend frische Luft brauchte, erhob sich. Sein Körper tobte vor Schmerzen. Er starrte etwa eine Minute lang auf den Boden, unfähig, sich zu bewegen, und biss vor Schmerzen die Zähne zusammen. Als die Schmerzen nachließen, blickte er wieder auf und bemerkte, wie ein flüchtiges Lächeln über Darlenes Gesicht huschte.

»Um dich kümmere ich mich später«, sagte er. »Denk drüber nach, was dein Leben wert ist. Wenn du dir schon nichts aus deinem eigenen Leben machst, dann denk wenigstens an das Leben deines Babys.«

Hal ging zur Tür hinüber. »Ich will Antworten, wenn ich zurückkomme.«

Damit verließ er die Hütte.

Darlene nahm ihre Hand von ihrem Bauch und atmete zitternd aus. Hal, der Mistkerl, war verschwunden, aber nicht für lange. Er würde zurückkommen und Antworten verlangen.

Sie wusste, dass er sie töten würde, falls sie ihm nicht sagte, was er wissen wollte. Darum hatte sie auch so getan, als habe ihr Baby sie getreten. Das hatte es nicht – das Einzige, was sie jetzt noch fühlte, war diese Stille in ihrem Bauch, das Gefühl, dass irgendetwas nicht stimmte. Aber um sich zu retten, musste sie Hal überlisten und ihn glauben machen, dass er auch sein Baby töten würde, wenn er tatsächlich beschloss, sie umzubringen.

Aber selbst wenn ihr Plan funktionierte, bedeutete das noch nicht, dass er ihr nicht wehtun würde – oder besser gesagt, dass er nicht jemanden fand, der das übernahm, denn Hal war inzwischen so schwach, dass er sich kaum noch zu bewegen vermochte. Sie musste durchhalten, durfte ihm nichts von der Dose und deren Macht erzählen. Er würde schon sehr bald sterben. Er würde solche Qualen leiden, dass ihm keine andere Alternative blieb, als dem Schmerz ein Ende zu bereiten.

Dann, sobald sie sich um Officer Buck gekümmert hatte – sie hatte das Gewehr zwar nicht mehr, aber es gab ja immer noch Hals Revolver –, würde sie zur Höhle zurückgehen und versuchen, Jim zu finden, der nun ein seelenloser Geist war.

*Ich kann nich' glauben, dass er das getan hat. Ich kann nich' glauben, dass es funktioniert hat!*

Darlene dachte an ihren Traum oder Albtraum zurück – oder worin sie sich da vor einer Weile auch wiedergefunden haben mochte. Sie erschauderte bei der Erinnerung an den furchtbaren Moment, als sie Jim erschossen hatte: Es war ihr vorgekommen, als habe sie keine Kontrolle über ihr Handeln. Sie wollte ihn nicht erschießen, aber sie wusste, dass sie keine Wahl hatte.

*Es tut mir leid, Jim,* dachte Darlene, und als sie spürte, wie ihr Tränen über die Wangen tropften, lächelte sie und weinte eine Weile. Sie wischte das Nass ihrer Tränen nicht ab. Sie liebte es, die Tränen auf ihrer Haut zu spüren – für Darlene bedeuteten sie Leben.

Natürlich verstand sie nicht wirklich, was eigentlich passiert war. Alles, was sie wusste, war, dass sie nicht mehr von Tieren verfolgt wurde und dass das Baby aufgehört hatte zu weinen. Sie spürte auch die quälenden Schmerzen in ihrem ganzen Körper nicht länger – nur die Kratzer der Tiere. Auch die Leere, die sie in ihrem Inneren gespürt hatte, war nun von Gefühlen ausgefüllt.

Sie lebte wieder – die stickige Schwüle, die sie hier in der Hütte spürte, war der Beweis. Jim hatte sein Leben gegeben, um ihres zu retten, und das schmerzte sie mehr als alles, was Hal ihr je antun könnte.

Darlene wusste nicht mit Sicherheit, wie lange sie so dagesessen und geweint hatte, aber sie hörte auf, als sich die Tür der Hütte öffnete. Sie wischte sich das Gesicht mit ihrem T-Shirt ab und sah zu, wie Hal hereinhumpelte. Er sah verstört aus – traurig und wütend.

»Okay«, sagte er und starrte auf sie herab. »Ich gebe dir noch eine letzte Chance, alles auszuspucken. Ich weiß, dass du heute gestorben bist und dass es dir durch die Macht der Dose irgendwie möglich war, wieder zurückzukommen. Ich weiß auch, dass die Dose verschwunden ist, während ich geschlafen habe, und ich weiß, dass du … na gut, ich habe keine Ahnung, was zur Hölle du bist. Und es ist mir auch egal. Alles, was ich wissen will, ist, was ich tun muss, damit es mir wieder besser geht.«

Er beugte sich zu ihr herunter. Darlene nahm seinen faulen Geruch wahr und konnte den Schmerz in seinen blutunterlaufenen Augen erkennen. »Sag mir, wie der Schmerz aufhört.« Er sprach mit sanfter Stimme – es war das erste Mal, dass er sie beinahe anflehte. Noch nie zuvor hatte sie ihn so ernsthaft sprechen gehört. »Ich lass dich gehen und verspreche dir, Jim nicht wehzutun, wenn du mir nur sagst, wie … der … Schmerz … aufhört.«

Darlene tat ihr Vater beinahe leid, aber sie konnte ihm nicht sagen, was er wissen musste. Selbst wenn sie ihm geglaubt hätte, dass er sie und Jim gehen ließ, hätte sie ihm das Geheimnis der Dose und wie er sich von seinen Schmerzen befreien konnte, nicht verraten können. Wenn sie es tat, würde er Jim, sobald sie ihn geschnappt hatten, dazu zwingen, ihm die Dose zu verkaufen, und dann starb Jim und Hal blieb am Leben. Das konnte sie nicht zulassen – sie würde lieber selbst sterben, als das zuzulassen.

Darlene senkte ihren Kopf. »Nich', solange ich nich' mit Sicherheit weiß, dass Jim und ich in Sicherheit sind.«

Hal japste vor Wut. Mit tiefer, kratziger Stimme sagte er: »Na schön.«

Darlene hörte, wie er zur Tür stapfte.

Von der Tür aus rief er: »Randall, komm rein.«

Officer Buck stürmte in die Hütte.

»Bring diese Schlampe in den Keller. Fessel sie und fang an, sie zu bearbeiten. Schlag ihr nicht in den Bauch, alles andere ist in Ordnung.«

Darlene sah auf, als Randall sich ihr näherte, und bemerkte den Ausdruck der Angst und Unsicherheit im kindlichen Gesicht des Officers.

»Nein«, sagte Darlene und sprang auf.

Randall packte sie. Sein Griff war sehr fest. Sie trat um sich und schrie. Aber es half nichts.

»Tu ihr ordentlich weh«, wies Hal ihn an. »Aber bring sie nicht um. Und halt dich von ihrem Bauch fern.«

Darlene schrie noch immer, als sie in den Keller gezerrt wurde.

Andrew konnte nicht glauben, dass irgendetwas davon tatsächlich der Wahrheit entsprach.

Darlene am Leben? Dale tot?

*Gott, was zur Hölle ist hier eigentlich los?*

Er war durch die Berge gestapft, erschöpft und hungrig, und hatte wild mit seiner Taschenlampe in die Gegend geleuchtet, in der Hoffnung, Jim irgendwo zu erspähen, als plötzlich sein Handy geklingelt hatte. Randall hatte völlig verwirrt und außer Atem geklungen. Er hatte Andrew erzählt, er sei zusammen mit Hal in der Hütte, und Andrew würde nicht glauben, wer noch bei ihnen sei.

Dann hatte Randall Andrew von Darlene erzählt.

Und dann von Ethan und Dale.

Zuerst hatte Andrew es für einen Scherz gehalten und geglaubt, Hal und die Jungs erlaubten sich auf seine Kosten einen Spaß. Es wäre nicht das erste Mal gewesen. Aber Randalls Beharrlichkeit und sein bierernster Tonfall überzeugten ihn schließlich davon, dass Randall die Wahrheit sagte.

*Das ist einfach nicht möglich. Ich hab doch heute Morgen neben Darlenes Leiche gesessen. Ich hab gesehen, wie übel sie zugerichtet war, und ich hab zugesehen, wie Harmon sie mitgenommen hat.*

Und jetzt sollte er glauben, dass Darlene auf irgendeine Weise wieder zum Leben erweckt worden war?

Trotz anderslautender Befehle hatte Andrew nach dem Gespräch mit Randall kehrtgemacht und sich zurück auf den Weg zur Hütte gemacht – er musste Darlene mit eigenen Augen sehen.

Als er, völlig in Gedanken vertieft, über den Berg zurückwanderte, bemerkte Andrew die Gestalt auf dem Boden zunächst gar nicht. Aber als er aus dem Augenwinkel einen Haufen sah, blieb er stehen, drehte sich um und ging darauf zu.

»Heilige Scheiße«, stieß er aus. Er ging in die Hocke und leuchtete auf das, was von Luke Ryder noch übrig war.

Die Kehle des Eisenwarenhändlers war völlig zerfetzt, sein Bauch ein riesiges Loch. Über beide Seiten seines Körpers hingen Fetzen aus Fleisch, Organen und Eingeweiden, die auch über den Waldboden neben ihm verstreut waren.

*Wilde Tiere?*

Höchstwahrscheinlich – kein Mensch würde etwas so Barbarisches tun.

Lukes Augen waren geöffnet und starrten zu den Baumkronen hinauf, und sein blutbesprenkeltes Gesicht war zu einer Maske des Schreckens erstarrt.

Als Andrew irgendwo hinter sich ein Knurren hörte, schnappte der alternde Polizist erschrocken nach Luft.

Er richtete sich auf, drehte sich um und zielte mit der Taschenlampe ins Unterholz. Er sah einen Kojoten. Das Tier hielt seinen Kopf gesenkt, seine Nackenhaare waren aufgestellt, seine Schnauze blutverschmiert. Er starrte Andrew knurrend an.

*Oh Scheiße ...*

Ein erneutes Grunzen, aber dieses Mal klang es höher und kam von rechts. Andrew schwenkte den Lichtstrahl in Richtung des Geräuschs und erkannte einen Fuchs. Sein Fell war über und über voll Blut.

»Lasst mich verdammt noch mal in Ruhe, ihr Mistviecher«, sagte Andrew.

Er warf seine Taschenlampe auf den Boden, nahm das Gewehr von seiner Schulter, zielte und drückte ab.

Der Schuss dröhnte laut durch die Nacht.

Andrew hörte ein Jaulen und lächelte, aber dann begann das Knurren neben ihm erneut.

Er drehte sich um neunzig Grad, lud sein Gewehr und schoss noch einmal.

Dann drehte er sich wieder zurück und drückte erneut ab.

»Nehmt das!«, rief er und feuerte weitere Kugeln ab, während er sich im Kreis drehte.

Sein Gewehr war schon bald leer. Anstatt Zeit mit Nachladen zu vergeuden, ließ er die Browning fallen und holte seine Glock heraus.

Ein Donnern des Knurrens und Fauchens zog über ihn hinweg.

Es gelang ihm, zweimal zu schießen, bevor ihn ein langer Schatten zu Boden warf.

Seine Pistole fiel ihm aus der Hand.

Andrew spürte heißen, faulen Atem in seinem Gesicht. Spucke sprühte über seine Wangen. Das Tier, das auf ihm lag, war stark. Er versuchte aufzustehen, aber das Biest stieß ihn wieder nach unten.

Ein Schmerz wie tosendes Feuer durchschnitt seine Hände und Arme, als das Tier sein Fleisch zerfetzte und seine Sehnen zerriss.

Andrew heulte auf.

Trotz all des Lärms hörte er weitere Tiere auf sich zukommen.

Dann knisterte sein Funkgerät. »Andrew?«, fragte Hal. »Andrew? Ist alles in Ordnung?«

»Nein«, keuchte Andrew, dem es unmöglich war, sich gegen den Angriff zu verteidigen.

»Andrew, kannst du mich hören? Andrew?«

Die Kreatur, die auf ihm saß, bohrte nun ihre Reißzähne in seine Kehle.

Andrew hatte noch Zeit, zu denken: *Ja, Hal, ich kann dich hören ...*

Dann biss das Tier zu.

Als Jim die Schüsse hörte, war sein erster Gedanke: *Darlene! Sie haben Darlene gefunden!*

Er rannte weiter durch den Wald, immer dem Weg der

abgeknickten Zweige folgend, und beeilte sich, die Mine zu erreichen.

Er kam längst nicht so schnell voran, wie er gerne wollte. Während er durch den Bergwald stolperte, hatte er das Gefühl, die Zeit stehe still.

*Gott, ich hoffe nur, dass ich nicht zu spät komme.*

*Vielleicht hat ja auch Darlene die Schüsse abgegeben. Vielleicht geht es ihr ja gut.*

Die Schüsse waren längst verhallt, als er eine Gruppe von Tieren im Mondlicht auf sich zuschleichen sah.

Jim blieb stehen.

Dieses Mal waren es mindestens ein Dutzend Geister-Tiere.

Als die Tiere auf ihn zustürmten, nahm er das Gewehr von seiner Schulter, aber anstatt auf sie zu schießen – abgesehen davon, dass er dadurch unnötige Aufmerksamkeit auf sich gelenkt hätte, wusste er, dass es ohnehin sinnlos war –, begann Jim, wie mit einem Prügel auf die Kreaturen einzuschlagen, als sie sich auf ihn stürzten.

Er schmetterte den Gewehrkolben auf drei der Tiere nieder, schlug zwei von ihnen die Köpfe ein und traf ein drittes auf den Rücken, bevor das Gewehr in zwei Teile zerbrach und Jim es auf den Boden warf.

Der Rest der Tiere umkreiste ihn mit gefletschten Zähnen.

»Ich gehe nicht zurück an den Stand«, keuchte Jim. »Ihr könnt mich nicht dazu zwingen. Ihr könnt genauso gut aufgeben und euch eine andere Beute suchen.«

Die Tiere knurrten Jim an, während er sprach. Er war sich zwar sicher, dass sie ihn nicht verstehen konnten, aber trotzdem sah es in diesem Moment verflucht danach aus.

»Ihr wisst, dass ihr mich nicht töten könnt – genauso wenig, wie ich euch töten kann.«

Die beiden Tiere, denen er den Schädel zertrümmert hatte – ein Rotluchs und ein Wildschwein – hatten sich inzwischen wieder aufgerappelt und schlichen, wenn auch noch auf etwas wackligen Beinen, um Jim herum. Ihnen quoll ein großer Teil des Gehirns aus ihren Schädeln hervor und ihre Augäpfel baumelten wie Jo-Jos an Schnüren aus ihren Höhlen.

»Kommt doch und holt mich, wenn ihr euch dann besser fühlt«, forderte Jim sie heraus, während sein Blick von einer Kreatur zur anderen huschte. »Aber ich gehe nicht zurück an den Stand.«

Jim erwartete, dass die Tiere ihn angreifen würden, aber stattdessen jaulten sie nur frustriert auf, drehten sich um und verschwanden in der Dunkelheit.

Sie hatten begriffen, dass sie Jim weder töten noch ihm so große Angst einzujagen vermochten, dass er wieder an den Stand zurückkehrte.

Jim hatte sie besiegt, aber er fragte sich, wohin sie nun stattdessen liefen. Zurück an den Stand, um bei ihren Seelen zu sein? Oder würden sie weiter durch die Berge streifen?

Er hatte so seine Vermutungen und hoffte einfach, dass Billings einer derartigen Gewalt gewachsen sein würde, falls er mit diesen Vermutungen tatsächlich richtig lag.

Schon bald war auch das letzte Tier verschwunden, aber ihr verzweifeltes Heulen war trotzdem noch eine ganze Weile zu hören. Trotz all der Schmerzen und der Angst, die sie ihm beschert hatten, verspürte Jim Mitleid mit den Geister-Tieren. Sie waren jetzt dazu verdammt, durch die Welt zu streifen und in Schmerzen zu leben – für immer.

Nun unbewaffnet lief Jim von seinen Wegweisern geleitet weiter durch den Wald, bis er die Mine schließlich erreichte.

Etwas langsamer hinkte er auf den Eingang zu – und sah, dass er offen war. Das Gitter lag neben dem senkrechten Schacht.

Das war kein gutes Zeichen. Jim hatte gesehen, wie Darlene den Schacht wieder mit dem Gitter verschlossen hatte, bevor er sich zur Nebenstraße aufgemacht hatte.

Er humpelte zu dem Schacht hinüber. Unter großer Anstrengung und furchtbaren Schmerzen ging er in die Hocke, legte sein rechtes Ohr über das dunkle Loch und horchte.

Er hörte ein leises Stöhnen und ein kratziges Atmen.

Er wusste sofort, dass die Person dort unten, die allem Anschein nach große Schmerzen litt, nicht Darlene war – die Geräusche stammten von einem Mann.

*Einer der Jäger?*

Jim dachte an die Schüsse, die er gehört hatte. Hatte es hier eine Schießerei gegeben? Es war jedenfalls gut möglich. Darlene war bewaffnet, und wenn einer der Jäger über die Mine gestolpert war, dann konnten die Schüsse tatsächlich von hier gekommen sein.

Der Mann in der Mine klang, als habe er ganz erhebliche Schmerzen.

Aber wo war Darlene?

Jims Kehle verengte sich bei dem Gedanken daran, dass Darlene ebenfalls dort unten lag, tot.

*Oh Gott, hoffentlich nicht ... nach allem, was sie durchgemacht hat ... was wir beide durchgemacht haben ...*

Es gab nur eine Möglichkeit, es herauszufinden.

Mit langsamen, vorsichtigen Bewegungen drehte er sich um, ließ seinen Körper auf die Leiter hinab und begann, den Schacht hinunterzuklettern.

»Ethan? Ethan, bist du das?«

Jim, der nun völlig von Dunkelheit umgeben war, hielt inne.

Er erkannte die Stimme wieder. Sie klang zwar sehr viel schwächer und angestrengter, aber sie gehörte eindeutig einem der Männer, die letzte Nacht in der Kneipe Billard gespielt hatten.

Jim kletterte die Leiter weiter hinunter, und als seine Füße den Boden berührten, ließ er los, drehte sich um und zog seine Taschenlampe heraus.

»Ich hab echt üble Schmerzen, Ethan«, sagte der Mann. »Ich hoffe, du hast jemanden mitgebracht ...«

Jim knipste die Taschenlampe an, und ihr Lichtschein ergoss sich über den Mann auf dem Boden. Er lag auf dem Rücken und hielt sich mit beiden Händen den Bauch. Sein bleiches

Gesicht war zu einer Grimasse erstarrt. Seine Kleidung war blutgetränkt, und um ihn herum hatte sich eine ungeheuer große Blutpfütze gebildet. Der Körper des Jägers lag in einem flachen Ozean aus Rot, aus dem hier und da vereinzelte Skelettteile herausragten, darunter auch ein paar Schädel.

Als ihn der unerwartete Lichtstrahl traf, öffnete der sterbende Mann mit großer Mühe die Augen. Als er aufblickte und Jim über sich stehen sah, atmete er angestrengt ein und zuckte zusammen: »Du.«

»Ich fürchte, ja«, erwiderte Jim und suchte die Mine mit den Augen ab. Er konnte Darlene nirgends sehen – *Gott sei Dank!* –, aber er entdeckte das Gewehr des Jägers ganz in der Nähe.

Auch wenn nicht die Gefahr bestand, dass der Jäger die Waffe vor Jim erreichte, ging Jim zu dem Gewehr hinüber und hob es auf. »Was ist hier passiert?«, fragte Jim, während er überprüfte, ob tatsächlich noch Kugeln im Magazin steckten, was auch der Fall war. Er schwang sich das Gewehr über die Schulter und richtete die Taschenlampe dann wieder auf das blutige Durcheinander zu seinen Füßen. »Wo ist Darlene?«

»Fick … dich«, keuchte der Mann.

Jim machte einen Schritt auf den verwundeten Jäger zu. »Ein Bauchschuss, wie? Junge, das muss echt höllisch wehtun.«

Der Jäger lachte höhnisch.

»Also, wo ist Darlene?«

»Ich weiß es nicht«, antwortete der Jäger.

»Blödsinn. Sie hat auf dich geschossen, stimmt's? Du bist in die Mine gekommen, aber anstatt mich hast du Darlene gefunden.«

Die Hand des Jägers wanderte zu seinem Funkgerät hinunter.

»Nein, das wirst du nicht«, sagte Jim, nahm das Gewehr von seiner Schulter und rammte den Griff auf das Handgelenk des Jägers.

Der Jäger schrie auf. Er zog seine Hand zurück und blieb liegen. Er atmete sehr schnell und sehr flach.

Jim streckte einen Arm aus und entfernte das Funkgerät vom

Gürtel des Jägers, dann richtete er sich wieder auf und befestigte es an seinem eigenen Gürtel. »Wir können doch nicht zulassen, dass du deine restlichen Jagdkumpels alarmierst, oder?«

»Fick … dich«, keuchte der Jäger wütend.

»Und jetzt sag mir, was mit Darlene passiert ist. Weißt du, wo sie hingegangen ist?«

»In die Hölle«, erwiderte der Jäger, und trotz der Schusswunde, aus der noch immer Blut floss, sowie der Tatsache, dass die Haut des Mannes weißer war als ein gebleichter Albino, brachte er ein Lächeln zustande.

Jim hob das Gewehr hoch und ließ den Kolben auf die Schusswunde des Jägers hinuntersausen. Dann drückte er ihn ganz tief hinein und drehte das Gewehr mehrmals hin und her.

Der Jäger schrie auf und wand sich auf dem Boden.

»Sag mir, wo Darlene ist«, knurrte Jim.

»Okay, okay«, schrie der Jäger.

Jim zog das Gewehr aus der Wunde. »Red' schon.«

Heulend gestand der Jäger, dessen Wunde nun regelrecht Blut spuckte: »Die Hütte. Er hatte sie zur Hütte gebracht.«

»Er? Wer ist er? Dieser Freund von dir, Ethan?«

Der Jäger nickte. Er presste seine Hand auf seine blutende Wunde, und Tränen rannen über seine Wangen.

»War sie verletzt?«

»Ich weiß es nicht«, keuchte der Jäger.

Seine Augen waren nun wieder geschlossen.

Es ging mit ihm zu Ende, schnell.

»Was noch?«, bellte Jim ihn an. »Was hatte dein Freund mit ihr vor, nachdem er sie in die Hütte gebracht hatte?«

»Er wollte … sie im Keller einsperren und dann …«

»Und dann?«

Der Jäger öffnete ein Auge halb und sah zu Jim hinauf. »Was hast du mit mir vor?«

Jim sah den sterbenden Mann zu seinen Füßen mit festem Blick an. »Ich denke, das weißt du.«

Der Jäger seufzte. »Kannst du es wenigstens schnell machen?«

Jim nickte.

Der Jäger schloss sein Auge wieder und sagte dann: »Und dann wollte er den Chief holen.«

*Verdammt!*

Wenn der Chief mit ihr in der Hütte war, ließ sich unmöglich vorhersagen, was der Mistkerl Darlene antun würde.

Der Jäger stöhnte. »Scheiße, tut das weh. Wenn du's tun willst, dann tu's jetzt.«

Jim spielte mit dem Gedanken, den Mann einfach zurückzulassen, damit er eines qualvollen, langwierigen Todes starb, aber im Gegensatz zum Chief und seinen Jägern war er kein kaltherziger Sadist. Er sah sich nach einem Stein um und fand ganz in der Nähe einen großen, schweren Brocken. Jim trug den Stein zu dem Jäger hinüber und ließ ihn auf dessen Gesicht fallen.

Der Kopf des Jägers zerplatzte wie eine verfaulte Melone.

Jim ließ den zuckenden Körper zurück und machte sich auf den Weg, indem er dem Strahl seiner Taschenlampe durch den Tunnel folgte.

*Bitte lass mich rechtzeitig bei der Hütte ankommen.*

Es musste ein großer Schock für den Chief gewesen sein, als er festgestellt hatte, dass seine Tochter noch lebte – Jim hoffte nur, dass dieses Arschloch ihr nicht wehtat. Er nahm an, dass der Chief über die Dose Bescheid wusste und versuchen wollte, seinen Arsch zu retten – vermutlich, indem er das arme Mädchen folterte, um weitere Informationen aus ihr herauszubekommen.

Jims Rachedurst brannte noch stärker in ihm als die Schmerzen seiner Wunden.

*Ich werde diesen Scheißkerl kriegen. Ich weiß zwar noch nicht wie, aber ich werde ihn kriegen.*

Darlenes Schreie erfüllten die Hütte. Auch wenn sie gedämpft klangen, weil sie sich im Keller befand, waren ihre Schreie so intensiv, dass sie die Mauern mühelos durchdrangen.

Hal saß mit zusammengebissenen Zähnen auf der Couch, während der Schmerz ihn innerlich wie eine Kettensäge zerschnitt. Es verschaffte ihm jedoch nicht die erhoffte Genugtuung, zu hören, wie seine Tochter verprügelt und gefoltert wurde. Alles, was er wollte, war, sich aus dieser Hölle zu befreien.

Randall war nun schon seit gut zwanzig Minuten mit ihr zugange – das musste doch ausreichen, damit Darlene ihre Haltung noch einmal überdachte. Hal legte das Funkgerät beiseite, rappelte sich auf und schleppte sich zur Kellertür. Er beugte sich nach unten, klappte die Falltür auf und stieg die Stufen hinunter.

Im trüben Schein der einsamen Glühlampe sah Hal Randall vor einer schwitzenden Darlene stehen. Ihre Haut war sehr gerötet. Sie war an den alten Holzstuhl gefesselt, den die High School vor langer Zeit gespendet hatte.

»Okay, das reicht«, sagte er zu Officer Buck.

Randall hörte auf, Darlenes Brustwarzen durch ihr T-Shirt zu zwicken und drehte sich zu Hal um. Schweiß triefte über sein Gesicht, und auch auf seinem Hemd zeichneten sich mehrere Schwitzflecken ab. Er atmete heftig. Eine Erektion presste sich gegen seine Hose. »Sag mal, hab ich da vorhin Schüsse gehört?«, fragte Randall und wischte sich über die Stirn.

»Ja«, bestätigte Hal. »Ich hab auch einen Schrei gehört. Ich glaube, es war Andrew.«

»Andrew? Bist du sicher?«

Hal zuckte mit den Achseln, während er zu Darlene hinüberging. »Na ja, zumindest geht er nicht an sein Funkgerät.«

»Verdammt. Vielleicht sollte ich versuchen, ihn auf seinem Handy anzurufen?«

»Spar dir die Mühe. Wenn er über Funk nicht antwortet, dann kann er auch nicht ans Telefon gehen.«

»Was denkst du, was passiert ist?«

»Wer weiß?«, murmelte Hal.

Als er zu Darlene hinunterschaute, war Hal sich sicher, dass keiner ihrer Knochen gebrochen war, aber er konnte sehen, dass sie trotzdem große Schmerzen hatte. Die Haut an ihren Armen und Beinen war rot und verfärbte sich allmählich blau, ihre Nase blutete, und ihr Haar war total zerzaust. Es war offensichtlich, dass sie sich alle Mühe gab, nicht vor ihrem Vater zu weinen. Sie war stark – in dieser Hinsicht kam sie nach ihrem alten Herrn – und zeigte nicht gerne Schwäche. Hal war ganz ungewollt ein wenig stolz auf sie, aber er brauchte die Informationen immer noch, und er würde verdammt noch mal dafür sorgen, dass er sie auch bekam. Er wollte sie nicht töten – sie trug seinen Sohn in sich –, aber er würde trotzdem alle ihm zur Verfügung stehenden Mittel anwenden, um aus ihr herauszuquetschen, was sie wusste.

»Bist du jetzt bereit zu reden?«, fragte Hal. Er hatte den kupfrigem Geschmack von Blut im Mund, der immer intensiver wurde, je weiter die Nacht voranschritt.

Die zitternde Darlene schniefte das Blut ihre Nase hoch und erwiderte: »Fick … dich.«

Hal seufzte. »Sag mir einfach, wie ich geheilt werden kann, dann werden wir aufhören, dich zu quälen. Und vielleicht werde ich den Jägern auch sagen, dass sie Jims Leben verschonen sollen. Aber du weißt ja, wie locker den Jungs der Finger am Abzug sitzt, wenn ihm also doch was passieren sollte, dann ist das nicht meine Schuld, kapiert? Aber erst sagst du mir, was ich wissen will, sonst …«

»Du wirst mich nich' töten«, sagte Darlene. »Ich hab dein Baby in mir, deshalb werd' ich dir nur sagen, was du wissen willst, wenn du mir versprichst, dass du mich und Jim gehen lässt.«

»Darlene ist schwanger?«, platzte es aus Randall heraus. »Heilige Scheiße, Chief, das ist …«

»Ruhe!«, fuhr Hal in an.

Randall biss sich auf die Lippen.

»Du bist genauso stur wie ich«, wandte sich Hal wieder an Darlene. »Deine Mutter, also, das war eine Frau, die wusste, wie man Anweisungen befolgt. Ein Jammer, dass du nicht ein wenig mehr nach ihr kommst.«

»Lass sie da raus«, keuchte Darlene.

»Ja, sie wusste wirklich, wie man Anweisungen befolgt. Aber, bei Gott, was war sie doch für eine wertlose Schlampe. Ich war froh, als sie gestorben ist, weißt du?«

»Hör auf!«, sagte Darlene, die ihr Schluchzen nun nicht mehr zurückhalten konnte.

»Du hättest den Ausdruck auf ihrem Gesicht sehen sollen, als ich mit der Waffe auf sie gezielt habe – kurz bevor ich abgedrückt habe.«

Darlene, der nun Tränen über die Wangen strömten, sah zu Hal hinauf. Sie keuchte: »Was?«

»Du hast richtig gehört. Ich hab deine Mutter umgebracht. Hab ihr verdammtes Hirn über den ganzen Schlafzimmerboden verteilt. Und es hat sich richtig gut angefühlt.« Hal konnte nicht anders. Darlene machte es zu großen Spaß, ihre Spielchen mit ihm zu treiben und ihn zum Narren zu halten. Es war höchste Zeit, dass er es der hinterlistigen kleinen Hure ein wenig heimzahlte. Und er empfand große Genugtuung dabei, ihr endlich die Wahrheit darüber zu erzählen, was vor all den Jahren passiert war – er wollte sich an ihrem Schmerz und ihrer Wut weiden.

»Nein«, sagte Darlene.

»Doch. Ich war wütend, weil sie ein Mädchen zur Welt gebracht hatte. Ich hatte die Schnauze voll. Wir haben uns gestritten und ich hab sie windelweich geprügelt – was für sie nichts Neues war. Aber dass ich meinen Revolver aus dem Beistelltisch genommen und damit auf Ruth gezielt habe – das war neu. Ich bin mir sicher, dass sie dachte, ich würde bluffen und dass die Waffe gar nicht geladen wäre.« Hal schüttelte den Kopf. »Verdammt, sie hätte es wirklich besser wissen müssen. Meine Waffe ist immer geladen.« Als Hal Darlenes zitterndes Kinn und die Tränen sah, die über ihr Gesicht flossen, grinste er.

»Ich hasse dich«, sagte Darlene, der Rotz aus der Nase tropfte.

»Aber sie muss den Ausdruck auf meinem Gesicht gesehen haben, oder sie hat bemerkt, dass eine Kugel in der Kammer steckte. Als ich nämlich meinen Finger an den Abzug gelegt habe, hat sie ihre Augen ganz weit aufgerissen …«

»Sei still«, schluchzte Darlene.

»… sie hat den Kopf geschüttelt …«

»Sei still, sei einfach nur still!«

»… und dann hat sie angefangen zu weinen und um ihr bedauernswertes Leben zu betteln …«

»Sei still!«, schrie Darlene. Sie schloss die Augen und senkte den Kopf. »Ich will das nich' mehr hören!«

»Dann sag mir, was ich wissen will!«

Hal begann zu husten. Es dauerte zwei volle Minuten, bis er wieder aufhörte. Er wusste nicht, wie viel er noch aushielt. Das Atmen fiel ihm immer schwerer, und sein Körper verlor nicht nur an Wärme, sondern auch eine Menge Blut. Welches Gift auch immer durch seinen Körper floss, es hatte schon beinahe über ihn gesiegt.

»Du brauchst wirklich einen Arzt«, sagte Randall. »Komm schon, Hal, lass mich doch Lloyd holen gehen.«

»Scheiß auf Lloyd«, erwiderte Hal, an dessen Kinn blutige Spucke hing. Er wischte sie weg. »Er kann nichts tun, das mir helfen würde. Das hier geht über die Schulmedizin hinaus.« Er sah Darlene an. »Okay, jetzt red' endlich.«

»Ich kann nich'«, erwiderte Darlene.

»Warum nicht?«

Darlene blickte auf. »Abgesehen von der Tatsache, dass ich dich hasse und es mir großes Vergnügen bereitet, dich leiden zu sehen? Es gibt schon 'nen Grund, aber den sag ich dir nich'. Und selbst wenn ich ihn dir verraten würde, gäb's da immer noch ein klitzekleines Problem.«

»Nämlich?«

»Die Dose. Ich hab sie nich'.«

»Dann kann die Dose mich also retten?«

Nach einer langen Pause nickte Darlene.

»Ich wusste es«, murmelte Hal. »Und wo zur Hölle ist sie jetzt?«

Darlene grinste. Ein wenig Blut war aus ihrer Nase in ihren Mund getröpfelt und hatte ihre Zähne rot gefärbt. »Du kapierst es einfach nich', oder? Du hast keine Ahnung, womit du es zu tun hast.«

»Dann sag's mir, bevor es richtig unschön für dich wird.«

Darlene erwiderte: »Du kannst nich' gewinnen. Deine einzige Möglichkeit, zu gewinnen, is', mich und Jim gehen zu lassen. Du solltest lieber beten, dass deine bescheuerten Jäger ihn nich' umbringen.«

»Warum?«

»Tja, weil ich nich' reden werde, nich', wenn Jim tot is'. Und das bedeutet, dass du mich töten musst – und dein Baby. Und wenn ich erst mal tot bin, erfährst du nie, was du mit der Dose machen musst. Es nützt dir nix, die Dose nur zu haben, du musst auch wissen, wie man sie benutzt.«

Hal wandte sich an Randall. »Sag den Jägern, dass sie Jim nicht erschießen sollen.«

Randall nickte. Er schnappte sich sein Funkgerät, drückte auf den Sprechknopf und sagte: »Achtung, an alle Jäger. Achtung, an alle Jäger. Ich hab einen direkten Befehl von Chief Bailey. Ihr dürft den Fremden, Jim, nicht – ich wiederhole: nicht – erschießen. Der Chief will ihn lebend. Ist das klar?«

Randall wartete auf die Bestätigungen.

Es kam keine Antwort.

»Habt ihr mich gehört?«

Er wartete wieder, aber das Funkgerät blieb stumm.

»Komisch«, sagte Randall. »Es antwortet niemand.« Er runzelte die Stirn. »Wo sind die denn alle?«

»Verdammt«, knurrte Hal.

Darlenes Grinsen weitete sich zu einem Lächeln und schließlich zu einem Lachen aus.

Ihr Gelächter bohrte sich tief in Hals Fleisch. Hätte Hal sich nicht so schwach und geplagt von seinen furchtbaren Schmerzen gefühlt, hätte er sich auf Darlene gestürzt und sie so lange gewürgt, bis sie beinahe verreckt wäre. »Hör auf zu lachen«, sagte Hal.

Darlene lachte weiter.

»Hör auf, hab ich gesagt!« Als sie ihm nicht gehorchte, sagte Hal: »Randall, sorg dafür, dass sie aufhört.«

Randall zögerte. »Aber Hal, sie ist … schwanger.«

»Tu es«, fauchte Hal. »Nimm deinen Schlagstock.«

Randall zog seinen Schlagstock heraus, holte aus und ließ ihn auf Darlenes linke Schulter hinuntersausen. Sie hörte sofort auf zu lachen und heulte vor Schmerzen auf.

»Du hältst dich für wahnsinnig clever, was? Randall, zieh sie aus.«

»Was?«

»Du sollst ihr die verdammten Klamotten ausziehen. Das ist ein Befehl.«

Randall sah zu Darlene hinunter.

»Fass mich nich' an, du perverses Schwein«, spuckte Darlene aus.

»Willst du, dass ich sie zuerst losbinde?«, fragte Randall.

»Reiß ihr einfach die Klamotten runter.«

Randall versuchte, ihr das T-Shirt auszuziehen, aber trotz ihrer Fesseln wehrte sie sich heftig.

»Verdammt noch mal«, seufzte Hal. »Wenn du es nicht ausziehen kannst, dann schlag sie doch einfach k. o.«

Randall verpasste Darlene einen weiteren Schlag mit dem Stock, dieses Mal gegen ihre Schläfe.

Sie hörte auf, um sich zu schlagen, und sackte in sich zusammen.

»Und jetzt zieh ihr die Klamotten aus.«

Randall nickte.

»Ich geh mal ein bisschen frische Luft schnappen.« Hal bewegte sich auf die Treppe zu. »Tu nichts, was du hinterher vielleicht bereuen könntest, kapiert?«

Als Hal auf halber Höhe der Treppe angelangt war, hatte

Randall Darlene bereits das T-Shirt ausgezogen und war gerade dabei, ihr die Shorts abzustreifen.

Hal stapfte die restlichen Stufen hinauf und schleppte sich durchs Wohnzimmer nach draußen.

Auf der Veranda blieb er stehen und blickte in die Dunkelheit der Berge hinaus.

*Gottverdammte sture Tochter. Wie kann ich sie bloß zum Reden bringen, ohne das Baby zu verletzen?*

Während der Wind in sein eiskaltes Gesicht schlug, glaubte Hal, in der Ferne Schreie zu hören.

Er richtete sich auf und horchte.

Tatsächlich: Er hörte durchdringende Schreie. Jetzt sogar vereinzelte Schüsse. Die Geräusche schienen aus Richtung der Stadt zu kommen.

# ZWÖLF

Jim schleppte sich durch die Mine, aber dieses Mal schien er für den Weg doppelt so lange zu brauchen wie zuvor. Als er den Haupteingang endlich erreichte, sah er, dass die Bretter bereits beiseitegeschoben worden waren, und kletterte nach draußen.

Sobald er sich im Freien befand, begann sich alles in Jim zu drehen. Ein heftiger Schmerz schoss durch seinen Kopf. Er blieb stehen und presste seine Hände gegen seinen Schädel. Obwohl er am liebsten geschrien hätte, beherrschte er sich, aus Angst, unerwünschte Aufmerksamkeit auf sich zu ziehen.

Er fiel auf die Knie, die Hände noch immer gegen die Schläfen gepresst. Der Schmerz fühlte sich an, als stecke sein Schädel in einem Schraubstock, und war tausendmal schlimmer als jede Migräne. Jim biss die Zähne zusammen und wartete darauf, dass das, was mit ihm passierte, endlich seinen Höhepunkt erreichte, und dabei ging er fest davon aus, dass sein Kopf entweder explodieren oder implodieren würde.

Aber ebenso plötzlich, wie er aufgetaucht war, verschwand der Schmerz auch wieder und ließ Jim völlig verschwitzt und außer Atem zurück. Mit dumpf dröhnendem Schädel rappelte er sich auf und spuckte ein wenig Blut auf den Boden.

*Was war denn das gewesen?*

War dies eine Nachwirkung seines Todes? Man hatte ihn in den Kopf geschossen, und es war Teil dieses Fluches, dass er mit den Schmerzen leben musste. Er hatte jedoch noch nie zuvor einen so intensiven Schmerz verspürt, weder, als Darlene abgedrückt hatte noch in dem Moment, als er wieder erwacht war.

Was es auch gewesen sein mochte, Jim hoffte, dass es sich nicht wiederholte. Er schaltete die Taschenlampe aus, schob sie in den Bund seiner Jeans und folgte dem Pfad.

Am Fluss bespritzte er sein Gesicht mit etwas Wasser, trank

schnell und eilte dann am Ufer entlang in Richtung der Leiter, die zur Klippe hinaufführte.

Während er am Fluss entlanglief, dachte er über seinen Angriffsplan nach. Er wusste nicht, wie viele Männer sich in der Hütte aufhielten – höchstwahrscheinlich der Chief und Ethan. Das waren zwei. Der Rest der Männer befand sich vermutlich noch immer auf der Jagd.

Aber ganz gleich, wie viele von ihnen sich auch in der Hütte aufhielten, das Wichtigste war, dass Darlene nichts passierte. Und das bedeutete, dass er clever vorgehen musste – kein blindwütiger Sturm auf die Hütte und keine Gewehrschüsse.

Nein, er hatte die besten Karten, um Darlene in Sicherheit zu bringen, wenn er versuchte, sie freizuhandeln. Er musste die Blechdose zu seinem Vorteil nutzen. Taktisch gesehen mochte dies vielleicht nicht unbedingt ein napoleonischer Geniestreich sein, aber es war der beste Plan, zu dem er unter diesen Umständen fähig war.

Schon bald erkannte Jim die Leiter in der Dunkelheit, und während er darauf zuhumpelte, fiel seine Aufmerksamkeit auf etwas, das sich auf den Felsen darunter befand.

Der Haufen, der dort auf dem Boden lag, sah aus wie ein menschlicher Körper, und als Jim sich ihm näherte, erkannte er, dass es in der Tat einer war. Einer der Polizisten lag zermatscht am Ufer des Flusses, der Körper ein grauenhaftes Durcheinander aus Blut, Gliedmaßen und klebriger Masse, das Gesicht nicht viel mehr als ein undefinierbarer Brei. Die Leiche sah aus wie der große Sergeant, Dale, und gerade, als Jim sich fragte, wie der große Bulle wohl hier unten gelandet sein mochte, rief eine Stimme: »Jim!«

Jims Kopf wirbelte herum, und er sah Stan, den Barkeeper, auf sich zukommen. Er befand sich ein gutes Stück flussaufwärts, und Jim fragte sich, was um alles in der Welt dieser Typ so hoch oben in den Bergen zu suchen hatte.

Auch wenn Stan ihm vor einer Weile geholfen hatte, obwohl er ihn ebenso gut in die Scheiße hätte reiten können, nahm Jim das Gewehr von seiner Schulter und zielte damit auf Stan. »Was machst du hier?«

»Hey, das ist wirklich nicht nötig«, erwiderte Stan und blieb etwa drei Meter vor Jim stehen. Er sah müde und verschwitzt aus, und seine Kleidung war völlig durchnässt. Jim bemerkte außerdem, dass er mehrere kleine Kratzer und Schnittwunden an Händen und Beinen hatte.

»Was soll das? Warum bist du hier?«, wollte Jim wissen.

»Ich will dir helfen. Ich will, dass dieser Wahnsinn endlich aufhört.«

Jim zögerte, aber schließlich senkte er sein Gewehr. »Ach wirklich?«

Stan nickte. »Ich renne jetzt schon seit einer Stunde den gesamten Fluss rauf und runter, weil ich gehofft hatte, ich würde dich finden. Verdammt, ich bin bestimmt ein Dutzend Mal beinahe reingefallen. Als ich den Berg wieder runtergestiegen bin, dachte ich schon, ich würde dich nie finden, aber dann hab ich dich eben aus der Mine kommen sehen.« Stan wischte sich über die Stirn. »Die Mine. Mein Gott, die hatte ich schon völlig vergessen. Ich war mir sicher, dass du dich irgendwo am Fluss versteckst, vor allem, seit ich Dale vorhin gefunden habe.« Stan schüttelte den Kopf. »Den hast du ja ordentlich zugerichtet.«

»Ich war das nicht«, erwiderte Jim. »Ich wünschte, ich hätte es getan, aber ich war das nicht. Ich hab ihn auch eben erst gefunden. Und du willst mir also helfen?«

Stan nickte. »Wenn ich kann.«

»Okay. Aber wir müssen uns beeilen. Ich weiß nicht, wie lange sie Darlene noch am Leben lassen.«

Stan würgte ein Lachen hervor. »Darlene? Am Leben? Wovon redest du denn da?«

Jim sah Stan mit festem Blick an.

Ein tiefes Stirnrunzeln legte sich über Stans Gesicht. Er ließ seinen Blick an Jim hinauf- und hinunterwandern. »Was zur Hölle ist hier los, Jim? Du siehst total beschissen aus. Was zum

Teufel ist mit dir passiert? Und warum trägst du diese verdammte Blechdose um den Hals?«

Jim trat zu Stan hinüber, streckte eine Hand aus und legte sie auf Stans Schulter. Stan zuckte spürbar zusammen. »Ich möchte wirklich glauben, dass ich dir vertrauen kann, Stan. Aber vertraust du auch mir?«

Stan schluckte, dann nickte er.

»Hier geht eine ziemlich durchgeknallte Scheiße vor sich. Ich erwarte nicht, dass du alles verstehst, aber ich möchte, dass du mir zuhörst – und dass du mir vertraust, okay?«

»Aber du denkst doch nicht wirklich, dass Darlene immer noch ...«

»Hör mir einfach nur zu«, unterbrach ihn Jim und zog seine Hand zurück. »Ich erzähl dir, was hier los ist, aber ich kann dir nur die Kurzversion geben, und du wirst absolut unvoreingenommen sein müssen.«

Stan wirkte verunsichert, aber schließlich sagte er: »Okay.«

»Und wenn du es dann immer noch willst, kannst du mir anschließend helfen, diesem Wahnsinn ein für alle Mal ein Ende zu bereiten.«

In Jims Kopf nahm bereits ein neuer Plan Gestalt an. Dass er Stan getroffen hatte, hatte ihn auf eine Idee gebracht.

Dann begann Jim mit seinem Bericht.

Im stickigen Keller, in dem es nach Schweiß und Blut roch, sah Hal Randall dabei zu, wie er Darlene nackt auszog. Sie war noch immer nicht bei Bewusstsein. »Weck sie auf«, befahl Hal, als er den Fuß der Treppe erreichte.

»Wie denn?«

Hal schaute sich um, und sein Blick fiel auf den Werkzeugkasten, der auf der hölzernen Werkbank stand. »Nimm die Rohrzange. Das wird sie sicher aufwecken.«

Randall ging zum Werkzeugkasten hinüber und griff nach der Zange. Er hielt das Werkzeug wie einen Skorpion in der Hand. »Bist du sicher, dass das nötig ist?«, fragte er, während er sich wieder vor Darlene stellte. »Ich glaub nicht, dass sie reden wird.«

»Sie wird reden. Diese Dinger tun höllisch weh. Fang erst mal mit ihren Titten an, und dann mach mit den Nippeln weiter. Wenn du sie damit nicht knackst, ist ihre Fotze dran.«

Mit einem tiefen Seufzer beugte Randall sich nach vorne und ergriff mit den derben Zähnen der Rohrzange ein wenig Fleisch von Darlenes linker Brust.

»Schön fest kneifen«, forderte Hal ihn auf und spürte, wie seine Erektion wuchs. Doch auch das verursachte ihm, genau wie alles andere, entsetzliche Schmerzen.

Randall drückte die Zange fester zusammen, drehte daran und erweckte Darlene unsanft wieder zum Leben. Sie schrie auf und zappelte auf ihrem Stuhl hin und her. Je mehr sie sich jedoch wehrte, desto stärker rissen die Eisenzähne an ihrer Haut. Nach kurzer Zeit gab sie auf und ließ die Folter über sich ergehen, während sich ihr Schmerz und ihre Angst immer deutlicher auf ihrem Gesicht abzeichneten.

»Es nützt dir gar nichts, wenn du dich wehrst«, sagte Hal und lächelte angesichts seiner pulsierenden Erektion ein wenig peinlich berührt. »Du kannst mir auch einfach sagen, was ich wissen will. Die Schmerzen werden nur noch schlimmer werden.« Dann fügte Hal mit einem Grinsen hinzu: »Randall, zeig ihr, was wir meinen.«

Randall ließ die Rohrzange wieder zu einer ihrer kleinen, rosafarbenen Brustwarzen wandern, und Darlenes Schreie erfüllten die Hütte, als Randall sie zusammendrückte.

Darlene, der Tränen über das Gesicht rannen, während sich an der Stelle, an der Randall die Rohrzange angesetzt hatte, ein großer roter Fleck auf ihrer Brust abzeichnete, flehte ihn an, aufzuhören.

»Sagst du mit jetzt, was ich wissen will?«, fragte Hal erneut.

Darlene nickte.

Hal lächelte. »Das reicht«, wandte er sich an Randall.

Der junge Polizist hielt inne und wirkte erleichtert – trotz der mächtigen Beule in seiner Hose.

»Ich bin ganz Ohr«, sagte Hal.

Darlene, deren ganzer Körper bebte, während ihre Stirn vor Schweiß glänzte, blickte zu Hal hinauf und sagte: »Du musst …« Sie schluckte und zuckte zusammen.

»Ja?«

»Du musst … den Deckel abmachen …«

»Und? Jetzt komm schon, was mache ich dann?«

Ihr zitternder Atem verwandelte sich in ein quietschendes Kichern. »Dann steckst du ihn dir in den Arsch.«

Hal schüttelte den Kopf. Mit leiser Stimme sagte er: »Erteil dieser Schlampe eine Lektion. Zerquetsch ihre Fotze, bis sie blutet.«

Darlene hörte auf zu lachen, und ihre Augen weiteten sich. »Nein, bitte nicht!«

Die Rohrzange in der Hand, griff Randall Darlene zwischen die Beine.

Hal beugte sich nach vorne, um alles mit ansehen zu können.

Von oben war zu hören, wie die Hüttentür aufgestoßen wurde, und nur wenige Augenblicke später hörten sie eine donnernde Stimme rufen: »Chief!«

Es war Jim.

*Was macht der denn hier?*

»Chief, ich bin hier.«

»Warte noch«, sagte der Chief und stieg die Kellertreppe hinauf.

Seine Stimme klang schwach, und er sah zehnmal schlimmer aus als noch vor wenigen Stunden. Der Gestank, der von ihm ausging, war der widerliche Gestank von verrottetem Fleisch.

»Sieh mal einer an, das Phantom persönlich gibt sich die Ehre«, sagte der Chief und versuchte, wie ein harter Kerl auszusehen, was ihm jedoch misslang. »Wir haben ganz schön viel Zeit und Energie darauf verschwendet, dich zu suchen – wo zur Hölle hast du dich bloß versteckt?«

»Ich war die ganze Zeit da. Ich schätze, deine Jäger waren einfach nur zu blöd, um mich zu finden.«

Der Chief grinste. »Da hast du vermutlich sogar recht. Obwohl ich weiß, dass du Hilfe hattest. Trotzdem muss ich dir meine Anerkennung dafür aussprechen, dass du so lange durchgehalten hast – du hast mich eines Besseren belehrt. Ich hätte nicht gedacht, dass du länger als ein paar Stunden überlebst. Also, was willst du? Wieso präsentierst du uns hier jetzt freiwillig deine hässliche Fresse?«

»Ich bin wegen Darlene gekommen.«

Der Chief schnaubte und musste husten. Er spuckte Blut auf die Bodenbretter. »Darlene? Dann weißt du Bescheid?«

Jim nickte.

»Du hast auf alle Fälle Eier in der Hose, das muss ich dir lassen. Aber wieso du deinen Arsch für diese kleine Nutte riskieren willst, werde ich nie verstehen.«

»Geht es ihr gut?«

»Ging ihr nie besser. Willst du sie sehen?«

Jim nickte.

»Hast du irgendwelche Waffen?«

Jim hob sein T-Shirt hoch und drehte sich ganz langsam um. »Keine«, versicherte er.

»Okay, lass uns gehen. Sie ist im Keller.«

»Warte. Wie viele Männer sind da unten?«

»Nur einer. Keine Sorge, für dich besteht erst mal keine Gefahr – es wird keinen Überraschungsangriff geben. Meine reizende Tochter hat etwas, das ich will, und sie wird es mir nicht geben, wenn du tot bist.« Der Chief sah Jim mit zusammengekniffenen Augen an. »Wie viel weißt du genau über Darlene? Weißt du über die Blechdose Bescheid?«

Jim starrte Hal an. »Zuerst Darlene.«

Der Chief nickte. »Okay. Nach dir.«

Jim ging in Richtung Keller. Er stieg die Stufen vorsichtig hinunter, und als er in dem schwach beleuchteten Verlies stand, sah er Darlene.

Sie war an einen Stuhl gefesselt, nackt, und aus ihrem blauen, blutigen Gesicht sprach entsetzliche Angst.

»Jim«, schluchzte Darlene. »Was machst du hier?«

Sie sah aus wie ein Kind, ein ängstliches, kleines Kind, und als Jim den jungen Polizisten sah, der eine Rohrzange in der Hand hielt, stieg Wut in ihm auf. »Ihr kranken Arschlöcher«, spuckte er aus und drehte sich zum Chief um.

Der Chief hatte seinen Revolver gezogen und zielte damit auf Jims Kopf. »Ganz ruhig, mein Junge«, sagte er und blies dabei heiße, stinkende Luft in Jims Gesicht. »Okay, du hast Darlene gesehen. Jetzt sag mir, was hier los ist. Du hättest nicht riskiert, hierherzukommen, wenn du nur mal nach ihr hättest sehen wollen. So viel ist mir immerhin klar. Zeit für die Wahrheit – du weißt doch was, hab ich recht?«

Jim nickte.

»Ich wusste es! Was weißt du? Hat es was mit der Dose zu tun?«

»Du darfst ihm nichts sagen«, schrie Darlene.

»Halt's Maul«, fuhr der Chief sie an. Dann wandte er sich an Jim: »Also, was ist es? Was weißt du?«

»Ich weiß, wo die Dose ist. Und ich weiß, wie man sie benutzt.«

Dem Chief blieb der Mund offen stehen und seine Augen füllten sich mit Tränen. »Wirklich? Aber … aber wie …?«

»Genauso, wie auch Darlene es erfahren hat.«

Der Chief sah verblüfft aus, als er fragte: »Aber hast du sie auch dabei?«

»Ja, aber nicht hier.«

»Wo dann?«

»Ich sage es dir, wenn du Darlene gehen lässt.«

Der Chief schüttelte den Kopf. »Ich hab's satt, dass alle ständig mit mir handeln wollen.« Er sah Jim mit blutunterlaufenen Augen an. »Wenn du mir nicht sagst, wo die Dose ist und wie man sie benutzt, dann stirbt Darlene. So einfach ist das.«

»Du darfst ihm nichts sagen«, wiederholte Darlene.

Ihre tränenreichen Schreie zerrissen Jim das Herz.

»Schön, dann stirbt sie eben.« Der Chief richtete seine Waffe auf Darlene.

»Nein!«, brüllte Jim. »Lass sie in Ruhe. Ich bring dich zu der Dose, aber tu ihr nicht weh.«

»Diese Dose, wird sie mich heilen?«, fragte der Chief, der seine Waffe noch immer auf Darlene richtete, während sein Blick zu Jim zurückwanderte.

Jim nickte.

»Du zeigst mir, wie sie funktioniert? Und dann werde ich wieder gesund?«

Jim nickte erneut.

Ein Anflug von Erleichterung, gepaart mit einem Hauch von Freude, huschte über das Gesicht des Chiefs. »Okay. Bring mich zu der Dose.«

»Jim, was tust du denn?«, schluchzte Darlene. »Er wird mich nich' töten, er blufft nur.«

»Da wär ich mir nicht so sicher«, ächzte der Chief.

»Es ist okay. Alles wird gut«, versicherte Jim ihr. Dann sah er den Chief an. »Also, wirst du Darlene gehen lassen?«

Der Chief grinste. Es war ein hässliches Grinsen.

»Okay, aber was ist mit ihm?« Jim nickte in Richtung des jungen Polizisten. »Er wird doch nicht irgendwas Dummes tun, oder?«

»Nicht, solange ich es ihm nicht sage. Und das werde ich nicht, solange du dich benimmst und mich von dieser Krankheit heilst.«

»In Ordnung, aber vergiss nicht, dass ich derjenige bin, der weiß, wie man die Dose benutzt. Wenn das Bürschchen sie auch nur schief ansieht, dann hat sich der Deal erledigt, ist das klar?«

Der Chief starrte Jim lange an, bevor er schließlich nickte. »Okay, du bringst mich zu der Dose und erlöst mich von diesem tödlichen Fluch, dann lasse ich dich und die Prinzessin gehen.«

»Und wieso sollte ich dir vertrauen?«

»Weil du keine Wahl hast«, erwiderte der Chief. »Einer von uns muss dem anderen zuerst vertrauen, und da ich Darlene nicht gehen lassen werde, sieht es ganz so aus, als müsstest du derjenige sein.«

»Na schön, einverstanden. Lass mich nur noch kurz mit Darlene reden, bevor wir gehen.«

Der Chief nickte. »Aber mach schnell.«

Jim ging zu Darlene hinüber. Sie sah blass aus, und auf ihrer Haut glänzte der Schweiß. »Was tust du denn?«, flüsterte sie. »Du kannst ihm nich' trauen.«

»Es wird alles gut.« Jim konnte nicht erwarten, dass sie ihm das jetzt glaubte, aber er hoffte, dass sie es irgendwann tun würde. »Es ist die einzige Möglichkeit«, sagte er. Er lächelte. Darlene lächelte nicht zurück.

»Ich versteh das nich'.«

»Das wirst du noch«, versicherte Jim ihr. Er streckte eine Hand aus und tätschelte ihre Schulter. Ihre Haut fühlte sich zwar wärmer an als noch vor einigen Stunden, aber durch den Angstschweiß war sie noch immer recht kühl. »Du musst jetzt stark sein, okay?«

Darlene suchte sein Gesicht nach irgendeiner Erklärung ab, aber als sie keine fand, sagte sie: »Es tut mir leid.«

»Was?«

»Du weißt schon.«

Jim schüttelte den Kopf. »Du musstest es tun. Ich weiß.«

»Dann hasst du mich nich'?«

»Niemals. Es ist das, was ich wollte.«

Darlene lächelte kurz. Dann sagte sie schüchtern: »Deine Schwester war wirklich sehr hübsch. Da hattest du schon recht. Aber ich seh' überhaupt nich' aus wie sie.«

»Doch, das tust du. Mehr als du ahnst.«

»Das reicht jetzt. Lass uns gehen«, unterbrach sie der Chief.

Darlenes Kinn begann zu zittern. »Seh' ich dich bald wieder?«

Jim hasste es, sie anzulügen, aber er erwiderte: »Natürlich.« Er entfernte sich von Darlene, und als er die Treppe hinaufstieg, warnte er den jungen Polizisten: »Wehe, du fasst sie an.«

Jim kletterte aus dem Keller, der Chief dicht hinter ihm.

Draußen durchdrangen die Schreie noch immer die Stille der Berge, auch wenn sie nun weniger häufig waren.

»Ich versteh's einfach nicht«, sagte der Chief und blieb auf der Veranda stehen. »Warum Darlene? Was hat sie nur, das dich so anturnt? Ich meine, mein Gott, sie ist meine Tochter, aber sogar mich interessiert es einen Scheiß, ob sie lebt oder stirbt. Und dann kommst du, irgend so ein Fremder, der sie gestern zum ersten Mal getroffen hat, und du riskierst dein Leben, um sie zu retten. Ich versteh's einfach nicht.«

»Das kannst du auch nicht verstehen«, erwiderte Jim. »Aber es hat nichts mit Sex zu tun. Ich meine, sie ist erst dreizehn, um Himmels willen.«

»Na und?«

Ein eiskaltes, düsteres Gefühl breitete sich pochend in Jims Körper aus.

Der Chief hustete. »Okay, wo zur Hölle ist jetzt die Dose?«

»Folg mir einfach.«

Jim führte den Chief die Verandatreppe hinunter auf die Rasenfläche, doch er blieb unvermutet stehen und sagte: »Wieso warte ich nicht einfach hier und du bringst die Dose zu mir, okay?«

Jim drehte sich um und sah den Chief an, dessen Haut im Mondlicht die Farbe von schmutzigem Badewasser hatte. »Okay, bring sie her«, rief Jim.

Stan trat aus der Dunkelheit hervor. Er schlenderte durch das Tor, während die Dose um seinen Hals baumelte. Dann hob er sein Gewehr und richtete es direkt auf den Chief.

»Nur zu meinem Schutz«, wandte sich Jim wieder an den Chief. »Ich vertraue dir auch nicht mehr als du mir.«

»Du hinterhältiges Arschloch«, knurrte der Chief Stan an. »Hilfst Abschaum wie dem da.«

»Ich glaube einfach an Fair Play, das ist alles«, erwiderte Stan.

»Steckst du schon die ganze Zeit mit dem unter einer Decke? Hast du ihm geholfen?«

»Nicht ganz. Aber jetzt helfe ich ihm – ich schleppe schon zu lange zu viele Geheimnisse mit mir herum. Höchste Zeit, dass ich zur Abwechslung mal was Gutes tue. Das hier muss aufhören, Hal. All die Morde an unschuldigen Menschen, das hört jetzt auf.«

»Ich glaub das einfach nicht«, sagte der Chief. »Wenn du deine eigene Stadt verraten willst, von einem deiner ältesten Freunde ganz zu schweigen, dann bitte schön. Aber wir sollten uns beeilen und einfach tun, weswegen wir hier sind.«

Jim bedeutete Stan, näher zu kommen.

Stan trat langsam zu ihm hinüber, nahm mit einer Hand die Dose von seinem Hals und reichte sie Jim. Jim griff nach der Schnur und drehte sich dann wieder zum Chief um. »Alles, was du tun musst, ist, mir die Dose abzukaufen.«

Der Chief runzelte die Stirn. »Was meinst du denn damit, verdammt noch mal? Wie soll mir das denn helfen?«

»Weißt du, was in dieser Dose ist?«

»Wenn ich das wüsste, dann wäre ich jetzt nicht in diesem beschissenen Zustand.«

Jim ging ein paar Schritte nach vorne. Instinktiv legte der Chief eine Hand an den Revolver in seinem Halfter. »Ich bin nicht wirklich am Leben«, sagte Jim. »Nicht im herkömmlichen Sinne. Was du hier siehst, ist eine Art Geist aus Fleisch und Blut. Jim Clayton ohne Seele. Weißt du, meine Seele ist in dieser Blechdose gefangen. Genau wie Darlenes, nachdem sie heute Morgen erschossen wurde. Und genau das hast du neulich Nacht auch eingeatmet – eine menschliche Seele. Craigs Seele. Deshalb leidest du auch diese schrecklichen Schmerzen – mit seiner Seele wurden auch Craigs tödliche Verletzungen auf dich übertragen. Die einzige Möglichkeit, wie du den Tod jetzt noch austricksen kannst, ist, meine Seele zu kaufen und sie dann freizulassen.«

Der Chief schien sich einen Moment Zeit zu nehmen, um zu verdauen, was er eben gehört hatte. Er drehte sich um und blickte durch den Zaun hinaus in die dichten Wälder.

»Ich habe diesen Australier heute gesehen. Ich hab's keinem gesagt, aber ich hab ihn gesehen. Es war kurz nachdem Darlene erschossen worden war. Ich dachte, es wäre nur eine Halluzination, aber jetzt weiß ich es besser.« Als er sich wieder umdrehte, lag ein neuer Ausdruck auf seinem Gesicht: Akzeptanz. »Hat er Darlenes Seele geholt?«

Jim nickte.

»Okay, sagen wir mal, ich glaube das alles. Was wird dann mit dir passieren, wenn ich dir deine Seele abkaufe?«

In der Stimme des Chiefs lag keinerlei Besorgnis, nur Neugier. »Das spielt keine Rolle«, antwortete Jim. »Alles, was zählt, ist, Darlene zu retten.«

Der Chief holte seine Brieftasche heraus und öffnete sie. »Okay, wie viel?«

»Noch nicht«, sagte Jim. »Zuerst will ich mit dir über etwas sprechen, das Stan mir erzählt hat. Er sagt, du hättest deine Frau getötet und sie dann im Keller vergraben, genau wie all die anderen.«

Der Chief warf Stan einen bösen Blick zu. »Du verdammte Ratte. Ich wette, du hast Jim nicht erzählt, wie du mir dabei geholfen hast, sie zu begraben, oder? Dass du mir geholfen hast, das Grab zu schaufeln und wieder zuzuschütten?«

»Doch, das hat er mir sehr wohl erzählt«, entgegnete Jim.

»Wie schon gesagt, ich habe eine Menge Dinge getan, auf die ich nicht stolz bin«, fügte Stan an.

»Schön, aber was zur Hölle hat das hiermit zu tun? Willst du, dass ich dir all meine Sünden beichte? Dann fick dich.«

»Weißt du noch, welches ihr Grab ist?«, fragte Jim.

»Hör mal, ich hab keine Ahnung, worauf du eigentlich raus willst, aber wir sind hier, um ein Geschäft abzuschließen und nicht, um über meine tote Frau zu reden. Was hältst du also davon, wenn wir den Deal durchziehen, bevor ich umkippe, hm?«

»Ich hatte Glück, schätze ich«, fuhr Jim fort. »Ich habe die Möglichkeit bekommen, mich der größten Angst meines Lebens zu stellen, der einen Sache, die ich ganz fest in mir verschlossen hatte. Darum ist alles, was ich jetzt noch ertragen muss, körperlicher Schmerz. Craig, der arme Kerl, hat die Stimme seiner Frau überall gehört. Und Darlene hörte ein Baby weinen. Ich gebe dir die Chance, dich reinzuwaschen und um Vergebung zu bitten, sonst wirst du für den Rest deines Lebens unter dem Tod deiner Frau leiden. Das ist ein unvermeidlicher Teil des Fluchs, den du ertragen musst, falls du die Wahrheit nicht zugeben willst und aufrichtig bereust, was du getan hast. Nun komm schon, sei einmal in deinem Leben ein Mann und gib deine Fehler zu. Vertrau mir, du wirst dankbar dafür sein, dass du es getan hast.«

Der Chief grinste höhnisch. »Schön, ich hab sie umgebracht. Sie hatte es verdient, die Schlampe. Ich wollte einen Sohn, aber alles, was sie mir gegeben hat, war eine Tochter. Sie wollte es nicht abtreiben, als wir erfahren haben, dass es ein Mädchen ist, und obwohl ich sie ordentlich verprügelt und getreten habe, hat sie das Kind trotzdem nicht verloren. Beschissene Schlampe. Sie hat mir ins Gesicht gelacht und gesagt, wie sehr sie sich ein Mädchen gewünscht hat und dass sie keinen Sohn will, der mal genauso wird wie ich. Also hab ich ihr in den Kopf geschossen. Aber nicht, ohne ihr vorher zu versichern, dass ich irgendwann einen Sohn bekommen würde, selbst wenn ich dafür unsere eigene Tochter ficken müsste. Und jetzt ist Darlene schwanger mit meinem Sohn, während ich fast tot bin, verdammt. Wenn das kein Tritt in die Eier ist …«

Jim musste sich sehr beherrschen, um den Chief nicht zu packen und seinen Kopf gegen den nächsten Baum zu knallen. Das Einzige, was ihn davon abhielt, war, dass das, was er für den Chief geplant hatte, noch tausendmal schlimmer war als jeder schnelle Tod.

Also schluckte Jim seine Wut hinunter und sagte: »Es tut dir also nicht leid, dass du deine Frau umgebracht hast? Es ist dir egal, dass du die Mutter deiner Tochter getötet hast und dass ihr Tod dich verfolgen wird?«

»Ja, es ist mir egal«, antwortete der Chief kalt. »Schön, ich hab dir die Wahrheit gesagt. Können wir jetzt bitte weitermachen oder willst du, dass wir uns alle mal lieb drücken und Kumbaya singen?«

»Okay, bringen wir es zu Ende«, sagte Jim.

Der Chief öffnete erneut seine Brieftasche. »Also, von wie viel sprechen wir hier?«

»Das spielt keine Rolle«, antwortete Jim. »So lange Geld den Besitzer wechselt, gilt der Deal als abgeschlossen.«

»Ich hoffe für dich, dass das funktioniert«, sagte der Chief und holte einen Fünf-Dollar-Schein heraus. »Wenn ich feststellen sollte, dass du mich verarscht hast, dann ist unser Deal hinfällig und Darlene stirbt.«

Als er den Schein betrachtete, den der Chief in der Hand hielt, kamen Jim Zweifel. »Es wird funktionieren«, versicherte er. »Ich kann zwar nicht garant…«

Erneut fuhr ein Schmerz in Jims Schädel. Er war noch schlimmer als zuvor und fühlte sich an, als habe ihn eine Kugel am Hinterkopf erwischt und wandere nun in Zeitlupe durch sein Gehirn. Jim schloss die Augen, biss die Zähne zusammen und hoffte, dass der Schmerz schnell wieder verging.

»Was ist denn los, Jim?«, fragte Stan.

Stans Stimme klang wie ein entferntes Echo. Als der Schmerz endlich nachließ und Jim vollkommen außer Atem und ausgelaugt wieder aufblickte, sah er, dass Stan und der Chief ihn fragend anschauten.

Jim atmete tief ein und als er seine Hand ausstreckte, um dem Chief den Schein abzunehmen, musste er überrascht feststellen, dass sie zitterte.

*Entspann dich, Jim. Du tust hier das Richtige.*

Er nahm den Schein und reichte dem Chief dann die Dose. Er hatte das Gefühl, als würde er sein einziges Kind weggeben, und es fiel ihm auch dann noch schwer, loszulassen, als der

Chief die Schnur bereits in der Hand hielt. Schließlich tat er es aber doch, und als die Transaktion abgeschlossen war, wäre Jim am liebsten zusammengebrochen und hätte angefangen zu weinen.

*Darlene wird total durchdrehen, wenn sie rausfindet, was ich getan habe. Gott, was hab ich nur getan?*

Genau wie der Chief und all die anderen Menschen, die in dieser Stadt lebten, bezahlte auch er nun den Preis für etwas, dem er sich schon vor langer Zeit hätte stellen sollen. Jim gab diesem Scheißkerl, was er verdiente, und rettete damit gleichzeitig einem unschuldigen Mädchen das Leben, einem Mädchen, das ein besseres Leben verdiente als das, das sie es momentan führte. Er gab Darlene eine zweite Chance im Leben, eine Chance, die seine Schwester nie gehabt hatte.

»Und was jetzt?«, fragte der Chief.

»Jetzt nimmst du den Deckel ab und lässt meine Seele frei.«

Der Chief tat es. Dann warf er den Deckel auf den Boden.

Es passierte unmittelbar.

Jim spürte eine starke, reißende Kraft, die seinen gesamten Atem aus seinem Körper saugte. In seinem Kopf begann sich alles zu drehen, die Welt wurde dunkel, und dann entwich der Dose das Schönste, was er jemals gesehen hatte: ein himmlisches Licht, vielfarbig und doch nur von einer Farbe, hell, aber nicht blendend. Jim konnte seine Wärme spüren, seine Energie, und es schien mit ihm zu kommunizieren. All seine Schmerzen verschwanden. Dann, wie ein Komet in finsterster Nacht, drang das Licht in ihn ein. Er fühlte sich mit einem Mal wieder lebendig, die Dunkelheit löste sich auf, und als die Wirklichkeit langsam wieder Gestalt annahm, sah er den Chief und Stan vor sich. Jim fühlte sich wundervoll, vollkommen ohne Schmerzen, aber Stan und dem Chief standen Schock und Schrecken ins Gesicht geschrieben.

»Sie dir das an«, sagte Stan, dem der Mund offen stehen blieb.

»Verdammt«, sagte der Chief.

Obwohl Jim es selbst nicht sehen konnte, hatte er eine recht gute Vorstellung davon, was die beiden vor sich sahen – Jim mit einer Schusswunde im Kopf. Auch wenn er keinerlei Schmerzen mehr verspürte, konnte er fühlen, wie Blut über sein Gesicht und seinen Nacken tropfte. Es war warm und dickflüssig. »Wenn die Seele eines Menschen befreit wird, enthüllt sich sein wahres Ich«, erklärte Jim ihnen. »Ich wurde erschossen, wie ihr seht.«

»Wer hat dich erschossen?«, wollte der Chief wissen.

Jim dachte nach, bevor er antwortete. »Ich habe mich selbst erschossen.«

»Also, ich fühle mich kein bisschen anders«, sage der Chief. »Wann fängt es an zu wirken?«

»Bald«, versicherte Jim.

*Hoffe ich.*

»Du solltest mich lieber nicht verarschen. Vergiss nicht: Wenn es mir nicht bald besser geht, ist Darlene tot.«

»Keine Sorge, Chief. Du wirst schon bald wieder so gut wie neu sein.«

*Was ist hier los?,* fragte sich Jim. *Der Chief sollte eigentlich sterben.* Jim hatte angenommen, dass er derjenige sein würde, dem diese Aufgabe zufiel. Aber wenn dem so war, wo war dann sein Zeichen?

Jim machte sich Sorgen, dass bei der Transaktion irgendetwas schiefgegangen war. Aber vielleicht gab es ja auch gar kein Zeichen. Vielleicht sollte Jim den Chief ja töten, wann immer und wie immer es ihm gefiel.

Dann durchschnitt plötzlich ein Bellen die Stille.

Zuerst dachte Jim, die Geister-Tiere seien zurückgekehrt.

Der Lärm wurde immer lauter.

»Was ist das?«, fragte Stan.

Jim sah den Barkeeper an. Er wirkte blass und nervös, und dazu hatte er auch jedes Recht. Jim hatte den armen Mann schließlich mit nichts weiter als einer spärlichen Erklärung mit sich in diesen bizarren Albtraum gerissen.

Als Jim sich wieder umdrehte, rannten zwei große Deutsche Schäferhunde mit bebenden Muskeln und gefletschten Zähnen durch das Tor auf ihn zu. Jim sah den Hass in ihren raubtierartigen Augen.

»Meine Jungs!«, rief der Chief aus. Dann, etwas unsicherer: »Ronnie? Cooper?«

Nun wusste Jim, wie das Schicksal des Chiefs aussah.

Die Hunde stürmten auf den Chief zu. »Nein, Jungs!«, brüllte der Chief, und dann setzten die Tiere zum Sprung an und warfen ihn zu Boden.

Der Chief stieß einen schwachen Schrei aus. Er hob seine Hände in dem vergeblichen Versuch, seine beiden knurrenden Angreifer abzuwehren. Jim beobachtete halb entsetzt, halb befriedigt, wie einer der Hunde einen Fetzen Fleisch aus dem Arm des Chiefs riss. Dann gellte ein durchdringender Schrei durch die Dämmerung.

Der andere Hund schnappte nach der Kehle des Chiefs, biss sich fest und schüttelte wie wild den Kopf.

Der Chief zuckte mehrmals, dann blieb er still auf dem Boden liegen, während die Hunde seinen Körper weiter in Stücke rissen. Selbst Jim musste wegsehen, als der zweite Hund ein Stück aus der Kehle des Chiefs biss, zu kauen begann und geräuschvoll an der Luftröhre knabberte.

Stan wandte sich ab und übergab sich.

Schon bald wurden die Schmatz- und Kaugeräusche jedoch leiser. Jim wagte einen Blick. Die Hunde – das Fell mit Blut überzogen, die Augen wieder vollkommen frei von Wut – ließen von ihrer Beute ab, drehten sich um und rannten davon wie zwei kleine Kinder, denen eben bewusst geworden ist, dass sie etwas Unartiges getan haben.

Als Stan sich nicht mehr weiter übergeben musste, betrachtete er den Chief und krächzte: »Oh, mein Gott.« Er würgte erneut.

Jim konnte es ihm nicht verdenken – es war wirklich ein grauenvoller Anblick. Der Chief war nur noch ein zerfetzter

Fleischklumpen, der ausgiebig zernagt worden war. Einer seiner Arme war vollständig abgerissen und lag ein paar Zentimeter neben der Leiche. Seine Kehle war ein rotes, breiiges Loch. Sein Oberkörper war vollkommen zerfetzt, mehrere Schichten aus glänzendem Fett und Klumpen aus Eingeweiden lagen frei, und seine Geschlechtsteile waren komplett zerbissen. Sein Gesicht war am wenigsten zerfleischt, aber auch über seine Wangen und seine Stirn zogen sich tiefe Risse, die entweder von Krallen oder Zähnen stammten, und eines seiner Augen war durchbohrt worden. Die blutbespritzte Blechdose lag neben ihm.

Es war ein angemessener Tod für einen Mann wie Hal Bailey, aber das Schlimmste stand erst noch bevor.

Jim wandte sich an Stan: »Okay, ich hab nicht mehr viel Zeit. Zuerst …«

»Was zur Hölle ist hier los?«, unterbrach ihn Randall, als er aus der Hütte trat. »Ich hab gehört …« Seine Augen weiteten sich und sein Gesicht wurde leichenblass, als er den Chief sah. Ohne groß nachzudenken richtete Stan das Gewehr auf den jungen Polizisten und jagte ihm zwei Kugeln in die Brust. Officer Buck taumelte rückwärts durch die Hüttentür und landete mit einem Knall auf dem Holzboden.

Jim blickte zu Stan hinüber. Aus seinem Gesicht war alle Farbe gewichen, und er starrte ihn mit glasigen Augen an. Stan senkte seine zitternden Arme und sagte: »Ich musste es tun.«

Jim nickte. »Ich verstehe.«

Da nun alles sehr schnell gehen musste, lief Jim zu der Dose hinüber und hob sie zusammen mit dem Deckel auf. Dann wartete er neben der Leiche des Chiefs, bis er dessen Geist entweichen sah. Für ungeübte Augen war er unsichtbar, aber für Jim sah er aus wie eine winzige Gewitterwolke. Er hielt die Dose über das Herz des Chiefs, und bevor die Seele in die Freiheit entschweben konnte, fing Jim den grauen Nebel ein und knallte den Deckel zu. Dann legte er die Dose wieder neben die Leiche, richtete sich auf und ging zurück zu Stan.

»Hat es geklappt?«

Jim nickte.

»Ich hab gar nichts gesehen. Woher weißt du, dass du sie erwischt hast?«

»Ich hab sie erwischt. Der Chief wird schon bald in seiner ganz persönlichen Hölle aufwachen. Du weißt, was du zu tun hast?«

Stan nickte. Seine Schultern waren völlig verkrampft.

Jim hatte das Gefühl, dass die Bestrafung des Chiefs Stan ebenso viel bedeutete wie ihm selbst.

»Darlene ist im Keller. Sie haben das arme Mädchen da unten gefesselt. Ich verlass mich auf dich. Und Darlene auch.«

»Ich weiß. Mach dir keine Sorgen. Ich hab Darlene schon immer gemocht.«

Jim lächelte. »Danke. Ich wünschte, ich könnte noch bleiben und dir helfen, aber …« Jim hatte bereits ein irgendwie merkwürdiges Gefühl, so als beginne die Welt um ihn herum zu schwinden. Sein Körper fühlte sich ganz leicht und kribbelig an.

»Es tut mir leid. Das alles«, sagte Stan. »Das hier war mal eine gute Stadt, früher, irgendwann.«

»Und das wird sie auch wieder sein«, erwiderte Jim. Er streckte seine Hand aus, und als Stan sie nahm, spürte er dessen Berührung kaum.

»Du bist ganz kalt«, bemerkte Stan.

»Beeil dich mit dem Chief. Er wird bald aufwachen.«

»Okay.«

Stans Gesicht verschwamm, und schon bald überzog sich alles mit Helligkeit.

Jim verließ diese Welt und folgte Suzie in die nächste.

Jim verblasste direkt vor Stans Augen, immer weiter, bis er schließlich in den Bäumen verschwand und vollständig in der nächtlichen Dunkelheit aufging. Stans ausgestreckte Hand berührte nur noch die Bergluft.

Mit einem Seufzen senkte Stan seinen Arm.

*Wo immer du auch bist, Jim, ich hoffe, es ist ein besserer Ort als dieser hier.*

Da er wusste, dass er schnell sein musste, wenn er Darlene rechtzeitig befreien und Hal begraben wollte, hastete Stan die Verandastufen zur Hütte hinauf, machte einen großen Schritt über Randall hinweg und lief in den Keller.

Darlene, die noch immer an den Stuhl gefesselt war und am ganzen Körper zitterte, war sich zumindest bei einer Sache ganz sicher – Jim war tot.

Sie hatte zwar keine Ahnung, was dort draußen vor sich ging – sie hatte sowohl wildes Hundegebell als auch Schüsse gehört –, aber es war ihr vollkommen klar, dass Jim die Blechdose verkauft hatte. Sie verstand nicht, wie er so etwas hatte tun können. Er konnte doch bestimmt nicht so dumm gewesen sein und Hal geglaubt haben, als der behauptet hatte, dass er sie beide würde gehen lassen.

*Wieso hast du ihm vertraut, Jim? Wieso?*

Vielleicht hatte Jim ja keine Wahl gehabt.

Sie hätte beinahe wieder zu weinen angefangen, als sie plötzlich Schritte über sich in der Hütte hörte, und schon tauchte eine Gestalt am oberen Ende der Kellertreppe auf.

Darlene lehnte sich in ihrem Stuhl zurück, und ihre Haut kribbelte vor Angst.

Aber zu ihrer großen Überraschung rannten nicht Hal oder Randall die Treppe herunter, sondern Stan Murdoch.

»Stan?«, sagte Darlene. »Was machst du denn hier? Was is' denn hier los?«

Trotz des glasigen Ausdrucks in seinen Augen lächelte er, als er sich ihr näherte. »Du bist jetzt in Sicherheit.«

»Aber Jim ist tot?«

Sein Lächeln erstarb. »Ja. Komm, wir holen dich hier raus.« Stan begann, das Seil aufzuknoten.

Als Darlene frei war, hob sie ihre Kleider vom Boden auf

und begann, sich anzuziehen. »Was is' da draußen passiert? Ich hab Schüsse gehört.«

»Ich erklär dir alles später, aber jetzt müssen wir uns beeilen.«

»Beeilen?«

»Wir müssen ein Grab ausheben. Wie gut kannst du mit einer Schaufel umgehen?«

Darlene schnaufte, als sie sich ihr T-Shirt überstreifte. »Ich bin ein Naturtalent. Liegt in der Familie.«

# DREIZEHN

Die Main Street war blutüberströmt. Überall lagen Leichen, die meisten mit zerrissenen Gliedmaßen und zerfetzten Kehlen. Angehörige saßen weinend neben ihren geliebten Verwandten. Es war ein einziges Chaos aus Blut und Tränen.

Darlene nahm die Szene wie betäubt in sich auf.

*Haben die Geister-Tiere das getan?*, fragte sie sich. *Aber warum? Warum haben sie sich auf die Leute in der Stadt gestürzt?*

»Amy«, keuchte Stan, und riss Darlene damit aus ihrer Benommenheit. Sie folgte ihm zum Davey's.

Die Tür der Kneipe war zerstört und hing nur noch halb in ihren Angeln.

Sie sahen die Leiche im selben Moment, in dem sie das Davey's betraten. Sie lag ausgestreckt auf dem Boden, umgeben von einer Pfütze aus Blut. Walt Spinners Halsschlagader war aufgerissen, und in seinem Bauch klaffte ein riesiges Loch, in dem seine Eingeweide zu sehen waren. Seine Augen waren geöffnet und starrten zur Decke hinauf.

»Amy!«, rief Stan. »Amy, wo bist du?«

Die Tür zum Hinterzimmer öffnete sich. Als Amy Stan sah, erschien ein Lächeln auf ihrem tränenüberströmten Gesicht. »Oh, Stan, Gott sei Dank«, sagte sie, und dann rannte sie auf ihn zu und warf sich in seine Arme.

Sie hielten sich lange Zeit umarmt. Als sie einander schließlich wieder losließen, fragte Stan: »Was zur Hölle ist hier passiert?«

»Tiere«, antwortete Amy. »Wilde Tiere sind in die Stadt gekommen und haben uns einfach angegriffen.« Ihr Blick fiel auf Walt. »Ich hab den alten Narren angefleht, mit mir in den Vorratsraum zu kommen, aber er wollte nicht. Er hat die ganze Zeit nur gesagt, es sei ihm lieber, dass es ihn erwischt als mich. Alter Idiot. Als das Wildschwein dann durch die Tür gebrochen ist, Gott, da hatte ich solche Angst. Ich war mir sicher, dass das Biest sich auf mich stürzen würde, wenn es mit Walt fertig ist. Aber das hat es nicht. Es hat sich nur an Walt … geweidet, und dann hab ich irgendwann gehört, dass es wieder verschwand. Ich hatte zu große Angst, rauszukommen, falls es doch noch mal auftaucht, deshalb bin ich im Hinterzimmer geblieben und hab gehofft, dass du bald zurückkommst.«

Stan nahm sie wieder in die Arme.

Dieses Mal wandte Amy ihre Aufmerksamkeit Darlene zu, als sie sich wieder aus Stans Umarmung löste. Sie ging zu ihr hinüber, streckte eine Hand aus und streichelte Darlenes Wange. »Darlene, ich dachte, du wärst …«

»Ich muss dir eine Menge erzählen«, sagte Stan. »Aber erst mal …« Er durchquerte die Kneipe und trat hinter die Bar. »Setzt euch, Ladys. Was darf's denn sein?«

Darlene setzte sich auf einen Barhocker. Amy ließ sich neben ihr nieder.

»'ne Cola«, bestellte Darlene.

»Für mich auch. Aber mach 'nen Schuss Bourbon rein, ja?«

Stan nickte und schenkte die Drinks ein.

Er reichte Darlene ihr Glas, und sie leerte es in einem Zug. Die Limonade brannte in ihrer Kehle, aber die kalte Flüssigkeit war herrlich erfrischend. Nachdem sie ihr Glas ausgetrunken hatte, seufzte sie tief. Jetzt wurde sie von der Trauer über Jims Verlust überwältigt und begann zu weinen. »Ich versteh nich', warum Jim sterben musste. Warum konnte er Hal nich' einfach töten und trotzdem am Leben bleiben?«

Sie und Stan hatten nicht viel gesprochen, seit sie Hal begraben hatten – es hatte Darlene nicht sonderlich überrascht, dass sie nicht das Geringste bisschen Traurigkeit empfand, als sie ihren Vater in das Loch warf und anfing, Erde auf ihn zu schippen. Sie war außerdem froh, dass sie nun auch die Dose los war, die sie zusammen mit ihrem Vater begraben hatten. Darlene hatte Stan gefragt, ob es stimmte, dass Hal ihre Mutter umgebracht hatte, und er hatte es mit traurigen Augen bestätigt.

Danach waren sie beide verstummt und hatten den Rest des Grabes schweigend zugeschüttet.

Stan streckte einen Arm aus und tätschelte Darlenes linke Hand, die, genau wie seine, schmutzig vom Dreck des Kellers war. »Er hatte seine Gründe. Er hatte sehr große Schmerzen.«

»Na, ich hatte auch Schmerzen und hab mich nich' umgebracht.« Darlene schniefte ihre Tränen hoch.

Es gab noch eine Menge Dinge, die sie wissen wollte, aber sie nahm an, dass ihr noch genügend Zeit blieb, um alles zu erfahren. Sie war völlig erschöpft, und alles, woran sie nun noch denken konnte, war Schlaf. Vielleicht würde Jim sie ja in ihren Träumen besuchen und ihr alles erklären.

»Noch eine?«

Darlene nickte.

Stan schenkte ihr noch eine Cola ein. Dieses Mal trank sie langsamer. Neben ihr nippte Amy mit verblüfftem Gesichtsausdruck an ihrem Drink.

»Ich hab was für dich«, sagte Stan und schob eine Hand in seine Hosentasche. »Streck deine Hand aus.«

Darlene streckte ihren rechten Arm aus, und Stan ließ ein Abzeichen in ihre kleine Hand fallen. Sie erkannte es sofort. Es war ein wenig mit Dreck und Blut verschmiert, aber es bestand kein Zweifel daran, dass dies die Polizeimarke ihres Vaters war. Sie sah Stan an. »Wann hast du ihm das abgenommen?«

»In dieser Stadt ist eine Menge Arbeit nötig, wenn sie auch nur annähernd wieder normal werden soll. Ich weiß, dass du wahrscheinlich am liebsten von hier verschwinden und diesen Ort vergessen möchtest, aber …« Stan zuckte die Schultern. »Tu damit einfach, was du willst, okay?«

Darlene fuhr mit dem Daumen über die Umrisse der Marke des Chiefs. Sie hätte sie am liebsten durch den Raum geschleudert, aber sie tat es nicht. Stattdessen steckte sie sie in ihre Hosentasche, griff nach ihrer Cola und nahm einen weiteren Schluck.

Die Tiere waren verschwunden, ebenso wie ihr Vater und all

seine sadistischen Freunde. Zum ersten Mal in ihrem Leben fühlte sich die Stadt sicher an, und das hatte sie allein einem Mann zu verdanken.

Darlene lächelte.

Stan lächelte zurück.

»Worüber grinst ihr beiden denn?«, wollte Amy wissen.

Stan schüttete ein wenig Bourbon in ein Glas und hielt es hoch. »Auf Jim.«

Darlene erhob ihr Glas und stieß mit Stan an. »Auf Jim«, sagte sie.

# EPILOG

Undurchdringliche Finsternis erfüllte seine Welt. Es fiel kein einziger Lichtstrahl herein, und ganz gleich, wie lange Hal auch wartete, seine Augen gewöhnten sich einfach nicht an die Dunkelheit.

Er lag irgendwo begraben, und von dem nassen Geruch der frisch umgegrabenen Erde wurde ihm ganz übel. Und dazu diese schrecklichen Schmerzen. Es waren nicht dieselben Schmerzen, unter denen er gelitten hatte, nachdem er die alte Dose geöffnet hatte – dies waren vollkommen andere Qualen. Sein Mund schmeckte nicht mehr nach widerlichem Abwasser, und sein Körper fühlte sich auch nicht mehr so an, als sei er von einem Lastwagen überrollt worden – stattdessen fühlte er sich jetzt, als habe man ihn auseinandergerissen und vollkommen zerfetzt. Jeder einzelne Teil seines Körpers tat entsetzlich weh, selbst seine Eingeweide. Er konnte einfach nicht glauben, dass seine eigenen Hunde dafür verantwortlich waren.

*Nein, sie waren das nicht. Es war Jim. Dieser Hurensohn hat mich reingelegt.*

Er konnte nicht um Hilfe rufen – seine Stimmbänder funktionierten nicht mehr – und er konnte sich auch nicht ausgraben, da seine beiden Arme nur noch nutzloser, toter Ballast waren.

Er war in seinem Grab gefangen, wie lange, wusste nur Gott allein.

Auf seiner Brust lag eine Schwere, die, das wusste er genau, nur eine einzige Ursache haben konnte – die Dose. Sie war so ziemlich das Einzige, was er noch spürte, abgesehen von den Schmerzen.

Was ihm darüber hinaus Sorgen bereitete, war, dass er nicht wusste, ob er in einem frisch ausgehobenen oder einem bereits benutzten Grab lag, denn vielleicht bildete er es sich ja nur ein, aber er hatte das Gefühl, hier unten nicht allein zu sein.

Und dann hörte er noch die Tiere. Auch wenn sie sich allem

Anschein nach recht weit entfernt aufhielten, waren sie doch sehr beharrlich, und Hal wünschte sich, sie würden in Gottes Namen endlich aufhören. Sie knurrten und fauchten um ihn herum, seit er in der Dunkelheit erwacht war.

Allmählich hörte er jedoch noch ein weiteres Geräusch. Ein vollkommen anderes Geräusch, das immer lauter wurde: das Heulen Hunderter weinender Seelen.

Hal wollte sich die Ohren zuhalten, aber er vermochte es nicht.

Hört auf!, brüllte er, aber niemand reagierte darauf.

Dann entstieg dieser Kakofonie des Weinens ein weiteres Geräusch – das Schreien einer Frau. Es war ein vertrautes Geräusch, das er jedoch seit Jahren nicht gehört hatte. Als er diese Schreie das letzte Mal gehört hatte, hatte er mit einer Waffe auf Ruths Gesicht gezielt und ihr dabei gesagt, er werde einen Sohn bekommen, auch wenn er dafür ihre eigene Tochter ficken müsse.

Je länger er zuhörte, desto mehr glichen die Schreie etwas anderem. Die Schreie seiner toten Frau, so laut und unmittelbar, als liege sie direkt neben ihm, hörten sich eher wie Gelächter an.

Ja, er war sich jetzt ganz sicher.

Sie schrie gar nicht. Sie lachte ihn aus. Und das war eine schlimmere Folter als alles andere.

Brett McBean wurde 1978 in Melbourne, Australien, geboren. Dort lebt er mit seiner Frau und seiner kleinen Tochter Vanessa. Er studierte Musik (Leistungskurs Schlagzeug/Percussion) am Box Hill College, widmet sich aber seit dem Abschluss ganz dem Schreiben von harten Thrillern.

www.brettmcbean.com

Scott Nicholson: *Brett McBean ist so rotzig und brutal wie ein junger Jack Ketchum. Er zeigt die dunklen Räume in uns allen.*

Brian Keene: *McBeans Stimme muss man gehört haben – ein Hauch von Laymon und Koontz, doch absolut seine eigene.*

Brett McBean bei FESTA:
*Die Mutter – Die Bestien – Das Motel – Die Sünder*